CLARE MACKINTOSH

Dernière fête

TRADUIT DE L'ANGLAIS (GRANDE-BRETAGNE)
PAR FRANÇOISE SMITH

MARABOUT

Titre original :

THE LAST PARTY

Publié par Sphere, une marque de Little, Brown Book Group,
en Grande-Bretagne, en 2022.

ISBN : 978-2-253-24565-0 – 1re publication LGF

Pour les membres de mon club de lecture :
la meilleure bande de lecteurs qui soit.

Et maintenant, le vaste lac repose dans un calme profond, sa surface polie brillant comme un miroir.

William Wordsworth

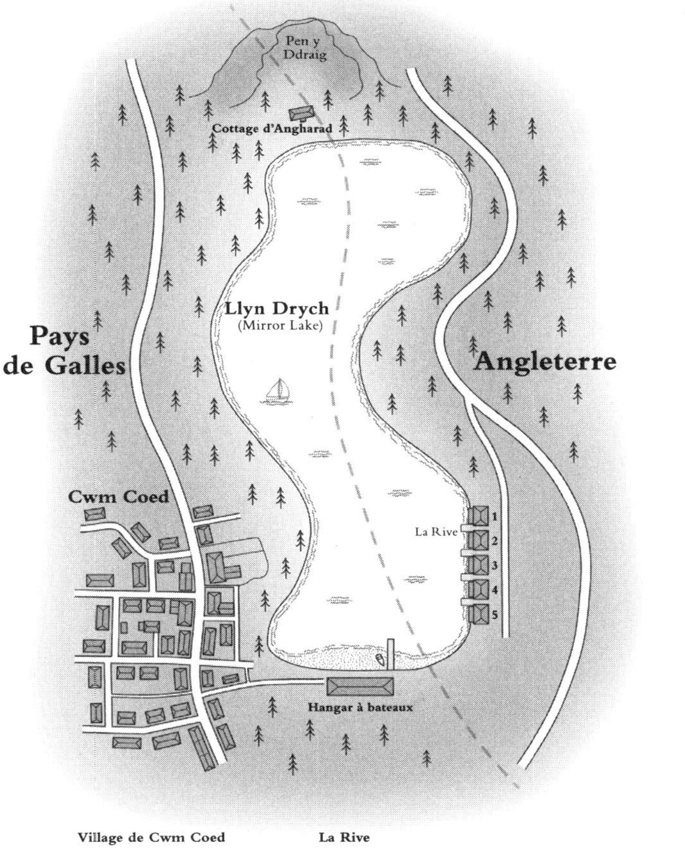

Village de Cwm Coed

Pub *Y Llew Coch*

Quincaillerie de Glynis Lloyd

Elen, Fiona et Seren Morgan

Huw Ellis

Mia Williams

Ceri Jones

La Rive

1 Jonty & Blythe Charlton, Woody & Hester

2 Dee Huxley

3 Bobby & Ashleigh Stafford

4 Clemmie Northcote, Caleb

5 Rhys & Yasmin Lloyd, Tabby & Felicia

Jour de l'An

Personne à Cwm Coed ne se rappelle à quand remonte le premier bain du Nouvel An, mais personne ne fêterait l'occasion autrement. Personne ne se rappelle en quelle année Dafydd Lewis a couru à l'eau vêtu en tout et pour tout d'un bonnet de père Noël, ni quand les joueurs de rugby ont plongé de la jetée et trempé comme une soupe cette pauvre Mme Williams.

Mais tout le monde se rappellera le bain d'aujourd'hui.

La cime des montagnes est couverte de neige depuis avant Noël mais, malgré leur protection, au village, la température ne dépasse pas sept degrés. Le lac est encore plus froid. « Quatre degrés ! s'exclament les baigneurs, le souffle coupé, aussi joyeux qu'incrédules. Il faut être fou ! »

Comme s'ils se rebellaient contre l'azur sans nuages, des tourbillons de brume virevoltent à la surface de l'eau, leur reflet donnant l'illusion vertigineuse que le ciel est à l'envers. Il est d'un bleu vif au-dessus du brouillard et un vestige de la lune d'hier flotte sur la forêt.

Depuis le sommet du mont Pen y Ddraig, Llyn Drych ressemble plus à une rivière qu'à un lac. Long, serpentin, et chaque méandre figure une ondulation de la queue du dragon qu'il est censé symboliser. Drych *signifie miroir et, quand le vent tombe et qu'il n'y a pas une ride à la surface de l'eau, le lac brille comme de l'argent. Le reflet de la montagne s'étend jusqu'au centre, si solide qu'on a l'impression de pouvoir la gravir alors que les profondeurs sombres et sans fond restent invisibles.*

Sur le chemin qui sinue sur le versant sud de la montagne, du dos à la tête du dragon, les promeneurs se penchent pour ramasser un caillou. Ils se relèvent, le soupèsent, jettent un regard penaud alentour, puis lancent la pierre vers le lac. D'après la légende, le dragon de Llyn Drych se dresse si le projectile heurte sa queue : rares sont les randonneurs qui résistent à ce mythe.

Les pins montent la garde autour du lac, épaule contre épaule, si proches qu'il suffirait sans doute d'en abattre un pour qu'ils tombent tous l'un après l'autre. Ils bouchent la vue sur le village de Cwm Coed, mais le protègent aussi des pires tempêtes, ce que les habitants considèrent comme une juste contrepartie.

Sur le rivage d'en face, à moins d'un kilomètre et demi de l'attroupement, une rangée de bâtiments sont tapis dans les collines. Les arbres qui se dressaient devant ont été déracinés et leur bois utilisé pour habiller les chalets et pour fabriquer l'immense panneau sculpté planté au bout de la longue allée privée, chaque lettre aussi grande qu'un homme.

La Rive.

Ils sont cinq, pour l'instant. Des blocs rectangulaires

à un étage avec toits en bardeaux et terrasses qui s'avancent, s'étendent au-dessus du lac sur des pilotis émergeant de la brume. Des échelles métalliques luisent au soleil hivernal et les bateaux qui tirent sur leurs amarres en été ont déserté les pontons.

Chalets de standing en bord de lac, *les appelle la brochure sur papier glacé.*

Carafanau ffansi, *les appelle la mère de Fiona. Des caravanes de luxe. Du chiqué, quoi.*

Une foutue verrue, conviennent la plupart des villageois. Et à ce prix-là ! Pour une baraque où on ne peut même pas vivre à l'année. D'après le site Internet, les propriétaires n'ont pas le droit de faire de La Rive leur résidence principale. Comme s'il n'y avait pas déjà assez de résidences secondaires dans le nord du pays de Galles !

Bientôt, une autre rangée de chalets apparaîtra derrière la première. Puis une autre derrière la deuxième. Il y aura un spa, une salle de sport, des boutiques et une piscine extérieure.

— Dieu seul sait pourquoi ils ne peuvent pas nager dans le lac.

Assise dans le coffre de sa voiture, Ceri Jones ôte son pantalon de survêtement, ses cuisses blanches couvertes de chair de poule contrastant avec le pare-chocs sale.

— Parce que c'est une foutue glacière, voilà pourquoi.

Les rires fusent, haut perchés, attisés par la fête de la veille, par l'excès de vin et le manque de sommeil, par le froid qui s'engouffre entre les pans des peignoirs et transperce les os.

— Soirée sympa, cela dit.

Des murmures d'assentiment s'élèvent.

« Chwarae teg. »

Faut bien le reconnaître. Les habitants de La Rive savent recevoir. Plus important encore, ils savent inviter les gens du coin. Chaque fois, la curiosité l'emporte sur les rancunes.

Sur la berge du lac, des échardes de glace s'amassent dans les flaques peu profondes, craquelées par des orteils libérés des bottes fourrées.

— Il reste encore dix minutes. Tu vas attraper des engelures.

— Je ne sens rien. Je suis encore bourrée, je crois.

— Y a intérêt à ce que ça soigne ma gueule de bois : mes beaux-parents viennent déjeuner et ils me filent déjà assez la migraine comme ça.

— Ce qui ne vous tue pas vous rend plus fort.

— L'un ou l'autre me va.

Le premier des deux coups de klaxon retentit dans l'air frais et une acclamation résonne.

— Prête ?

— Plus prête que moi, tu meurs !

On tombe les manteaux et les peignoirs, on se drape dans des serviettes-éponge en attendant le coup d'envoi et on prépare les bouillottes pour le retour. Les nageurs se précipitent vers la berge dans un enchevêtrement de membres livides et de maillots de bain, de courageux bikinis et de judicieux bonnets de laine, et un brouhaha d'excitation s'élève, si sonore que les baigneurs se demandent s'ils entendront le deuxième coup de klaxon. Mais impossible de le manquer quand il retentit et, avec un cri de joie et un « Blwyddyn Newydd Dda ! *», ils foncent tous vers le lac et entrent dans l'eau glacée en braillant.*

Dès qu'ils ont assez avancé, ils se blindent et plongent à travers la brume qui flotte à la surface. Le froid enserre les poitrines comme un étau, les bouches s'ouvrent sous le choc qui coupe le souffle.

— Bougez-vous ! Allez ! crient les vétérans, souriants, galvanisés par la dopamine.

Les ondulations se muent en vagues, les baigneurs vont et viennent, épaules frissonnantes dans le vent qui se lève.

Alors que la brume commence à se dissiper, une femme pousse un hurlement.

Il se détache au milieu des cris d'excitation, et un frisson d'un autre genre parcourt l'échine des spectateurs. Ceux qui le peuvent encore se dressent sur la pointe des pieds, s'efforcent de voir ce qui se passe, qui est blessé. Les rames du canot de sauvetage plongent dans l'eau. En rythme, il se dirige vers l'origine du vacarme.

Un homme flotte hors du brouillard.

Visage immergé, indéniablement mort.

PREMIÈRE PARTIE

1

Jour de l'An – Fiona

Fiona Morgan scrute la silhouette allongée près d'elle en quête de signes de vie. Grand, les épaules larges, l'homme a les cheveux noirs coupés ras et un petit tatouage sur la nuque, là où doit venir se placer un col de chemise. *Harris*.

Fiona s'éclaircit la voix, teste le silence d'un petit bruit hésitant, comme si elle s'apprêtait à prononcer un discours sans trop savoir par où commencer. L'homme ne remue pas. Cela lui facilite la tâche.

Malgré tout, il y a le léger problème du bras.

Un bras costaud, dont la peau sans défaut d'un brun foncé est tendue sur le genre de biceps que Fiona a toujours envie de mordre, même si, en l'occurrence, ce n'est vraiment pas le moment. Le bras est étendu en diagonale sur le ventre de Fiona, la main pendant mollement près de sa hanche. Par habitude, elle vérifie l'annulaire, soulagée de constater que l'homme ne porte pas d'alliance. Elle consulte sa montre : 8 heures du matin. Il est temps de se barrer.

Elle commence par bouger les jambes, un millimètre à la fois, avant de fléchir les genoux pour poser les pieds par terre sans bouger le tronc, telle une contorsionniste qui se plie pour entrer dans une caisse. Elle attend un instant, puis presse le haut de son corps contre le matelas tout en glissant lentement vers le bord du lit. Elle est exercée : cela fait un an qu'elle peaufine sa technique à cause de ce gène mal placé (quelle qu'en soit la nature) qui pousse les hommes à étendre un bras de propriétaire dans leur lit pendant leur sommeil.

Le spécimen du jour émet un grognement. Fiona compte jusqu'à cinquante. S'il se réveille, il proposera de prendre le petit déjeuner, ou un café au moins, bien que ni l'un ni l'autre n'en ait envie. Pas ensemble en tout cas. La faute à la Génération Z, d'après Fiona. Tous ces *sentiments*. Autrefois, les hommes vous montraient la porte avant même d'avoir fait un nœud à leur capote, mais aujourd'hui ils sont tous *woke*. Ça la soûle.

Elle essaie de se rappeler à qui appartient le bras. *Harris* ne lui dit rien. Elle est sûre que ça commence par un M. Mike ? Max ? En sondant les profondeurs vaseuses de la soirée arrosée de la veille, elle repêche un souvenir : des dents blanches et régulières, un sourire timide, une envie de plaire qu'elle a trouvée aussi séduisante qu'insolite.

Mark ?

Elle mordille un bout de peau à l'intérieur de sa lèvre supérieure. Merde, merde, merde et remerde. Elle déteste ne pas se rappeler leur nom. Ça fait… fille facile.

Marcus !

Fiona sourit au plafond, étourdie de soulagement.

Règle numéro un : toujours savoir avec qui on passe la nuit.

Marcus.

Le souvenir de son nom débloque le reste et elle revoit la beuverie du réveillon se dérouler dans toute sa splendeur. Marcus Machin-chose (le nom de famille ne compte pas) : moniteur de parachutisme (*Je vous filerai des places gratuites, à tes copines et toi*), *ex æquo* au concours de shots, qui a glissé une main autour de sa taille quand il s'est penché pour se faire entendre par-dessus le bruit ambiant. *Et si on allait dans un endroit plus calme ? Chez moi, si ça te dit...*

Fiona ferme les yeux et savoure le souvenir du frisson provoqué par la caresse du pouce de Marcus sur sa peau nue, si pleine de promesses. L'espace d'un instant, elle songe à se recoucher, à le réveiller et...

Ne jamais remettre le couvert. Règle numéro deux.

La chambre de Marcus a l'aspect spartiate et anonyme d'une location. Murs couleur magnolia et stores à lames verticales ; moquette qui crisse d'électricité statique. En la caressant du pied droit, Fiona rencontre le pantalon de Marcus. Son pied gauche rapporte une chaussette et tandis que, près d'elle, la respiration devient régulière, elle se libère du bras du dormeur et se lève avec la grâce d'une otarie.

Le haut bleu qu'elle portait hier soir est à côté de la penderie, son jean quelques pas derrière. Le semis de vêtements classique : Fiona est tellement prévisible. Avec un peu de chance, elle retrouvera ses chaussures balancées dans l'entrée, son pull gisant telle une masse informe près de la porte.

Fiona s'habille en vitesse, fourre ses chaussettes dans les poches de son jean pour gagner du temps et cherche son soutien-gorge, en vain, avant d'en faire le deuil. Un pipi vite fait, un coup d'œil dans l'armoire de la salle de bains (une boîte de préservatifs et un tube de crème anti-hémorroïdaire à moitié vide), puis elle vérifie qu'elle a ses clés et met les voiles. Les trottoirs sont gelés et Fiona remonte la fermeture Éclair de son manteau. Kaki, enveloppant, il est chaud et pratique, même si, en contrepartie, elle a l'air d'avoir enfilé un sac de couchage dont ne dépassent que sa tête et ses pieds. En regagnant sa voiture, elle effectue le traditionnel calcul du taux d'alcool par rapport à l'heure de son dernier verre, et conclut qu'elle doit à peu près s'en tirer.

Il est 9 heures passées quand elle rentre chez elle, et mam prépare du porridge. Deux maillots de bain sèchent sur le radiateur.

— C'est la première fois que tu manques un bain du Nouvel An.

Elen Morgan s'exprime d'un ton neutre, mais, au bout de trente ans d'expérience, la technique de touillage de sa mère n'a plus de secret pour Fiona et, en l'occurrence, sa façon d'empoigner la cuillère en bois n'augure rien de bon.

Seren, seize ans, bondit d'un tas de couvertures posées sur le grand fauteuil près de la fenêtre.

— On a trouvé un…

— Laisse ta sœur prendre son petit déjeuner avant d'aborder ce sujet, la rabroue mam.

— On a trouvé quoi ? demande Fiona en se tournant vers Seren.

L'adolescente fixe le dos de sa mère et lève les yeux au ciel.

— Je t'ai vue.

— Bon sang, tu es douée, mam.

D'un geste, Fiona jauge le contenu de la bouilloire posée sur la cuisinière Aga avant de la placer sur la plaque chauffante.

— Tu as déjà pensé à t'engager dans les services secrets ? Je suis sûre qu'avoir « les yeux derrière la tête », c'est aussi prisé que la maîtrise du jiu-jitsu et du russe, dit-elle en branchant son téléphone, à plat depuis la veille au soir. Il était comment, ce bain, alors ?

— Il n'a pas eu lieu, répond Seren avec un regard de défi à sa mère. J'avais à peine de l'eau jusqu'aux genoux qu'on nous a tous fait sortir.

— Et pourquoi ça ?

— Eh bien, si tu avais été là, tu le saurais, rétorque Elen, l'air pincé.

— Je me suis réveillée trop tard.

— Chez Mia ?

Fiona lâche un « mmm » évasif. Fine mouche, Seren observe tour à tour sa mère et sa sœur, ayant tout de suite senti de l'orage dans l'air.

— Parce qu'elle est restée tard à la fête, d'après ce que l'on m'a dit.

Mia Williams. Deux ans de plus que Fiona : une différence d'âge qui signifie que vous n'avez rien en commun à l'adolescence et tout en commun dix ans plus tard. Elles sont amies par défaut plus que par choix, se dit toujours Fiona ; avec qui d'autre pourraient-elles boire des coups, si ce n'est ensemble ?

— Mam, je suis une grande…

— Et Ceri, qui est partie tôt, a vu ta voiture quitter le village.

Ceri Jones, la factrice. Est-il surprenant, se demande Fiona, qu'elle préfère passer ses soirées ailleurs ? Impossible de lâcher un pet à Cwm Coed sans que cela fasse la une.

— J'avais une course à faire.

Le sifflement de la bouilloire, criard et insistant, semble défier le mensonge de Fiona. Elle met un sachet de thé dans un mug propre.

— Le soir du réveillon ?

— Mam, arrête d'être…

— Je m'inquiète pour toi. C'est un crime ?

— Je ne risque rien.

— Ce n'est pas ce que je veux dire, lance Elen à voix basse en se tournant vers sa fille aînée avec un regard lourd de sous-entendus. Ça ne peut pas te rendre heureuse, Fi.

— Au contraire, répond Fiona sans se laisser démonter.

Mam s'est rangée trop jeune, c'est ça le problème. Elen a rencontré le père de Fiona à dix-sept ans, s'est mariée à dix-neuf. Elle n'a jamais couché à droite à gauche, n'est même jamais sortie avec quelqu'un d'autre. Comment pourrait-elle comprendre à quel point les coups d'un soir sont agréables ? *libérateurs* ?

— Breeef…, dit Fiona pour changer de sujet,

se tournant vers Seren afin de chercher son soutien. Pourquoi n'avez-vous pas eu le droit de nager ?

— Pour rien, juste que quelqu'un a crevé !

La phrase jaillit de la bouche de l'adolescente telle l'eau d'un barrage.

— Pas de vulgarité ! s'écrie mam en la frappant avec son torchon.

— Aïe !

— Je ferais profil bas si j'étais toi, jeune fille. Tu sais pertinemment que tu n'étais pas censée aller à cette fichue fête.

— Tu étais à La Rive, hier soir ? s'étonne Fiona, qui se tourne vers sa sœur.

— Comme tout le monde, rétorque Seren en relevant le menton, sur la défensive.

— Je me contrefiche de savoir si la reine de Saba y était : je t'ai interdit d'y aller !

Mam a élevé la voix et Seren a l'air au bord des larmes.

— Quelqu'un s'est noyé ? lance Fiona.

Mam détache son attention de Seren et confirme d'un bref signe de tête.

— Bon Dieu. Qui ?

Elen sert le porridge mélangé à de la compote de pommes et décoré d'une cuillerée de crème.

— Un homme, on n'en sait pas plus. Il avait le visage immergé, alors…

Le téléphone de Fiona reprend vie avec une stridulation alors que SMS et notifications d'appels manqués envahissent l'écran. La jeune femme fait défiler les messages de bonne année jusqu'à ceux de ce matin.

Tu as entendu parler du cadavre dans le lac ?
Tu sais qui c'est ?
Tu étais où hier soir ???

Elle appuie sur l'icône clignotante pour écouter ses messages vocaux. À n'importe quel autre moment de l'année, elle parierait qu'un touriste s'est noyé. Quelqu'un qui n'est pas habitué au froid ni à nager en plein air ; quelqu'un qui n'a pas grandi près de l'eau. Tous les ans, à Cwm Coed, ils sortent en masse des campings et déferlent sur les berges du lac comme s'ils se croyaient à Bournemouth, plongent de la jetée et laissent leurs gamins flotter sans surveillance sur des matelas gonflables bon marché.

Mais le bain du Nouvel An est strictement réservé aux gens du coin. Personne ne veut que de nouveaux venus fassent une heure de route, voire plus, pour pouvoir crâner sur Facebook ensuite. Il n'y a ni publicité, ni tee-shirts, ni sponsor. Ni organisateur officiel.

Ni mesures de sécurité, pense Fiona, l'air sombre. Elle sait qu'une poignée d'irréductibles diront que la tragédie d'aujourd'hui leur a donné raison : les gens qui refusent de participer au bain parce que c'est dangereux. *Toute cette cavalcade, ces rires et ces chutes ; l'eau est si glaciale qu'elle vous gèlera les poumons. Et tout ça après avoir bu la veille au soir. Quelqu'un ne tardera pas à se noyer.*

La boîte vocale de Fiona déborde de messages éméchés de Mia et Ceri, hurlant sur fond de feux d'artifice, et un de mam ce matin même : Nous partons au lac, *lle wyt ti* ?

— J'ai entendu dire que c'était le vieux Dilwyn Jones, annonce Seren.

— En smoking ? s'étonne mam. En quarante ans, je n'ai jamais vu cet homme sans un cardigan. On a éloigné tout le monde du cadavre dès que possible, ajoute-t-elle à voix basse en s'adressant à Fiona. Il était… il était dans un sale état.

— Quelqu'un a dit qu'il avait le visage tout défoncé.

Seren se lève, yeux écarquillés, délibérément morbide. Elle a les cheveux encore plus roux que ceux de Fiona, avec les mêmes boucles crépues impossibles à mater. La plupart du temps, Fiona dompte les siennes avec un chignon décoiffé alors que Seren les laisse retomber sur ses épaules en un gros nuage roux. Le visage pâle, elle porte encore des traces du maquillage de la veille autour des yeux.

— Arrête tes commérages, Seren, et mange ton porridge. Tu vas avoir les os gelés jusqu'à midi.

— J'avais de l'eau jusqu'aux genoux.

— Tu as des os dans les jambes, non ?

— On a sûrement dû signaler une disparition…, commence Fiona, mais, lorsqu'elle découvre le dernier message de sa boîte vocale, son pouls s'emballe. Il faut que j'y aille, annonce-t-elle en débranchant son téléphone.

— Mais tu viens de rentrer !

— Je sais, mais…

Fiona saute pour attraper un haut propre sur l'étendoir en se demandant si elle peut rafler un soutien-gorge sans que mam la voie. Une demi-douzaine de chaussettes tombent du séchoir, dont une qui atterrit en plein dans la casserole de porridge.

— Fiona Morgan !

Trente ans, un mariage et un crédit immobilier derrière elle, et elle redoute encore le torchon de mam. Pour la deuxième fois en deux heures, Fiona bat rapidement en retraite.

Elle démarre dans une pétarade de pot d'échappement et, d'une main, compose un numéro, téléphone en équilibre sur le siège passager. En sortant du village, elle fait une queue de poisson à un couple endimanché qui va rendre visite à sa famille avec ses trois enfants qui s'ennuient à l'arrière de la voiture. Le conducteur klaxonne longuement et lui colle au pare-chocs pour faire passer son message.

— Mia ? C'est Fi, annonce-t-elle quand le répondeur s'enclenche.

Elle met le pied au plancher, son pouls battant à ses tempes.

— Si mam veut savoir où j'étais hier soir, dis-lui que j'étais avec toi.

2

Jour de l'An – Leo

— Gardez votre manteau !

Le cri retentit au moment où Leo Brady approche de son poste de travail à la brigade criminelle du Cheshire, à 9 heures précises. À contrecœur, il reboutonne son épais manteau en laine et se dirige vers le bureau du patron, où le capitaine Simon Crouch se tient debout près de sa chaise. Même si Leo n'a fait que marcher du parking au commissariat, quelques centaines de mètres au maximum, il a les pieds gelés. Il remue les orteils dans ses chaussures de ville. Les gens répètent qu'« il fait trop froid pour neiger », un concept que Leo n'a jamais compris.

— Va falloir bouger votre gros cul jusqu'à Mirror Lake : un corps s'y est échoué.

Leo n'est pas gros. En fait, il est en bien meilleure forme physique que Crouch, dont la chair pâle semble avoir été façonnée en pâte à modeler, mais cela n'empêche pas le capitaine d'affirmer son autorité en proférant des insultes dignes d'une cour de récréation.

— Ce n'est pas au pays de Galles ?

— J'ai pas demandé une leçon de géographie.

Crouch partage l'écran de son iPad sur le tableau blanc interactif accroché au mur et, pendant une seconde, Leo peut lire les deux premières lignes de tous les e-mails de sa boîte de réception. Parmi les synthèses de cambriolages et les statistiques de crimes violents, il voit un message de Joanne Crouch intitulé *ENCORE ta mère* et un autre du Bureau des affaires internes signalé *urgent* avant que Google Maps ne remplisse l'écran.

Leo prend un moment pour se situer. Au centre serpente un lac étroit appelé Llyn Drych, traversé par la frontière entre l'Angleterre et le pays de Galles. Leo sait qu'il s'agit du Mirror Lake, même si aucune affaire ne l'a jamais conduit aux confins du district de la police du Cheshire. Une chaîne de montagnes s'élève à la pointe nord du lac et à l'ouest, juste derrière la frontière du pays de Galles, se trouve le petit village de Cwm Coed, séparé de l'eau par une bande de végétation qui entoure le lac.

Crouch désigne un coin vert sur la rive est, à la limite de leur zone d'intervention.

— Juste avant votre arrivée, on nous a signalé une disparition ici.

Il touche l'écran et la carte affiche une vue satellite. Le vert représente une forêt, pas des champs, comprend Leo : les arbres se massent sur les berges du lac. Crouch dessine un cercle approximatif et le tapote d'un air entendu.

— Cette photo date d'il y a environ deux ans.

Il referme la carte et fait défiler ses applications à la recherche de Safari. Courrier, Météo, Sky News – ce ne serait pas *Tinder*, là ?

— Voilà à quoi cela ressemble aujourd'hui.

Un site Internet apparaît sur le large écran et une vidéo défile en silence dans l'en-tête. *La Rive, c'est le rêve !* annonce la légende. Le soleil scintille à la surface du Mirror Lake alors que la caméra pique vers une rangée de chalets en bois au bord de l'eau. Saisi au vol, un enfant hilare se balance sur une corde au-dessus d'une terrasse plus adaptée aux Maldives qu'au nord du pays de Galles. Ce n'est pas un film, Leo s'en rend compte à présent, mais une animation en images de synthèse : il s'agit manifestement d'un lotissement haut de gamme vu par un artiste.

— Voici La Rive, annonce Crouch. Et ne vous faites pas d'illusions, parce que vous avez à peu près autant de chances de vous payer un de ces chalets que de progresser au-delà du rang de simple agent. Le propriétaire d'un des chalets est cet ancien boxeur devenu acteur. Celui qui est marié à la nana aux nichons énormes.

— Qui est la personne disparue ?

— Rhys Lloyd, le propriétaire du complexe. Un *chanteur d'opéra*.

Crouch associe ces deux mots comme si leur combinaison était expérimentale. Il se dit « de la vieille école », une expression souvent synonyme de « connard sectaire », comme l'a découvert Leo au cours de ses trente-six années de vie.

— Très connu, d'après ce qu'on m'a dit, continue Crouch. Quand on aime ce genre de trucs.

— J'en déduis que vous n'aimez pas ce genre de trucs.

— Les tapettes en collants ? Vous aimez, vous ?

Leo se concentre pour ouvrir son carnet comme s'il s'agissait d'un portail vers un autre monde.

— Qui a signalé sa disparition ?

— Sa fille. Elle a appelé police secours. Sa femme confirme qu'il n'est pas rentré hier soir, mais, apparemment, ce n'était pas surprenant. Elle croyait qu'il faisait la fête ou qu'il cuvait son vin quelque part. Ou qu'il culbutait quelqu'un, peut-être, ajoute Crouch en s'esclaffant.

— Voulez-vous que je parle à la famille ?

— Jetez un coup d'œil sur le corps d'abord. Assurez-vous que les Gallois n'ont pas merdé. Enquête de voisinage, derniers déplacements connus, la routine. Le nord du pays de Galles a envoyé un agent enquêteur : il vous retrouvera à la morgue.

— Pas de problème.

— Si c'est une noyade accidentelle, refourguez l'affaire aux Gallois, dit Crouch en refermant les applications. Il s'est échoué de leur côté.

— Et si c'est un meurtre ?

— Ça dépend. Si ça ne va nulle part…

— Je refourgue l'affaire aux Gallois ?

— Pas aussi bouché que vous en avez l'air, hein ? lance Crouch, qui attend, le regard plein d'espoir, mais Leo ne sait pas quoi répondre. En revanche, s'il y a un suspect, gardez l'affaire et nous la réglerons en moins de deux. Emballé, c'est pesé en une journée, boum.

Boum ? Crouch se plaint souvent qu'on ne lui confie jamais les déclarations à la presse, tandis qu'il serait posté sur les marches du tribunal ou sur une scène de crime, la Rubalise flottant près de lui. D'après ce que Leo a pu voir de son patron, l'équipe de communication est bien inspirée.

La frontière du Cheshire est à plus d'une heure des bureaux de la brigade criminelle. Le ciel est bleu vif, les rues pleines de badauds chassant gueule de bois et excès de Noël. Une balade au grand air. Une pinte ou un Bloody Mary, peut-être. *Nouvelle année, nouvelle donne.*

Leo écoute les appels des auditeurs en direct sur 5 Live et ressent un désespoir accablant en pensant qu'une nouvelle année vient de passer et que rien n'en a résulté. Il vit toujours dans un appartement merdique à côté d'une voisine qui chasse les mauvais esprits en brûlant des herbes dans une boîte de conserve posée devant sa porte. Et il ne réagit toujours pas.

Leo pianote sur son téléphone et entend la sonnerie remplir l'habitacle à travers les haut-parleurs.

— Qu'est-ce qu'il y a ?

— Bonne année à toi aussi.

Un soupir discret signifie que son ex-femme lève les yeux au ciel.

— Je peux lui parler ?

— Il est sorti avec Dominic.

— Je peux rappeler plus tard ?

— Des amis viennent prendre l'apéro.

— Demain, alors ?

— Tu ne peux pas t'attendre à ce que je laisse tout tomber et…

— Je veux juste souhaiter une bonne année à mon fils !

Allie observe un silence si long que Leo croit qu'elle a raccroché.

— Je le note, tu sais, finit-elle par dire d'un ton sec. Chaque fois que tu t'énerves.

— Bon sang, je ne…

Leo s'interrompt, serre le poing, frappe l'air et s'arrête à quelques millimètres du volant. Impossible de gagner quand le fait même d'énoncer une chose pareille l'exaspère au point que sa réaction ne fait que la confirmer.

— Ce n'est pas juste, Allie.

— Tu aurais dû y penser avant…

— Combien de fois vais-je devoir m'excuser ?

Leo élève de nouveau la voix. Encore et encore, la même histoire, la même culpabilisation.

— Tu as de la chance que je t'autorise à le voir après ce que tu as fait.

Leo compte jusqu'à dix.

— Quand cela te conviendrait-il que je rappelle ?

— Je t'envoie un SMS.

La communication est coupée.

Elle ne le fera pas. Leo devra redemander et, le temps qu'il puisse parler à son fils, ses vœux sentiront le réchauffé.

Au fil des kilomètres, les villages s'espacent et même le ciel semble s'ouvrir jusqu'à ce qu'autour de lui, Leo ne voie que du vide. Un paysage désolé.

Un jour, quand son fils sera adolescent, Leo pourra simplement décrocher son téléphone pour l'appeler. Ils prendront rendez-vous pour se retrouver après l'école ou pour aller voir un match de football sans qu'Allie s'arroge le rôle de gardienne. Sans qu'elle rappelle constamment à Leo ce qu'il a fait. « Tu as de la chance que je n'aie pas appelé la police, aime-t-elle dire. Ou les services sociaux. Je pourrais encore le faire, tu sais. »

Cette épée de Damoclès pèse sur lui, assombrit toutes les conversations, tous les contacts, si brefs soient-ils, qu'elle l'autorise à avoir avec son fils.

Je pourrais encore.

Bon Dieu, quel temps pourri au pays de Galles ! Il ne pleut pas, ce qui est une bénédiction (et une rareté), mais les nuages arrivent du nord et le vent fait fléchir les arbres. À quoi peut bien s'occuper la police toute la journée, ici ? Il doit y avoir quelques crimes, suppose Leo, un vol de mouton, un cambriolage de temps à autre, mais la PJ ne doit pas être débordée. La noyade d'aujourd'hui sera le moment fort de leur année.

La morgue est située à Brynafon et, alors qu'il serpente sur les routes de montagne avant de redescendre vers ce qui passe pour la civilisation, Leo se réjouit d'être équipé d'un GPS. Une bruine flotte dans l'air et couvre les toits d'ardoises du village. Leo suit les panneaux indiquant l'hôpital jusqu'à un petit parking désert, abstraction faite d'une Volvo XC90 et d'une Triumph Stag marron, un vrai tas de rouille. La morgue est un bâtiment bas, cubique. Il sonne.

— Poussez la porte, ordonne une voix métallique. Il n'y a personne à la réception aujourd'hui, mais j'arrive dans un instant.

Leo obéit et se retrouve dans une petite salle d'attente en L. La pendule accrochée au mur indique 10 h 35. Sentant qu'il n'est pas seul, il se retourne et reste bouche bée. Debout dans un coin de la pièce, toute rouge et l'air indécis, se tient une femme.

Harriet.

— Que fais-tu là ? Tu m'as… (Leo peine à trouver les mots.) Tu m'as *suivi* jusqu'ici ?

La femme part d'un grand éclat de rire.

— Je suis arrivée la première ! C'est plutôt toi qui as dû me suivre.

Putain ! Harriet. Harriet Jones ou Johnson, un truc comme ça. Enseignante en primaire à Bangor, adepte de yoga, un détail dont Leo ne se souvient que parce qu'ils ont effectivement testé ensemble les limites de sa souplesse.

Il est sur le point de poursuivre son interrogatoire quand une porte s'ouvre au bout de la pièce, et une femme vêtue d'une blouse de laboratoire blanche entre, accompagnée d'une inimitable odeur de mort et de Dettol.

— Leo Brady, je présume ? Je m'appelle Izzy Weaver, la légiste qui s'occupe de votre homme. Je ne devrais pas être là, pour être honnête, mais mon technicien thanatopracteur manque à l'appel. Il est en sursis, celui-là. J'ai déjà dit à votre supérieur que je ne pourrais pas pratiquer l'autopsie avant après-demain, mais ce serait génial que nous puissions l'identifier.

— *Leo ?* répète Harriet tout fort.

Il y a un bref silence tandis que la légiste lance un regard appuyé tour à tour à Leo et à Harriet. Il tousse. Bon, voilà qui est gênant. Mais il n'est pas le premier à donner un faux nom à une fille rencontrée dans un bar, et il ne sera pas le dernier. Depuis son divorce, qui remonte maintenant à trois ans, Leo n'est pas très à l'aise avec les rencontres amoureuses. Il y a dix-huit mois, il croyait avoir profité d'un coup d'un soir mutuellement agréable jusqu'à ce que sa partenaire le suive, ou le *harcèle* plutôt, pendant plusieurs mois. Il n'a plus donné son vrai nom depuis.

Mais cela n'explique toujours pas ce que Harriet Jones (ou Johnson, bref !) fait à la morgue.

— J'en déduis que vous ne vous êtes jamais rencontrés, dit la légiste.

Leo et Harriet se regardent.

— Eh bien…, commence Leo.

— Non, répond fermement Harriet.

La légiste a l'air perplexe. À juste titre : Leo peine à comprendre lui-même. Est-ce que Harriet le suit ? Est-ce qu'elle intercepte ses messages ? Pendant un moment de panique, il l'imagine espionner le bureau de Crouch, noter avec minutie ses allées et venues.

— Harriet…, commence prudemment Leo.

Il va être ferme avec elle, mais pas *trop*. Elle est sans doute mal dans sa tête : une femme saine d'esprit ne se comporterait jamais comme ça.

— Harriet ? s'étonne la légiste.

— Euh…, dit celle-ci.

Un long silence s'installe.

— On s'y met ? lance Izzy Weaver, légèrement agacée. Agent enquêteur Leo Brady, police du comté du Cheshire, agent enquêteur Fiona Morgan, police du nord du pays de Galles, annonce-t-elle en les désignant tour à tour.

— Fiona ? répète Leo, sourcil relevé.

— Fiona, répète calmement Harriet – ou Fiona, plutôt.

Leo a le tournis. En même temps, et contre toute

attente, son entrejambe se rappelle la nuit précédente. Mélange troublant, que l'odeur de désinfectant n'aide pas à dissiper.

Harriet – *Fiona !* Bon sang ! – a mis des plombes à s'en aller ce matin. La vessie de Leo était sur le point d'exploser, mais il a dû rester couché à faire semblant de dormir pendant qu'elle s'agitait près de lui, en attendant manifestement qu'il l'emmène prendre le petit déjeuner. Leo ne sait jamais quoi dire le lendemain matin, et il est infiniment plus facile de dormir que de gérer une conversation. Elle a fini par sauter du lit et a fait du raffut dans la salle de bains en espérant qu'il se réveille, avant de jeter l'éponge et de rentrer chez elle.

Agent Fiona Morgan. Ce prénom ne lui ressemble pas. Harriet lui va mieux. C'est peut-être son second prénom, et elle se fait appeler Fiona au travail. En se présentant sous le nom de Harriet hier soir, ce n'est pas exactement comme si elle avait donné un faux nom, juste…

— Pas Marcus, alors ? interroge Fiona, sourcil relevé.

— Qui est ce foutu Marcus ? lance la légiste. On m'a dit que vous ne seriez que deux : c'est une morgue ici, pas une séance de spiritisme.

— Désolés, s'excuse Leo de leur part à tous les deux, même si Fiona est loin d'afficher une mine contrite.

Elle a plutôt une expression amusée, vaguement perplexe, comme si elle attendait que Leo développe.

Quand Izzy Weaver les fait entrer dans les profondeurs de la morgue, Leo est assailli par un pressentiment. Pourvu qu'il s'agisse d'une noyade accidentelle, parce que Fiona Morgan a tout l'air d'être une source d'embrouilles.

3

Jour de l'An – Fiona

Bon, voilà qui est gênant. Depuis un an qu'elle a quitté son mari, Fiona a réussi à ne jamais retomber sur un partenaire après un coup d'un soir. C'est l'une des raisons pour lesquelles elle sort loin de Cwm Coed ; ça, et le fait que lorsqu'on vit et travaille là où on est né, on reste pour toujours un enfant aux yeux de ses connaissances. Prenez Sion Ifan Williams, soixante-cinq ans au bas mot, que tout le monde appelle pourtant Sion *Sos Coch* à cause d'un enthousiasme pour le ketchup remontant à l'enfance.

Fiona elle-même a tenté, en vain, de se débarrasser de son surnom de Fiona *Wyllt*.

Fiona la sauvage.

« C'est juste à cause de tes cheveux », expliquait toujours mam d'un ton ferme, tout en s'efforçant de natter la crinière crépue de sa fille, refusant d'admettre qu'un village entier juge sa fille indomptable. Elen Morgan avait grandi à quarante-huit kilomètres au nord de Cwm Coed et malgré un long mariage et deux enfants scolarisés sur place, beaucoup la considéraient encore comme une étrangère. Dans ce genre d'endroit, il faut quatre générations d'ancêtres au cimetière avant de pouvoir se réclamer du coin.

Fiona avait d'abord accepté son surnom. Mieux valait être à la hauteur, pensait-elle en impressionnant ses amis avec de l'alcool volé dans le bar de ses parents et en inventant des « vérités » de plus en plus abracadabrantes lors des inévitables parties d'Action ou vérité. C'était drôle d'être digne de sa réputation.

Jusqu'à ce que cela cesse de l'être.

Parfois, quand elle prend une pinte avec Mia au *Y Llew Coch*, elles regardent les visages qui n'ont pas changé depuis vingt ans.

« Ça me dirait encore », déclare Mia à propos de Hari Roberts, installateur de salles de bains et pompier volontaire.

« Jamais de la vie ! » s'écrient-elles à l'unisson face à Gruffydd Lewis, aujourd'hui enseignant dans l'école qui l'a un jour collé pour avoir glissé un miroir sous la porte du vestiaire des filles.

Alors qu'ils enfilent leurs surchaussures et ôtent leur manteau dans le vestibule de la morgue, Fiona lance un regard furtif à Leo Brady. Est-ce que ça lui dirait ou pas ? Ce n'est qu'une hypothèse, bien sûr, parce que voir règle numéro deux. Mais est-ce que ça lui dirait ? Il est mignon, c'est incontestable, même s'il ne l'est pas autant qu'à travers un filtre de vodka et de vin blanc sec.

Oui, ça lui dirait encore, conclut-elle. Sans doute.

— Après vous, *Fiona*, insiste le policier anglais alors qu'Izzy Weaver ouvre la porte de la morgue.

Sa galanterie feinte agace Fiona. Comment est-ce que ça a pu arriver ? L'air horrifié de Leo à sa vue en disait long. Impossible qu'ils travaillent ensemble, même si Fiona ne sait pas encore comment elle va se sortir de ce guêpier. *Désolée, chef, je me suis malencontreusement tapé l'équipier que vous m'avez assigné : ce ne serait pas possible d'en changer, par hasard ?*

— Merci, *Leo*, l'imite Fiona avec un sourire candide.

La légiste la regarde, sourcils relevés, mais la policière ignore sa question muette.

— Une idée de la cause de la mort ? préfère-t-elle demander.

— Je réserve mon jugement. Comment s'appelle la personne disparue ?

— Rhys Lloyd, répond Leo, coupant l'herbe sous le pied de Fiona.

Elle l'observe, encore étourdie. Tout ça est tellement bizarre. Tellement *affreux*.

— Il est chanteur, poursuit Leo. Originaire de Cwm Coed.

Il le prononce *Cum co-ed*. Fiona a envie de le corriger. *C'est Coom Coyd, en fait*. Elle a envie de dire plein de choses, mais elle ne peut détacher les yeux du long tiroir qu'Izzy sort du frigo.

— Je ne savais pas trop combien de temps vous mettriez et je ne voulais pas qu'il décongèle. Tout ce dont j'ai besoin maintenant, c'est que vos patrons se mettent d'accord pour savoir à qui j'envoie la facture.

— Le corps a été découvert de votre côté, dit Leo en se tournant vers Fiona.

— Il a disparu du vôtre.

Cwm Coed est si proche de l'Angleterre que les collaborations transfrontalières sont inévitables : Fiona s'est plusieurs fois fait refiler des affaires en douce par les policiers du Cheshire.

— Lloyd est propriétaire d'un complexe touristique du côté anglais du lac, explique Leo à Izzy. Vu pour la dernière fois lors du réveillon organisé là-bas hier soir.

— La Rive, ajoute Fiona, bien qu'aucun d'eux n'écoute. Le litige concernant le projet de chantier immobilier dure depuis des années.

Izzy soulève le drap et tous trois observent le cadavre.

— Il n'est pas très en forme, souligne la légiste.

Elle réprime ce qui ressemble à un rot, se touche les lèvres et ferme les paupières en restant parfaitement immobile pendant plusieurs secondes.

— Excusez-moi, dit-elle en ouvrant les yeux juste au moment où Fiona se demande si elle va bien. J'ai joué à Blanc-manger Coco jusqu'à 3 heures du matin et ce dernier verre de porto était peut-être une erreur. Bref : voyons voir si c'est votre chanteur.

Le cadavre est dénudé. Il a la poitrine large, des tablettes de chocolat toujours visibles malgré son état pitoyable et des traces de bronzage suggérant des vacances que Fiona ne pourrait jamais se payer. Une profonde entaille lui a lacéré le visage en deux. Fiona prend des respirations lentes et régulières.

— J'ai effectué les premières constatations sur les

lieux, résidus sous les ongles, prélèvements et tout le toutim.

Izzy désigne d'un geste de la main la paillasse qui court le long de la pièce.

— Ses affaires et ses vêtements sont là, si vous voulez y jeter un coup d'œil. Sacré costard. Je vois pas beaucoup de Savile Row ici, je vous assure.

Fiona se dirige vers le sac scellé, ravie de pouvoir détourner les yeux du cadavre. Drapé sur un portemanteau pliant, le smoking dégage une puanteur de vase et de mort. Fiona aperçoit des boutons de manchette en or et ne s'attarde pas, son estomac lui rappelant que la vodka et le vin ne font pas bon ménage.

Derrière elle, Leo ouvre un porte-documents dont la fermeture Éclair résonne dans la salle à l'acoustique impitoyable. Il en tire une feuille.

— La femme de Lloyd a donné une description de son mari. Un mètre quatre-vingt-cinq, cheveux bruns, yeux marron…

Leo et Izzy vérifient chaque détail sur le corps étendu entre eux, une macabre partie de Memory qui écœure Fiona.

Sur l'étroite table en acier inoxydable sont posés deux sacs plus petits : l'un contient une chevalière en or et l'autre la montre connectée de Lloyd.

— Je vais demander à l'équipe informatique de récupérer les données de son compte Apple, annonce Fiona en rejoignant ses collègues et en se forçant à regarder le cadavre. Nous devrions découvrir ses allées et venues, et, si l'application Santé est installée, nous pourrons voir à quelle heure son cœur s'est arrêté.

— Je ne servirai plus à rien, observe Izzy.

Leo glisse l'index sur le prochain item de sa liste.

— Cicatrice d'appendicite.

— Bingo ! s'exclame Izzy en indiquant la ligne en diagonale au-dessus de l'os iliaque.

Fiona a soudain très chaud.

— Grain de beauté sous le mamelon gauche ? demande Leo.

— C'est bon.

— Cicatrice sur la…

— Cuisse droite, intervient brusquement Fiona. On peut arrêter la partie de Docteur Maboul, maintenant ? Il est assez évident que la description correspond, non ? Il s'agit de Rhys Lloyd. Point final.

Sans plus un regard au cadavre, elle tourne les talons et quitte la pièce.

Dehors, elle allume une cigarette et tire une profonde bouffée. Puis elle appelle son patron en gardant un ton désinvolte. Comme si cela n'avait pas d'importance.

— Je ne vais pas pouvoir travailler sur cette affaire, capitaine : conflit d'intérêts.

— Pourquoi ?

Le capitaine Malik a l'air distrait. Cela fait un peu plus d'un an qu'il est le supérieur de Fiona, mais, du fait de la topographie de leur secteur, elle ne l'a rencontré que rarement.

— Je connais la victime.

— Fiona, vous connaissez tout le monde à Cwm Coed. Il y a six mois, vous avez témoigné contre votre propre tante.

Elle contemple le bout de sa cigarette, le tabac incandescent consumant le papier.

— Elle a pris six mois pour fraude.

Fiona ne va pas gagner, cette fois. Tatie Jane n'est pas une parente proche (c'est plutôt la mère d'une cousine issue de germain, éloignée au deuxième degré, ou un truc du genre), mais Fiona et elle figurent bien dans le même arbre généalogique.

— Oui, mais…

— La victime fait-elle partie de vos proches ?

— Non, mais…

— Alors, vous gardez cette affaire.

Le capitaine Malik raccroche et Fiona aspire une dernière taffe pleine de colère avant d'écraser sa cigarette contre le mur et de la balancer dans les buissons. Bordel de merde. Elle fixe son téléphone. Pas de nouvelles de Mia.

Elle se glisse derrière le volant de sa Triumph Stag. La voiture, plus vieille qu'elle, a été une pomme de discorde au cours de son bref mariage. Elle tombe régulièrement en panne, galère dans les côtes, a des fuites dignes de Julian Assange, et l'air qui passe par le trou dans le plancher soulève la jupe de la conductrice. Cela dit, Fiona n'en porte jamais. Elle a acheté la Triumph avec l'argent légué par son père et plutôt crever que d'en changer pour un véhicule plus pratique, juste pour faire plaisir à son mari.

« On ne peut pas balader d'enfant là-dedans, s'était-il indigné. C'est dangereux.

— Je ne veux pas d'enfant », avait répondu Fiona, et ça avait été le début de la fin.

Il avait tenté de la persuader, puis il avait tenté d'accepter, mais, dix-huit mois plus tard, Fiona fourrait ses vêtements à l'arrière de la Triumph et retournait vivre chez sa mère.

Le vent fait trembler les vitres et siffle à travers les interstices des portières. Fiona pose le front sur le volant en cuir et pousse un long et lent soupir. Alors, c'est vrai : Rhys Lloyd est mort. Mort pour de vrai.

Dieu soit loué.

4

Veille du Nouvel An :
23 h 25 – Rhys

Rhys Lloyd a la pire gueule de bois de sa vie. Sa tête cogne et il est secoué de frissons évocateurs de la grippe. Il sent la bile au fond de sa gorge. Il cligne des paupières dans l'obscurité.

Quelle heure est-il ?

Au loin, il entend les bruits de la fête : de la musique, des rires. Il se souvient maintenant : il est parti tôt, pour aller se coucher.

Sauf qu'il n'est pas dans son lit.

Pas d'oreiller moelleux sous sa tête, et quelque chose de dur s'enfonce dans son dos.

Où est-il ?

Il a une violente douleur entre les yeux et une matière collante et humide dégouline le long de son nez. Il sent un vent froid souffler sur son visage, puis quelque chose d'encore plus froid.

Rhys est dehors.

Est-il sorti sur le balcon de la chambre pour prendre l'air et s'y est-il endormi ?

Il entend le lac. C'est rassurant, au début : il s'est habitué à son clapotis quand ils mangent sur la terrasse ou s'endorment les fenêtres entrouvertes. Mais en l'occurrence, ce n'est pas le doux murmure des vagues sur la berge qui lui parvient depuis le balcon ou par une fenêtre. Le lac est là, autour de lui. Il ondule en rythme, insistant. Il lui éclabousse le visage.

Que fait-il ici ?

Est-il somnambule ?

Il entend une voix, veut appeler au cas où la personne n'aurait pas compris qu'il est là, cerné par l'eau, mais son corps refuse d'obéir. La douleur l'engloutit tout entier, l'eau l'encercle et, quand il parvient à esquisser un minable soubresaut, il se rend compte qu'il est trop faible pour bouger.

Et c'est à ce moment-là que Rhys Lloyd comprend qu'il va mourir.

5

Jour de l'An – Leo

En sortant de la morgue pour regagner sa voiture, Leo consulte Wikipédia. Rhys Lloyd était respecté dans le milieu musical. Il n'avait pas sorti de tube depuis un moment (les groupes préfabriqués et les « talents originaux » défilant aux dix premières places), mais, quelques années plus tôt, ce type était infaillible. Il accumulait les prix et participait aussi à des œuvres caritatives : pour rigoler, il avait joué dans une parodie des *Pirates de Penzance* pour l'association Children in Need. Lloyd était issu de la classe ouvrière, ce que tout le monde adore de nos jours, et, même s'il avait apparemment perdu son accent, il ne tarissait pas d'éloges sur son enfance « idyllique » dans le nord du pays de Galles.

Lloyd était l'incarnation du conte de fées social, l'ado arraché à l'obscurité quand, en vacances à Llangollen, l'agent de Lesley Garrett avait fait une incursion au festival culturel Eisteddfod en quête de toilettes. Au cours des années suivantes, Lloyd avait sorti de nombreux albums, dont un tube de Noël en duo avec Leona

Lewis, réconciliant opéra-comique, comédie musicale et un style de musique que Leo était plus susceptible d'écouter. En fait, le policier se rend compte en passant les titres en revue qu'il en a effectivement écouté certains. Et qu'il les a même aimés.

Le tas de rouille marron qu'il a vu en arrivant appartient à Fiona. Elle est assise au volant, les yeux dans le vague. Leo toque à la vitre et elle s'acharne quelques secondes à essayer de l'ouvrir avant d'abandonner et de sortir de la voiture.

— Ça va mieux ?

Elle fronce les sourcils.

— Certaines personnes étalent du Vicks Vaporub autour de leurs narines. Pour atténuer l'odeur, explique Leo.

— Merci, Columbo, mais je n'en suis pas à mon coup d'essai.

— Je pensais que peut-être… je veux dire…

Leo enfonce les mains dans ses poches. Pourquoi Fiona se comporte-t-elle comme ça ? Elle était sympa hier soir, ils se sont bien marrés.

— Je suppose que vous n'avez pas beaucoup de crimes, par ici, c'est tout.

Fiona hoche la tête, l'air sage.

— Ouais, c'est assez tranquille dans le nord du pays de Galles. Comme on peut s'y attendre, il y a surtout des moutons. Si on ne les baise pas, LOL, on les vole !

— Tu te paies ma tête.

— Non, mon pote, c'est *toi* qui te paies la mienne en ayant recours à des stéréotypes faciles. Pour ta gouverne, la semaine dernière, j'ai assisté à l'autopsie d'une femme qui s'était tiré une balle dans le visage. J'ai passé le reste de la semaine au tribunal pour un vol à main armée. Alors, cesse de te la jouer, OK ?

Lui en veut-elle de ne pas lui avoir envoyé de SMS ? s'interroge soudain Leo. Il lui a demandé son numéro quand, dans un moment d'ivresse, ils ont convenu que ce serait *hyper drôle, oh, mon Dieu !* d'aller visiter Alton Towers ensemble, et elle a entré son numéro dans les contacts de Leo. Ce matin, après être partie de chez lui, elle devait sans doute compter sur un SMS de sa part. Désolé de ne pas m'être réveillé quand tu es partie... j'ai passé un super moment... quand es-tu de nouveau libre ? Ce genre de choses.

Leo respire un bon coup.

— Écoute, je crois qu'il faudrait détendre l'atmosphère. Hier soir, c'était...

Il s'interrompt. C'est important de trouver le mot juste. Pas méprisant, mais pas chargé de sens non plus.

— Sympa, choisit-il.

Un demi-sourire se dessine sur les lèvres de Fiona. Merde, est-ce que « sympa » est *trop* chargé ? Il ne veut pas la mener en bateau.

— Ouais, c'est vrai.

Fiona se radoucit et, malgré lui, Leo ressent la même chaleur que la veille au soir lorsqu'il l'a vue pour la première fois sur la piste de danse. Elle dégageait une espèce d'électricité, comme si vos cheveux risquaient de se dresser sur votre tête si vous l'approchiez de trop près. Fiona ne l'a pas allumé non plus ; elle s'est contentée de l'observer froidement, d'un regard égal, puis elle a arrêté de danser pour l'aborder.

« Il fait chaud, non ?
— Très, a répondu Leo. Tu veux prendre l'air ? »
— Le truc, c'est que… hésite-t-il. Enfin, ce n'est pas que tu ne sois pas… c'est juste que…
Le visage de Fiona est tout chiffonné. Va-t-elle pleurer ? Merde.
— Je ne cherche pas vraiment à me lancer dans une relation.
Il se précipite, parle de plus en plus fort, si bien qu'il finit quasiment en hurlant.
— Moi non plus, répond Fiona avec un brusque hochement de tête, l'air de conclure une réunion d'affaires. Bon, ça, c'est réglé. Des indices sur la cause du décès ? s'enquiert-elle en désignant la morgue.
Est-ce que cela lui convient vraiment ou veut-elle l'épargner ? Quoi qu'il en soit, Leo est soulagé de se retrouver sur un terrain où il se sent plus à l'aise.
— Tu connais les légistes, dit-il. Le type pourrait avoir un couteau planté dans le dos qu'ils se couvriraient quand même jusqu'à l'enquête.
Fiona esquisse l'ombre d'un sourire.
— Je vais passer voir la femme de Lloyd en rentrant chez moi. Yasmin Lloyd est bien sa plus proche parente ?
— Oui, mais…, hésite Leo. Eh bien, elle est à La Rive.
— Et alors ?
— Sur le papier, le complexe est en Angleterre. Sur mon territoire, ajoute-t-il quand Fiona ne répond pas.
— *Sur le papier*, oui, mais Rhys est de Cwm Coed. Glynis, sa mère, y vit encore. Et c'est pratiquement à côté de chez moi. Donc je…

— Allons-y ensemble, conclut Leo avec une détermination qui ne lui ressemble pas.

Si cette affaire se révèle juteuse et qu'il la laisse à d'autres, Crouch ne manquera aucune occasion de le lui rappeler.

Un ange passe alors que leurs regards se croisent, et Fiona rompt le silence avec un soupir qui sous-entend sans doute qu'elle s'en fout.

— Bon. Suis-moi. Appelle-moi si tu te perds : je te donne mon numéro.

— Je l'ai, tu te souviens ? dit Leo en prenant son portable. Je te téléphone, comme ça tu auras aussi le mien.

Il fait défiler ses contacts pour trouver HARRIET NYE et appuie sur « Appel ».

Fiona vire instantanément au rouge. Leo s'en veut ; maintenant, ils ne peuvent plus prétendre qu'il n'a pas ses coordonnées, et que c'est pour ça qu'il ne l'a pas contactée…

Pourquoi son téléphone ne sonne-t-il pas ?

Leo porte le sien à son oreille pour vérifier qu'il fonctionne.

« *Merci d'avoir appelé le showroom. Nos bureaux sont fermés pendant les fêtes de fin d'année, mais si vous souhaitez essayer une voiture, veuillez laisser vos nom et numéro de téléphone et nous vous rappellerons dès la réouverture.* »

Un long silence gêné tombe entre eux jusqu'à ce que Leo se résolve à détacher les yeux de l'écran. Fiona sourit, penaude.

— C'était sympa, c'est vrai. Et ce n'est pas que tu ne sois pas… enfin, c'est juste que…

Ses yeux brillent quand elle imite les efforts de Leo pour la laisser tomber avec tact.

Il a une grimace. Fiona l'observe calmement.

— Et si on repartait de zéro ? propose-t-elle enfin avec un grand sourire.

Leo hoche vigoureusement la tête.

— Bonne idée.

— On fait comme si la nuit dernière n'était jamais arrivée et on se met au boulot, d'accord ? enchaîne-t-elle avec un clin d'œil. On oublie que l'on s'est vus tout nus.

Impossible de ne pas penser à ce que l'on est censé oublier quand on vient juste de vous le rappeler, se dit Leo en sortant du parking derrière la petite Triumph.

Fiona conduit comme si elle intervenait sur un cambriolage en cours, gyrophare allumé et sirène hurlante. Elle prend les virages sur les chapeaux de roues, fonce par-dessus les nids-de-poule avec une telle énergie que Leo plaint les suspensions de sa voiture. Pas étonnant qu'elle ait l'air de tomber en ruine. Leo suit plus tranquillement alors que la Triumph rebondit sur un pont en dos d'âne, laissant apparaître trente centimètres de ciel entre les roues et la chaussée, avant de prendre un virage à gauche serré pour emprunter le chemin qui monte vers Cwm Coed.

L'étroite route en lacets est taillée à flanc de montagne et émaillée de places d'évitement aménagées à intervalles réguliers. Des moutons surgissent soudain sur le bas-côté ou déambulent avec insouciance d'un côté à l'autre et Leo avance au ralenti. Il n'y avait pas de neige tout à l'heure mais, ici, elle saupoudre les routes et s'accumule dans les anfractuosités des pentes rocheuses. À mesure que le dénivelé augmente, Fiona se met à rouler au pas et Leo cède encore plus de terrain. Il jette un coup d'œil à son kit mains libres avec l'idée de rappeler Allie mais, évidemment, il n'y a pas de réseau.

Comment les gens peuvent-ils vivre dans des endroits pareils ? En fait, *pourquoi* vivent-ils dans des endroits pareils, où on ne peut pas se déplacer sans voiture et où il faut descendre une montagne pour avoir du réseau ? Ça avait déjà été assez pénible de déménager de Liverpool à Chester, et Leo avait eu du mal à s'adapter à une région où les champs étaient plus nombreux que les usines, mais, à la naissance de Harris, Allie avait voulu se rapprocher de ses parents.

D'un point de vue professionnel, la mutation dans le Cheshire semblait judicieuse. Plus gros poisson, plus petit étang. Au bout de six mois, Leo entrait à la PJ et postulait avec succès à la brigade criminelle l'année suivante, espérant une promotion au sein de l'unité. C'était compter sans le capitaine Crouch, qui l'avait pris en grippe d'emblée. « On se calme, on se calme », aime répéter Crouch dès que Leo ouvre la bouche pendant une réunion, battant l'air de ses paumes dans une piètre imitation du Liverpuldien caricatural incarné à la télé par Harry Enfield. Ses collègues rient-ils parce qu'ils trouvent cela drôle ou parce qu'ils font de la lèche au patron ? Quoi qu'il en soit, Leo crispe toujours la mâchoire, apportant malgré lui de l'eau au moulin de Crouch.

Il a songé à repartir, après le divorce. Il avait envie de retrouver la familiarité de son ancienne équipe, de réintégrer les pots du vendredi et les parties de foot à cinq du dimanche.

« Tu n'as qu'à repartir à Liverpool, a convenu Allie quand il a évoqué la possibilité.

— Je ne verrais jamais Harris. »

Son ex a haussé les épaules pour signifier : « Comme on fait son lit, on se couche », alors même qu'il n'avait plus le droit de coucher dans son propre lit. C'était elle qui prenait toujours les décisions : où ils vivaient, où et quand ils sortaient. Ou se taper le mari de sa copine et mettre un terme à son mariage avec Leo.

— Autant être à Liverpool, marmonne-t-il maintenant en se garant, alors qu'une remorque remplie de bottes de paille bringuebale dangereusement près du garde-fou qui sépare la route du précipice.

Il envisageait de prendre Harris un week-end sur deux et peut-être un soir par semaine. Mais après que Dominic a emménagé chez Allie, son ex a décidé que cela *perturbait* Harris de dormir ailleurs que chez elle. Leo devait le récupérer à 9 heures, attendre devant la porte d'une maison dont il payait autrefois les traites et le ramener à 18 heures. Si Leo devait travailler le week-end, il perdait son samedi avec Harris : échanger les week-ends le *perturbait*, apparemment. Qu'est-ce qu'Allie aimait ce mot ! Peu à peu, il s'était avéré que récupérer Harris avant 11 heures ou le ramener après 14 heures le *perturbait*. Leo comprend enfin pourquoi il y a tant de pères célibataires chez McDonald's le samedi midi. Où peut-on bien aller quand on n'a le droit de passer que trois heures avec son gamin un week-end sur deux ?

Mais, bien sûr, Leo a merdé. Il a perdu la tête, juste

une fois, l'espace d'un instant. Et Allie ne manquera pas une seule occasion de le lui rappeler.

Après avoir grimpé régulièrement, et lentement, sur seize kilomètres, la route commence à redescendre devant eux et la Triumph accélère, négocie en trombe les lacets, à une allure que Leo n'est pas tenté d'égaler. Il détache son esprit d'Allie et de Harris pour revenir à Rhys Lloyd et au message qu'il est sur le point de communiquer à sa famille. Il n'a pas trouvé grand-chose sur eux, sur Internet. Les jumelles ont quinze ans ; Yasmin, la femme de Lloyd, en a quarante-six, comme son mari. Elle est « consultante en espace », aucune idée de ce que c'est. Ça a un rapport avec la Nasa ?

Un brusque virage sur la gauche débouche sur une nouvelle descente. Alors que la vue se dégage, Leo reste bouche bée. Le lac dessine un S, paresseusement allongé au fond de la vallée bordée de forêts denses et sombres. Tout autour, des bois couvrent les pentes abruptes et les arbres paraissent gigantesques, au loin, dominant le lac de toute leur hauteur.

Le Mirror Lake est un miroitement argenté sous la faible lumière du soleil. Au fond se dresse une immense montagne aux sommets couverts de neige à moitié dissimulés par un tourbillon nuageux. La frontière anglo-galloise passe exactement au centre du lac et il paraît bizarre qu'elle soit aussi invisible, que l'eau ne porte aucune trace de cette ligne où finit un pays et où l'autre commence.

Les oreilles de Leo se débouchent alors que la route continue à plonger et il ne peut bientôt plus voir le lac, juste les arbres qui l'encerclent. Fiona freine brutalement et s'engage si violemment à gauche à un embranchement que la Triumph dérape sur le bas-côté opposé. Leo la suit. Ils sont sur la rive anglaise du lac, sur une route sans dénomination qui rétrécit peu à peu jusqu'à se transformer en simple chemin. De temps à autre, les arbres se raréfient autour de criques peu profondes et le lac scintille sous le soleil d'hiver.

Ça ferait une balade agréable par une journée ensoleillée, suppose Leo. À condition d'aimer ce genre de choses. Peut-être que d'ici à l'été prochain, Allie lui aura pardonné, qu'elle le laissera prendre Harris une journée entière ou même un week-end. Ils pourraient faire du paddle ou acheter un de ces filets de pêche avec un manche pour voir ce qu'ils attraperaient.

Leo est surpris par un virage large, flanqué d'énormes piliers. D'immenses lettres en bois sont placées sur les vingt premiers mètres de l'allée.

LA RIVE.

Il décélère. On ne voit pas le complexe depuis la route principale et, sur la gauche, un panneau indique que l'on se trouve sur une propriété privée. Des haies taillées courent de part et d'autre de l'allée et de loin en loin, suspendues à des poteaux rustiques, de discrètes ampoules éclairent le chemin au crépuscule. Voilà qui est mieux, pense Leo en suivant la Triumph de Fiona dans l'enceinte du complexe. Stylé, luxueux, et pas un mouton en vue.

Alors qu'il approche de l'extrémité de l'allée, l'espace s'élargit et se transforme en parking. À droite, nichées sous les arbres, plusieurs places sont aménagées pour les visiteurs et Leo se gare à côté de sa collègue.

— Affreux, non ? lance-t-elle quand il sort de sa voiture.

Leo est trop occupé à contempler les chalets pour répondre. Construits directement sur la berge du lac, ils disposent chacun d'un étroit sentier menant de la porte d'entrée à une place de parking privée, elle aussi marquée par un éclairage discret. Les chalets sont bardés de bois à la patine naturelle et, avec les pins en toile de fond, on se croirait en Suisse, pas dans le nord du pays de Galles, songe Leo. Il fait quelques degrés de moins ici qu'à Chester et il remonte le col de son manteau.

— Jusqu'aux années 1970, tout ça, c'était le pays de Galles. Et puis les limites des comtés ont été modifiées et la frontière a été déplacée. Ce bout, explique Fiona en désignant le terrain étroit où s'élèvent les chalets, appartenait à Jac, le père de Rhys Lloyd. Il y avait une cabane de pêcheur baptisée Tŷ'r Lan à peu près là où nous nous tenons. La maison de la rive, traduit-elle en devinant la question que Leo s'apprête à poser.

Derrière eux, d'autres arbres ont été abattus, sans doute pour libérer l'espace pour les autres chalets que Leo a vus sur le site Internet du complexe.

— Ils se sont bien débrouillés, commente-t-il.

— Tu sais ce qu'il y a sous ce bardage en bois ? demande Fiona en se dirigeant vers la fin de la rangée. Des parpaings. Tout ça, c'est une illusion, comme un décor de cinéma. L'idée que se fait un réalisateur hollywoodien de la vie au bord d'un lac.

— C'est assez chouette, quand même.

Quel euphémisme : l'endroit est superbe. Un râtelier à vélos couvert abrite une demi-douzaine de VTT flambant neufs couleur vert forêt dont le cadre orné de lettres blanc cassé proclame *La Rive, c'est le rêve !* Les portes d'entrée des chalets sont peintes de la même nuance de vert foncé.

Fiona remonte le sentier alors que Leo vérifie ses papiers pour voir quel chalet appartient aux Lloyd.

— Le projet en a hérissé plus d'un, dit-elle en poursuivant son résumé du contexte. Les gens du coin ont lancé une pétition pour au moins conserver le nom d'origine, mais apparemment les noms gallois sont trop compliqués à prononcer pour les Anglais, observe-t-elle d'un ton cinglant.

— Ils peuvent être un peu…

— Vous arrivez bien à dire Cholmondeley, non ? Bon, ajoute-t-elle après un temps en regardant autour d'elle. C'est assez cossu en surface, mais ça a été construit au rabais. Les entrepreneurs ont promis de faire appel à de la main-d'œuvre locale, mais ils ont fait venir des tâcherons par bus. Cet endroit sent la camelote à plein nez.

En pensant à son appartement miteux, Leo se demande si c'est vraiment si grave. Fiona le précède le long du chemin, mais s'efface quand ils arrivent devant la porte.

— Ton territoire, je crois, agent Brady.

Leo esquisse à peine un geste pour sonner que la porte s'ouvre violemment et qu'une adolescente lui lance un regard si plein d'espoir que c'en est presque insupportable. Une deuxième jeune fille, identique à la première, accourt et s'immobilise brusquement à sa vue.

— C'est pas lui, énonce la première.

Elle se met à pleurer et sa sœur – il doit s'agir des

jumelles Lloyd – la prend dans ses bras. Elles retournent à l'intérieur, encore agrippées l'une à l'autre.

Leo jette un coup d'œil à Fiona avant de les suivre.

Mis à part la petite entrée cloisonnée, le rez-de-chaussée du chalet est complètement ouvert. Dans l'espace le plus proche de l'entrée, un canapé d'angle en cuir blanc est placé devant un poêle à bois et ce qui a tout l'air d'un projecteur. Un grand sapin de Noël aux guirlandes éteintes se dresse dans un coin de la cuisine et une table en zinc savamment vieillie entourée de huit chaises métalliques de différentes couleurs est placée le long de la baie vitrée donnant sur la terrasse.

— Vous l'avez trouvé ?

Une femme aux cheveux gris est debout près d'un placard ouvert, un torchon froissé à côté d'elle. Dehors, le ciel s'assombrit et l'ombre de nuages court sur la terrasse.

— C'est lui ?

Une deuxième femme, plus jeune, à la peau olivâtre et aux longs cheveux raides, est assise à table, un téléphone portable à la main. Elle porte un pyjama et une robe de chambre en soie qui descend jusqu'au sol.

— Madame Lloyd ? demande Leo.

Il est troublé quand les deux femmes hochent la tête avant de comprendre que la plus âgée doit être Glynis Lloyd, la mère du défunt. Elle va rejoindre sa belle-fille et tire une chaise d'une main tremblante.

— Je suis l'agent enquêteur Leo Brady, brigade criminelle du Cheshire. Voici l'agent enquêteur Fiona Morgan, police judiciaire du nord du pays de Galles.

L'adolescente en pleurs éclate en sanglots encore plus bruyants.

— Tabby, s'il te plaît..., supplie Yasmin Lloyd, la voix brisée. C'est lui, n'est-ce pas ? interroge-t-elle doucement, l'air sombre.

— Je peux ? demande Fiona en touchant la chaise face aux deux femmes.

Elle s'assoit, croise le regard de la femme d'âge mûr, qui hoche la tête en signe de reconnaissance. Elles échangent quelques mots en gallois et Leo entend son nom répété plusieurs fois. Il fait chaud dans le chalet, étouffant même, et, bien qu'il gèle dehors, il aimerait que quelqu'un ouvre les grandes baies vitrées pour aérer un peu. Tabby gémit, un bruit aigu, lugubre, qui fait dresser les cheveux de Leo sur sa nuque.

— Twitter ne parle que de ça, dit Yasmin. On a trouvé un corps dans le lac.

Elle inspire lentement.

— C'est Rhys ?

— Nous le pensons, oui. Je suis navré, déclare Leo en soutenant son regard.

Yasmin ferme les yeux, agrippe le rebord de la table jusqu'à ce que ses articulations blêmissent. Tabby s'effondre sur une chaise et sanglote si fort qu'elle suffoque. Sa jumelle ne cesse de secouer la tête, clouée sur place.

— Il faudra que quelqu'un identifie formellement le corps, indique Fiona.

Glynis Lloyd tremble, sa chaise se balance contre le carrelage. Elle est livide et Leo la surveille au cas où elle tomberait en état de choc. Elle doit approcher des soixante-dix ans, elle n'est pas âgée, mais aucun parent ne s'attend à devoir enterrer son enfant.

— Je..., commence Yasmin avant que sa voix ne la trahisse, mais elle se ressaisit : C'est à moi de le faire, parvient-elle à articuler.

— Je vous accompagnerai, annonce Leo. Nous devons parler à vos voisins, alors prenez votre temps, s'il vous plaît. Je sais à quel point vous devez être choquée.

— Il était là, dit Yasmin, à moitié pour elle-même.

— Je n'y crois pas, s'exclame la jumelle de Tabby qui se met à pleurer.

— Felicia, *cariad.*

Glynis tend les bras à l'adolescente, qui ne bouge pas. Sa grand-mère s'adresse à Fiona en gallois.

— Nous n'en saurons rien avant l'autopsie, je le crains, répond Fiona en anglais, concession faite à son collègue et à Yasmin, suppose Leo. Yasmin, quand avez-vous vu votre mari pour la dernière fois ?

— Hier soir, répond-elle, livide. Il devait être 22 heures, peut-être ? Je...

— Tu aurais dû appeler la police quand il n'est pas rentré se coucher ! s'écrie soudain Tabby, les joues marbrées de larmes de colère. Mais tu t'en fichais, hein ? Même ce matin, quand j'ai dit que papa avait disparu, tu as dit qu'il allait revenir, et maintenant...

Elle s'effondre de nouveau, le visage enfoui entre ses bras.

— Madame Lloyd, votre mari se portait-il bien quand vous l'avez vu pour la dernière fois ? demande Leo.

— Oui, répond Yasmin, qui lance un coup d'œil à sa belle-mère. Enfin, pas exactement.

— Il était souffrant ? interroge Leo en ouvrant son calepin.

La légiste voudra savoir s'il montrait des signes de maladie. Lloyd est peut-être mort de causes naturelles. « Refourguez l'affaire aux Gallois », a ordonné Crouch, ce qui est impossible si Rhys est mort à La Rive.

— On peut dire ça. C'était…, hésite Yasmin en fermant les yeux un instant. Volontaire. Il était très soûl. Mais c'était le réveillon, ajoute-t-elle, un peu sur la défensive.

— Je suis navré de vous poser la question, mais dans quel état d'esprit était Rhys hier soir ?

— Suggérez-vous qu'il se serait suicidé ? s'écrie Yasmin en levant vivement les yeux.

Glynis étouffe un hoquet de surprise.

— Papa n'était pas déprimé, proteste Tabby en reniflant bruyamment. Pourquoi se serait-il suicidé ?

— Quelque chose l'avait peut-être contrarié, suggère Felicia à voix basse, d'un ton lourd de reproches.

Elle dévisage Yasmin, qui ne paraît pas avoir remarqué son soudain changement d'humeur.

— Quoi, par exemple ? demande Leo à Felicia.

— Rhys allait bien, explique Yasmin, répondant pour sa fille. Il était soûl, c'est tout. Comme je viens de le dire, c'était le réveillon.

— Avait-il des problèmes médicaux ?

— Il était en très bonne santé. Il le fallait : les gens ne se rendent pas compte de la condition physique nécessaire pour être chanteur professionnel.

— Se droguait-il ? interroge Fiona.

Tabby et Felicia échangent un bref regard.

— Absolument pas.

Yasmin a répondu trop vite. Il faudra demander d'accélérer l'analyse toxicologique, note mentalement Leo.

— S'était-il fâché avec quelqu'un ? demande Fiona.

— Tout le monde adorait papa, explique Tabby entre deux soupirs tremblants. C'était l'homme le plus gentil que l'on puisse rencontrer.

Felicia enlace sa sœur, mais Leo croit voir un éclair de colère passer dans ses yeux avant que le visage des jumelles ne se perde dans leur étreinte.

Ce n'est peut-être rien, pense Leo. Quand un être cher est retrouvé mort, la famille rechigne toujours à admettre qu'il s'est produit une dispute, si triviale soit-elle – *surtout* si elle est triviale. Le défunt est systématiquement « un époux ou un parent aimant » ; leurs relations ne sont jamais entachées par des brouilles mesquines. Tant de victimes capables de « tout illuminer autour d'elles » avant de s'éteindre brutalement, c'est un miracle que le réseau électrique national ne fasse pas faillite.

Yasmin étouffe un sanglot.

— Je n'arrive pas à croire qu'il est parti.

— Je suis navré, dit Leo.

— Navré ? explose Tabby avec une telle vigueur que le policier se crispe d'instinct, comme toujours quand une querelle s'apprête à éclater.

Mais bien que l'adolescente serre les poings et que ses yeux jettent des éclairs de colère, sa lèvre tremblote et les larmes ruissellent sur ses joues.

— Vous êtes navré ? Alors que papa vous a dit qu'on le harcelait et que vous n'avez rien fait ? Mais vous êtes navré, maintenant ?

— On le harcelait ? s'étonne Fiona, qui se tourne vers l'adolescente.

— Ma chérie, je ne crois pas…

— Ils t'ont envoyée balader, maman. Et maintenant, papa est mort !

De violents hoquets engloutissent le reste de la phrase et la jeune fille monte en courant à l'étage, le chalet tremblant sous la violence de ses pas sur les marches. Sa sœur la suit et, pendant une seconde, le silence règne.

— Votre mari était harcelé ? reprend Leo en notant l'information.

— C'est la police de Londres qui a géré l'affaire. Elle n'a pas trouvé le responsable. Ce n'est jamais allé très loin, cela dit, juste des menaces en ligne. Des trolls, vous savez ? Les inconvénients du métier.

— Rhys n'était pas de cet avis.

Glynis Lloyd intervient d'un ton hésitant en jetant des coups d'œil à Yasmin, qui continue de regarder droit devant elle comme si sa belle-mère n'avait rien dit. Il y a un silence gêné, rompu par Fiona qui s'exprime dans la langue maternelle de Glynis.

— *Beth ddywedodd…*

— Y en a marre de ce foutu gallois !

Yasmin se tait, serre les paupières et secoue la tête.

— Pardon. Excusez-moi. Point sensible, explique-t-elle en regardant sa belle-mère. Glynis tenait à ce que les filles aient une éducation bilingue.

— Cela fait partie de leur héritage, c'est tout, répond Mme Lloyd sans quitter la table des yeux.

— Si Rhys avait mis la main à la pâte dès le début, peut-être…

— Il était en tournée, répond doucement Glynis. Difficile de changer des couches depuis l'Italie, non ?

— Que vous a raconté Rhys sur son harceleur, Glynis ?

— Il a dit que quelqu'un était obsédé par lui. Qu'on l'avait menacé.

— C'est vrai ? demande Fiona à Yasmin.

Yasmin hésite avant d'acquiescer.

— Des guerriers du clavier. Nous ne les prenions pas au sérieux.

— Nous allons revérifier tout ça, promet Leo. Au cas où…

La phrase reste en suspens. Il y a quelque chose d'énigmatique chez Yasmin. Les sanglots des jumelles résonnent depuis le premier étage.

— J'y vais.

Glynis repousse sa chaise, les pieds métalliques grinçant sur le carrelage. Elle attend une seconde, comme si elle ne se souvenait plus trop pourquoi elle s'était levée, avant de traverser la pièce, les joues ruisselantes de larmes.

— Cela va la briser, observe Yasmin une fois sa belle-mère partie. Elle n'est plus la même depuis la mort du père de Rhys et maintenant, ça… (Elle s'interrompt en secouant violemment la tête, incrédule.) Je suis désolée. Ça ne… ça n'a pas l'air réel.

— Si vous ne vous sentez pas capable d'identifier le corps de votre mari…, commence Leo, mais Yasmin est déterminée.

— Non, non, je veux le voir. Je dois le voir. Je vais juste…, dit-elle en désignant sa robe de chambre.

— Bien sûr. Prenez votre temps, madame Lloyd.

— Merci, répond-elle alors que des larmes débordent de ses paupières.

— Tu les avais déjà rencontrées ? demande Leo à Fiona, la porte du chalet refermée.

À l'étage, ils entendent encore les sanglots des jumelles, ou peut-être de la mère de Rhys.

— La Rive n'a ouvert que l'été dernier.

— Ça veut dire non ?

— Ouais.

Leo regarde Fiona, exaspéré. Des suspects muets comme des carpes lui ont déjà refilé plus d'infos.

— Et Glynis Lloyd ?

— Elle est propriétaire de la quincaillerie du village. Elle vit au-dessus du magasin.

— Tu la connais, alors ?

Fiona hausse les épaules, comme si la réponse allait de soi.

— Elle est du coin. Tu veux les chalets Trois et Quatre ou Un et Deux ? demande-t-elle en levant les mains, désignant des doigts deux directions opposées.

Leo est partagé entre le soulagement que Fiona ne veuille pas travailler en équipe et l'appréhension de lâcher quelqu'un d'aussi brusque sur La Rive. En principe, c'est son district à lui, après tout.

— Trois et…

Fiona s'éloigne déjà.

Au Trois, Leo enfonce prudemment la main dans une couronne de Noël à la recherche d'un heurtoir. Dans la maison, une femme hurle. Les mots sont indistincts, mais le sentiment qui les anime est clair : Leo en a déjà fait les frais suffisamment souvent. Dès qu'il toque bruyamment, s'égratignant les doigts sur une feuille de houx au passage, les cris cessent. Des pas résonnent.

— Salut.

Leo prend un instant pour se recentrer. Enfant, il regardait les combats de Bobby Stafford et, même s'il n'aime pas les feuilletons télé, on reconnaît d'emblée en lui le bon à rien de service, boxeur à mains nues de *Carlton Sands*, l'inamovible série télévisée.

— Euh, salut.

Leo sort sa plaque et Stafford hausse un sourcil.

Une femme les rejoint à la porte et enlace Stafford.

— C'est qui, bébé ?

Ashleigh Stafford, une de ces célébrités célèbres parce qu'elles sont célèbres, passe d'une émission de téléréalité à une autre, à tel point que personne ne sait plus vraiment comment elle a commencé. Hormis ses joues légèrement empourprées, rien n'indique qu'Ashleigh hurlait à pleins poumons il y a une minute. Elle pose la tête sur l'épaule de son mari. Comme elle le dépasse d'une bonne vingtaine de centimètres, sa position paraît bizarre.

— La police, explique Bobby.

— Vous avez trouvé Rhys ? demande Ashleigh, les yeux écarquillés.

— Cela vous dérange que j'entre ?

Le chalet des Stafford est identique à celui des Lloyd. Même cuisine, même disposition des pièces, mêmes meubles. Même vue. Leo se dirige automatiquement vers la baie vitrée, attiré par la vaste étendue d'eau. Lloyd est-il entré dans le lac de son plein gré ou sous la contrainte ? S'est-il débattu en appelant à l'aide ? Sur la rive opposée, les arbres se reflètent à l'envers, floutant la limite entre l'eau et la terre. Leo imagine Lloyd glisser de l'une à l'autre, lutter pour remonter à la surface, chaque respiration plus éperdue que la précédente.

— Du café ? propose Bobby Stafford.

Immense et rutilante, la machine à café est digne de chez Starbucks.

— Merci, mais je ne vais pas vous retarder. Un corps a été repêché dans le lac dans la matinée.

Vu l'expression du couple, Léo ne lui apprend rien, manifestement.

— L'identification formelle n'a pas encore eu lieu, mais nous pensons qu'il s'agit de Rhys Lloyd.

— Oh, mon Dieu ! s'écrie Ashleigh en portant la main à son visage.

— Putain de merde ! ajoute Bobby.

Ça, c'est nouveau apparemment. Mais Leo ne doit pas oublier que Bobby est acteur et qu'Ashleigh est… qu'est-elle, au juste ? Une *influenceuse*, d'après Wikipédia, ce qui consiste aussi à jouer la comédie devant les caméras, non ?

— Quand avez-vous vu Rhys pour la dernière fois ? demande Leo.

— Il était complètement bourré, hier soir, explique Ashleigh en prenant le café que lui tend Bobby et en nichant la tasse entre ses mains. Je l'ai vu gerber dans les fourrés.

— À quelle heure ?

— Vers 22, 23 heures ? répond la femme, sans conviction.

Leo se tourne vers Bobby, mais l'ancien boxeur hausse les épaules.

— Me demandez pas, mon pote : je l'ai pas vu.

— Du tout ?

— Il y avait beaucoup de monde à la fête, hier soir. Je parlais. Je buvais. Je m'amusais.

Bobby Stafford a l'air un peu sur la défensive, et une brève lueur de rancœur passe dans le regard que lui lance sa femme. Leo se souvient de la scène qu'il a interrompue.

— Étiez-vous ensemble à la fête ?

— Non, répond Bobby à l'instant où Ashleigh répond par l'affirmative.

Leo patiente.

— Un peu des deux, ajoute Bobby.

Il se passe quelque chose d'indéchiffrable entre eux.

— Comment Rhys s'entendait-il avec les autres habitants de La Rive ?

— Bien, je suppose.

Bobby est de nouveau sur ses gardes.

— Tu ne l'aimais pas, hein, bébé ?

Ashleigh regarde ailleurs, mais Leo surprend un tremblement à la commissure de ses lèvres. Bobby lance un coup d'œil à sa femme.

— C'est vrai, monsieur Stafford ?

— Je ne le côtoyais pas beaucoup, répond Bobby en fixant Leo.

— Mais vous ne l'aimiez pas ?

— Oh, bordel ! Qu'est-ce que ça change ?

Leo attend assez longtemps pour mettre Stafford mal à l'aise.

— Un homme est mort, monsieur Stafford. Peut-être assassiné. Il me paraît très important d'établir qui ne l'appréciait pas, vous n'êtes pas d'accord ?

— Assassiné ? souffle Ashleigh, les yeux écarquillés, apparemment choquée, et Leo pourrait se donner des baffes.

« Décès inexpliqué » : telle est la position officielle concernant n'importe quel cadavre jusqu'à ce que le légiste confirme qu'il en est autrement. Si Ashleigh Stafford se met à colporter des ragots, Leo sera dans la merde jusqu'au cou avec Crouch.

— Mes collègues et moi prendrons les dépositions de tous les invités du réveillon ou de ceux qui ont vu le défunt juste avant sa mort, explique Leo en tendant sa carte à Bobby. Si vous pensez à quoi que ce soit en attendant, veuillez m'en faire part, s'il vous plaît.

— Vous avez un suspect ? demande Ashleigh en raccompagnant Leo.

— Madame Stafford, je suis sûr que je n'ai pas besoin de vous rappeler de ne faire aucun commentaire lié à l'enquête sur les réseaux sociaux.

— J'ai deux millions d'abonnés sur Instagram. J'ai la responsabilité de les tenir informés.

Elle se prend pour qui ? Une correspondante de guerre ?

— Vous aurez du mal à mettre vos comptes à jour quand vous purgerez deux ans de prison pour outrage à la Cour.

Ashleigh est encore bouche bée quand Leo se dirige vers le chalet voisin.

Clemence Northcote, du chalet Quatre, a les cheveux courts striés de rose et de violet. Elle porte une robe triangulaire rappelant celle du pictogramme des toilettes pour dames.

— Avez-vous besoin de nous parler à tous les deux ? C'est juste que mon fils Caleb est encore au lit. Ah, les ados ! fait-elle avec une grimace de conspiratrice. J'ai réussi à rester debout jusqu'aux douze coups de minuit, mais c'est encore tôt quand on a seize ans, pas vrai ? Je n'ai aucune idée de l'heure à laquelle il s'est couché. J'étais morte de fatigue. Mince, désolée, ajoute-t-elle, l'air horrifiée, en se rendant compte de ce qu'elle vient de dire.

— Nous lui parlerons demain, si cela vous convient. C'était une sacrée fête, on dirait.

— Formidable, répond-elle avec une nouvelle grimace. Bon sang ! C'est terrible de dire ça après ce qui est arrivé à Rhys, mais, évidemment, nous n'avons appris sa disparition que ce matin, sans parler de… (Clemence frissonne.) Vous croyez que les voisins sont en danger ? Est-ce que nous pouvons rester ? Juste…

Elle s'interrompt et prend une respiration pour se calmer.

— Excusez-moi. Je pars dans tous les sens. J'ai eu un de ces chocs !

— Nous préférerions que vous restiez au moins le temps de faire votre déposition, s'il vous plaît, madame Northcote.

— Appelez-moi Clemmie, je vous en prie. Bien sûr. Mon Dieu, c'est affreux, non ?

Elle se dirige vers la plaque chauffante et remue le contenu d'une grande marmite.

— De la soupe. Pour Yasmin et les filles.

Au lieu de la longue table métallique que Leo a vue chez les Lloyd et les Stafford, Clemence Northcote en a une petite en bois avec deux chaises pliantes. Contre le mur, Leo reconnaît une bibliothèque Ikea identique à la sienne. Par la baie vitrée, il aperçoit un étendoir sur lequel une combinaison de plongée s'égoutte lentement sur la terrasse.

— Il devait faire froid, commente-t-il en désignant la combinaison de la tête.

— Pardon, vous dites ?

Clemmie ouvre et ferme des tiroirs avec une étourdissante inefficacité.

— Le bain du Nouvel An. Une tradition locale, d'après ce que l'on m'a raconté.

— Ah, ça ? Oui. J'y suis habituée, cela dit : je nage toute l'année.

— Étiez-vous présente quand on a trouvé le corps ?

Clemmie prend son visage entre ses mains.

— Je suis partie immédiatement. Je suis rentrée à La Rive. Cela semblait importun. Et...

Elle hésite, rechigne apparemment à finir sa phrase. Leo attend.

— Les gens du coin sont un peu bizarres avec nous, finit-elle par dire.

— Avec les résidents de La Rive ?

Clemmie hoche la tête.

— J'ai essayé, vous pouvez me croire. J'ai organisé une collecte d'ordures, proposé de faire du bénévolat à la bibliothèque… Les gens sont polis, mais c'est…, explique-t-elle avec un soupir. Ils gardent leurs distances, vous comprenez ? Vous avez vu les immenses lettres au bout de l'allée ?

— Impossible de les manquer.

— Oui, en effet. Avant l'ouverture de La Rive, quelqu'un avait repassé sur le r et le v à la peinture aérosol, et on pouvait lire *La Bite*. Il a fallu les décaper à la sableuse pour enlever les traces.

Leo éclate de rire.

— Alors, comme ça, les autochtones n'apprécient pas le complexe ?

— C'est *nous* qu'ils n'apprécient pas. Ils supposent que nous roulons tous sur l'or, qu'on « se la pète », comme dirait mon fils, pour la simple raison que nous avons acheté un chalet.

— J'imagine qu'habiter ici n'est pas donné, remarque Leo d'un ton neutre.

Il l'a déjà vérifié sur le site, où le prix de départ d'un chalet de trois chambres s'élève à cinq cent cinquante mille livres. En tout petit, en bas de page, on lit que les frais d'entretien atteignent le prix exorbitant de dix mille livres par an.

— C'est beaucoup d'argent, je sais, mais… regardez ça, poursuit Clemmie en désignant le lac.

Il y a mieux à faire avec un demi-million que de se payer une vue, songe Leo.

— Le problème, c'est qu'ils pensent que nous vivons tous dans des manoirs le reste de l'année.

— Vous voulez dire que ce n'est pas le cas ?

— Pour certains d'entre eux, si. En fait, pour eux

tous, je suppose, ajoute Clemmie avec un soupir. Les Stafford ont du personnel de maison et une piscine, les Charlton vivent à Kensington et ont une villa dans les Cotswolds. Et bien sûr, la résidence principale des Lloyd est magnifique.

— Vous l'avez vue ?

— Dans des magazines.

— Où vivez-vous, vous et votre fils ?

— À Londres, répond Clemmie en rougissant. Dans un F1 en Zone Cinq où je dors sur le canapé : j'ai le dos cassé qui le prouve.

— Mais comment…

Leo n'en dit pas plus pour éviter d'être grossier.

— Comment j'ai pu m'offrir cet endroit ? complète Clemmie, rougissant de plus belle. Je rembourse par mensualités un prêt contracté auprès d'un particulier. Mais les autres ignorent que je n'ai pas payé comptant, alors je vous serais reconnaissante de le garder pour vous.

— Bien sûr. Je croyais que les chalets étaient tous décorés de la même façon, ajoute Leo en regardant autour de lui.

— On paie en plus pour les meubles. Beaucoup plus. On vous force vraiment la main : ils veulent une certaine *allure* dans les photos, je suppose, je comprends comment cela marche, mais c'était inenvisageable pour nous.

— Rhys Lloyd était propriétaire du complexe, si j'ai bien compris ?

— C'est exact.

— Comment était-il ?

Clemmie examine sa soupe avec plus de concentration que nécessaire.

— C'était un merveilleux chanteur. Je me rappelle l'avoir entendu à...

— En tant que personne, précise Leo sans quitter Clemmie des yeux.

Le silence s'éternise.

— Il était très différent de ce que la presse disait de lui, finit-elle par répondre.

— Comment cela ?

— Dans ses interviews, il apparaît toujours comme quelqu'un de terre à terre. Il explique qu'il allait à l'école à pied avec du journal dans ses chaussures parce qu'elles prenaient l'eau, et qu'avec son premier cachet gagné dans le West End, il avait payé des vacances à sa mère.

— Et il n'était pas comme ça ?

— Il nous prenait de haut. Caleb et moi. Parce que nous ne portons pas les vêtements qu'il faut ou que je ne bois pas le vin qu'il faut. Je ne correspondais pas à sa vision de La Rive, explique-t-elle calmement avec un soupçon d'amertume.

— Ça a dû être difficile à supporter, remarque Leo d'un ton neutre.

— Pas difficile au point de me pousser au crime, si c'est ce que vous sous-entendez.

— Il ne s'agit pas d'une enquête criminelle, répond Leo.

Pas encore, ajoute-t-il à part soi.

— Si ça l'était, vous ne sauriez plus où donner de la tête, je crois, glousse Clemmie.

— Pourquoi ?

Elle observe franchement Leo, l'air résignée.

— Parce que cela fait six mois que je vis à La Rive et je n'ai encore rencontré personne qui appréciait Rhys Lloyd.

En sortant de chez Clemence Northcote, Leo sent en lui le pétillement familier de l'adrénaline. Il regarde les chalets en pensant aux parpaings sous le bardage en bois, aux secrets qu'abritent ces murs. Leo ne sait pas comment Rhys Lloyd est mort, mais voilà ce qu'il sait : sous le vernis de La Rive se cache une tout autre histoire.

6

Jour de l'An – Fiona

Vu la tête de Leo, il s'attendait manifestement à ce qu'ils fassent du porte-à-porte ensemble, mais Fiona préfère la jouer solo. En outre, elle a beau lui avoir demandé d'oublier l'aventure d'hier soir, c'est plus facile à dire qu'à faire. « Ne jamais tremper son porte-plume dans l'encre de l'entreprise », lui avait recommandé un sergent, un jour. Conseil paternaliste mais néanmoins valable. Des flashs totalement inappropriés pendant une potentielle enquête criminelle déconcentrent Fiona.

Difficile de donner un âge à Deirdre Huxley, la propriétaire du chalet Deux, tant ses yeux perçants tranchent avec son visage ridé. Elle porte un cardigan rose pâle à boutons de nacre et un pantalon droit avec un pli bien net au centre. Aux pieds, des chaussons en velours ornés d'un gland et d'une volute de broderie dorée. Ses cheveux, plus argentés que gris, sont élégamment coiffés en un carré lisse à l'épaule. « Bien conservée », dirait la mère de Fiona.

Mme Huxley examine la plaque de Fiona à travers ses lunettes en écaille suspendues à une chaîne autour de son cou.

— Vous n'avez pas l'air d'une cambrioleuse, mais on ne sait jamais, n'est-ce pas ?

— Je ne suis pas une cambrioleuse, confirme Fiona.

— Alors entrez vous réchauffer et vous pourrez me dire que je ferais mieux de m'asseoir, car le cadavre qui s'est échoué de l'autre côté du lac ce matin est très certainement celui de Rhys Lloyd.

Elle fait volte-face, laissant Fiona bouche bée sur le seuil de la porte ouverte. Voilà ce qui s'appelle aller droit au but.

Fiona entre et ferme derrière elle avant de suivre Mme Huxley dans le chalet. La dame marche avec une canne, un objet magnifique en bois sombre orné d'un pommeau en métal poli de la taille d'un petit poing. Elle l'appuie contre le canapé et s'enfonce dans les coussins avec un soupir de satisfaction.

— Quelle détective vous faites, observe Fiona en la rejoignant.

Le chalet est meublé comme celui des Lloyd mais configuré différemment : la longue table est placée au fond de l'espace ouvert et le canapé d'angle près de la baie vitrée donnant sur la terrasse.

— Un homme disparu. Un cadavre dans le lac. Pas besoin de Miss Marple, pas vrai ?

— Vous n'allez pas tarder à m'apprendre comment il en est arrivé là.

— J'imagine qu'il a été assassiné. Voulez-vous une tranche de cake ?

— Qu'est-ce qui vous fait dire ça ? s'écrie Fiona en levant brusquement la tête, surprise.

— J'en ai toujours un à cette période de l'année.

— Non, je veux dire, pourquoi croyez-vous que Rhys Lloyd ait été assassiné ?

— Ce n'est pas le cas ?

Mme Huxley se lève et se dirige vers la cuisine.

— Madame Huxley, si vous avez des informations liées à cette enquête, j'ai besoin de...

— Je crois que j'ai des petits gâteaux fourrés, si vous préférez.

— Pas de gâteau, répond fermement Fiona. Vous connaissiez bien Rhys ?

— Connaît-on vraiment les gens ? La présidente de mon association de femmes a détourné des milliers de livres pendant des années et personne n'a rien soupçonné jusqu'à ce qu'elle se pointe à l'assemblée générale annuelle chaussée d'escarpins Jimmy Choo. Bon : Earl Grey ou lapsang souchong ?

Fiona capitule.

— Earl Grey, répond-elle, et son estomac gargouille. Et peut-être une fine tranche de cake. Vous étiez à la fête, hier soir ?

— Oh, oui, ma petite. Je me suis retirée avant minuit et j'ai écouté les douze coups allongée dans mon lit avec une tasse de thé, ce qui est de loin la meilleure manière d'accueillir la nouvelle année, vous ne trouvez pas ?

Fugacement, Fiona s'autorise à se souvenir qu'au moment du passage à la nouvelle année, elle galochait Leo devant la boîte de nuit.

— Ça a l'air génial. Quand avez-vous vu Rhys pour la dernière fois ?

— Je ne porte pas de montre.

Mme Huxley pose un plateau devant Fiona et commence à disposer deux tasses sur la table.

— Mon défunt mari m'a offert une magnifique montre Cartier quand nous nous sommes mariés et, lorsqu'il est mort, elle s'est arrêtée. On aurait dit qu'elle savait. Croyez-vous que les montres aient une âme, agent Morgan ?

— Était-il encore à la fête quand vous êtes partie ?

— J'ai consulté différents horlogers pour la faire réparer, mais personne n'a pu trouver d'où venait le problème.

— Extraordinaire. Savez-vous si Rhys a eu un différend avec quelqu'un, à la soirée ? Si quelqu'un lui en voulait, peut-être ?

— Les gens éprouvent de la rancune pour des bêtises, vous ne trouvez pas ?

Mme Huxley coupe deux généreuses tranches de cake et en pousse une vers Fiona.

— Une de mes amies a refusé de parler à son frère pendant des années parce qu'il avait dénigré l'un de ses enfants. Vous êtes sûre que vous ne préféreriez pas un petit gâteau fourré ?

C'est Leo qui aurait dû venir. Il est du genre à bien s'entendre avec les vieilles dames.

— Ma petite, ne pouvez-vous pas visionner les images de la vidéosurveillance pour voir à quelle heure Rhys a quitté la fête ?

Fiona pose sa tasse.

— Il y a des caméras de surveillance à La Rive ?

Elle était si préoccupée qu'il ne lui est même pas venu à l'esprit que des preuves enregistrées puissent exister. Erreur de débutante.

— Comme partout, non ? Jonty Charlton a la clé. Il vit au Un. Saviez-vous que les chalets étaient censés porter des noms de montagnes galloises ?

Fiona est au courant : le journal local en avait parlé. Les noms étaient « imprononçables », d'après le panel de consommateurs consulté par les investisseurs de La Rive qui avaient proposé de les remplacer par leur version anglaise. *Tête de dragon. Crête rouge.* « Il faudra me passer sur le corps », avait répondu la mère de Fiona quand on lui avait soumis la pétition. L'élu local du Plaid Cymru l'avait présentée à Westminster et l'on avait discrètement remplacé le nom des chalets par des numéros.

Le temps que Fiona parvienne à s'extirper de chez Deirdre Huxley, elle a le tournis. Elle observe les environs à la recherche des caméras. Elles sont bien cachées, nichées dans les arbres qui longent l'allée. Fiona se roule une cigarette et descend la fumer seule au bord du lac. C'est étonnant le nombre de personnes qui se sentent en droit de faire la morale à un parfait inconnu à propos de sa santé.

— Chaque cigarette réduit ton espérance de vie de dix minutes, tu sais, lance Leo en arrivant derrière elle.

— Onze, en fait. Tu en veux une ?

— Volontiers.

Fiona passe la boîte à Leo qui roule la clope lâche du fumeur occasionnel.

— Alors, tes deux entretiens ?

— Je n'ai pas encore parlé aux Charlton et Mme Huxley est siphonnée. Agréable pause thé, en revanche.

— J'ai fini. Personne ne se rappelle avoir vu Lloyd à minuit, mais Ashleigh Stafford l'a aperçu en train de dégobiller dans un buisson un moment avant.

— Classe.

Fiona contemple le lac. Les nuages sombres qui les ont accueillis à leur arrivée se sont levés et les pics enneigés de Pen y Ddraig se détachent de façon saisissante sur le ciel bleu d'hiver.

— D'après Clemence Northcote, un groupe traînait près du lac, en fin de soirée – ils se défiaient de se baigner, ce genre de choses –, mais elle n'est pas certaine que Lloyd en ait fait partie.

Leo se retourne vers le complexe. Chaque terrasse est séparée de sa voisine par une échelle qui descend jusqu'à un ponton flottant, commun aux deux propriétés.

— S'il est entré dans l'eau à cet endroit, le courant aurait-il pu l'emporter de l'autre côté ?

— Tu me prends pour la Petite Sirène ?

Leo ramasse un galet, le lance dans le lac, provoquant l'envol d'une sterne.

— Hé ! s'écrie Fiona, le regard noir. J'ai traîné des gamins jusque chez eux par les oreilles pour avoir fait ça.

— Je ne l'ai pas touchée.

— Je t'en aurais collé une, sinon.

Elle fixe le lac. À ses côtés, Leo commence à gigoter. Bon Dieu, c'est pire que d'emmener un gosse en balade.

— Ça ne te rend pas dingue, tout ça ? demande-t-il en désignant l'étendue d'eau, surplombée par la rude paroi rocheuse du mont Pen y Ddraig.

— Si.

— Tu devrais demander une mutation. Dans le sud du pays de Galles, peut-être ?

— Ouais, je peux pas faire ça.

— Pourquoi pas ?

— À cause de tout ça, répond Fiona en imitant le geste de Leo.

Elle s'éloigne, le bout de ses bottes en cuir assombri par des éclaboussures. Leo la suit, en gardant ses distances avec l'eau. Il ne faudrait pas qu'il mouille ses chaussures de ville.

— On a le lac dans la peau, explique Fiona. Il est toujours là, tu vois ? Quand j'étais gamine, c'était là qu'on zonait. C'était là que nos mères nous traînaient pour les photos spéciales, là que l'on devait nettoyer nos crampons de rugby quand ils étaient trop sales pour l'évier.

— Tu jouais au rugby ?

— J'y joue toujours. Demi d'ouverture.

— Tu as déjà essayé de déménager ?

Fiona éclate de rire.

— On n'est pas dans *La Petite Maison dans la prairie*, où les gens n'arrivent pas à quitter la grande ferme parce que m'man tient la maisonnée d'une main de fer, rétorque-t-elle avec un fort accent américain, et Leo se sent penaud. Je l'ai fait. Je suis allée à l'université à Cardiff, puis j'ai vécu quelque temps à Londres. Mais mon petit ami vivait ici et… d'autres trucs, alors je suis revenue, conclut-elle sans conviction.

La partie sur le petit ami n'est pas vraie. Ils se sont vus par intermittence pendant les vacances scolaires, mais leur relation n'a jamais été exclusive. Il n'était pas question qu'il fasse le trajet jusqu'à Cardiff ou qu'il rencontre ses amis. Ce n'est que plus tard qu'ils étaient devenus un vrai couple, quand Fiona était rentrée chez elle.

Mam avait quarante-quatre ans à la naissance de Seren (qui n'était pas un accident mais une *surprise*, disait-elle fermement) et la maladie de papa avait éclipsé la grossesse. Il avait manqué la naissance de quinze jours.

Seren avait quatre ans quand Fiona avait fini le lycée.

« Si je postule à Manchester, je pourrai continuer à vivre ici, avait dit Fiona à sa mère. Je ferai le trajet pour assister aux cours magistraux.

— Ne reste pas pour nous.

— Mais je devrais être là pour t'aider…

— Je vais y arriver, avait répondu Elen, encourageant Fiona à prendre son envol. Il y a tout un monde à découvrir en dehors de Cwm Coed, *cariad.* »

Ce n'était pas le lac qui avait fait revenir Fiona, mais la culpabilité. La culpabilité de savoir Elen seule à la maison avec un petit enfant, la culpabilité à l'idée que papa lui en aurait voulu d'être partie. Un jour, elle avait vu une offre d'emploi qui semblait lui être destinée.

« Je vais entrer dans la police », avait-elle annoncé.

À sept ans, Seren était encore assez petite pour tenir sur les genoux de Fiona, la sœur la plus cool du monde à son avis ; quant à elle, Fiona trouvait Seren aussi attachante qu'exaspérante.

Mam avait gardé le silence avant d'observer :

« Qui l'eût cru ? Fiona *Wyllt*, policière.

— C'est une mauvaise idée, mam ? »

Elen avait souri, pris les joues de Fiona au creux de ses mains.

« Ton père aurait été fier de toi. »

Elles s'étaient toutes les deux mises à pleurer et Seren les avait imitées, même si, ou peut-être justement parce qu'elle n'avait aucun souvenir de lui.

Le *ding* d'un SMS ramène Fiona au présent, et Leo attrape son téléphone en même temps qu'elle.

— C'est le tien, remarque-t-elle devant son écran vide.

— Je dois passer un coup de fil, annonce-t-il après avoir vérifié le sien.

Il s'éloigne, se tient debout sous les arbres, et Fiona s'avance vers la rive pour lui laisser un semblant d'intimité.

— Mais tu m'as dit d'appeler maintenant…

Fiona essaie de ne pas écouter.

— Eh bien, je viens de le recevoir. Ce n'est quand même pas ma faute !

Ah, de qui se moque-t-elle ? Elle fait un ricochet et s'efforce d'avoir l'air naturelle.

— Je peux lui parler ? S'il te plaît, Allie.

Il y a un long silence. Fiona vérifie ses e-mails et envoie une mise à jour rapide au capitaine Malik.

— Hé, bonhomme ! s'exclame Leo. Tu vas bien ? Bonne année !

Il s'exprime d'un ton si différent que Fiona a du mal à ne pas se retourner pour vérifier si c'est bien la même personne. Elle se laisse bercer par sa voix – « Il a fait ça ? Et toi, qu'est-ce que tu as fait ? C'est pas vrai ! » – et le passé lui agrippe le cœur et le serre fort. Elle s'imagine au téléphone avec son père, ramasse un autre galet, plus gros cette fois, et le balance loin dans le lac.

— Tu as un enfant, observe-t-elle une fois la conversation terminée.

Elle regarde la berge, la percée dans les arbres où se tapit le complexe. Un grand barnum couvre l'une des terrasses, des guirlandes lumineuses entrecroisées sur les fenêtres.

— Harris, se souvient-elle.

— Comment tu… ah, ouais, c'est vrai.

Leo passe une main sur sa nuque, le petit tatouage maintenant caché sous son col. Il se baisse pour s'emparer d'un galet, qu'il jette avec force dans l'eau, dispersant les sternes. Fiona ne relève pas.

— Il a quatre ans. Tu en as, toi ?

— Seigneur, non.

Leo vérifie sa montre.

— Dès que Yasmin aura confirmé l'identité de la victime, le capitaine veut que nous le retrouvions au bureau pour le briefer sur l'affaire.

— Tu peux t'en charger. Les capitaines, très peu pour moi.

— Je ne savais pas qu'ils étaient facultatifs.

— Quand tu couvres un district de deux cents kilomètres carrés et que ton capitaine travaille deux villes plus loin, si.

Leo s'apprête à répondre, puis laisse tomber en secouant la tête.

— Qu'est-ce que c'est ? demande-t-il en désignant une structure de plain-pied, de l'autre côté du lac.

Le bâtiment est entouré de bateaux, certains couchés sur le flanc, d'autres posés sur d'énormes bers, coque nue et exposée aux quatre vents.

— Le hangar à bateaux. Propriété de Steffan Edwards. Il fait des réparations, loue des planches de paddle et des canots, l'été.

— Il connaîtrait les courants ?

— Sans doute, répond Fiona en retournant vers les chalets.

— Tu me retrouves là-bas demain matin ?

— Déjà un troisième rencard ? Vous ne perdez pas de temps, monsieur Brady.

— On ne devait pas « oublier hier soir » ?

— J'ai oublié.

De petit gabarit, la femme qui ouvre la porte du chalet Un donne l'impression qu'elle risque de s'envoler au moindre coup de vent. Elle a les cheveux blonds et fins, la peau si tendue sur ses pommettes qu'elle paraît presque translucide. Vêtue d'un collant de yoga, d'un haut lâche qui pend d'épaules maigres comme un cintre, elle a l'air d'une enfant qui aurait emprunté les chaussettes de son père avec ses énormes jambières froncées qui lui couvrent les pieds.

— Entrez, entrez. Quelle horreur ! Chéri, une policière veut nous voir.

On introduit Fiona dans une vaste pièce ouverte et

on chasse deux enfants, un garçon et une fille. Près de la baie vitrée trône la même table en zinc que chez les voisins mais, comparé à leurs chalets lumineux et spacieux, celui-ci est sombre, la lumière et la vue occultées par le barnum installé sur la terrasse.

Jonty Charlton – Fiona suppose que c'est lui, du moins – est assis sur la méridienne du canapé d'angle placé dans l'autre moitié de la pièce, où un poêle à bois dégage une chaleur torride. Une bouteille de vin rouge ouverte est posée sur la table, près de lui.

— Quelle pagaille, hein ? lance-t-il en se frottant le front. Puis-je vous offrir quelque chose ? Un verre de vin, peut-être. Blythe, tu peux trouver un autre verre ?

Les plans de travail de la cuisine sont jonchés de verres en train de sécher et de plats en aluminium entassés. Fiona remarque un serpentin qui pend mollement d'une tringle à rideaux et une chaussure solitaire abandonnée dans un coin.

— Ça ira, merci. Vous avez appris la nouvelle ?

— Ashleigh Stafford l'a postée sur le groupe WhatsApp des voisins, explique Blythe. Je n'arrive pas à y croire. Il était *là* il y a quelques heures.

— Depuis quand connaissez-vous les Lloyd ?

Blythe lève la main comme une écolière.

— Yasmin a participé à un de mes cours de yoga il y a environ cinq ans. C'est incroyable quand on y pense. Je n'avais pas prévu d'enseigner ce mardi-là – les chakras ne sont pas au mieux le mardi –, mais je l'ai fait, et ensuite tout s'est enchaîné.

— Les filles ont sympathisé, ajoute Jonty. Blythe m'a dit que le mari de Yasmin avait hérité d'un terrain et avait besoin d'investisseurs pour un projet immobilier.

— Et vous y avez vu une opportunité ? demande Fiona.

— C'est mon métier, répond-il en avalant une gorgée de vin. De réunir des projets et des investisseurs. Il est rare que j'investisse personnellement, mais j'ai du mal à dire non à ma femme.

— Le nord du pays de Galles est à l'aube d'une renaissance, explique Blythe.

Fiona se retient de ricaner. Attends que le lac déborde et qu'il flotte sans arrêt pendant trois semaines d'affilée.

— Et il y a une énergie extraordinaire ici : on la sent vraiment nous traverser.

La seule chose que Fiona a sentie la traverser à Cwm Coed, c'est un kebab pas frais. Ses chakras n'étaient peut-être pas au mieux ce jour-là.

— C'est un bon investissement ?

— L'immobilier, c'est comme la Bourse, répond Jonty, les mains en balance. Pour empocher beaucoup d'argent, il faut garder son sang-froid. Miser sur le long terme. Dès que l'ensemble du complexe sera sorti de terre, cet endroit deviendra une vraie mine d'or.

— J'aimerais jeter un coup d'œil aux enregistrements vidéo, si vous me le permettez.

Il hésite un instant.

— Bien sûr ! Tout ce qui peut vous être utile. Attendez, je vais chercher les clés.

Fiona et Jonty traversent l'allée jusqu'à un bâtiment en pierre. À l'intérieur, un immense tableau électrique recense toutes les lumières extérieures et un générateur patiente en silence dans un coin.

— En cas de panne de courant, explique Jonty. C'est un bon argument de vente. Il serait impensable que les propriétaires se passent de Netflix.

Il désigne un ordinateur et saisit son mot de passe en un clin d'œil.

— Si cela n'avait tenu qu'à moi, il y aurait également eu des caméras à l'arrière : nous aurions beaucoup économisé sur l'assurance, mais, apparemment, c'est une violation de la vie privée ? dit-il sur un ton interrogatif, trouvant l'idée absurde. Bref, il y a une caméra braquée sur l'entrée principale ici, révèle-t-il en appuyant sur une touche, et deux autres qui surveillent l'allée : ici et là.

— Il n'y en a aucune pointée directement sur les chalets ?

— Juste sur l'allée et les places de parking, malheureusement.

— Génial. Vous pouvez me laisser me débrouiller, si vous voulez. Cela va me prendre un moment de tout vérifier.

— Je ferais mieux de rester. Cet équipement est coûteux.

— Franchement, je vais mettre une éternité, insiste Fiona avec un sourire.

Jonty jette un coup d'œil vers le chalet, attiré par la bouteille de rouge et la chaleur du poêle à bois.

— La main sur le cœur, déclare-t-elle en posant la paume sur sa poitrine et en regardant Jonty à travers ses cils. Je promets de ne pas casser votre générateur de luxe.

Bon sang ! À ce rythme, elle va devoir démissionner du Groupe d'action féministe du nord du pays de Galles.

C'est une blague. Ce groupe n'existe pas.

— Bon, d'accord. Faites-moi signe en cas de besoin.

Fiona verrouille la porte derrière lui. La dernière chose dont elle a besoin, c'est d'avoir l'associé de la victime sur le dos pendant qu'elle essaie de faire son boulot.

Il n'y a pas de chaise dans le local, mais, sous le bureau, elle trouve deux caisses de champagne vides – ah, ces nantis ! –, qu'elle empile avant de se percher prudemment dessus. Elle fait défiler les dates jusqu'au 31 décembre, puis fait avancer l'horloge digitale. Midi, 13 heures, 14 heures, 15…

Là.

Fiona jette un coup d'œil par-dessus son épaule à la porte fermée, le sang battant à ses oreilles. La voix de Rhys flotte dans le crépuscule depuis le chalet des Lloyd. Fiona imagine Yasmin ou les filles se torturer en écoutant ses disques. Elle regarde fixement l'écran, les doigts suspendus au-dessus du clavier.

Puis elle appuie sur « Effacer ».

7

Veille du Nouvel An : 22 heures – Rhys

Rhys a envie que la fête soit finie. La pièce tangue, il y voit flou. Ses oreilles sifflent.

— Si j'étais toi, je ferais attention.

Rhys s'éloigne en titubant, il a chaud, les jambes en coton. Il a la nausée, l'impression que sa langue a doublé de volume, et il n'arrive plus à parler. Il se fraye un chemin au milieu des invités, chancelant, un sourire crispé vissé aux lèvres. Sa chemise tire sur sa nuque quand il bouge, le col imbibé de sueur, et il sent la brûlure du cognac remonter dangereusement vers sa gorge. Il la ravale.

— Quel endroit incroyable, Rhys !

— Quelle ambiance !

— Oups ! Attention !

Une main ferme le retient alors que des rires bon enfant résonnent.

— Tu y es allé trop fort, trop tôt, mon vieux : minuit n'a pas encore sonné.

Rhys parvient à rire, comme il se doit, mais son front est baigné de sueur et il a la peau moite et glacée. Le barnum est vide et les fêtards se sont repliés à l'intérieur. Les invités sont trop nombreux, trop proches les uns des autres, et Rhys étouffe. Il se sent piégé. Il déteste cet endroit. Il n'aurait jamais dû le construire, n'aurait jamais dû revenir au lac. Rien ne s'est passé comme il le souhaitait.

Avec La Rive, Rhys imaginait un endroit réservé aux artistes. Aux chanteurs, aux acteurs, aux créatifs. Il imaginait une fusion des cultures anglaise et galloise.

« Le petit problème avec cette vision, mon vieux, avait dit Jonty quand Rhys était arrivé au bout de son argumentaire passionné, c'est que les artistes sont fauchés. »

Les vitres du chalet sont embuées et filtrent l'étendue sombre du lac. Sur la terrasse, la condensation coule sur les parois intérieures du barnum alors que la boule à facettes de Blythe lance des feux d'artifice silencieux sur les pans de tissu drapés aux murs et au plafond. Le bruit est à son comble et, tout en se dirigeant vers la porte d'entrée, Rhys le sent vibrer à travers le plancher, à travers ses os. Autour de lui, les gens dansent en petits groupes compacts, les gestes souples et le regard alangui par l'alcool. Les visages apparaissent en instantanés voilés, comme des photos qui flottent dans du liquide révélateur. Il observe ceux qui entrent et sortent de son champ de vision. *Yasmin. Ashleigh. Jonty. Dee. Huw. Seren.*

Il ne peut pas rester là. Il avance, bouscule des

invités. Il connaît la plupart d'entre eux, pas tous, mais, dans cette atmosphère torride nimbée d'alcool, ils pourraient aussi bien être des inconnus. Il se sent déconnecté d'eux, de lui-même, comme s'il regardait la fête à travers des lunettes à verres épais. Il y a foule. Tout le monde était curieux de voir l'intérieur de La Rive, et ce qu'était devenu Rhys depuis son départ de Cwm Coed. Ou peut-être voulaient-ils jeter de l'huile sur le feu qui s'était embrasé le jour où la demande de permis de construire avait été déposée.

Un cri résonne.

— Chante-nous quelque chose, Rhys !

Les invités rassemblés autour du piano insistent en chœur, mais Rhys décline d'un geste, désignant vaguement l'autre bout de la pièce comme s'il avait quelqu'un à voir, quelque chose à faire. Un pianiste martèle *Yellow Submarine* et Rhys titube vers la porte. Il sent qu'il risque de vomir et préférerait le faire dehors. À vrai dire, il préférerait le faire dans ses propres toilettes. Soudain, son seul désir est d'être dans son chalet, de se glisser entre ses draps frais, à deux pas de la salle de bains si besoin. Son cœur bat à toute allure et il aimerait pouvoir arrêter les images qui défilent dans sa tête, des souvenirs qu'il croyait avoir oubliés.

Il n'est pas trop tard pour devenir quelqu'un de bien, se dit-il.

Devant la porte, en entendant les premières mesures de *Don't Cry for Me, Argentina*, il se félicite de ne pas être resté. Dehors, l'air glacial lui apporte un répit passager, mais la clarté ne dure pas. Son estomac se soulève et, déviant du sentier, il vomit violemment dans les massifs. Il pense à ses draps frais, à l'eau minérale dans le minibar de la chambre.

La lumière des chalets forme une flaque dans l'allée. Malgré le froid, des silhouettes sont rassemblées dans les bosquets : des adolescents peut-être, qui rôdent loin des regards avec le cidre qu'ils croient avoir volé sans être vus.

Alors qu'il se dirige d'un pas mal assuré vers chez lui, Rhys distingue un mouvement à l'étage, chez Dee ; au Trois, la porte des Stafford est grande ouverte. Il continue, passe devant le chalet de Clemmie et poursuit jusqu'au Cinq. Heureusement, la porte n'est pas verrouillée, il ne se souvient pas où sont ses clés, et il ne s'arrête que pour vomir de nouveau près des graminées ornementales.

Il ne se déchausse pas, n'allume pas. Il agrippe la rampe et serre les dents, l'estomac retourné. Il se rappelle qu'il est à quelques secondes de l'intimité de sa salle de bains, de toilettes propres, de draps blancs frais. À quelques secondes de l'oubli qu'il désire plus que tout, et demain sera un nouveau départ, une chance de racheter ses erreurs. À son réveil, tout ira mieux. Il *sera* meilleur.

8

2 janvier – Fiona

— Il s'est suicidé, alors ?

Fiona consulte sa montre. Elle va être en retard à son rendez-vous avec Leo.

— Mam, tu sais que je ne peux pas parler de cette affaire.

— Pas même à ta mère ?

Elen plie du linge, un mug de thé refroidissant à côté d'elle. Elle n'est pas faite pour s'asseoir. Il arrive que Seren l'oblige à regarder une série sur Netflix, mais au bout de vingt minutes, elle commence à s'agiter et à chercher quelque chose à faire.

— Surtout pas à ma mère. Tout le monde sait que je suis flic, et ils vont essayer de te tirer les vers du nez.

Son toast en équilibre sur une main, Fiona le tartine maladroitement de marmelade de l'autre.

— *Plât*, Fiona !

— Ça économise de la vaisselle, répond la jeune femme avant d'engloutir la tartine en quatre bouchées et d'épousseter les miettes dans l'évier.

— Je leur dirai que je ne sais rien.

Fiona s'esclaffe.

— Tu ne sais pas mentir, mam. Tes oreilles rosissent.

— Tu serais surprise de ce que je sais et que je garde pour moi.

Elen plie le dernier vêtement et ramasse le panier.

— Les gens disent qu'il était harcelé. À Londres.

— Laisse-les dire, répond Fiona en enfilant son manteau.

— Ça signifie que personne dans le coin n'est suspect, c'est ça ? Si c'est le harceleur qui l'a tué…

— Salut, mam.

Fiona claque fermement la porte. Bon sang, il faut vraiment qu'elle déménage. Elle aurait pu louer un appartement après avoir quitté son mari, mais ça avait été tellement facile de rentrer à la maison ; total, qui sait par quel mystère, au lieu de rester quinze jours comme elle l'avait prévu au départ, cela fait un an qu'elle vit là. Même si elle a honte de l'admettre, c'est agréable que l'on s'occupe de vous mais… eh bien, il se trouve qu'on peut se lasser des bonnes choses.

Fiona a rendez-vous au lac avec Leo ; elle laisse donc la Triumph garée devant la maison. À peine a-t-elle dépassé le portail qu'Elen l'appelle en criant. Par-dessus son épaule, elle voit sa mère descendre l'allée en chaussons. De part et d'autre du chemin, les tiges sèches de verveine penchent comme des squelettes, les couleurs de l'été dernier fanées depuis longtemps. Du « réensauvagement » : voilà comment Elen qualifie son approche du jardinage.

— Mam, je ne peux vraiment pas te raconter…

— Glynis vient d'appeler. Des reporters lui posent des questions.

— Et alors ?

Sa réponse instinctive fait tressaillir Fiona. Elle a quatorze ans ou quoi ? Dans deux minutes, elle va râler pour qu'on lui achète un survêtement Juicy Couture et refuser de ranger sa chambre.

— Dis-lui que je vais demander que l'on envoie un policier en uniforme.

— Ils frappent à sa porte, Fi. Elle a vraiment peur.

— D'accord, j'y vais tout de suite, soupire Fiona.

— *Diolch, cariad.*

Voilà le problème quand on vit sur son lieu de travail : c'est à vous que les gens s'adressent, que ce soit pour retrouver un objet perdu ou pour résoudre un meurtre. C'est vrai qu'il n'y en a pas souvent par ici, alors pas étonnant que la presse fouine. Et bien sûr, Rhys est – était – l'enfant prodige. Hier, son nom faisait le buzz sur Twitter, où ses fans évoquaient les fois où ils l'avaient vu en concert.

@SurvivanteCrabe : #RhysLloyd a envoyé cette partition signée pour les enchères de notre association.

@FanduWestEnd68 : Au culot, j'ai demandé à @RhysLloydChanteur de nous faire visiter les coulisses pour l'anniversaire de ma mère. Il nous a invitées à la fête après son concert !

@Nat_Strict : Voici l'incroyable @RhysLloyd Chanteur quand il a fait la surprise d'un concert de Noël

à l'hôpital pédiatrique. Repose en paix #RhysLloyd – tu étais unique.

S'ils savaient…

Fiona a lu tous les tweets que Rhys a reçus ces deux dernières années. L'équipe informatique gère tout ça, elle le sait, mais elle voulait voir par elle-même. Tout en longeant la grand-rue jusqu'à la quincaillerie de Glynis, elle vérifie Twitter et remonte jusqu'au dernier message d'insultes reçu par Rhys le 31 décembre au matin. Bref et efficace.

@RhysLloyd5000 : JE VOUDRAIS QUE TU SOIS MORT.

Le magasin de Glynis aurait été facile à repérer même si Fiona ne le connaissait pas aussi bien que sa propre maison ; même si son père ne l'y avait pas traînée contre son gré la plupart des week-ends dans l'une de ses missions « réparation de tondeuse » ou « encastrement de machine à laver ». Cela fait des années qu'elle n'y a pas mis les pieds et, à mesure qu'elle approche, elle ralentit spontanément le pas.

Deux hommes attendent devant l'entrée ; l'un porte un trois-quarts noir en laine et une écharpe rayée, l'autre, une polaire épaisse sous un gilet matelassé aux poches pleines à craquer. Une caméra sur l'épaule, il tient un micro recouvert d'une bonnette en fourrure sur une longue perche.

— Nous voulons juste vous poser quelques questions, madame Lloyd, dit le type à l'écharpe rayée en frappant à la porte. Toutes nos condoléances ! crie-t-il après coup, comme s'il venait d'y penser.

— Allons interviewer le directeur de l'école, on reviendra plus tard, propose le caméraman.

— Le magasin est fermé aujourd'hui, explique Fiona en traversant la rue et en désignant le panonceau qui indique *Ar Gau*. En signe de respect, ajoute-t-elle de manière appuyée.

— Vous connaissiez Rhys Lloyd ? demande le reporter sans y aller par quatre chemins tandis que son collègue saisit la caméra, prêt à tourner.

— C'est pour ça que vous êtes là ? demande Fiona en fronçant les sourcils. J'aurais cru que vous seriez à la veillée.

— Quelle veillée ?

— En haut du mont Pen y Ddraig. À mi-chemin du sentier qui monte depuis le lac, il y a une petite hutte en pierre où Rhys allait chanter avant qu'il ne soit découvert. Quelqu'un a allumé une bougie à sa mémoire et, maintenant, ils sont des centaines. Ils organisent une cérémonie en son honneur, ce matin, pour que les enfants puissent chanter à sa mémoire. Ça va être magnifique, conclut-elle, en fermant brièvement les yeux, main sur le cœur.

Pour deux hommes qui n'ont pas l'air au mieux de leur forme, ils démarrent au quart de tour.

Fiona revient sur ses pas et reprend la direction du lac où l'attend Leo.

— Désolée, c'est la folie ce matin.

— Tu t'es couchée tard ?

Même si Fiona a passé la soirée de la veille devant une rediffusion de *Call the Midwife* pendant que Seren traînait dans sa chambre devant YouTube et que mam faisait les comptes des locations de vacances, elle adresse à Leo un sourire en coin, le genre de sourire qui dit : *t'aimerais bien le savoir, hein ?* C'est un réflexe, cette habitude de se montrer fidèle à son image, celle de la Fiona *Wyllt* de jadis. La comparaison la glace.

— Tu vas bien ? On dirait que tu fais un AVC. Tu me mets au jus sur Steffan Edwards ?

— Son entreprise existe depuis toujours. Occupée l'été, calme plat l'hiver, comme la plupart des commerces par ici. Steff a pris la relève de son père il y a quelques années.

— Fiable ?

Fiona se dirige vers le hangar.

— Complètement, dit-elle en se baissant pour ramasser une bouteille de vodka vide à côté de la porte de l'atelier. Sauf s'il a bu.

À la mort de Steffan Edwards père, le jeune Steff avait picolé pendant cinq jours d'affilée. La plupart des villageois compatissaient, mais, quand il avait vomi dans le bénitier au baptême d'Emyr Williams, ils avaient mis le holà. Ils avaient décidé d'intervenir et, quels qu'aient été leurs arguments, ils avaient suffi à convaincre Steffan d'arrêter de boire pour de bon.

Jusqu'à aujourd'hui.

— Comment vas-tu, Steff ? demande Fiona.

L'homme a les yeux injectés de sang et, même s'il n'a pas l'air ivre, il n'est certainement pas à jeun non plus.

— Tu enquêtes sur la mort de Rhys Lloyd, c'est ça ? Je n'ai rien à te dire.

— Nous avons besoin de tes conseils, en fait.

La flatterie marche à tous les coups.

— Personne ne connaît le lac mieux que toi.

Steff interrompt son travail, poing serré sur sa clé à molette.

— La victime s'est échouée près de la jetée hier matin, explique Leo. Nous pensons qu'elle est restée immergée moins de dix heures. Si elle y est entrée près de La Rive, pourriez…

— La victime ? Ce type est le contraire d'une victime !

— Le courant aurait-il pu le faire dériver vers la jetée ?

Steffan ne répond pas.

— Nous menons une enquête de police, monsieur Edwards, insiste Leo.

Le loueur de canots détourne les yeux, puis hausse les épaules.

— Il y a un courant qui passe près de La Rive. S'il était entré dans l'eau à cet endroit, il aurait fini vers le haut du lac, pas de l'autre côté, près de la jetée.

Leo fait apparaître une vue satellitaire de Llyn Drych sur son iPad et sort un stylet tactile de sa poche.

— Pouvez-vous me montrer la direction du courant ? Où est-ce que la vict… Où le défunt aurait-il dû se trouver pour atterrir *là* ? s'enquiert-il en dessinant une croix rouge sur la jetée avant de tendre le stylet à Steffan.

Celui-ci se penche sur la carte dans un relent d'alcool

et de sueur, et dessine une série de lignes courbes à travers l'écran.

— Il aurait dû être plus haut. Ici. Ou là.

— Pouvez-vous me montrer les points d'accès ? demande Leo. Les endroits praticables pour un véhicule ?

Steffan ajoute une demi-douzaine de croix autour du lac, agrandit l'image et la déplace pour trouver les criques qui l'intéressent. Il dessine une énorme croix au centre du lac.

— Il est probablement entré dans l'eau ici.

— Depuis un bateau ? s'étonne Leo.

Fiona hausse un sourcil. Bien vu, Einstein.

— Tu en as de sortis en location ? demande-t-elle à Steff, bien qu'elle connaisse déjà la réponse.

C'est l'hiver : le hangar n'est ouvert que pour les réparations. Si Rhys a été tué à bord d'une embarcation, elle ne venait pas d'ici.

— Y a-t-il moyen de savoir quels bateaux se trouvaient sur le lac, le soir du réveillon ? demande Leo.

Fiona s'éloigne vers l'établi qui fait office de bureau et prend un cahier A4 bleu. Steffan ne la voit pas, ou alors il s'en moque.

— Je ne suis pas le gardien du lac. Il n'y a pas grand monde qui navigue à cette époque de l'année, mais Llyn Drych ne ferme pas. Il y a toujours quelques bateaux dehors par beau temps.

Dans le cahier, chaque entrée occupe deux pages : date et nom du propriétaire à l'extrême gauche, suivis d'un résumé du problème et de la solution de Steffan. À droite, des colonnes indiquant le coût de la réparation et la date où le bateau arrive à l'atelier. Fiona fait défiler les pages jusqu'à fin décembre. Elle reconnaît quelques noms de propriétaires et plusieurs autres qui vivent un peu plus loin et mouillent dans le coin. C'est une façon méticuleuse, bien que démodée, de répertorier les travaux effectués, mais tout ce que Fiona peut en déduire, c'est quels bateaux *ne* se trouvaient *pas* sur le lac, et non le contraire. Avant de reposer le cahier, elle prend une photo des deux pages couvrant la période entre Noël et le Nouvel An.

— Merci d'avoir pris le temps de nous répondre.

— Si c'était moi qui l'avais trouvé, je lui aurais enfoncé la tête sous l'eau pour laisser les poissons le bouffer.

Steffan trébuche et la clé à molette tombe avec fracas sur le béton.

— La mort de Rhys Lloyd n'est pas une grande perte pour Cwm Coed.

— Il devrait faire des réparations dans cet état ? demande Leo en partant. C'est sûrement illégal, non ?

— Sans doute.

Ils prennent la voiture de Leo pour se rendre à La Rive. Il y a un siège enfant sur la banquette arrière, mais aucun des détritus que Fiona s'attendait à trouver. Quand Seren était petite, la voiture de mam était un dépotoir plein de vêtements, de raisins secs écrasés, de gressins cassés et de jouets. Celle de Leo est à l'image de son appartement : strictement utilitaire.

— Ton fils ne vit pas avec toi, alors ?

— Je me suis renseigné sur la carrière de Lloyd, répond Leo, éludant la question. Il n'a pas fait grand-chose ces derniers temps, hein ?

— Aucune idée.

— C'était une méga star il y a dix, quinze ans, mais son succès s'est tari. Il n'était pas monté sur scène dans le West End depuis cinq ans. Son site Internet évoque du « travail pour la télévision », mais, à part deux ou trois publicités, je n'ai rien trouvé.

— Où veux-tu en venir ?

— Il était peut-être déprimé, suppose Leo en haussant les épaules, ou il avait des problèmes d'argent.

— Suicide ?

— Possible.

Fiona enfonce les mains dans les poches de son manteau. Un suicide aurait encore été trop bon pour Rhys.

Devant le chalet Trois, à La Rive, le journaliste que Fiona a chassé de la quincaillerie de Glynis discute avec Ashleigh Stafford, vêtue d'une robe longue plus digne du tapis rouge que de Llyn Drych.

— Il va tellement nous manquer à tous, dit-elle en essuyant une larme.

Le journaliste se tourne vers la caméra.

— Et voilà qui conclut notre reportage spécial consacré à la mort du musicien Rhys Lloyd. J'ai parlé avec Ashleigh Stafford, dont la dernière émission de téléréalité, *Stuff with the Staffords*, sera diffusée en cours d'année.

Il conserve son rictus pendant trois secondes, puis fait signe au caméraman de couper en passant le tranchant de la main sur sa gorge. Son collègue repose la lourde caméra.

— Et ça passera ce soir ?

Ashleigh est impeccablement maquillée et coiffée.

— Ça devrait.

— Génial ! C'est pas formidable, bébé ? demande-t-elle en se tournant vers Bobby. Le timing parfait.

Elle attire son mari à l'intérieur, mais Fiona a le temps de voir l'expression gênée de Bobby. Il a l'air sympa, ce type. Que peut-il trouver à une femme comme Ashleigh ?

Question idiote, songe-t-elle en voyant disparaître les fesses au galbe parfait de la starlette.

— Vous êtes sur une propriété privée, lance Leo en rejoignant le reporter.

— Vous ! s'exclame-t-il, ignorant Leo pour regarder Fiona. Merci de nous avoir menés en bateau. Mes chaussures sont bousillées et Gav s'est claqué un muscle à la cuisse.

— C'est lui, Gav ? demande Fiona.

Le caméraman, qui peine à ranger sa caméra, a le front baigné de sueur.

— Il ne semble pas fichu de claquer des doigts et encore moins de se claquer un muscle. Vous êtes sur une propriété privée, mon collègue vient de vous le dire.

— Ah ouais ? Appelez la police, alors.

— Pin-pon, pin-pon, fait Fiona, en sortant sa plaque. Pas mal le délai d'intervention, hein ?

Les deux policiers font le tour jusqu'à l'arrière du complexe. Chaque chalet possède sa propre terrasse occupant toute la largeur de la propriété et entourée d'une balustrade en verre presque invisible. En contrebas, des rochers déchiquetés pointent sous la surface de l'eau peu profonde.

Chaque terrasse est abritée par l'étroit balcon du premier étage et, de part et d'autre, une palissade s'élève sur les premiers mètres pour protéger l'intimité des propriétaires. C'est là que plusieurs d'entre eux ont installé des chaises et tables de jardin alors que le reste de la surface est réservée aux transats et à des fauteuils pour recevoir.

Il n'y a pas de rideaux aux fenêtres. Les reflets du lac ondulent sur les baies vitrées en verre teinté. Les chalets se réfléchissent eux aussi dans l'eau, créant un effet de boucle que Fiona trouve dérangeant. L'espace entre les terrasses, où les échelles mènent aux pontons flottants dont les chalets mitoyens se partagent l'usage, mesure environ un mètre vingt.

Au Un, deux hommes détachent des pans de tissu sous le barnum. Fiona entre brusquement.

— Ne bougez plus.

— S'il vous plaît ! ajoute Leo, qui l'a suivie à l'intérieur.

Fiona lui lance un coup d'œil avant de se tourner vers les deux hommes vêtus d'un pantalon de travail et d'un polo bleu marine, le logo d'une entreprise brodé sur la poitrine. *Markham Events, location de matériel événementiel.*

— Agent Morgan, police judiciaire du nord du pays de Galles, annonce Fiona en montrant sa plaque. Une enquête de police est en cours dans ce complexe, qui pourrait bien être une scène de crime. Ce barnum ne bouge pas d'ici.

— Puis-je vous aider ?

Jonty Charlton ouvre la baie vitrée. Il fronce les sourcils en voyant Fiona.

— Oh, c'est vous. Que puis-je faire pour vous, madame Morton ?

— Agent Morgan. J'expliquais à ces messieurs que le barnum va devoir rester sur place un peu plus longtemps. Juste au cas où.

— À soixante-dix balles par jour ? Ça m'étonnerait.

Jonty adresse un signe de tête aux deux hommes en bleu, qui regardent nerveusement Fiona.

— Je peux aussi vous embarquer pour violation de scène de crime, dit-elle avec un sourire. Vous voulez décider tout de suite ou appeler un ami ?

— Eh bien, euh…, répond l'un des deux hommes en désignant vaguement la route. Prévenez le bureau dès que nous pourrons revenir, d'accord ?

— La police du nord du pays de Galles va me rembourser les coûts supplémentaires, j'imagine, lance Jonty Charlton après leur départ, bras croisés sur la poitrine, en fusillant Fiona du regard.

— Cela dépend de ce que nous trouverons, je suppose, réplique joyeusement la policière. Voici l'agent Brady, mon collègue de la brigade criminelle du Cheshire.

— La brigade criminelle ? Bon sang. C'est vraiment nécessaire ?

— Jonty, chéri, ferme la porte, il fait un froid de canard dans… Oh, bonjour ! lance Blythe, qui apparaît derrière son mari et frissonne de façon théâtrale. Entrez, entrez ! insiste-t-elle en accueillant les deux policiers à l'intérieur. Vous avez des nouvelles ?

— Oui, répond sèchement Jonty. Ton foutu barnum va nous mettre sur la paille.

Blythe pousse un couinement outré.

— *Mon* barnum ? C'est toi qui ne voulais pas que la racaille vadrouille chez nous.

— Et regarde ce que ça a donné. Tout le village s'est pointé. Avez-vous trouvé ce qui est arrivé à Rhys ? demande Jonty à Leo en ignorant Fiona.

— L'enquête est en cours, répond le policier.

Fiona trouve qu'il ressemble à ces porte-parole invités aux infos qui font des mises au point sans rien dire de nouveau. Elle a remarqué que les hommes sont particulièrement doués pour ça ; sans doute parce qu'ils ont l'habitude de raconter des conneries.

Elle observe le lac, même si on le distingue à peine à travers le barnum.

— Où sont les bateaux ?

— Les bateaux ? répète Jonty, apparemment surpris d'être à proximité de l'eau.

— Il y en avait plusieurs ici, cet été.

Fiona les a vus amarrés. Un petit dériveur, deux barques.

— Ils hivernent dans le hangar du loueur. Ils s'abîmeraient par mauvais temps, sans cela. Trop près des rochers.

— Le *Blythe Spirit* est à nous, explique Blythe, rayonnante. Je tiens mon prénom de la pièce – *Blithe Spirit*, de Noël Coward, vous connaissez ? Sauf que mon nom s'écrit avec un y, alors…

— Ça n'intéresse pas Mme Morton, ma chérie.

— Agent Morgan, grommelle Fiona.

Elle jurerait qu'il le fait exprès.

— Le voici.

Jonty se dirige vers un secrétaire où trône une photo

encadrée d'un petit voilier. Jonty tient la barre, son fils et sa fille, équipés de gilets de sauvetage rouge vif, sont blottis contre leur mère.

— C'est l'une des filles de Rhys qui l'a prise : c'est une sacrée photographe.

— Et les autres bateaux ? demande Leo.

— Ce ne sont que des canots à rames, rétorque Jonty, méprisant. Je ne me rappelle pas avoir vu Dee Huxley sur le sien : les Northcote l'ont monopolisé tout l'été, d'après ce que j'ai constaté.

— Vous voulez parler de Clemence et de son fils Caleb ? Au Quatre ?

— C'est ça. Et puis, bien sûr, Rhys a le canot vert, au bout. *Avait*. Bon sang. Désolé. Le type du hangar… j'ai oublié son nom.

— Steffan Edwards, précise Fiona.

— Correct, dit Jonty comme si elle avait réussi son examen. Il l'a retapé et l'a offert aux filles de Rhys pendant les vacances d'été.

Fiona est perplexe. Geste bizarre de la part de Steffan, étant donné son animosité actuelle à l'égard de Rhys.

— Quand vous êtes-vous servis de votre voilier pour la dernière fois ? interroge Leo.

— Aux vacances de la Toussaint. Le temps ne s'y prête pas vraiment en ce moment.

— Pas la veille du Nouvel An ? insiste Fiona.

— J'ai passé la journée entière à préparer la fête, madame Morton.

Fiona se mord la langue.

— Ma chère femme a pris l'initiative de créer une « pièce intérieur-extérieur » d'inspiration lacustre, explique Jonty en mimant les guillemets. Je suis juste soulagé d'avoir réussi à la décourager de faire livrer deux tonnes de sable d'Abersoch.

— Ça aurait été magnifique, soupire Blythe.

— On a déjà eu suffisamment de boulot comme ça.

— Vos voisins ne vous ont pas aidés ? demande Leo. Je croyais que la fête était le fruit d'une collaboration.

— Yasmin a passé la journée ici, répond Blythe. Rhys s'est arrangé pour disparaître dès qu'il y a eu du travail. Les préparatifs se sont terminés vers 17 heures et tout le monde est rentré se préparer.

— À quelle heure la fête a-t-elle commencé ? s'enquiert Fiona, même si elle connaît déjà la réponse.

L'invitation était imprimée en bonne et due forme en lettres noires gaufrées sur du papier épais et une adresse e-mail destinée à recevoir les réponses avait été créée exprès pour l'occasion.

> Chers voisins, vous êtes cordialement invités
> à venir partager apéritif et canapés
> avec les résidents de La Rive.
> RSVP : bonneannee@larive.com

— La fête devait commencer à 19 h 30, mais quelques personnes se sont présentées avant, répond Blythe. Les Lloyd sont arrivés au moment où tu couchais les enfants, tu te rappelles ? dit-elle à son mari. Quelle heure était-il ?

— 18 h 30 ? 19 heures ?

— Il est merveilleux avec les petits, soupire Blythe. Je me chargeais du coucher, avant, mais ils m'en faisaient voir de toutes les couleurs. Jonty est un magicien, n'est-ce pas, chéri ?

— Et comment avez-vous trouvé Rhys, à son arrivée ? interroge Leo.

Il fait trop chaud dans le chalet et Fiona éprouve l'irrésistible envie d'ouvrir les portes en grand pour laisser entrer l'air froid du lac.

— Parfaitement en forme, répond Jonty.

— Oh, chéri, ce n'est pas vrai ! Il se comportait très bizarrement.

— Comment cela ? insiste Leo.

Le cœur de Fiona bat à tout rompre.

— Eh bien, Yasmin et lui se chamaillaient, pour commencer, explique Blythe.

— Il était ivre, soupire Jonty. Dès le début de la soirée. Et vu que le but de la fête était de baratiner les locaux…

— Pas du tout ! lance Blythe, boudeuse, et Fiona s'attend presque à la voir taper du pied. Elle était pour nous, cette fête, pour que les propriétaires de La Rive s'amusent. Mais Jonty et Rhys ont voulu en faire un rameau d'olivier.

— Je ne vous suis pas, intervient Leo.

— Disons simplement que nous n'avons toujours pas gagné la sympathie des autochtones, précise Jonty avec un sourire en coin, et Fiona enfonce ses ongles dans ses paumes. Nous pensions que quelques bulles et une visite privée chez les nantis pourraient les amadouer.

— Et ça a marché ! s'exclame Blythe en battant des

mains. Tout le monde s'est entendu à merveille. Ils en parleront pendant des mois, ajoute-t-elle, candide, et même Jonty a l'élégance de manifester un certain embarras.

— Quand avez-vous vu Rhys Lloyd vivant pour la dernière fois ? assène Fiona sans ménagement.

— Il était là à minuit, non ? réplique Jonty.

— Je crois, mais c'était un peu la folie, confirme Blythe en levant les paumes vers le plafond.

— À bien y réfléchir, reprend Jonty, je ne sais pas quand je l'ai vu pour la dernière fois. Les gens allaient et venaient sans arrêt, vous savez ce que c'est. Le champagne coulait à flots… une fête normale, quoi.

— « Une fête normale, quoi », répète Leo dès qu'ils sont ressortis. Un cadavre et une trentaine de potentiels témoins, tous ivres : normal, quoi.

— Ça va être l'enfer d'effectuer les prélèvements.

— Ça va être l'enfer de répertorier les invités. En gros, ils n'ont aucune idée de qui était là, et ce n'est pas comme si tout le monde était arrivé en empruntant l'allée : il y en a au moins la moitié qui ont traversé la forêt, résume Leo, dont le téléphone sonne. C'est le patron, annonce-t-il en vérifiant l'écran.

Fiona contemple le lac. Plusieurs invités sont venus en bateau, d'après Jonty. À un moment donné, la file de hors-bord reliait les pontons.

— Oui, capitaine, dit Leo. Je transmets, monsieur. Le capitaine veut te voir au briefing de 17 heures, fait savoir Leo en couvrant le micro de son téléphone.

— Pourquoi ?

Leo cherche ses mots un instant avant de s'adresser à son patron :

— Euh, en termes de valeur ajoutée, monsieur, quelle contribution espérez-vous qu'elle… euh… apporte ?

Fiona hausse un sourcil.

— Très bien. D'accord. Merci, capitaine, conclut-il en raccrochant. Il dit…, commence-t-il avant de se raviser. En fait, peu importe ce qu'il a dit. Tu dois être là.

— Non, pas du tout, rétorque Fiona en se roulant une cigarette. C'est ton capitaine, ton briefing. Je te verrai à l'autopsie.

— Tu es un phénomène, tu sais ? fait Leo en l'observant.

— Je prends ça comme un compliment.

— Ce n'était pas censé en être un.

Fiona longe le rivage jusqu'au village. Elle a déjà du mal à ne pas craquer devant Leo, alors, devant un capitaine et une salle de réunion bondée ? Elle ne peut tout simplement pas prendre ce risque.

9

3 janvier – Leo

Dès que Yasmin Lloyd a eu formellement identifié le corps de son mari hier après-midi et que l'officier de liaison avec les familles nouvellement nommé l'a raccompagnée chez elle, Leo a fait son rapport à Crouch, conformément à ses ordres. Il était dans son bureau depuis moins de cinq minutes quand le capitaine l'a congédié avec un : « Revenez quand vous aurez quelque chose d'utile à me communiquer. »

Fiona a raison. Leo pense avec envie à la liberté dont elle semble jouir. Sur le papier, ils ont à peu près le même boulot, mais en pratique ça n'a rien à voir. Fiona semble travailler dans son district quasiment sans supervision, alors que Leo doit pointer en début et en fin de journée comme un gamin, pas comme un enquêteur de la brigade criminelle.

Hier, après le briefing, il s'est soudain enhardi.

« L'autopsie est à midi, demain. Capitaine, est-ce que cela vous dérange que je passe la matinée à travailler chez moi ?

— Selon une enquête menée auprès des adeptes du télétravail, trente-neuf pour cent d'entre eux se masturbent pendant leur journée », a répondu Crouch.

Leo regrettait amèrement d'avoir posé la question.

« Travailler chez vous ? *Vous branler* chez vous, plutôt ! »

Crouch s'est esclaffé avec une telle force qu'il en est devenu écarlate.

Leo s'est dit pour la énième fois que s'il était une femme, les interactions avec Crouch seraient plus simples. Si une policière se plaignait des propos déplacés de son patron, on réagirait sans doute avec fermeté par les temps qui courent. Le fait que Leo soit un homme rendait-il ce genre de comportement acceptable ? Allie le traitait fréquemment de chochotte.

« C'est d'accord, alors ? J'irai directement de chez moi à la morgue », s'est-il empressé d'ajouter avant que Crouch ne puisse répéter son trait d'esprit.

Le capitaine a accepté du bout des lèvres.

Résultat : ce matin, Leo a été plus efficace en une demi-heure chez lui qu'il ne l'aurait été en une matinée entière dans l'open space animé, avec Crouch qui l'aurait chambré à la moindre occasion. Il a lu toutes les informations disponibles en ligne sur Rhys Lloyd et a pris son temps pour se faire une idée de la victime et de sa famille, ainsi que de l'histoire de La Rive. La presse locale s'est largement fait l'écho du sentiment négatif des habitants de Cwm Coed à l'égard de cet endroit, contrairement aux magazines sur papier glacé qui le vendent comme « le complexe haut de gamme que le pays de Galles attendait ». Le magazine *Hello !*

a consacré trois pages à l'intérieur du chalet des Lloyd et Leo examine la photo de Rhys à son bureau, une étagère remplie de trophées au-dessus de lui prouvant son brillant début de carrière.

Le harceleur de Rhys était-il un fan obsessionnel ? un rival jaloux ? Leo a demandé les détails de la plainte déposée par Lloyd à la police de Londres et le dossier est arrivé à la première heure ce matin. Rhys Lloyd recevait des messages d'insultes sur les réseaux sociaux depuis près d'un an déjà quand il l'avait signalé à la police, environ six mois avant sa mort. Existe-t-il un lien ? Leo lit la déposition, rédigée à la main par un collègue intervenu pour gérer un incident qui s'était produit chez les Lloyd, dans le quartier de Highgate, à Londres.

Mon adresse Twitter est @RhysLloydChanteur. J'utilise le compte pour avertir mes fans de mes tournées et des sorties de mes albums, mais, à part cela, je ne suis pas actif sur ce réseau social. La plupart des tweets qui me sont adressés sont enthousiastes, mais il m'arrive de recevoir des commentaires négatifs sur mon apparence, ma voix ou mes opinions politiques. Cela se résume en général à un ou deux tweets, que j'ignore. Il y a environ un an, j'ai remarqué que je recevais fréquemment des messages d'un compte appelé @RhysLloyd1000 et aussi @RhysLloyd2000. Plus tard, des comptes ont été créés avec les suffixes 3000 et 4000. Au début, les messages étaient relativement anodins, critiquant mon sens du style ou ma décision d'accepter tel ou tel rôle. Ils se sont aggravés pour en arriver à des accusations (infondées) de népotisme et de tromperie, et ont commencé à prendre un ton menaçant. Je n'ai pas fait de signalement de harcèlement à ce stade, puisque les messages ne m'inquiétaient pas et que je les considérais comme une conséquence fâcheuse du fait d'être une personnalité publique.

Le soir du 28 avril dernier, j'ai pris un verre à mon club de Soho. À mon retour chez moi, j'ai trouvé ma femme Yasmin très angoissée car elle venait de recevoir la visite d'une inconnue qu'elle a décrite comme une « folle ». L'inconnue avait mentionné nos filles Tabitha et Felicia nommément et proféré des menaces qui ont poussé Yasmin – et moi par conséquent – à craindre pour notre sécurité.

La sonnette retentit. Leo n'y prête pas attention. Ce doit être un autre colis pour les voisins du dessus qui partent pendant des semaines puis font comme si Leo les dérangeait quand il trimbale jusque chez eux les colis qu'ils se sont fait livrer en leur absence.

Il ouvre la déposition de Yasmin.

C'était une femme blanche, aux cheveux blonds coiffés en queue-de-cheval. Elle mesurait un peu moins d'un mètre soixante-dix, portait un jean noir, une veste en cuir marron et une casquette avec une inscription devant. Elle était très menaçante ; j'ai été secouée et terrifiée par cette visite.

La harceleuse de Lloyd l'avait-elle suivi de Londres à La Rive pour le tuer ? Ou espérait-elle se réconcilier avec lui mais, au lieu de cela, leur conflit avait provoqué la mort de Lloyd ?

La sonnette retentit de nouveau, de manière plus insistante cette fois. Leo traverse la pièce à contrecœur et appuie sur l'Interphone.

— Oui ?

— Il faut qu'on parle.

Leo trouvait ça attachant, autrefois, qu'Allie s'exprime sans préambule et aille droit au but. « Je pensais à l'été prochain », annonçait-elle quand elle le retrouvait pour dîner, avant de se lancer dans des projets de vacances. Son enthousiasme était contagieux.

La variole aussi, cela dit, songe Leo en débloquant la porte. Il jette un œil autour de lui, essayant de considérer son appartement du point de vue de son ex. La salle de bains est située directement en face de la porte d'entrée, dans le hall étroit qui dessert deux portes de chaque côté. À droite, le salon et la cuisine ; à gauche, sa chambre et la pièce dont, naïvement, il pensait faire la chambre de Harris, mais qui est devenue un débarras où il entrepose des cartons, son matériel de musculation et tout ce qui ne rentre pas dans le minuscule placard de l'entrée. Les murs sont crème, la moquette d'un beige moucheté qui cache la saleté. C'est le genre d'appartement qui parvient à être à la fois parfaitement inoffensif et affreux.

— Allie ?

Silence dans l'escalier. Leo prend ses clés et dévale les marches. Il doit bientôt partir pour la morgue, il n'a pas le temps d'affronter une nouvelle scène.

Son ex-femme fait les cent pas dans l'allée et son souffle produit un nuage de buée dans l'air froid.

— Pourquoi n'es-tu pas montée ?

Allie désigne sa voiture, garée sur la place réservée aux personnes à mobilité réduite à côté de l'immeuble.

— Contrairement à *certains*, je surveille mon fils.

— Il aurait pu t'accompagner.

Leo fait un pas vers la voiture et son visage s'éclaire quand Harris presse sa bouche souriante contre la vitre.

Allie pose une main ferme sur la poitrine de son ex.

— Je ne veux pas qu'il entende ça.

— Qu'est-ce que j'ai fait, cette fois ? soupire Leo.

Il ne sait pas trop ce qu'il peut encore supporter. Il y a de cela quelques mois, Leo est passé s'acheter un sandwich en vitesse chez Tesco et, trois jours plus tard, il a reçu un avertissement bricolé par l'ami avocat d'Allie le menaçant de poursuites s'il continuait à « harceler notre cliente et son compagnon ». Leo n'avait même pas vu Dominic au supermarché et lui avait encore moins adressé le « regard menaçant » mentionné dans la lettre, mais Allie ne s'est jamais embarrassée des faits.

Avant qu'elle puisse répondre, la portière de la voiture s'ouvre et Harris sort en trombe.

— Papa !

Leo s'accroupit alors que son fils se jette à son cou, puis se relève et fait virevolter l'enfant agrippé à lui.

— Hé, bonhomme ! Ça boume ?

— Je t'ai dit de rester dans la voiture, lâche Allie, cassante.

Leo a le cœur serré. Il n'a pu être père que pendant un an. Un an où il s'est occupé du coucher et du bain, d'habiller Harris et de décider de ce qu'ils allaient faire de leur week-end. Aujourd'hui, le temps passé avec son fils lui est alloué de la même manière pratique, froide avec laquelle on lui attribue ses gardes, au travail. Il a l'impression d'être en deuil.

— Je peux avoir un goûter ?

— Rentre dans la voiture, Harris. J'ai besoin de parler à ton père.

Allie l'arrache à Leo, qui doit résister à l'envie de le retenir. Élever un enfant, ce n'est pas une lutte acharnée.

— Vas-y, chef.

Leo embrasse fougueusement son fils sur le front et laisse son ex le rasseoir dans son siège auto.

— Nous déménageons, annonce-t-elle à son retour.

— Où ça ?

— En Australie.

Leo cligne des paupières. Une voiture est passée au moment où Allie parlait et, pendant un instant, il a cru avoir entendu…

— On en a marre de l'Angleterre, explique son ex-femme en tripotant ses clés de voiture. Le Brexit, le prix de l'immobilier, cette foutue pluie… Dominic a reçu une offre d'emploi, des perspectives géniales, et nous avons trouvé une maison avec une dépendance. Maman et papa vont passer la moitié de l'année avec nous, la moitié ici.

— Tu ne peux pas.

C'est aussi simple que ça, sûrement ? D'un point de vue légal, Leo partage l'autorité parentale avec Allie. Elle ne peut pas emmener leur fils à l'étranger.

— C'est une opportunité incroyable pour Harris, il va pouvoir faire l'expérience d'une façon de vivre totalement différente.

— Mais je ne pourrai pas le voir.

— Tu peux vivre dans la dépendance quand mes parents n'y seront pas. Et quand Harris sera assez grand, il pourra prendre l'avion tout seul.

— Tu es dingue ou quoi ? « Vivre dans la dépendance » ? Quoi, pendant ces six mois de congés annuels dont je bénéficie ? Même si je regroupe toutes mes vacances, même si je passe un mois par an en Australie – l'Australie, putain ! –, ça fait onze mois sur douze où je ne peux pas voir mon fils.

— Il y a Zoom.

— Bon sang, Allie, réplique Leo en se passant une main sur le visage. Comment puis-je avoir une relation avec mon…

— Une relation ? hurle Allie, et Leo lance un coup d'œil vers la voiture. Tu le vois à peine maintenant !

— Parce que tu me l'interdis !

Leo s'oblige à se calmer ; la dernière chose dont il a envie, c'est que Harris les entende se disputer.

— Je vais te traîner en justice.

— Je suis sûre que ça intéressera beaucoup le juge de savoir quel père *dévoué* tu es.

Allie fait délibérément glisser son doigt sur l'écran de son téléphone et Leo tourne les talons. Il sait ce qui va suivre et n'a pas envie de l'endurer. La porte des parties communes claque derrière lui, mais pas avant qu'Allie ait enclenché l'enregistrement, obligeant Leo à écouter encore une fois la bande-son de ses cauchemars.

Papa m'a laissé. Je suis tout seul et il fait très noir. J'ai peur, maman, s'il te plaît viens me chercher. J'ai tellement peur…

Leo n'a pas besoin de ça pour entendre les pleurs de son fils. Il les entend tout le temps. La nuit, pendant ses insomnies ; au travail, quand il regarde les photos de Harris sur son bureau.

Il les a en tête en ce moment, tandis qu'il roule vers le nord du pays de Galles, les mains crispées sur le volant. Deux possibilités s'offrent à lui : soit il laisse Allie emmener Harris en Australie, soit elle abat enfin l'épée de Damoclès qu'elle suspend au-dessus de sa tête depuis un an. Quoi qu'il arrive, il va perdre son fils.

Izzy Weaver a déjà commencé l'autopsie à l'arrivée de Leo.

— *I'm Still Standing*, annonce-t-elle inexplicablement.

— Bonjour, répond-il.

— Bon après-midi, rétorque Fiona de manière appuyée.

La pendule indique 12 h 01. Izzy poursuit son prudent examen du corps de Rhys Lloyd pendant que la radio joue en sourdine.

« D'où est originaire l'emblématique trio pop A-ha ? »

— De Norvège, répond Izzy.

Ah, comprend Leo : voilà qui explique *I'm Still Standing*. Elton John, bien sûr. 1983, s'il y a un bonus à remporter.

— À quelle heure as-tu fini hier soir, à La Rive ? demande-t-il à Fiona.

— Tu te prends pour ma mère ou quoi ?

— C'était une simple question.

Qu'est-ce qu'elle est susceptible ! Fiona s'est renfrognée, comme si Leo la surveillait au lieu de faire simplement la conversation.

— Vous avez trouvé la cause de la mort ? s'enquiert-il en se tournant vers Izzy.

— Patience, petit scarabée[1].

Izzy examine l'affreuse bouillie, ce qu'il reste du visage de Rhys Lloyd. Pendant quelques minutes, seul le son métallique du quiz à la radio s'élève dans la pièce.

— Ciseaux de dissection, assène Izzy, et Leo se demande qui est le chanteur de ce groupe dont il n'a jamais entendu parler, quand l'assistant-légiste traverse la salle pour les lui tendre.

Izzy les lui rend aussitôt.

— Ciseaux de dissection, Elijah !

Le jeune homme marche tranquillement jusqu'au chariot pour trouver le bon instrument et la légiste lève les yeux au ciel.

— Vous voyez ce que je dois supporter ?

— Pardon, dit Elijah, sans avoir le moins du monde l'air désolé. J'étais à des années-lumière.

— Si seulement c'était vrai. La semaine dernière, il a envoyé le mauvais prélèvement sanguin au labo. Résultat : un homme de soixante-six ans avec une défaillance polyviscérale attendait soi-disant un enfant, explique-t-elle à Leo.

Elle agite son scalpel autour du visage de Lloyd.

---

1. Surnom donné par maître Po à son disciple Kwai Chang Caine dans la version française de la série télévisée américaine *Kung Fu* (*N.d.T.*).

— Ces blessures sont antérieures au décès.

Fiona s'approche pour regarder.

— Elles l'ont tué ? Il y a des rochers dans le lac, sous les terrasses : aurait-il pu tomber dessus ?

— J'en saurai plus dès que j'aurai examiné son cerveau, mais il n'y a pas de fractures au visage, et si la blessure était due à une chute sur des rochers, comme vous le suggérez, les abrasions seraient plus éparses, je pense. Nous constatons ici des lacérations localisées correspondant plutôt à un objet acéré.

— Une arme ?

— *Frankie Goes to Hollywood*, dit Izzy à l'intention de la radio.

Elle se penche sur le visage de Lloyd, enfonce une pince à disséquer longue et étroite dans ses blessures.

— Intéressant.

Elle claque des doigts et Elijah lui passe un des pots stériles empilés sur le chariot près d'elle. Est-on mieux loti quand on travaille pour Izzy Weaver ou pour Crouch ? se demande Leo.

— Qu'est-ce que c'est ? interroge-t-il.

Izzy visse le couvercle puis lui tend le flacon au fond duquel il remarque un débris minuscule couvert de sang.

— Un fragment de l'objet employé pour refaire le portrait à votre homme. Je vais le nettoyer et le regarder de plus près quand j'aurai fini l'autopsie.

Leo soulève le pot pour le montrer à Fiona. Sous le sang brille un morceau de métal.

— Et si cela ne suffit pas à faire de votre décès inexpliqué une mort suspecte, regardez ça, ajoute la légiste.

Ayant contourné la table d'autopsie jusqu'aux pieds

cireux de Lloyd qui indiquent 10 h 10, elle désigne les malléoles externes, surmontées d'une légère empreinte horizontale.

Une image commence à se former dans l'esprit de Leo.

— Lloyd a été entravé. Quelqu'un l'a frappé au visage, lui a ligoté les chevilles avant de le balancer dans le lac.

— Supposition légitime. Cela dit, je ne vois pas les mêmes marques autour de ses poignets, ce qui est intéressant.

— Parce que la corde ne servait pas à l'entraver, suggère Fiona lentement, mais à le lester. Pour le noyer. Sauf qu'elle s'est rompue, détachée, que sais-je, et il est remonté à la surface. Des fibres ? demande-t-elle à Izzy.

— Après une nuit dans le lac ? Allons, agent Morgan, on n'est pas sur Netflix. Le mieux que je puisse faire, c'est confirmer que les marques correspondent si vous m'apportez la corde. Maintenant, voyons ce qu'il a dans le ventre, si vous le voulez bien.

Leo ne s'habituera jamais à la brutalité désinvolte avec laquelle on ouvre un corps. Le Y taillé proprement au scalpel dans la peau et les muscles, la scie qui, en moins de deux, ne fait qu'une bouchée de la cage thoracique. Il regarde fixement la pendule jusqu'à ce qu'Izzy reprenne ses explications.

— Bon, il ne s'est pas noyé.

— Qu'est-ce qui vous fait dire ça ? s'enquiert Leo en se penchant sur la cavité thoracique.

— Cinq ans à la faculté de médecine, plusieurs années d'histopathologie et vingt ans de médecine légale, répond-elle sèchement, et Fiona s'esclaffe. Si vous absorbez de l'eau, elle réagit avec la protéine qui tapisse vos voies respiratoires en produisant une écume. Vous voyez la trachée, là ? et les bronches ? Dégagées.

— Donc il était mort quand il est entré dans l'eau ?

— Correct. On s'est juste servi du lac pour se débarrasser de lui.

Leo observe le corps mutilé de Rhys Lloyd. L'homme avait une image irréprochable. Après être allé chercher fortune à Londres, il en est revenu avec une femme superbe et deux filles magnifiques. Il a consacré du temps à des concerts caritatifs, avait des centaines de milliers de fans. Et pourtant, quelqu'un le détestait assez pour le tuer.

— Et maintenant ? lance Fiona.

Ils fument tous les deux une cigarette sur le parking de la morgue. Bien que Leo se soit lavé les mains et débarrassé de son équipement de protection, l'odeur de la mort lui colle encore à la peau et, de deux maux, le tabac semble le moindre.

— La scène de crime, répond Leo en formant un anneau de fumée. Les scènes, plutôt. L'endroit où il a pris un coup à la tête, le bateau, en supposant qu'il se trouvait sur un bateau, et l'endroit où il est entré dans l'eau, énumère-t-il sur ses doigts. Et peut-être au moins une autre, étant donné que nous ne savons pas ce qui l'a tué.

Bien qu'Izzy Weaver ait refusé de se prononcer sur la cause précise du décès – l'analyse toxicologique et celle des prélèvements tissulaires leur en diront plus –, elle a confirmé l'information essentielle : Rhys Lloyd n'est pas mort de causes naturelles. Crouch peut ouvrir l'enquête criminelle.

Le téléphone de Leo sonne.

— Devine qui c'est ? dit-il en montrant l'écran à Fiona.

— Ne réponds pas, lance-t-elle avec un haussement d'épaules.

— Il continuera à appeler.

— Je vais pas à ce foutu briefing, d'accord ? Ça m'ennuie à mourir.

— Ça ennuie tout le monde. On doit quand même y aller.

— Je bosse mieux en solo, renchérit-elle en écrasant sa cigarette roulée. Je fais mon truc et j'obtiens des résultats.

La sonnerie s'éteint dès que le répondeur de Leo s'enclenche. Elle résonne de nouveau quelques secondes plus tard, alors que le nom de Crouch clignote à l'écran.

— Le travail en équipe, c'est pas pour moi. Je suis comme…, explique-t-elle en cherchant ses mots, puis claque des doigts : le justicier solitaire.

— C'est ça.

— Dis-lui juste que je ne viens pas. Je le lui dirai moi-même si t'as pas les couilles.

Le téléphone se remet à sonner. Cette fois, Leo décroche et se met à parler avant que Crouch puisse en placer une.

— Capitaine, je termine quelque chose, mais l'agent Morgan est là, je vous la passe, déclare-t-il en tendant le téléphone à Fiona, qui le fusille du regard.

— Bonjour.

Leo ne sait pas ce que Crouch raconte, mais Fiona devient écarlate.

— Oui, monsieur. Dix-sept heures ? Pas de problème. On se voit là-bas.

— Je selle ton cheval ? plaisante Leo en reprenant son téléphone.

10

Veille du Nouvel An :
21 heures – Jonty

— Chéri, je t'en prie, occupe-toi de cet horrible ivrogne : il vient de renverser du vin rouge sur le canapé.

Perché sur l'accoudoir du divan, Jonty a une vue superbe sur le décolleté d'Ashleigh Stafford. À contrecœur, il s'arrache à sa contemplation pour parler à sa femme.

— C'est la fête, Blythe. Tout le monde est soûl.

Tout le monde sauf Jonty. Même s'il boit beaucoup, il est rarement ivre. Être le seul à se souvenir avec précision des événements d'une soirée lui confère un pouvoir dont il aime jouir.

— Jonty, il râle contre Dee. Elle a soixante-douze ans, ce n'est pas bien.

— D'accord, d'accord ! (Jonty s'attarde un dernier instant sur Ashleigh.) Ne bouge pas. Je reviens dans une seconde.

— Tu as intérêt à tenir ta promesse, bébé, menace la pulpeuse créature.

Jonty est prêt à faire abstraction de son accent de l'Essex étant donné ses autres atouts. Ils étaient sur le point de s'éclipser dans un endroit un peu plus intime quand Blythe les a grossièrement interrompus. L'a-t-elle fait exprès ? se demande-t-il vaguement.

— Quel horrible ivrogne ?

Ce n'est pas ce qui manque. Ceri, la factrice, danse le limbo sous un balai tenu à une extrémité par Clemmie Northcote et à l'autre par une femme arrivée avec quatre canettes de Stella Artois et une bouteille de poiré. « Vous n'auriez pas dû », a répondu Blythe, mielleuse, avant de les faire disparaître en vitesse et de demander qu'on serve le champagne. Si ça n'avait tenu qu'à lui, Jonty n'aurait pas gaspillé le Bollinger pour ces ploucs, mais Blythe est une *esthète* et cela la heurte de voir des canettes de bière traîner chez elle.

— Celui-là, précise Blythe en désignant un homme qui gesticule violemment devant Dee Huxley. Le réparateur de bateaux.

Contrairement aux voisins qui ont au moins fait un effort vestimentaire, l'homme porte un jean, une veste en polaire et un bonnet. Jonty soupire et traverse la pièce.

— Mon cher Jonty, avez-vous rencontré Steffan Edwards ? demande Dee. Steffan, je vous présente Jonty Charlton, investisseur de La Rive et hôte de la soirée.

Efficace, comme résumé ; malgré lui, Jonty se sent flatté. Il ne comprend pas ce que Rhys reproche à Dee. Elle est siphonnée, bien sûr, mais inoffensive.

— Vous avez investi dans cet endroit ?

Les lèvres de Steffan s'étirent en un rictus qui

découvre chacune de ses dents tachées de vin rouge, et Jonty a un mouvement de recul.

— Oui, je suis le partenaire financier de Rhys.

— Bon, vous pouvez aller vous faire foutre, alors ! Et une fois que ce sera fait, vous pouvez recommencer. Et puis vous pouvez…

— Okaaaaay…

Jonty agrippe Steffan par le dessous du biceps, dont la taille l'intimiderait si l'homme n'était pas trop bourré pour s'en servir, et le pousse vers la sortie.

— C'est l'heure de rentrer, mon pote.

— Je suis pas ton pote, putain.

Jonty continue à le pousser, la pièce bondée s'ouvrant devant eux comme la mer Rouge alors que Steffan hurle des insanités à qui veut l'entendre.

— Qu'est-ce qui me reste, hein ? Que dalle !

Jonty arbore un sourire d'excuse tandis qu'ils continuent jusqu'à la sortie.

— Je suis navré. Oui, il a un peu forcé sur le pinard, ha ha !

— Je suis ruiné, bordel !

— Il a juste besoin de cuver, je crois.

— Si on me retrouve pendu, ce sera ta faute, tu m'entends ?

— Oui, je vais m'assurer qu'il rentre sans encombre.

Dehors, l'air frais semble dégriser Steffan. Il se redresse, repousse Jonty et pointe un doigt sur lui.

— Vous m'avez foutu en l'air, Rhys et toi.

Loin de ses invités, Jonty n'a plus besoin de mettre les formes. Du plat de la main, il assène à Steffan un violent coup dans la poitrine, l'homme trébuche en arrière, s'emmêle les pieds et se casse la figure dans l'allée.

— Dégage, fumier.

— Dis à Rhys Lloyd que c'est pas fini !

— Ça ne m'intéresse pas.

— Ce n'est pas fini !

C'est de l'histoire ancienne, oui, pense Jonty. Bon, où en était-il ?

À l'intérieur, Ashleigh n'a pas bougé. En le voyant, elle se lève et ajuste sa robe qui est remontée suffisamment haut pour laisser entrevoir sa culotte. Elle le suit dans l'entrée et Jonty jette un œil autour de lui pour s'assurer que personne ne les regarde avant de se glisser dans les toilettes et de verrouiller la porte.

— Enfin, soupire-t-il.

— T'as vraiment envie, hein ?

— Vaut mieux pas traîner ou quelqu'un va vouloir entrer.

Jonty n'est pas là pour faire la conversation.

Ashleigh relève sa robe.

— D'accord, d'accord !

Elle furète dans sa culotte d'où elle tire un sachet transparent rempli de poudre blanche.

— C'est sympa d'avoir de la compagnie, pour une fois.

— Et Bobby ? Ça ne lui dit rien ?

— Quel raseur ! À ce qu'il prétend, il en a pris il y a des années, après avoir arrêté la boxe. Il fuit la dope comme la peste, aujourd'hui. Y en a que pour les smoothies au kale maintenant.

Ashleigh coupe deux lignes sur le réservoir,

s'agenouille sur la cuvette et sniffe la première. Jonty prend le temps d'admirer sa croupe avant d'en faire autant.

— Normalement, je me fournis chez mon pote dans l'Essex, mais j'ai acheté ça ici ; c'est pas mal, je suppose. Qu'est-ce que t'en penses ?

— Je pense que c'est de la balle.

Ashleigh cache bien son jeu, pense Jonty. La Rive n'est ouverte que depuis cinq mois et elle s'est déjà trouvé un dealer. Il déverrouille la porte des toilettes et ils sortent tous les deux bien moins prudemment qu'ils ne sont entrés.

— Dis-moi quand tu veux t'en refaire un petit coup, d'accord ? lance-t-elle en l'embrassant sur la bouche.

Alors que Jonty se faufile entre les invités, sa bonne humeur retrouvée n'est que légèrement entamée quand il trouve Mia en train de discuter, encore une fois.

— Je te paie pour faire le service, pas la conversation, la réprimande-t-il.

— En fait, vous me payez pour servir les amuse-gueules, et il n'y en a plus, alors…, rétorque la femme de ménage.

Elle se détourne pour parler à l'assistante de Rhys. Jonty a du mal à la reconnaître. Il ne l'a vue que dans des tenues décontractées, négligées. Ce soir, elle porte une robe presque aussi courte que celle d'Ashleigh. L'encolure est haute, les manches longues et le contraste entre le haut chaste et le bas qui lui moule l'entrejambe est…

— Olé olé, marmonne Jonty pour lui-même en se dirigeant vers la cuisine, où Rhys s'enfile une gorgée qu'il pense sans doute discrète du cognac tiré du placard.

Jonty lui tape dans le dos, provoquant chez son associé une quinte de toux incontrôlable.

— Tu as vu ta secrétaire, mon vieux ? Tout ce que je peux dire, c'est olé olé.

— C'est déplacé.

— Franchement, elle est…, commente-t-il en embrassant le bout de ses doigts.

— Interdit d'y toucher. C'est juste une gamine.

Rhys mange ses mots. *Jushte une gamine*. Il s'appuie au plan de travail pour garder l'équilibre.

— Tu sais ce qu'on dit, insiste Jonty en lui donnant un coup de coude. Dès qu'il y a du gazon, on peut jouer au ballon.

Il ouvre la bouche, prêt à s'esclaffer, mais Rhys a l'air tellement dégoûté que cela le coupe dans son élan.

— Je plaisante ! lance-t-il, paumes levées en un geste d'apaisement.

Voilà ce qui arrive quand les gens se soûlent : ils perdent le sens des proportions. Il déconnait, c'est tout.

Rhys semble sur le point d'ajouter quelque chose, et Jonty est soulagé d'être interrompu par Tabby et Felicia.

— Maman a dit que tu devais manger ça, assène la première en fourrant un sandwich sous le nez de Rhys.

— J'ai pas faim.

— Elle a dit qu'on ne devait pas te laisser seul avant que tu l'aies mangé, insiste l'adolescente en levant les yeux au ciel de façon exagérée.

— C'est peut-être une bonne idée d'avaler quelque

chose, mon vieux, reconnaît Jonty. Pour tapisser l'estomac et tout ça.

— Tu peux juste le manger, s'il te plaît, papa ? On a mieux à faire que de transmettre des messages de la part de maman, tu vois.

— Mange, ordonne Felicia, plus cassante que sa sœur. Tu as de la chance qu'elle s'intéresse encore assez à toi pour te préparer quelque chose à manger. Tu as de la chance que *nous* nous intéressions assez à toi.

Elle lance à son père un regard lourd de sens avant de s'éloigner d'une démarche théâtrale, sa sœur sur les talons.

— Tu t'es chamaillé avec la *famiglia*, hein, mon vieux ?

Jonty tape sur l'épaule de Rhys, mais s'empresse de retirer sa main quand son associé le fixe d'un œil torve. La bouche pleine, Rhys marmonne quelque chose d'inintelligible. Jonty réussit à comprendre « … tout ça, c'est ta faute ». Sa bonne humeur boostée par la cocaïne est mise à rude épreuve.

— Allons, ça m'étonnerait que…

— … j'aurais jamais dû t'aider, maugrée Rhys.

Jonty en a assez. Comment Rhys ose-t-il le prendre de haut après tout ce qu'il a fait ?

— Écoute, c'est tout simplement injuste. Yasmin n'aurait jamais découvert la vérité si tu ne lui avais rien dit. Et franchement, elle n'est pas la seule à être en colère après toi : moi aussi, j'en ai ma claque, pour tout te dire.

Rhys dévisage Jonty, mais il a le regard fou, perdu. Jonty n'est même pas sûr que Rhys le voie, ni même qu'il l'entende. Ce mec est complètement déchiré. Il ne se souviendra de rien demain matin, et Jonty ne résiste pas au plaisir de remuer le couteau dans la plaie.

— Je ne vais pas te tirer d'affaire, tu sais. J'ai dû éconduire ce type à qui tu dois du fric, tout à l'heure, et si tu crois que je vais recommencer, détrompe-toi. Si j'étais toi, prévient-il en s'approchant pour siffler à l'oreille de Rhys, je ferais attention.

11

3 janvier – Leo

— Ton patron est un con.

Fiona est assise sur le bureau de Leo, le talon d'une botte sur la poignée du tiroir inférieur. Un croissant de boue sèche est tombé par terre et cela démange Leo de le ramasser.

— Je ne le supporterais pas.

Crouch les a accueillis en recommandant à Fiona en un aparté sonore de « l'avertir si cette feignasse ne fait pas sa part du boulot ».

Leo n'a pas envie de le supporter non plus. Un jour, il a même commencé à écrire un e-mail au service des ressources humaines mais, quand il a consulté la liste des sarcasmes mesquins de Crouch, elle lui a paru tellement minable qu'il y a renoncé. On n'est plus censé se plaindre de s'être fait traiter de « gros cul » après avoir quitté l'école primaire. On se charrie, pas vrai ? Entre mecs. La voix d'Allie résonne dans sa tête. *Chochotte*.

— Il est comme ça avec tout le monde ? demande Fiona.

— Oui, répond automatiquement Leo, avant de se raviser. En fait non. Juste avec moi.

— Il est raciste, alors.

— Non, il n'a jamais fait de réflexion raciste. Il n'oserait pas.

Fiona bâille.

— Exactement. Il te cible sans raison apparente, et la seule différence entre toi et le reste des collègues, c'est…

Elle regarde autour d'elle, et tous les policiers ont un point commun. Ils sont blancs.

Un *ding* signale à Leo l'arrivée d'un e-mail dans sa boîte de réception, ce qui lui évite de devoir poursuivre la conversation. Que ce soit dans la rue ou dans une salle d'interrogatoire, il possède un don inné pour résoudre les conflits, mais, dans sa vie privée, c'est une autre histoire. Un jour, Leo a changé de club de gym plutôt que d'avouer à l'entraîneur qu'on lui avait attribué qu'il détestait le vélo elliptique.

— Des nouvelles de l'équipe informatique.

Fiona saute du bureau pour voir par-dessus son épaule, appuyée au dossier du fauteuil de Leo. Sa main le frôle l'espace d'un instant, avant qu'elle ne se penche pour lire le message.

— L'Apple Watch de Lloyd a cessé d'enregistrer des pulsations à 23 h 38, ce qui corrobore le rapport de la légiste.

— Mais regarde sa fréquence cardiaque.

Leo désigne le relevé qui indique une moyenne de soixante battements par minute le 31 décembre en première partie de journée, puis ils grimpent à quatre-vingts à partir du milieu de l'après-midi jusque dans la soirée, avant de ralentir enfin et de s'arrêter complètement.

— Quelque chose l'a fait monter en flèche. Ou *quelqu'un*, dit Leo.

Fiona est penchée sur les données et, pendant une seconde, il la trouve sur ses gardes.

— Il a peut-être eu une altercation.

— Pendant sept heures ?

— Il aurait pu baiser.

— Je renvoie mon éminente consœur à ma remarque précédente.

— De la drogue alors, propose Leo. Yasmin a dit qu'il n'y touchait pas parce que ça abîme les cordes vocales, mais elle ne serait pas la première femme mariée à ignorer ce que manigance son mari. Ou peut-être quelqu'un a-t-il mis un produit dans son verre.

— Dans ce cas, nous perdons notre temps avec les gens du coin : d'après les données enregistrées, la fête a commencé plusieurs heures après que son rythme cardiaque s'est emballé.

— En revanche, les suspects ne manquent pas, à La Rive. Sans parler des opportunités : je doute qu'ils aient attendu 19 h 30 pour déboucher le champagne. Tu as vu leurs bennes de recyclage ? Ils doivent en arroser leurs cornflakes.

— Leur muesli, corrige Fiona. Ils ne toucheraient pas à quelque chose d'aussi banal que des cornflakes.

— Ils ont tous fourni leurs empreintes ?

Pour éliminer certains suspects, des agents en uniforme ont été chargés de relever les empreintes digitales de tous les propriétaires volontaires, un processus qu'il faudra aussi répéter avec tous les invités du réveillon.

Fiona ouvre le dossier.

— Clemence Northcote a refusé que l'on prélève celles de son fils.

— Refusé ?

— D'après elle, Caleb a passé la soirée avec les jumelles Lloyd chez les Northcote, une version confirmée par les jumelles elles-mêmes.

— Je vois que Caleb a un casier, remarque Leo, qui parcourt le compte rendu par-dessus l'épaule de Fiona.

— Il s'est fait la main à onze ans avec du vol à l'étalage avant de passer au vol à la tire. En ce moment, il porte un bracelet électronique : couvre-feu de trois mois assorti de deux ans de supervision après avoir cambriolé une station-service avec un pote.

— Charmant. Et les autres ?

— Bobby Stafford a quelques squelettes dans le placard datant d'avant sa célébrité et relevant surtout du trouble à l'ordre public. Tous les autres sont clean. Jonty Charlton, qui n'a pas de casier, a refusé qu'on relève ses empreintes. Il ne nous fait pas confiance pour les détruire, bla-bla-bla. C'est le genre de type qui déblatère sur l'État policier et les cartes d'identité, mais qui remet volontairement toutes ses données personnelles à Waitrose. Il ne fera pas de déposition volontaire non plus. « Soit je suis suspect, soit je ne le suis pas, imite Fiona. Et si je ne le suis pas, pourquoi devrais-je être interrogé ? »

— Je déteste ce genre de type.

— Moi aussi.

— J'espère qu'il est coupable.

— Moi aussi.

Ils se sourient. Quel dommage de penser qu'à la fin de cette enquête, ils partiront chacun de son côté, se dit Leo. Il ne s'est pas aussi bien entendu avec un collègue depuis longtemps.

Avec personne, maintenant qu'il y pense.

Un nom retient son attention sur la liste du relevé d'empreintes et il désigne l'écran. *Seren Morgan*.

— Vous êtes parentes ?

— C'est ma sœur, confirme Fiona en fermant le dossier.

— Ta sœur était à la fête ?

— Pour être honnête, je suis parente avec au moins la moitié des gens sur cette liste, alors…

— Elle a refusé qu'on relève ses empreintes.

Autour d'eux, les collègues quittent leur siège, prennent leurs cahiers, et Leo consulte sa montre.

— Tu sais comment sont les ados. C'est *#cessons de financer la police* par-ci, *#où est ma liberté individuelle ?* par-là. Quel cauchemar. Allez, on va être en retard.

Ils suivent les collègues qui longent au compte-gouttes un étroit couloir tapissé de diplômes encadrés. Fiona les examine en passant, et Leo espère qu'elle se sera lassée avant qu'ils n'arrivent à…

— C'est toi ! s'écrie-t-elle en s'arrêtant brusquement pour lire la distinction honorifique à voix haute. « Son geste courageux et altruiste, alors qu'il n'était pas en service, a permis l'interpellation d'un criminel violent. »

À moins de la bousculer, Leo est coincé, aussi se

contente-t-il de hocher brièvement la tête et de fixer le mur.

— Waouh ! *Da iawn*, mon pote. Moi, tout ce que j'ai obtenu d'approchant, c'est la lettre d'un conseiller municipal me remerciant d'avoir aidé à résoudre le problème des crottes de chien autour de la salle des fêtes, lance-t-elle, hilare. Génial, non ?

— Ouais, eh bien... On devrait..., répond Leo en désignant la salle de réunion d'un signe.

On lui a donné sa propre copie encadrée. Leo avait envie de la fracasser, mais, comme il n'est pas du genre à en faire des tonnes, il l'a fourrée au fond d'un carton dans ce qui aurait dû être la chambre de Harris.

Courageux et altruiste ? Ce ne sont pas les mots qu'Allie a employés.

— Vous entrez ou quoi ? hurle Crouch.

Leo et Fiona rejoignent les autres autour de la longue et large table.

— Hé... (Le capitaine désigne Leo de la tête tout en s'adressant aux autres :) Comment faire pour qu'un Liverpuldien coure plus vite ? Coincer un lecteur de DVD sous son bras !

Des rires bon enfant résonnent dans la pièce, et que peut faire Leo si ce n'est rire lui aussi ? Il sent que Fiona le dévisage.

— Et vous devez être notre collègue galloise ?

— Agent Fiona Morgan, capitaine.

— Désolée que vous deviez vous coltiner Gros Tas.

Cette fois, Leo n'arrive pas à se forcer à rire. Il devrait se moquer de ce que Fiona pense de lui, mais il semblerait que ce ne soit pas le cas.

— Ne soyez pas aussi dur envers vous-même, capitaine, rétorque Fiona en souriant gentiment. Je suis sûre que vous êtes juste bien bâti.

Leo est certain d'entendre son patron marquer un temps d'arrêt. Un silence tendu envahit la pièce et Leo se prépare au retour de bâton, mais il ne se passe rien.

Crouch dévisage Fiona, l'air soupçonneux, avant de détourner le regard.

— Au boulot, alors.

Il tapote son iPad avec autorité et, derrière lui, le tableau interactif s'éveille et affiche une liste résumant les principales conclusions de l'autopsie.

— Cause du décès pas encore établie, mais la légiste penche pour un arrêt cardiaque consécutif à une agression avec une arme indéterminée. Nous attendons toujours les résultats complets de l'analyse toxicologique, mais les prélèvements initiaux montrent un taux d'alcool très bas.

— C'est absurde, capitaine ! s'exclame l'agent Parry. Tous les témoins affirment que Lloyd était bourré.

— La science ne ment pas, agent Parry, rétorque Crouch en montrant un rapport imprimé – les résultats des analyses, suppose Leo.

Il repense à la tirade méprisante d'Izzy Weaver à propos du pauvre Elijah (« La semaine dernière, il a envoyé le mauvais prélèvement sanguin au labo ») et espère que la légiste a revérifié les flacons.

— L'autopsie a également révélé d'importantes blessures superficielles à la face, antérieures au décès, poursuit Crouch. Une fine coupure linéaire à la langue et une autre au menton, que Rhys Lloyd s'est sans doute faite en se rasant deux ou trois jours plus tôt, ainsi que des marques autour des chevilles correspondant à une corde. Il est probable qu'on l'ait lesté d'un objet destiné à le maintenir au fond du lac.

— Bon, c'est raté, commente l'agent Clements. Est-il possible que la corde s'échoue sur la berge ?

— L'équipe de soutien stratégique passe le rivage au peigne fin. En l'état actuel des choses, nous ignorons de quelle nature est l'instrument qui a causé les blessures au visage, alors, s'ils tombent sur quoi que ce soit de plausible, ils le mettront sous scellés. Des traces de vernis ou de peinture ont été découvertes dans les plaies, mais on n'en connaît pas précisément l'origine.

— Aurait-il pu être heurté par un chauffard ? lance l'agent Thorngate à la cantonade, réfléchissant tout haut. Le conducteur aurait pu paniquer et balancer le corps dans le lac. Ça pourrait valoir le coup de comparer le prélèvement avec la base de données nationale des peintures.

— Les lésions ne correspondent pas à un traumatisme contondant, mais cela vaut la peine d'essayer, approuve Fiona.

— Nous attendons toujours l'historique des appels du téléphone portable de Lloyd, reprend Crouch. Mais parmi les applications qu'il utilisait, on trouve Tinder et Plenty of Fish. Les analystes fouillent les données pour établir avec qui Lloyd était en contact, au cas où on aurait affaire à une maîtresse délaissée ou à un mari jaloux.

— Ce qui pourrait expliquer qu'il ait été harcelé, suggère l'agent Walton, qui écrit sur son bloc-notes avec l'enthousiasme d'une nouvelle recrue.

À côté d'elle, Thorngate fait tournoyer un stylo entre ses doigts.

— Mais l'aurait-il signalé, s'il s'agissait d'une maîtresse ?

— Il n'a pas eu le choix, répond Fiona. La femme s'est présentée au domicile familial. Blanche, cheveux blonds, jean noir, veste en cuir marron, casquette, énumère-t-elle en vérifiant ses notes.

— C'est très détaillé, commente l'agent Thorngate dont le stylo glisse sur la table. Il y a des caméras dans le coin ?

Fiona secoue la tête.

— L'inconnue a essayé d'entrer de force dans la maison en exigeant de voir Rhys. Quand Yasmin a refusé, la femme les a menacées, ses filles et elle.

— Elle a appelé les secours ? demande Crouch.

— Non, répond Leo. C'est son mari qui a signalé l'agression à son retour. D'après lui, Yasmin était en état de choc, perturbée. Évidemment, le temps que la police arrive, la coupable avait disparu.

Crouch dessine sur son iPad et un point d'interrogation apparaît sur l'écran derrière lui. Au-dessous, il écrit *harceleuse*.

— Voilà notre premier suspect. Agent Thorngate, je veux que vous fassiez la liaison entre la police de Londres et nos analystes : voyez s'il y a des recoupements entre les femmes que Lloyd voyait grâce à Tinder et notre harceleuse mystère.

— Entendu, capitaine.

— Qui s'occupe des bateaux ? demande Crouch en regardant autour de lui.

— Les marins, capitaine, lance quelqu'un au fond de la pièce.

Un éclat de rire général résonne.

— Moi, capitaine, répond l'agent Thirkell en agitant la main. J'ai la liste de tous les détenteurs d'un certificat d'enregistrement, que je vérifie un par un ; l'équipe qui visionne les images de vidéosurveillance essaie de repérer des remorques sur les routes menant à la zone qui nous intéresse.

— Est-ce qu'on peut envoyer les plongeurs ? cherche à savoir l'agent Thorngate. On pourrait peut-être encore tirer quelque chose de l'arme.

— S'il y avait un autre corps à trouver, peut-être, mais pas pour chercher au petit bonheur quelque chose qui *pourrait* nous fournir des empreintes, tranche Crouch.

Fiona lève la main.

— J'ai les coordonnées d'un opérateur de drone subaquatique. Voulez-vous que je…

— Excellente idée, merci.

Crouch a-t-il déjà *remercié* Leo ? A-t-il déjà reconnu qu'il avait fait du bon travail ?

— Y a-t-il des caméras de surveillance à La Rive ? poursuit le capitaine.

— Je vais me renseigner tout de suite, s'empresse de répondre Fiona.

Leo éprouve un soupçon de rancœur. Comme lèche-bottes, elle se pose là.

— Parfait. Et vérifiez s'il y en a d'autres : boutiques, sonnettes connectées, caméras embarquées, etc.

— C'est noté, capitaine.

— Bien, à demain matin 8 heures, mesdames et messieurs.

Comme toujours, Crouch est le premier sorti.

Leo considère la soirée qui l'attend : l'appartement vide et la drôle d'odeur venue de chez sa voisine. Il se tourne vers Fiona.

— Ça te dirait pas d'aller manger un morceau, par hasard, hein ?

À peine a-t-il posé la question qu'il la regrette déjà. Fiona lui lance ce regard, celui qui signifie : *comment le laisser tomber avec tact ?*

— Je veux passer en revue les photos postées sur Instagram, s'empresse-t-il d'ajouter. Ça irait plus vite à deux.

— OK, dit Fiona avec indifférence.

Ils tombent d'accord sur un restaurant chinois baptisé Wok this Way et se glissent dans un box étroit près de la porte.

— *Chow mein* aux gambas ? propose Leo en parcourant le menu.

— Comme tu veux.

— Poulet au citron ?

— Pourquoi tu me demandes ? Oh, mon Dieu ! s'écrie la jeune femme en posant son menu. Tu es ce genre de type.

— Quel genre de type ?

— Un partageur. Écoute, je ne veux pas être impolie, mais si je commande du canard laqué, c'est parce que j'ai envie d'un canard laqué et pas de la moitié d'un canard laqué.

— En réalité, on te sert bien la moitié d'un…

— Tu commandes ce que tu veux. Je commande ce que je veux. Voilà comment ça marche, dans un restaurant.

Ils travaillent en mangeant, faisant défiler les photos sur leurs téléphones respectifs. À la table voisine, une femme leur lance un regard de pitié en chuchotant quelque chose à son petit ami. Elle les prend pour un couple qui dîne en amoureux mais qui n'a rien à se dire.

— Cette photo a été postée à 23 heures, note Leo.

C'est un cliché de Lloyd dans la cuisine des Charlton. Il a le visage rouge et luisant, les cheveux plaqués sur le front par la sueur.

— Elle a pu être prise plus tôt, cela dit. Certains invités ont dû attendre d'être rentrés chez eux pour mettre leur compte à jour. La réception est catastrophique de ce côté du lac, et je ne vois pas Jonty Charlton partager le mot de passe du wifi. Il y en a beaucoup dans un ordre bizarre, ajoute Fiona en montrant à Leo une série de clichés. Regarde : Clemence Northcote n'avait pas fini de se sécher les cheveux quand la fête a commencé, mais cette photo n'a été postée qu'en fin de soirée. Et tu vois celle-ci des Charlton ? Il y en a une presque identique sous un autre angle, mais publiée deux heures plus tard. Il faudra demander à l'équipe informatique de vérifier quand elles ont été prises.

Fiona s'interrompt et fait pivoter son téléphone.

— C'est intéressant, ça.

Plusieurs filtres modifient l'image, mais Leo parvient à distinguer Bobby Stafford qui parle à une femme arborant un piercing à la narine.

— Qui est-ce ?

— Eira Hughes. Professeure des écoles. Mais je ne parlais pas de ça.

Eira rit, peut-être à une remarque faite par Bobby, qui sourit lui aussi. À côté d'eux se tient un autre groupe. L'image est coupée, mais on voit une femme portant un legging en cuir noir qui tourne le dos à Stafford.

— Regarde sa main, indique Fiona.

Bobby et la femme derrière lui ont les doigts entrelacés.

— Ashleigh ? suggère Leo.

Fiona secoue la tête. Elle reprend son téléphone et passe à une autre photo.

— Voici la tenue d'Ashleigh.

La femme de Bobby porte une robe rouge, courte et moulante.

Fiona revient en arrière et, du pouce, fait défiler les photos sur l'écran. Elle marque une pause et Leo aperçoit une femme en noir.

— C'est elle ? Tu la reconnais ?

Leo plisse les yeux pour voir la photo que Fiona regarde fixement.

— Non.

Fiona passe vite à la suivante. Un peu trop vite.

— Pas du village, alors ?

— Quoi ?

— Si tu ne la connais pas..., précise Leo penché sur la table, tête baissée, pour capter l'attention de sa collègue, elle ne doit pas être d'ici. C'est ça ?

Fiona finit par relever la tête.

— Désolée. Oui.

— Donc, si l'équipe informatique extrait les métadonnées de tous ces posts, nous pourrons les comparer aux données de la montre connectée de Rhys pour savoir ce qu'il faisait quand sa fréquence cardiaque est montée en flèche.

— Tu espères trouver le professeur Violet dans le petit salon avec le chandelier ?

— On ne sait jamais.

Leo parcourt le fil Instagram sur son téléphone en quête d'autres photos de la mystérieuse femme en noir. Il y en a deux ou trois de Yasmin et Rhys Lloyd sur leur terrasse, sans doute prises avant la fête – Lloyd a l'air beaucoup moins débraillé. Derrière eux, le lac est une masse sombre et de lourds nuages noirs plombent le ciel. C'est peut-être le simple fait de savoir que d'ici la fin de la soirée, Rhys sera au fond du lac, mais Leo trouve que même les guirlandes lumineuses décorant la balustrade ont l'air sinistres.

Les jumelles de Rhys ont toutes les deux un compte Instagram, leurs publications soigneusement sélectionnées et lourdement retouchées. Le dernier post de Tabby Lloyd est un cliché poignant du bureau vide de son père, sa chaise de biais comme s'il venait de quitter momentanément la pièce. Leo le fixe un instant et se souvient des photos qu'il a vues ce matin, en essayant de mettre le doigt sur ce qui a changé.

— Est-ce que tu as des photos du bureau de Lloyd avant sa mort ?

— Yasmin a exhibé le chalet sur son compte, l'été dernier. Attends.

Fiona fait défiler les images, rembobinant la vie des Lloyd qui défile en petits clichés retouchés. Réveillon du Nouvel An, Noël, la vie à Londres. Vacances de la Toussaint à La Rive, de nouveau Londres, l'été à La Rive. Fiona s'arrête.

— Là.

Leo place son téléphone à côté de celui de sa collègue et ils se penchent sur les vues presque identiques du bureau de Rhys Lloyd. La pièce est petite : en gros, c'est un vaste palier séparant la chambre parentale avec vue sur le lac et les deux chambres plus petites donnant sur l'entrée du chalet. En plus de la table de travail, mieux rangée sur la photo de Yasmin que sur celle de sa fille, on distingue un petit fauteuil, un lutrin et une plante verte. Divers trophées et récompenses sont alignés sur une étagère, au-dessus de la table.

Leo compte les trophées visibles sur la photo de Yasmin, puis sur celle de Tabby. Il regarde Fiona et la première pièce du puzzle s'emboîte parfaitement.

— Il en manque un.

12

Veille du Nouvel An : 19 heures – Mia

Mia retourne à La Rive une heure à peine après en être partie. Elle y a passé la journée à disposer des canapés et à se faire mener à la baguette par Blythe. Qui planifie une fête, bordel de merde ? Quelques saladiers remplis de chips, de la bonne musique, chacun apporte une bouteille, et voilà le travail.

Mais pas à La Rive. Là-bas, c'est plateaux de sushis et minuscules Yorkshire puddings fourrés avec une lichette de bœuf saignant. C'est une armée de bouteilles coiffées d'aluminium et une de ces pyramides de verres que Mia n'a vues que dans les films. C'est un barnum comme dans les mariages chics organisés à l'hôtel, avec chaises longues, parasols et tapis beige parce que Jonty a catégoriquement refusé de faire livrer du vrai sable. Un fric de dingue. Des gens dingues.

Pour la plupart.

Mia n'a pas accepté ce boulot de femme de ménage (et maintenant serveuse, apparemment) à cause d'un homme, mais c'est pour un homme qu'elle l'a gardé. C'est pour lui qu'elle supporte la condescendance, les insultes désinvoltes et l'impression d'être invisible à moins d'avoir fait une boulette. Elle sait à quel point c'est fou et ce que diraient les gens et, bon sang, elle sait pertinemment qu'il n'est vraiment pas fait pour elle…

Mais.

Son cœur s'envole alors qu'elle se fraye un chemin par-dessus les rochers dans les tennis qu'elle troquera contre des talons avant d'arriver à La Rive. Ses talons aiguilles de quinze centimètres se balancent dans sa main et, d'accord, ce ne sont pas les Loubou-truc avec lesquels Blythe la bassine, mais ils lui font des jambes interminables. Blythe a suggéré que Mia porte un uniforme de serveuse. Non mais, quel toupet ! Ça fait cinq mois qu'elle va à ses rendez-vous clandestins avec son amant vêtue d'une chasuble de ménage, alors, ce soir, elle a l'intention de lui en mettre plein les yeux. Ils sont parvenus à se voir en coup de vent plus tôt dans la journée et elle espère que ce soir, quand tout le monde sera distrait par la fête, ils pourront s'éclipser.

Il ne fait pas l'unanimité, elle le sait. Il est un peu imbu de lui-même peut-être, un peu bling-bling. Mais au fond, loin de sa *clique*, il est adorable. Mia sourit pour elle-même. Après le réveillon, il va partir. Il le lui a promis. Abandonner tous ces signes extérieurs de succès pour être avec elle. « Qui a besoin d'argent quand on a l'amour ? » répète-t-il toujours, et Mia sait qu'il est sincère.

Pourquoi mentirait-il ?

Il y a une drôle d'ambiance chez Jonty et Blythe – on sent un malaise dans la conversation – et Mia pense tout de suite (comme toujours quand elle découvre que quelque chose *ne va pas* en arrivant au travail) qu'ils sont *au courant*. C'est nombriliste de sa part, bien sûr, mais les amoureux le sont souvent.

— ... sournois, prépare un sale coup, dit Blythe, et Mia se fige sur le seuil, cœur battant.

— Ce sont juste des gamins, réplique Jonty. Tu ne traînais pas, toi, quand tu étais ado ?

Mia se détend. Elle entre dans la pièce d'un pas décontracté et avec autant d'aplomb que ses talons vertigineux le lui permettent en faisant semblant d'ignorer quel effet elle provoque.

— Olé olé !

— J'aimerais vraiment que tu cesses de répéter ça à tout bout de champ, reproche Blythe à Jonty avec un regard noir. C'est écœurant.

Elle fond sur Mia armée de son foutu tableau Excel et la femme de ménage serre les dents. Ça vaudra le coup, au final.

On n'attend pas les locaux avant une demi-heure, mais les Lloyd sont déjà arrivés et discutent avec Bobby et Ashleigh. Mia leur ressert du champagne et la revoilà... cette drôle d'ambiance, cette tension larvée.

— ... ils ont dit que j'avais un don inné, pas vrai, bébé ? déclare Ashleigh. Même si c'est Bobby l'acteur.

— Peut-on vraiment qualifier d'« acteur » quelqu'un qui, au fond, n'interprète que son propre rôle ? remarque Rhys.

Il sourit pour feindre l'humour, mais son regard est glacial et Bobby rit jaune.

— Peut-on vraiment qualifier de « chanteur » quelqu'un qui, au fond, n'est qu'un trouduc avec un micro ?

Les deux hommes se font face et on dirait les prémices de toutes les bagarres de pub dont Mia a été témoin. Yasmin a presque l'air de jubiler, ravie à l'idée que son mari se fasse cogner par un vrai champion de boxe. Quoi que Rhys ait fait, il a bien fichu Yasmin en rogne.

Ashleigh ne remarque rien, évidemment.

— Tu devrais les convaincre de tourner une émission de téléréalité sur toi, Rhys. C'est super facile : on te suit pendant quelques mois, on te filme à la maison avec les enfants, quand tu vas à tes répétitions, ce genre de choses.

— Cela suppose qu'il ait des répétitions auxquelles participer, rétorque Yasmin, acerbe.

Il y a vraiment un truc qui cloche entre eux. Mia est contente de voir arriver Clemmie et Dee. Clemmie porte une robe faite de bouteilles en plastique recyclées, comme elle le dit à qui veut l'entendre, avec même des bouchons aplatis en guise de boutons.

— Incroyable, remarque Mia, ce qui n'est pas tout à fait un mensonge. Et vous êtes superbe, madame Huxley.

Dee porte un pantalon en velours noir, un chemisier blanc à jabot et des chaussures de ville noires vernies.

— J'ai les pieds plats, ma chère, explique-t-elle à Mia en surprenant son regard. En outre, les chaussures d'homme sont tellement plus confortables.

Mia est censée distribuer les canapés, mais aucun des rupins ne veut manger et les magnifiques plateaux restent intacts jusqu'à l'arrivée des autochtones.

— Putain de merde, lance Eira en entrant. Cet endroit…

— T'as vu ça ?

Mia ressent une étrange fierté, comme si elle vivait ici. Pendant une seconde, elle s'imagine ce que ça ferait si c'était le cas. Si tout cet argent, tous ces *trucs* étaient à elle. Ça le sera peut-être, un jour.

Les gens sont gênés, au début. La plupart des habitants du village ne connaissant aucun des résidents de La Rive, ils forment donc de petits groupes et discutent en regardant autour d'eux. À l'autre bout du chalet, les propriétaires du complexe parlent trop fort en riant avec trop d'enthousiasme, ce qui rappelle à Mia les bals, au collège : garçons d'un côté, filles de l'autre. Seules Clemmie et Dee font l'effort d'accueillir leurs invités et, peu à peu, les deux groupes commencent à se mélanger.

— … le même plan, oui, mais, en réalité, ils sont assez différents, explique Yasmin à un couple dont Mia sait pertinemment qu'il se fiche pas mal de la décoration. Je vous ferai visiter, si vous voulez.

— Ce serait génial, répond le couple, qui donnerait n'importe quoi pour fouiner.

C'est le début d'un défilé incessant d'invités qui déambulent d'un bout à l'autre de La Rive. Mia a les pieds en compote et elle aimerait bien se déchausser, mais elle sait qu'il la regarde. Elle vient de lui resservir du champagne à l'instant et, quand elle s'est penchée vers lui, il lui a chuchoté : « J'ai envie de toi » à l'oreille.

Il lui consacrera du temps plus tard, elle en est sûre. Il suffit d'être patiente.

Quelqu'un a tamisé la lumière et forcé la musique. La chaleur et le bruit font vibrer le chalet, les corps sont collés les uns aux autres. La baie vitrée s'ouvre d'un coup sec, un courant d'air glacé s'engouffre et la paroi bâchée du barnum bat au vent. Un groupe d'habitués du pub entre en roulant des mécaniques et ils se dirigent droit vers le bar.

— Qui sont ces gens ? demande Blythe à Mia, angoissée. Ils ont été invités ?

Mia aperçoit une invitation pliée dans la poche de l'un d'eux.

— On dirait, oui. Celui-là, c'est Gruffydd, désigne-t-elle. Là, c'est Hari Roberts, Sion Williams…

Mais Blythe se fiche de leurs noms. Ce qui l'intéresse, ce n'est pas vraiment *qui ils sont* mais *ce qu'ils sont*. Ce qu'ils font, quel genre de personnes ils sont.

— Ce sont des habitués du *Y Llew Coch*, ajoute Mia.

Blythe cligne rapidement des yeux, l'air manifestement affligée quand le groupe s'approprie un coin du salon. Tous les huit sont en jean et chaussures de chantier usées, leurs vestes négligemment entassées. Les manteaux sont luisants d'embruns : ils ont dû venir en bateau et directement du pub, Mia en est quasiment sûre.

Caleb essaie de traverser la pièce en douce. Il ouvre un placard de cuisine, et Mia l'intercepte juste au moment où il attrape une bouteille de cognac planquée derrière les conserves.

— Je ne ferais pas ça, si j'étais toi.

L'adolescent sursaute.

— Putain, Mia, tu ne devrais pas surprendre les gens comme ça !

Elle lui prend le cognac des mains.

— Il y a une glacière pleine de bières, à côté du chalet. Quelques canettes ne leur feront pas défaut.

— Merci, répond l'adolescent avec un grand sourire avant de rejoindre les autres ados, où qu'ils traînent ce soir.

Mia le suit pour s'assurer qu'il n'a pas fauché toute la glacière, et l'air nocturne soulage ses jambes brûlantes et meurtries. Elle contourne le barnum, hors de vue, et se déchausse. Elle appuie ses pieds nus sur les rainures glacées des lames de la terrasse.

— Je suis désolé ! hurle un homme. Là, je l'ai dit. Satisfaite ?

Mia cligne des yeux dans l'obscurité, désorientée par les nuages noirs qui passent lentement devant la lune.

— Ce n'est pas à moi que vous devriez demander pardon.

Dee Huxley a une voix caractéristique, et Mia comprend que la conversation lui parvient de la terrasse voisine. Mais à qui parle Dee ?

— Ce que vous avez fait à cette femme…

Dee laisse la phrase en suspens et Mia retient son souffle. La baie vitrée du chalet s'ouvre avec fracas sous le barnum, couvrant la conversation à voix basse.

Quelle femme ?

Un rugissement retentit sur l'eau, la traction rauque d'un bateau à moteur, et, quand il s'éteint un instant plus tard, le silence devient assourdissant. La jeune Seren

Morgan apparaît en haut de l'échelle et se mêle aux invités avant que Mia ait pu dire un mot. Elen se ramollit, ou bien Seren a raconté un bobard à sa mère ?

Mia s'approche du bord de la terrasse au moment où Huw Ellis se hisse en haut de l'échelle depuis le ponton.

— Ça va, Mia ?

— C'est une bonne idée d'être là ?

Mia aime bien Huw, mais tout le village sait ce qu'il pense de cet endroit.

— Où est-il ?

— Qui ?

— Lloyd.

Il n'attend pas qu'elle réponde et Mia le suit à l'intérieur, le voit balayer la pièce des yeux, traverser l'entrée et ouvrir la porte. Les gens dansent, maintenant, on a poussé les meubles contre les murs pour gagner de la place. Mia s'arrête pour parler à Seren, qui dissimule son verre derrière son dos, comme si cela suffisait à cacher le fait qu'elle boit alors qu'elle a le regard fou.

— Super soirée, non ? lance Mia.

— Pas mal, réplique Seren avec indifférence.

Elle est apprêtée : robe moulante et bottines à talons presque aussi hauts que ceux de Mia. Des anglaises et du noir autour des yeux. Elle a l'air dangereusement sexy : Elen l'a-t-elle vue sortir de chez elle comme ça ? se demande Mia.

— Ta mère est là ?

— Mam à La Rive ?

Yasmin se faufile près d'elles.

— Seren ! Tu as vu Tabby et Felicia ? Je les cherche partout.

— Je crois qu'elles regardent Netflix chez Caleb.

— Dis-leur que j'ai besoin qu'elles forcent leur père à manger quelque chose.

— Euh, d'accord.

— Moi, il ne m'écoutera pas. J'ai laissé un sandwich emballé dans du film alimentaire au réfrigérateur. Elles peuvent le lui donner. Il est ivre mort, c'est affreusement gênant, précise-t-elle en se tournant vers Mia.

Il n'est pas le seul, songe celle-ci. Il y a désormais plus de bouteilles vides sous la table que de pleines dessus, et même Clemmie a les joues en feu alors qu'elle fait une démonstration de ce qui ressemble à de la danse irlandaise. Steffan Edwards s'envoie du vin rouge, ce qui va mal finir.

Et si elle se joignait à lui ? pense Mia. Elle a été relativement sobre jusqu'ici, avalant quelques gorgées de champagne entre deux tournées de canapés, mais elle en a soupé de ces gens. Elle regarde à l'autre bout de la pièce. Jonty bave pratiquement dans le décolleté d'Ashleigh et, à l'idée d'être la serveuse, la femme de ménage, la maîtresse, elle est prise d'une soudaine bouffée de colère. Moue aux lèvres, Ashleigh fait la belle et joue avec ses extensions hors de prix du bout de ses ongles hors de prix.

Mia n'a jamais autant détesté quelqu'un de sa vie.

13

4 janvier – Fiona

Après une nuit agitée, Fiona a fini par s'écrouler au petit matin et n'a pas entendu son réveil sonner. Elle n'a pas pris de douche et ses cheveux crépus sont tout emmêlés. Alors qu'elle bifurque pour entrer à La Rive, elle s'arrête pour montrer sa plaque au policier en uniforme posté au bout de l'allée. Il parle à deux hommes que Fiona reconnaît aussitôt : le journaliste à l'écharpe rayée et Gav, son acolyte caméraman. Le brouillard matinal enveloppe les arbres, et la légère bruine qui flotte dans l'air se dépose en perles argentées sur la veste du journaliste.

— Ces types traînent dans le coin depuis quelques jours, indique Fiona à l'agent. Ils ont reçu un avertissement, mais…

Gav porte tout de suite sa caméra à l'épaule et le journaliste tend son micro vers Fiona.

— Maintenant que l'enquête criminelle est ouverte, la police a-t-elle des suspects ?

— Il faudra vous adresser au service de presse.

Fiona claque la portière de la Triumph en se rappelant pour la énième fois qu'elle doit faire réparer la vitre.

— Vous êtes l'agent enquêteur Morgan, c'est ça ? crie le journaliste. De la police du nord du pays de Galles ? Vous travaillez avec l'équipe du Cheshire parce que la victime est galloise ou parce que c'est le suspect qui l'est ?

Quand Fiona s'éloigne, il la suit en criant ses questions.

— Une source a rapporté que des tensions de longue date existent entre La Rive et les gens de Cwn Coed : qu'en pensez-vous ? Comment vous entendez-vous avec vos collègues anglais ?

— Merde alors ! peste Fiona en écrasant l'accélérateur.

Pour une fois, elle apprécie que La Rive forme une enclave exclusive, à l'abri des regards indiscrets. Devant le domicile des Lloyd, une Rubalise bleu et blanc flotte au vent et des techniciens de la police scientifique en combinaison blanche vont et viennent entre le chalet et le van garé dehors. Derrière, le lac repose sous un manteau de brume.

En voyant Mia vêtue de sa chasuble rose sortir du chalet de Dee Huxley, Fiona l'interpelle :

— Tu me dois un SMS !

Mia hésite avant de rejoindre son amie.

— *Ti'n iawn ?*

— Pas mal. Occupée, répond Fiona en désignant la Rubalise. Tu as reçu mon message, le 1er janvier ? Je te demandais de dire que j'avais passé la nuit chez toi si mam te posait la question.

— Oui. Où est le problème, en fait ? Pourquoi as-tu besoin d'un alibi ?

— C'est personnel, répond Fiona avec un haussement d'épaules. Rien de grave, je n'ai pas envie que le monde entier soit au courant de mes affaires, c'est tout.

— Tu es nulle, comme amie, tu sais. Tu ne m'envoies des SMS que quand tu as besoin d'un service, lui reproche Mia d'un ton léger, mais impossible d'ignorer le sous-entendu.

— Ce n'est pas vrai.

— Bref, lance Mia en s'éloignant.

— Je n'ai parlé à personne de tes manigances, au fait ! lance Fiona.

Mia s'immobilise sans se retourner et, un instant plus tard, elle regagne sa voiture.

Fiona se mordille l'intérieur de la joue. Elle n'est pas nulle, comme amie. Une amie nulle ne garderait pas un secret, pas vrai ? Surtout au beau milieu d'une enquête criminelle.

— L'agent Leo Brady est là ? demande Fiona à sa collègue en uniforme postée devant chez les Lloyd.

Celle-ci vérifie sa fiche, sur laquelle toutes les allées et venues sont soigneusement répertoriées.

— Il vient d'arriver.

Fiona décline son matricule pour qu'elle l'inscrive, se baisse pour se glisser sous la Rubalise et enfile un des équipements de protection sortis du carton à côté de l'entrée.

À l'étage, Leo parle à la responsable de l'équipe scientifique.

— Pardon pour mon retard, s'excuse Fiona.

— Il y avait des bouchons ?

Fiona a du mal à deviner l'humeur de Leo, dont la voix est étouffée par son masque.

— Ils ont saisi un tas de médicaments rangés dans la table de chevet de Lloyd.

— La plupart sont en vente libre, explique la technicienne, d'autres prescrits sur ordonnance. Nous les ferons analyser.

— Des indices prouvant que l'on est sur une scène de crime ? s'enquiert Fiona.

— Des éclaboussures de sang. Ici, près du bureau, indique la technicienne. Ça a été assez bien nettoyé, mais il y a aussi du sang et des fibres suggérant que la victime a été traînée du bureau à la chambre parentale.

Fiona et Leo la suivent en marchant sur les plaques de cheminement disposées pour protéger les indices. Il y a d'autres plaques sur le balcon, et la rambarde métallique porte les traces caractéristiques de poudre dactyloscopique.

La technicienne se penche et désigne la base du garde-fou vitré qui finit trente centimètres au-dessus de la dalle du balcon.

— Il y a du sang sous le verre. La victime a été poussée à travers cet espace, on dirait.

En contrebas, sur la terrasse principale, un autre technicien en combinaison blanche effectue des prélèvements autour d'un cône jaune.

— Et c'est là que Lloyd est tombé, conclut Leo en se penchant.

— Exactement, répond la technicienne. Nous allons continuer les relevés à l'intérieur, mais autant chercher une aiguille dans une botte de foin : il y a des empreintes partout. Sur l'étagère à trophées, ça va encore, mais je doute que cela nous aide beaucoup : le coupable n'a pas eu besoin de la toucher pour se servir.

— Ça n'avait peut-être rien de personnel, suggère Leo en sortant du chalet. Un cambrioleur est peut-être entré – les récompenses sont placardées sur Instagram après tout – et Rhys l'a dérangé.

— Alors, pourquoi ne pas emporter le reste ?

— Par manque de temps ?

— Le coupable a eu le temps de traîner le corps jusqu'au balcon, de le pousser sur la terrasse, sur le ponton, de le charger sur un bateau et de le balancer au fond du lac, mais il n'aurait pas eu le temps de fourrer quelques récompenses dans un sac ?

— J'admets que ce n'est pas ma théorie la plus brillante, convient Leo avec un grand sourire. Nous verrons si la vidéosurveillance donne quelque chose.

Fiona a chaud.

— C'est sur ma liste. Je vais aller saisir les enregistrements.

— Déjà fait. J'ai pris les clés en t'attendant, ce matin.

— J'avais dit que je m'en occupais !

— On se calme, réplique Leo, levant les mains en signe de capitulation devant la violence de sa réaction. Je pensais te rendre service, c'est tout.

— J'ai pas besoin de ton aide.

— Tu es vraiment un cas, tu sais ? répond Leo avec un hochement de tête. Tu n'assistes pas aux briefings, tu ne travailles pas en équipe…

Il gonfle les joues et pousse un long soupir bruyant. Fiona se tait.

— Bref, j'ai saisi le disque dur et téléchargé vingt-quatre heures d'enregistrements à partir de 9 heures le 31 décembre. Il y a un bug dans l'après-midi, vers 15 heures : l'enregistrement saute d'une heure.

— Rhys Lloyd était toujours en vie plusieurs heures après ça.

— Exactement, et ça a l'air de fonctionner normalement à partir de là, alors on va pouvoir comparer les invités qui arrivent à la fête avec ceux déjà répertoriés sur notre liste. Voir qui manque. Les caméras sont orientées vers l'allée plutôt que sur les chemins, mais c'est un début.

Le téléphone de Fiona vibre dans sa poche et elle jette un coup d'œil à l'écran avant de répondre, ravie de la diversion.

— Ça va, patron ?

— Bonne nouvelle, répond le capitaine Malik. Puisqu'on a établi que la scène de crime se trouve du côté anglais du lac, rien ne justifie qu'ils vous gardent. J'ai parlé au capitaine Crouch et je l'ai persuadé de vous libérer, ajoute-t-il, tendu, ce qui suggère que Crouch ne s'est pas fait prier longtemps.

Il n'a manifestement pas digéré l'insolence de Fiona, mais, si ce type ne sait pas encaisser les vannes, il ne devrait pas chambrer Leo.

En parlant de Leo, elle a un coup au cœur en se souvenant de l'enregistrement vidéo. Si elle n'enquête pas sur l'affaire, elle n'aura aucun moyen de savoir ce que les flics auront découvert. S'ils s'approchent de la vérité.

Elle s'éloigne de son collègue.

— Le truc, patron, c'est que je pense que je devrais continuer.

— Fiona, vous m'avez supplié de vous retirer l'affaire !

— Il y a beaucoup d'enquêtes locales à mener de notre côté de la frontière. Un certain nombre de témoins qui préfèrent interagir en gallois.

Elle sait exactement quoi dire.

— Et je crois que c'est une bonne expérience pour moi. Travailler en équipe, vous voyez. C'est l'occasion de, euh, progresser d'un point de vue personnel.

Il s'ensuit une longue pause, empreinte d'une certaine surprise.

— Cet argument est incontestable, soupire Malik. Très bien. Restez. Mais la prochaine fois que vous me demandez une faveur, je veux un délai de réflexion.

Yasmin et les jumelles se sont temporairement installées chez la mère de Rhys. Assise sur le canapé en Dralon de Glynis avec Leo, Fiona entend de la musique à travers le plafond ; Yasmin est assise en face d'eux dans un fauteuil étroit à haut dossier. Glynis s'agite, prépare du thé et dégote une assiette où disposer des biscuits dont personne n'a envie.

— *Dach chi isio rwbath…*

Glynis s'interrompt, jette un regard à Yasmin et passe à l'anglais.

— Voulez-vous quelque chose de plus consistant ? Un sandwich, peut-être ?

— Non merci, c'est gentil, décline Leo.

— Quand pourrons-nous rentrer chez nous ?

Mince et pâle, Yasmin a ramené ses longues jambes contre sa poitrine, comme une enfant.

— La police scientifique va rester encore deux ou trois jours, malheureusement, répond Fiona. Mais si vous avez besoin de quelque chose, nous pouvons faire en sorte…

— Pas à La Rive ! Je serais heureuse de ne plus jamais y remettre les pieds. Je veux ramener les filles chez nous, à Londres.

— Yasmin, *cariad*, n'emmène pas les jumelles : elles sont la seule famille qu'il me reste, implore Glynis, qui tire un mouchoir de sa manche et se frotte le nez.

— Nous préférerions que vous restiez dans les parages, indique Fiona. Pendant que l'enquête est en cours.

Par la fenêtre, elle voit le jardin de Glynis, presque entièrement occupé par une cabane en bois.

— Vous avez déjà été visée une fois à votre adresse londonienne, ajoute Leo. Nous n'avons toujours pas écarté la possibilité d'un lien entre la harceleuse de votre mari et son meurtre.

Leo affiche sur son téléphone l'image de l'étagère à trophées de Rhys postée par Yasmin sur Instagram et zoome sur celui qu'ils soupçonnent d'être au fond du lac.

— Nous pensons que c'est cet objet qui a causé les blessures au visage de votre mari. Que pouvez-vous nous en dire ?

Glynis regarde par-dessus l'épaule de Yasmin et se remet à sangloter. Elle fouille dans les tiroirs d'un grand buffet en chêne.

— C'est le prix de l'Étoile montante, répond Yasmin d'une voix monotone. 2010. Attribué à un acteur de comédie musicale dont on estime qu'il a livré la meilleure performance de l'année. Rhys l'a remporté pour son interprétation de Judas dans *Jésus-Christ Superstar*. Son dernier rôle décent, précise-t-elle en regardant Glynis, qui ne réagit pas.

— Ce doit être difficile dans ce milieu, j'imagine, observe Leo.

— Tout le monde recherche la future star, explique Yasmin en tripotant un fil lâche sur l'accoudoir du fauteuil. Tous les agents veulent un titre à succès et, dès qu'ils l'ont, ils passent à un nouveau talent. L'agent de Rhys lui faisait tourner des spots publicitaires pour des assurances auto, putain.

— Et il faut reconnaître qu'il était doué, ajoute Glynis.

Elle tend à Fiona une photo sur papier glacé montrant Rhys Lloyd en smoking noir. Portait-il le même le soir de sa mort ? se demande la policière. Yasmin est vêtue d'une robe longue au décolleté vertigineux et des diamants étincellent autour de son cou. Ils posent sur un tapis rouge devant une toile de fond parsemée de noms de sponsors. Rhys enlace la taille de sa femme et agrippe de l'autre main le col d'un énorme trophée.

— Très impressionnant, commente Leo.

Yasmin arrache le fil, qu'elle enroule autour de ses doigts.

— C'est hideux.

— De quoi est-il fait ? demande Fiona en regardant la photo.

— La base est en marbre, le reste en métal. L'ensemble est doré à la feuille.

La main de Rhys est surmontée de pointes métalliques représentant une étoile. Fiona frissonne.

— Quand l'avez-vous vu pour la dernière fois dans son bureau ?

— La veille du Nouvel An, je suppose.

— Vous l'avez bien vu ce jour-là ? insiste Leo.

— Eh bien, non. Je veux dire... quand on sait que les choses sont là, on ne les *voit* pas, n'est-ce pas ? On suppose qu'elles le sont.

Leo ouvre son carnet.

— Pouvez-vous me donner une liste des personnes qui sont entrées dans cette pièce, s'il vous plaît ? Nous devons la comparer aux empreintes que nous avons rassemblées.

— Je suis désolée, c'est impossible, répond Yasmin en clignant des yeux. J'ai emmené tout le monde là-haut. Je suis décoratrice d'intérieur : La Rive constitue une part essentielle de mon book.

— Quand vous dites *tout le monde...*

— Jonty et Blythe, bien sûr. Clemmie, Dee, les Stafford : Ashleigh voulait mon avis sur l'éclairage, même si, croyez-le si vous voulez, ils ont mis des spots dans le...

— Qui d'autre ? l'interrompt Leo.

— Huw Ellis, le maçon. Il y a eu quelques pépins et il a un double des clés. Il est entré dans tous les chalets. Même chose pour Mia, la femme de ménage. Et puis, bien sûr, j'ai fait des visites guidées le soir du réveillon.

— Des visites guidées ?

Fiona imagine faire ça chez mam. *Voici la salle de bains, où il faut donner des coups de marteau sur le tuyau pour que la douche démarre. Ici, ma chambre, encore ornée d'un poster des Backstreet Boys...*

— Les gens étaient curieux.

La musique devient plus forte à l'étage, et Fiona se rend compte que c'est Rhys qui chante. Sa gorge se serre d'émotion en imaginant les jumelles en train d'écouter la voix de leur père, là-haut. Elle tend un document à Yasmin.

— Voici une liste de médicaments trouvés dans les tiroirs de la table de chevet de votre mari. Savez-vous lesquels il prenait ?

Yasmin passe la liste en revue.

— De l'ibuprofène, quelquefois, pour son mal au dos. Ça, ce sont des multivitamines, j'ai les mêmes. Oh, et ces somnifères lui servaient à surmonter le décalage horaire.

Elle rend la liste à Fiona. À l'étage, les filles poussent le son de quelques décibels supplémentaires et la voix de Rhys monte crescendo alors que les cheveux de Fiona se dressent sur sa nuque.

— C'est insupportable, déclare Yasmin en se levant.

— Laisse-les, tempère Glynis, mais sa belle-fille a déjà quitté la pièce.

Pratique, songe Fiona. Ce que Yasmin a dit sur les médicaments ne l'intéresse pas, rien que de très banal, en somme ; ce qui l'intéresse, en revanche, c'est sa main qui tremblait pendant qu'elle consultait la liste et sa manière délibérément désinvolte de débiter ses explications. Il y a quelque chose d'important sur cette liste. En regardant Leo, Fiona sait qu'il pense la même chose.

À l'étage, la voix de Rhys s'interrompt au beau milieu d'une note.

— Je n'arrête pas d'oublier, dit Glynis à voix basse. Et puis ça me revient, et…

Les larmes débordent de ses cils.

— Ce doit être très dur pour vous, compatit Leo. Je suis désolé si nous rendons les choses plus difficiles en posant toutes ces questions. Nous voulons simplement découvrir ce qui est arrivé à votre fils. Vous a-t-il parlé de son harcèlement ?

— Oui, j'étais très inquiète pour Yasmin et les filles.

— Pas pour votre fils ?

— Pardon ?

— Vous avez dit « Yasmin et les filles ». Étiez-vous inquiète pour Rhys ?

— Bien sûr que j'étais inquiète pour lui !

— Il a reçu un certain nombre de messages d'insultes en ligne, poursuit Fiona. Savez-vous qui aurait pu les lui envoyer ?

— Je n'en ai pas la moindre idée.

— Rhys s'était-il brouillé avec quelqu'un ?

Les mains de Glynis tremblent. Elle regarde nerveusement le plafond. Yasmin a disparu.

— Madame Lloyd ? insiste Leo.

— Les gens du coin étaient très contrariés quand le projet de La Rive s'est concrétisé, finit-elle par dire. Ils en voulaient à Rhys et à moi aussi. Il y a beaucoup de rancune.

— Vous avez été prise entre deux feux, intervient Fiona.

C'est une affirmation, pas une question, mais Glynis répond quand même.

— Oui. Ça a été très désagréable, admet-elle, la voix brisée.

— Pourquoi avez-vous accepté, alors ? demande Leo. Pourquoi laisser Rhys construire sur ce terrain si les habitants du village s'y opposaient ?

— Mon mari lui a légué le terrain, explique Glynis, impuissante, avant de baisser les yeux. Et mon fils pouvait se montrer très persuasif.

Fiona jette un œil dehors. On prévoit de la neige depuis des jours et, tâtant le terrain, un minuscule flocon tombe sur la grand-rue en voletant.

— Je l'ai bien cherché, ajoute Glynis.

Suivant le regard de Fiona, elle se tourne vers la fenêtre et se parle plus à elle-même qu'aux policiers.

— Je l'ai gâté. J'aurais adoré avoir une grande famille, mais cela n'a pas été le cas, alors j'ai donné tout ce que j'avais à Rhys. Il s'est habitué à obtenir ce qu'il voulait.

— Votre fils a-t-il déjà fait du mal à quelqu'un, madame Lloyd ? interroge Leo en se penchant vers elle. Vous a-t-il déjà fait du mal ?

— Non ! Il n'aurait jamais..., réplique-t-elle en secouant la tête plusieurs fois.

— Mais il vous a intimidée ? Était-il tyrannique ?

— Non ! Ne dites pas ça ! Il n'était pas... je veux dire, à l'école peut-être, enfant, mais...

Glynis se remet à pleurer, les joues striées de larmes.

— Je suis désolé, s'excuse Leo.

Fiona ressent une bouffée de colère. Quelle chiffe molle ! Il ne devrait pas s'excuser de faire son travail.

— Quand vous dites qu'il était tyrannique à l'école, de quoi parlez-vous ?

Elle doute que Mme Lloyd réponde, mais celle-ci se lève et s'approche de la fenêtre.

— C'est un débarras, aujourd'hui, déclare-t-elle en regardant la cabane de jardin. Mais pendant des années, ç'a été la salle de musique de Rhys, et l'endroit où il passait du temps avec ses amis. Les adolescents ne veulent pas traîner avec leurs parents, pas vrai ?

Fiona ne répond pas. Elle observe les photos de Rhys enfant, adulte, qui décorent la pièce, puis revoit son cadavre sur la table d'autopsie d'Izzy Weaver.

— J'aurais dû être une meilleure mère, déplore Glynis, qui contemple toujours le jardin, semblant avoir oublié leur présence. J'aurais dû vérifier ce qu'ils faisaient, les embêter.

— Madame Lloyd, insiste Leo, inquiet. Votre fils a-t-il fait quelque chose quand il était à l'école ? Quelque chose de mal ?

Glynis s'ébroue, se détourne de la fenêtre. Elle jette un coup d'œil à Fiona.

— Il y a eu une sale histoire avec une fille du village. Ceri. Je m'en veux terriblement avec le recul, mais…

— Ceri Jones ? l'interrompt Fiona.

— Elle était très perturbée, d'après l'école. Rhys s'est moqué d'elle, mais je suis sûre qu'il n'était pas le seul : certains enfants sont plus harcelés que d'autres, n'est-ce pas ?

Fiona se retient de répondre, de peur d'exploser.

— Que s'est-il passé ? insiste Leo, mais Glynis secoue la tête, s'active autour de la table, débarrasse le thé et l'assiette de biscuits.

— Je ne m'en souviens vraiment pas. Cela date. Vous savez comment sont les enfants.

On entend un grincement au-dessus, la voix de Yasmin à peine audible. Leo lève un instant la tête vers l'étage.

— Comment se passait la vie de couple de votre fils ?

— Ils avaient l'air heureux.

— Était-il un bon père ?

— Rhys adorait ses filles, dit Glynis, la voix brisée. Elles n'ont jamais manqué de rien et Yasmin non plus. Il lui versait une somme généreuse tous les mois.

— Que va-t-elle faire, maintenant ? s'enquiert Leo.

Glynis plie soigneusement son mouchoir et le serre entre ses paumes avant de répondre.

— Yasmin est l'unique bénéficiaire de l'assurance vie de Rhys.

Elle range son mouchoir dans sa manche et regarde Leo dans les yeux.

— Elle sera mieux lotie que de son vivant.

14

4 janvier – Leo

— Qui est Ceri Jones ?

Leo regarde les boutiques tout en longeant la grand-rue avec Fiona. Devantures sombres et caisses vides, elles n'ont pas encore rouvert après Noël.

— La factrice, répond Fiona qui marche à grands pas devant lui, le corps crispé de fureur. On a toujours dit… et tout ce temps, Rhys…

— Fiona, je ne comprends rien.

Elle s'immobilise, enfonce les mains dans ses poches.

— Ceri vit ici depuis toujours. Elle a la quarantaine, je crois. Elle avait quitté le lycée avant que j'y entre en tout cas, mais on continuait à parler d'elle.

— Qu'avait-elle fait ?

— Une overdose de médicaments, dans le placard à fournitures. Le gardien l'a trouvée et l'a emmenée à l'hôpital. Elle était censée étudier les beaux-arts, mais elle a abandonné. Maintenant, elle est postière.

— À cause de Rhys Lloyd ?

— C'est la première fois que j'en entends parler. Je ne suis au courant de l'overdose que parce que ma mère m'a prise en tête à tête et m'a dit qu'on avait le droit d'être homo, hétéro, ce qu'on voulait – parce que ce n'est pas du tout gênant d'avoir ce genre de conversation à douze ans –, et que, si quelqu'un à l'école me causait des ennuis, je devais l'avertir tout de suite.

— Ta mère a l'air sympa.

— Ça lui arrive, rétorque Fiona en se remettant à marcher. La version officielle, c'est que Ceri avait « du mal à accepter sa sexualité ».

— Elle était à la soirée du réveillon, remarque Leo après un silence.

— Ceri n'est pas une meurtrière.

— Elle pourrait l'être.

— Parce qu'elle a été harcelée il y a quoi ? Trente ans ? Ce n'est pas un motif de meurtre. Pas comme l'argent.

— Tu crois que Yasmin est coupable ?

— Tu as vu comme elle était nerveuse en lisant la liste de médicaments ? Je te parie dix balles que l'analyse toxicologique montrera un taux de somnifères élevé dans le sang. Yasmin aimait être mariée à une étoile montante, je suppose. Dès qu'il a été lessivé, elle l'a buté pour empocher le fric.

— Mais pourquoi maintenant ? Son héritage aurait été plus conséquent une fois le reste du complexe achevé.

— Seulement si elle est la seule à en bénéficier. N'oublie pas que Jonty Charlton est le partenaire financier.

— Je suis sûr qu'il sera ravi de nous revoir.

Il ne l'est pas. Il regarde Leo et Fiona comme si on venait de les repêcher au fond du lac.

— Vous harcelez tous les voisins, ou ce plaisir nous est réservé, à ma femme et à moi ?

— On ne fait pas de discrimination, lance joyeusement Fiona en entrant, si bien que Jonty est obligé de reculer.

— Ça devient lassant, vous savez. Je croyais que l'incompétence était une qualité propre à la police de Londres, mais elle est endémique, manifestement.

— Vous m'avez dit que cet endroit serait une mine d'or dès que le projet serait terminé, enchaîne Fiona. Qui hérite de cette mine d'or maintenant que Rhys est mort ?

Jonty a l'air un peu déconcerté.

— Ah... Yasmin héritera de presque toutes les parts de Rhys.

— Presque ? le reprend Leo.

— Il détenait cinquante et un pour cent de l'entreprise. J'en détiens quarante-neuf pour cent. Notre accord stipulait que si Rhys décédait, deux pour cent de l'entreprise me reviendraient.

— Ce qui ferait de vous l'associé majoritaire, constate Fiona.

Jonty a un geste vague de la main, comme si ce point était sans intérêt.

— Cela veut simplement dire que l'intégrité de La Rive serait préservée quel que soit l'héritier des parts désigné par Rhys.

— Pourquoi Rhys était-il l'associé majoritaire si c'est vous qui avez apporté tous les capitaux ?

— Gérer une entreprise est un peu plus compliqué que distribuer une contravention, agent Morgan, observe Jonty en riant. J'avais l'argent, mais Rhys avait le terrain. La majeure partie du lot appartenait à un fermier anglais. Comme il n'était pas constructible et qu'il était improbable qu'il le devienne, Rhys l'a acheté pour une bouchée de pain.

— Mais un bâtiment s'élevait déjà sur le terrain qu'il avait hérité de son père, poursuit Fiona lentement. Ce qui créait un précédent.

— Vous ne vous contentez pas d'être une jolie frimousse, hein ? lance Jonty à Fiona, qui le dévisage, impassible. Vous avez tout compris. C'était un petit terrain minable, mais sans doute d'une valeur inestimable. Nous avons dû batailler quand même, mais, comme une cabane était déjà bâtie sur le rivage, nous avons fini par convaincre les autorités.

— L'entreprise se portait bien ? demande Leo, convaincu que Fiona est au bord de l'explosion.

— Les chalets ont été plus difficiles à vendre que nous ne l'avions anticipé. Nous avons dû baisser les prix et, même dans ces conditions, nous ne les avons pas écoulés. Nous ne proposons pas d'échéanciers de paiement et n'acceptons pas de prêts immobiliers, nous sommes strictement haut de gamme, et nous avons eu du mal à nous positionner sur le marché. Nous avons fini par employer une agence de relations publiques pour créer une campagne publicitaire autour de La Rive. Nous avons rémunéré des influenceurs pour vanter la beauté de l'endroit sur Twitter alors que le complexe était encore en chantier, ce genre de choses.

— Ça paraît extrêmement malhonnête, commente Leo.

— Tout le monde le fait. Et cela a fonctionné : c'est comme ça que nous avons attiré Ashleigh Stafford. Nous avons sous-entendu qu'il y avait une liste d'attente, que les postulants devaient montrer patte blanche…, poursuit Jonty, l'air suffisant. La vérité, c'est que Rhys et moi avions pris un chalet chacun à la place des parts et que les trois autres étaient vides. Ashleigh était exactement ce dont nous avions besoin : le bouche à oreille est lancé maintenant. Dès que le reste du complexe sera construit, les chalets se vendront comme des petits pains.

— Rhys et vous étiez-vous toujours d'accord en affaires ? interroge Fiona.

— Pratiquement toujours, répond Jonty en clignant plusieurs fois des yeux rapidement.

— Vous en êtes sûr ?

Il gonfle les joues.

— Écoutez, j'étais un peu en rogne contre lui avant sa mort, d'accord ? Quelqu'un vous le dira sûrement, alors voilà, autant vous en parler tout de suite. Nous avons eu un petit problème de liquidités l'an dernier, et nous avons dû licencier les maçons. Rhys a engagé un type du coin, Huw Ellis, pour finir le boulot et j'ai réglé la facture de trente mille livres. Sauf que Rhys a dépensé l'argent et que le maçon n'a toujours pas été payé.

— Et vous n'avez pas récupéré vos trente mille livres ? remarque Leo.

— Eh bien, non. Ce n'est pas une fortune, je sais. Mais si on ajoute à ça un maçon sur le sentier de la guerre, vous voyez pourquoi j'avais un peu la haine.

— Huw Ellis aussi, j'imagine, observe froidement Fiona.

Leo ne lui en veut pas. Au bout de près de dix ans dans la police, son salaire net s'élève à un peu moins de trente mille livres par an. Ça ne représente peut-être pas une fortune pour Jonty, mais ça l'est pour la plupart des gens.

— Il s'en est pris à moi le soir du réveillon, reprend Jonty. Comme il n'était arrivé à rien avec Rhys, il m'est tombé dessus, ce… Tout ça semble plutôt hors sujet aujourd'hui, non ? Maintenant que ce bon vieux Rhys est mort.

Au contraire, songe Leo, cela semble tout à fait pertinent.

Une fois sorti, il est sur le point de proposer à Fiona de comparer leurs notes autour d'un café quand elle annonce qu'elle doit y aller.

— Mais nous sommes en pleine enquête.

— J'ai des trucs à faire, explique-t-elle en remontant la fermeture Éclair de son énorme manteau avec un sourire sans conviction. Le justicier solitaire, tu te souviens ?

— Tire-au-flanc solitaire, plutôt, marmonne Leo.

Il va quand même aller prendre un café, décide-t-il en se dirigeant vers le village. Dans sa tête, l'enquête est un écheveau de pistes, et il tire sur chaque fil en essayant de comprendre. Jonty Charlton et Yasmin Lloyd profitent financièrement du décès de Rhys Lloyd. Ils avaient tous les deux un motif, mais ont-ils eu l'opportunité ? Ils apparaissent tous les deux sur des photos postées sur Instagram tout au long de la soirée, ce qui donne l'impression qu'ils n'ont quasiment pas quitté la fête. L'équipe informatique n'a pas encore récupéré les métadonnées qui pourraient leur permettre d'établir une chronologie plus fiable ; montrera-t-elle que Jonty ou Yasmin se sont absentés assez longtemps pour tuer Rhys et se débarrasser de son corps ? se demande Leo.

Lorsqu'il atteint la grand-rue, une adolescente arborant une tignasse rousse frisée marche dans sa direction. Impossible de ne pas reconnaître ces cheveux, cette crispation têtue de la mâchoire. Leo s'arrête.

— Vous vous appelez Seren, n'est-ce pas ? La sœur de Fiona ?

La jeune fille le regarde d'un air soupçonneux.

— Leo Brady, annonce-t-il en lui montrant sa plaque. Je travaille avec Fiona sur l'affaire du meurtre de La Rive.

— Quelle chance.

— Je me demandais si vous accepteriez de changer d'avis et de laisser la police prendre vos empreintes.

Seren lui adresse un regard sans expression.

— C'est facultatif. Vous aviez tout à fait le droit de refuser, mais il est très utile de pouvoir éliminer certaines personnes.

— Des empreintes ? Que deviennent-elles ensuite ?

— Elles sont effacées. On ne peut s'en servir que dans le cadre de cette enquête, Fiona a dû tout vous expliquer.

— Non. Mais je veux bien. C'est assez cool, en fait. Je n'ai jamais participé à une enquête criminelle.

— Merci, j'apprécie que vous ayez changé d'avis.

— Personne ne m'avait rien demandé, mais bon, répond Seren avec indifférence. Je peux…, ajoute-t-elle avec un geste vague vers la rue.

— Quoi ? Oh, oui, bien sûr. Merci.

Leo la regarde partir, le cerveau en ébullition. Sur la liste, Seren Morgan faisait partie des personnes ayant refusé la prise d'empreintes, et il ne peut y avoir qu'une seule explication à cette incohérence.

Fiona a menti.

15

Veille du Nouvel An : midi – Yasmin

Yasmin Lloyd a hâte d'être divorcée. Pour être parfaitement honnête (ce qu'elle est rarement), cela fait longtemps qu'elle n'a plus envie d'être mariée, mais, aujourd'hui, la situation a atteint un point critique. Son mari n'aurait pas pu la trahir davantage et, malgré l'ironie de la situation, elle ne peut simplement pas rester avec lui une minute de plus.

Sauf qu'il le faut. Yasmin n'est pas un monstre, et Tabby et Felicia prendront très mal la séparation de leurs parents. La moindre des choses, c'est de les laisser profiter du réveillon de ce soir. Comme les filles aiment le souligner, il n'y a rien d'autre à faire par ici, et il serait cruel de gâcher la fête en annonçant la mauvaise nouvelle la veille du Nouvel An.

Yasmin contemple le paysage depuis le balcon de la chambre. Un bateau solitaire louvoie à travers le lac et une nuée d'oiseaux plongent pour attraper des poissons. Sur la rive opposée, une silhouette perchée sur un tabouret peint ou dessine. Yasmin soupire. Elle ne voit plus la beauté du lac, ni celle des contours déchiquetés des montagnes environnantes. Elle n'apprécie plus le reflet des arbres ou des chalets dans l'eau argentée. L'attrait de la nouveauté s'est envolé dès que la nuit s'est mise à tomber plus tôt et que chaleur et soleil ont déserté les terrasses. Mélancolique, elle pense à des villas toscanes et à des plages caribéennes.

Yasmin rentre et ferme la porte, se dirige vers l'escalier en traversant le bureau de Rhys. Sur sa table de travail est posé un tas de lettres prêtes à être postées à des fans du monde entier. Yasmin remet de l'ordre dans la pile, redresse la chaise et ramasse un plaid censé être habilement drapé sur un accoudoir, mais que Rhys s'entête à froisser en s'asseyant dessus. Elle recule et jette un coup d'œil critique sur la pièce. Elle est très fière de son travail de design à La Rive, et elle a hâte de le montrer aux invités du réveillon, ce soir. Si seulement il était possible de transporter le chalet dans un endroit plus intéressant. Il doit bien y avoir des lacs dans les comtés limitrophes de Londres, non ?

Elle corrige la symétrie des rideaux. Son mari parle à Dee, dehors, dans l'allée, et Yasmin devine à sa posture qu'il a envie de lui fausser compagnie. Elle pourrait le tirer de là, suppose-t-elle en gagnant le rez-de-chaussée, mais pourquoi le devrait-elle, après ce qu'il a fait ? Elle ajuste les coussins du salon et tourne la composition florale posée sur la table face à la porte. C'est drôle que tous les chalets aient l'air si différents bien qu'ils soient tous les mêmes. Prenez celui des Charlton, par exemple : pour quelqu'un qui n'a que le mot « esthétique » à la bouche, Blythe n'a aucun sens de la couleur.

Yasmin attrape le cognac dans la cuisine. Tous les ans à Noël, l'agent de Rhys lui en envoie une bouteille hors de prix qu'il ouvre le jour du Nouvel An comme porte-bonheur pour le reste de l'année. Yasmin se joint toujours à lui. Il faudrait plus qu'une dose de superstition à la carrière de Rhys, mais il se trouve que c'est de l'excellent cognac.

Le temps que Yasmin sorte, Rhys se dirige vers le lac, le téléphone vissé à l'oreille, et Dee a disparu. Yasmin imagine leur conversation.

Désolé, Dee, je dois rappeler mon agent.

Oh, bien sûr, mon cher, ne vous gênez pas pour moi.

Rhys se tire toujours de conversations ennuyeuses en prétextant des coups de fil urgents à Fleur. À travers les arbres, elle le voit faire les cent pas sur la petite crique et parler fiévreusement au téléphone. Ne comprend-il pas que Dee est rentrée et qu'il perd son temps avec son petit numéro ?

— Yasmin, où est ton polisson de mari ? lance Blythe dès que son amie rejoint les voisins chez les Charlton. Jonty a besoin d'aide pour suspendre d'autres guirlandes lumineuses.

— Nous ne sommes pas siamois, rétorque Yasmin, acerbe.

Elle se remet à gonfler les ballons, déçue que personne n'ait fini de le faire en son absence. Dans son for intérieur, elle trouve ça terriblement ringard, mais Blythe en a fait livrer cent verts et crème, les couleurs caractéristiques de La Rive, et a chargé Yasmin de créer une arche.

— Quelle verrue, ce barnum ! marmonne Jonty, et Yasmin est absolument d'accord.

— Il encadre le lac, répond Blythe.

— Il bouche la vue, oui ! s'écrie Jonty en sortant d'un pas lourd par la baie vitrée, chargé d'un carton plein de guirlandes lumineuses.

La fille du village s'occupe des canapés. Ils sont arrivés dans un fourgon Fortnum & Mason une demi-heure plus tôt et Mia les sort de leurs boîtes pour les transférer sur des plateaux. Conformément aux ordres stricts de Blythe, tous les voisins ont dû vider leur réfrigérateur pour permettre d'y stocker les petits-fours : l'organisation est digne d'une opération militaire.

— Imagine que personne ne vienne ! lance Yasmin en plaisantant, mais il est trop tard et un éclair de panique passe sur le visage de Blythe à la perspective d'un tel embarras public.

— Bien sûr qu'ils viendront, insiste Bobby, qui déplace les boissons avec un manque d'entrain évident.

Il doit sans doute éviter Ashleigh, ostensiblement absente pendant les préparatifs du réveillon.

— Ils auront tous envie de fouiner chez les rupins.

— Tu vas être tranquille, alors, murmure Jonty.

Le poêle est allumé, mais, toutes les cinq minutes, un courant d'air glacial traverse le chalet quand Mia sort avec de la nourriture ou que Jonty entre pour prendre d'autres guirlandes. D'épais nuages annonciateurs de neige flottent au-dessus du lac.

Où est Rhys ? Yasmin est tiraillée entre l'envie d'éviter son mari et la rancœur de devoir gonfler ces foutus ballons pendant qu'il tire au flanc et fait semblant de téléphoner. Il a dû retourner se planquer en catimini dans son bureau et y mettre une pagaille qu'elle devra ranger avant l'arrivée des invités. Une fois divorcée, elle réorganisera son bureau, chez eux, à Londres. Elle se mettra peut-être à la peinture : le lieu ferait un atelier sensationnel, et elle pourrait se procurer un chevalet ancien qui servirait de pièce maîtresse.

Rhys va essayer de garder la maison, bien sûr, mais Yasmin l'attendra au tournant. Il ne voudra pas que son comportement honteux s'étale à la une des journaux. Dès que les fêtes seront passées, elle va prendre un avocat. Si Rhys croit qu'il va s'en tirer mieux qu'elle, il se fait des illusions.

À la table des boissons, Clemmie aligne en rang bien net les bouteilles que Bobby et Caleb déchargent sur le plan de travail de la cuisine. Yasmin s'empare du cognac de Rhys juste au moment où Clemmie le repère.

— Désolée, celle-ci est réservée à un usage strictement personnel, explique-t-elle avec un sourire. Blythe, mon chou, je peux ranger ça quelque part ?

— Donne, je vais la cacher derrière les conserves, répond-elle en mettant le cognac dans un placard. Personne n'irait fouiller dans les boîtes de pois chiches pendant une fête.

— Rien n'est moins sûr, dit Jonty. Certains d'entre eux n'ont sans doute même pas appris la propreté.

Il rit bruyamment et Yasmin remarque que, depuis l'autre bout de la pièce, Mia le fixe. Elle note autre chose aussi. Elle attend que Jonty la regarde pour désigner discrètement son cou avec un hochement de tête en direction du col de Jonty. Les sourcils froncés, celui-ci baisse les yeux et, de la main, cache la trace de rouge à lèvres sur sa chemise avant de s'éclipser furtivement. Quel cliché. Blythe s'en est-elle aperçue ? se demande Yasmin. Peut-être qu'elle s'en moque ; on ne sait jamais à quoi ressemblent les couples derrière la façade.

Yasmin met trois heures à gonfler tous les ballons et à les disposer selon les indications de Blythe, qui la freine dans ses progrès en la sollicitant pour porter ceci, bouger cela, ou encore « faire un saut pour acheter du fromage, si ça ne te dérange pas ». Bien que cette dernière exigence lui arrache un sourire crispé – la femme de ménage doit certainement pouvoir s'en charger, non ? –, elle enfile ses chaussures et prend son manteau.

Depuis l'entrée, elle entend le vrombissement furieux d'un moteur de voiture. Le temps d'ouvrir la porte du chalet des Charlton, le véhicule disparaît en tournant le coin de l'allée dans un nuage noir de gaz d'échappement. Comme si ce n'était pas assez extraordinaire (on est à La Rive, pas dans une cité malfamée), son mari est agenouillé au milieu de l'allée.

L'espace d'un instant, elle oublie ce qu'il a fait, et qu'elle le déteste pour ça. Elle oublie qu'elle est tourmentée, qu'elle est frustrée par son manque de succès. Elle oublie qu'elle veut divorcer. Elle court vers lui et trébuche, paniquée.

— Que s'est-il passé ?

Il la regarde sans un mot. Est-ce qu'il a une crise cardiaque ?

— Qui était dans cette voiture ?

La question semble le galvaniser. Il se lève, chancelant, mais toujours muet et, maintenant, Yasmin est agacée. De toute évidence, il ne fait pas de crise cardiaque ; elle a failli se tordre la cheville pour rien.

— Personne. Ce n'est rien.

C'est la goutte d'eau. *Personne* ne démarre pas dans un nuage de gaz d'échappement, et *rien* ne met pas un homme adulte à genoux. Yasmin ne voulait pas contrarier les filles la veille du Nouvel An, mais elle ne peut simplement pas prolonger cette comédie un instant de plus.

— C'est fini, annonce-t-elle. Tu es un minable, Rhys.

Elle s'éloigne sans se retourner. Désormais, elle se fiche de ce que les gens pensent. Elle se fiche même de savoir qui ou ce qui a provoqué cette réaction extrême chez Rhys. Tout ce qui l'intéresse, comme cela a quasiment toujours été le cas, c'est elle.

16

4 janvier – Fiona

— Ce n'est pas une visite de courtoisie, je suppose.

Huw Ellis se penche par-dessus l'échafaudage, un gilet jaune tendu sur une telle épaisseur de vêtements qu'il semble avoir doublé de volume. Petit, il est mince et nerveux, le genre d'homme que l'on a tendance à sous-estimer lors d'une bagarre dans un pub.

— J'ai besoin de te parler, tu peux descendre ?

Fiona a fait le tour du village jusqu'à ce qu'elle trouve l'utilitaire blanc de Huw garé dans une impasse. Il construit une extension de deux étages avec trois autres types, dont l'un a sifflé Fiona avant de tousser nerveusement quand il a compris qui venait voir le patron.

— Tu veux me parler, tu montes.

— Arrête ton petit jeu, ducon. C'est du sérieux…

Un casque de chantier tombe aux pieds de Fiona, qui soupire et fourre ses cheveux dessous avant de grimper l'échelle sans hâte ni grâce.

En haut, Huw pose le pied sur un tas d'ardoises.

— Ça fait un moment que je ne t'ai pas vue.

— J'étais occupée, répond Fiona en contemplant la vue sur les toits.

Llyn Drych est spectaculaire, vu d'ici. L'onde scintille sous le soleil d'hiver, les nuages filent vers le village comme s'ils fuyaient le dragon rocheux qui se dresse au-dessus du lac. À l'autre extrémité de l'étendue d'eau, une volute de fumée s'échappe du minuscule cottage où Angharad Evans vit avec les animaux qu'elle a recueillis. Toute la vie de Fiona est ici, agencée en un patchwork où se mêlent le vert forêt, le gris ardoise et le bleu miroitant de Llyn Drych.

— Par l'enquête criminelle, c'est ça ? demande Huw en cherchant le regard de Fiona. Comment tu t'en sors ?

— Tu étais au réveillon du Nouvel An à La Rive ?

— Comme la moitié de Cwm Coed. Tu as l'air en forme.

— Pourquoi y es-tu allé ?

Huw attrape l'échafaudage. Il a la peau hâlée et rêche, les doigts abîmés par des années de travail. Il ne porte jamais de gants sur les chantiers, même au plus fort de l'hiver.

— Rentre à la maison, Fi, dit-il avec douceur. Tu me manques.

— Tu détestes ce genre de fête.

Fiona cligne fort des paupières. Le froid la fait pleurer.

— Les bavardages et le champagne. Les petits-fours prétentieux. Pourquoi y es-tu allé ?

— Ne sois pas comme ça.

— C'était pour essayer de récupérer les trente mille balles que Rhys te doit ?

Fiona guette sur le visage de son mari des signes prouvant qu'elle a visé juste, mais il l'observe avec un regard si intense qu'elle est obligée de détourner les yeux.

— Fi.

— On en a déjà parlé.

— Je t'aime, lâche Huw d'une voix douce et déterminée, et Fiona fixe le lac en regrettant de ne pas être sur l'eau à naviguer dans le vent. Je ferais n'importe quoi pour que les choses redeviennent comme avant.

— S'il te plaît, ne rends pas la situation plus pénible qu'elle ne l'est déjà, assène Fiona qui, même si elle ne veut pas paraître en colère, s'exprime d'un ton sec et dur. Je suis juste venue parce que ça se présente mal pour toi. Trente mille balles, Huw ! Pourquoi tu ne m'as rien dit ?

— C'est un peu dur de te parler quand tu te démènes pour éviter de me croiser.

Fiona rougit. Elle ne s'était pas rendu compte que c'était si évident.

— Tu dois savoir que nous relevons les empreintes sur la scène de crime. Si on trouve les tiennes dans le bureau de Rhys…

— Bien sûr qu'on les y trouvera ! répond Huw, amusé. Fi, j'ai travaillé chez lui. J'ai installé des fenêtres, verni le parquet. J'ai géré les pépins après leur emménagement. J'ai encore les clés du chalet.

— C'est normal que tu aies encore les clés si tu ne travailles plus à La Rive ?

— Ils pourront les récupérer quand on m'aura versé mes trente mille balles. Et comme d'après ce que j'ai entendu, Yasmin Lloyd va bénéficier d'une petite rentrée d'argent imprévue, ça ne devrait plus poser problème, maintenant.

— Où as-tu entendu ça ?

Huw, la seule personne à Cwm Coed capable d'être aussi têtue que Fiona, se tapote l'aile du nez. Encore une fois, c'est Fiona qui détourne les yeux.

— Je ferais mieux d'y aller.

— J'ai réfléchi.

— Réfléchi ? Ton médecin t'y a autorisé ?

— On pourrait prendre un verre, un de ces jours. Comme avant notre mariage. Sans pression, on ne parlera pas de bébé, juste un verre. Pour voir comment ça se passe.

Le vent rabat les cheveux de Fiona sur ses yeux et Huw tend la main pour les repousser, geste qu'il y a un an, Fiona aurait à peine remarqué. Elle recule brusquement, oubliant où elle est, et voit le regard inquiet de Huw alors qu'elle agrippe l'échafaudage.

— Bon sang, Fi ! Je suis salaud à ce point ?

— Tu n'es pas un salaud.

C'est elle la fautive, elle qui l'a quitté. Elle fourre les mains dans ses poches pour s'empêcher de le toucher. Elle s'est promis de ne pas lui faire plus de mal qu'elle ne lui en a déjà fait, mais c'est tellement tentant de chercher à savoir s'il l'aime toujours vraiment.

— Alors, ce verre ? Je sors avec les sauveteurs en montagne ce soir, mais…

— Peut-être une fois que je serai débarrassée de cette affaire, coupe-t-elle en ôtant le casque, qu'elle tend à Huw.

Elle a cinq appels en absence de Leo. Elle efface les notifications et met son téléphone en mode silencieux avant de s'asseoir dans sa voiture pour consulter ses e-mails. Les analystes criminels ont fouillé dans les applications installées sur le téléphone de Rhys et Fiona ouvre le fichier joint. Elle en connaît la plupart : une appli de suivi d'activité, les réseaux sociaux, plusieurs plateformes de vente en ligne ainsi que plusieurs applis musicales, dont des accordeurs d'instruments et une appli d'échauffement vocal. C'est bizarre de voir la vie d'une personne résumée ainsi, ses priorités et privilèges classés dans des dossiers et des raccourcis. Fiona imagine son empreinte numérique exposée aux regards : retouche d'images et bons d'achat à la pizzeria, vitesse du vent et observation des étoiles.

L'agent Thorngate, membre de l'équipe de Crouch, a été chargée d'enquêter sur les différentes applications de rencontres utilisées par Rhys et dont certaines ont été effacées de son téléphone plusieurs semaines avant sa mort, mais Fiona est intriguée par les autres. D'après la liste, *Numéro 36* est un club privé.

« J'ai pris un verre à mon club de Soho », a déclaré Rhys dans sa déposition à propos du soir où l'inconnue est venue menacer Yasmin à leur domicile.

S'agit-il de *Numéro 36* ? Peu de données ont été récupérées sur l'application et elles sont enregistrées sous la liste. Rhys a réservé là-bas de façon presque hebdomadaire jusqu'à juin dernier, date à laquelle son adhésion s'est interrompue. Faute d'argent ? Sans proposition de travail, les finances de Rhys commençaient peut-être à être justes.

Fiona entre le nom dans Google. *Numéro 36* n'apparaît nulle part et il n'y a rien sur les réseaux sociaux. Le nom de l'enquêteur dans l'affaire de harcèlement figure sur la déposition scannée que Leo a partagée avec elle et Fiona lui envoie un e-mail rapide pour lui demander des infos. Ça lui paraît louche. Même si ce club est coincé au Moyen Âge, toutes les entreprises ont une présence en ligne minimale de nos jours, non ?

À moins d'aspirer à la clandestinité.

17

5 janvier – Leo

Leo effectue une course personnelle sur son temps de travail. C'est tellement inédit qu'il sent son pouls s'emballer et se demande si Fiona Morgan, le « justicier solitaire », opère dans un état de stress constant, carburant à l'adrénaline et à la caféine, et si ça la dérange. Il soupçonne que non.

Il se trouve devant son ancien chez-lui, une maison mitoyenne de trois chambres dans un lotissement respectable de Chester. Allie – ou Dominic, plus probablement – a repeint la porte d'entrée en noir brillant et un panneau *À vendre* est planté dans la pelouse donnant sur la rue. Après leur divorce, Allie lui a racheté sa part, ne lui laissant pas tout à fait assez pour repartir de zéro, si l'on prend en compte le prélèvement mensuel qu'elle a tenu à mettre en place.

« J'ai renoncé à ma carrière pour m'occuper de Harris.

— Oh, allez, on ne peut pas appeler ça une carrière », avait rétorqué Leo, ce qu'il avait aussitôt regretté, sachant que sa remarque finirait dans le petit carnet noir où Allie consignait tous ses méfaits.

Avant qu'elle ne tombe enceinte, elle était responsable administrative dans une entreprise de déménagement. On lui avait proposé un emploi à temps partiel qu'elle avait refusé et, dès que Harris avait eu six mois, elle l'avait mis à la crèche toute la journée et avait passé son temps à suivre des cours de fitness.

Quand elle ouvre la porte, elle est en tenue de gym, legging et haut bordeaux assortis d'un bandeau en Lycra serré qui retient ses cheveux.

— Qu'est-ce que tu veux ?

— Je peux entrer ? On se gèle dehors.

Allie hésite, pousse un soupir et s'efface. Leo la suit dans la cuisine. Un tas d'invitations couleur crème est posé à un bout de la table et à l'autre, des enveloppes assorties. Au centre, un tableau Excel imprimé sur lequel Allie a coché certains noms.

— Invitations de mariage, explique-t-elle.

Elle s'assied, en prend une sur la pile en vérifiant sa liste et inscrit un nom dessus avant de la glisser dans une enveloppe et de la sceller.

Cela fait longtemps que Leo ne souffre plus ; il ignore donc le manque de tact de son ex-femme et s'assied en face d'elle.

— N'emmène pas mon fils, s'il te plaît.

Il est resté éveillé la majeure partie de la nuit à répéter cette conversation mentalement.

— Je ne « l'emmène » pas, se défend Allie en mimant les guillemets. Je lui offre des opportunités. Ce pays est un trou à rats.

— Ne pars pas si loin, alors, insiste Leo avec une pointe de désespoir dans la voix. En France. En Espagne.

Il ne veut pas que son fils s'en aille du tout mais, au moins, s'il vit en Europe, Leo pourra lui rendre visite plus souvent.

Allie fait la grimace.

— Personne ne parle anglais, là-bas.

Elle scelle une autre enveloppe, tressaille et se frotte la langue contre le palais.

— Pourquoi les petites coupures sont-elles si douloureuses ? De toute façon, tout est organisé. Dominic sera chef de département dans un collège génial et, comme il y a une école primaire sur les lieux, il pourra emmener Harris.

— Mon cul, oui !

Leo s'est promis de ne pas perdre son sang-froid aujourd'hui, mais c'est ça ou s'abandonner aux sanglots qui montent dans sa poitrine, et il ne donnera pas à Allie la satisfaction de le voir pleurer.

— Tu vois ? Voilà ce que je veux dire. Chaque fois que je te donne une nouvelle chance, tout ce que tu fais, c'est t'emporter. C'est inacceptable, Leo. Franchement, je crois que ce serait mieux pour Harris que tu ne fasses plus partie de sa vie. Tu as une mauvaise influence.

— Je l'aime.

— Tu l'as mis en danger !

Voilà, on y est. L'atout d'Allie.

— Il était terrifié, Leo ! Dieu sait quelles séquelles psychologiques il en gardera. Quand je pense à sa petite voix au bout du fil…, ajoute-t-elle en portant la main à sa bouche, des larmes de crocodile coulant de ses paupières plissées.

Leo ne répond pas. Que peut-il dire qu'il n'a pas déjà dit ?

Il ramenait Harris chez Allie quand c'est arrivé. Comme la plupart de ses collègues, il avait passé la majeure partie de la semaine à chercher Kieron Tackley, un pédophile de soixante-cinq ans avec assez de connaissances bien placées pour que son fourgon pénitentiaire soit intercepté. Au lieu d'être au tribunal, Tackley traînait désormais en ville et chaque jour qui passait mettait un autre enfant en danger.

« *Who let the dogs out ?* chantait Leo en chœur avec la radio.

— *Who, who, who, who, who ?* » répondait Harris en gesticulant sur la banquette arrière.

Tourne, tourne petit moulin ? Très peu pour lui : Harris se déchaînait sur le tube des Baha Men.

Kieron Tackley attendait à un arrêt de bus. Tête baissée, capuche relevée, mais il n'y avait aucun doute, c'était bien lui. Leo avait éteint la musique, s'était garé derrière une voiture et avait attrapé son talkie-walkie.

— Tu as privilégié ton boulot plutôt que ton fils, assène Allie. On voit bien quelles sont tes priorités et Harris n'en fait pas partie.

Leo sort. À quoi bon ?

— Attends !

Il se retourne et Allie lui tend une enveloppe.

— Tiens. Ça me fera économiser un timbre.

Fiona sort de la voiture quand Leo arrive à la morgue de Brynafon. Elle ne l'attend pas et, le temps qu'il la rejoigne, elle est déjà avec Izzy Weaver. Leo a la nette impression que Fiona évite de se retrouver seule avec lui. Seren lui a-t-elle parlé de leur échange dans la grand-rue de Cwm Coed ? se demande-t-il.

— Je suppose que vous avez parié dix balles que sa femme l'a buté avec ses somnifères ? lance Izzy quand Leo les rejoint à la morgue.

Elijah, le technicien, range la salle à la suite de l'autopsie précédente.

— C'est juste une intuition, dit Fiona. Elle était vraiment bizarre quand nous lui avons montré la liste des médicaments.

— Eh bien, je me garderais d'émettre une opinion sur cette femme mais, malheureusement, l'analyse toxicologique n'a décelé aucune trace de somnifères : c'est l'agent Brady qui rafle la mise.

— Vous êtes sûre ?

Izzy lance un regard noir à Fiona.

— Pas la moindre trace de drogue, en fait. Votre homme était en assez bonne santé.

— Pourquoi est-il mort, alors ?

— Bien que nous, les légistes, aimions nous prendre pour Dieu, les autopsies servent plus souvent à éliminer des hypothèses qu'à poser un diagnostic : on précise les signes cliniques jusqu'à ce qu'ils désignent une cause, explique Izzy en ôtant ses lunettes, qu'elle accroche en haut de sa blouse. En l'occurrence, l'agression paraît grave mais les blessures sont relativement superficielles. Il n'y a ni contusion cérébrale ni hémorragie méningée ou sous-durale. Elle n'aurait pas suffi à le tuer, mais elle aurait suffi à provoquer la crise cardiaque qui s'est révélée fatale.

— Les témoins racontent qu'il était dans un état second, au réveillon, explique Fiona. Tout le monde a supposé qu'il était soûl.

— Cela pourrait correspondre aux signes avant-coureurs d'une insuffisance cardiaque, surtout chez un patient par ailleurs en bonne forme. Grâce à l'application santé de sa montre, nous savons que son pouls a été irrégulier la majeure partie de l'après-midi avant de ralentir dangereusement le soir. À elle seule, cette baisse de la tension artérielle a pu provoquer une confusion.

— Et des vomissements ? interroge Leo. Un témoin l'a vu vomir dehors.

— Ce n'est pas rare.

— Vérifiez s'il y avait des canapés aux champignons à la soirée, intervient l'assistant. Et qui les a préparés.

Comme Izzy, Elijah a passé une blouse jetable et des surchaussures en plastique bleu. Il porte de petites lunettes rondes et ses longs cheveux sont rassemblés en un chignon haut.

— Une infime quantité d'amanite phalloïde peut vous rendre malade en quelques heures.

— Elijah en est à la moitié de ses études en toxicologie, intervient Izzy. Ce qui fait de lui un expert, apparemment.

— Les symptômes correspondent, répond le technicien avec douceur, ignorant la pique.

— Oui, mais un empoisonnement à l'amanite phalloïde causerait aussi une insuffisance hépatique et rénale et notre bonhomme ne présentait ni l'une ni l'autre, précise Izzy en se tournant vers les deux policiers, rejetant de fait la théorie de son assistant. Pratiquement tous les poisons laissent une trace. Les différents acides brûlent l'appareil digestif, le paracétamol jaunit le blanc des yeux, l'arsenic confère à la muqueuse de l'estomac une texture veloutée.

Leo se sent un peu retourné. Il est désolé pour Elijah, qui a repris son rangement, et se demande si la grossièreté d'Izzy ne l'atteint vraiment pas ou si, mine de rien, il trame la ruine de sa patronne. Parfois, quand Crouch se montre particulièrement désagréable, Leo imagine que son patron tombe d'une hauteur vertigineuse ou qu'il souffre d'une diarrhée incontrôlable.

— Izzy Weaver est un peu pénible, non? dit-il dès qu'ils sortent de la morgue et sont sûrs de ne pas être entendus.

— Je l'aime bien, répond Fiona en s'appuyant contre sa voiture.

Leo vérifie ses e-mails. Twitter a enfin fourni les adresses IP correspondant aux tweets menaçants reçus par Lloyd et Leo attend les résultats du traçage. La harceleuse de Lloyd s'est-elle déplacée pour venir s'en prendre à Yasmin dans sa résidence londonienne ou vit-elle dans la capitale? Si elle a assassiné Lloyd, comment est-elle venue à La Rive? Cette mystérieuse harceleuse reste leur principale suspecte et plus tôt ils l'identifieront, mieux cela vaudra. Ils trouveront peut-être même ses empreintes sur la scène de crime. Cela lui rappelle Seren Morgan.

— Je suis tombé sur ta sœur…, commence-t-il, mais Fiona lui coupe la parole.

— La police de Londres enquête sur le club de Rhys. *Numéro 36*. Elle a glané des infos de base au fil des années et devine ? dit Fiona en tirant une taffe sur sa cigarette. C'est une maison close, ajoute-t-elle en soufflant un panache de fumée. De luxe, quoi que cela veuille dire, mais une maison close quand même. Nos collègues de Londres organisent une descente à l'instant même.

— Tu crois que Yasmin est au courant ?

Fiona écrase le mégot de sa cigarette roulée sous son talon.

— Que son mari était un connard ?

Leo ne sait pas trop quoi répondre. Il actualise sa boîte de réception et, tandis qu'il lit l'e-mail qui vient d'arriver, un lent sourire se dessine sur ses lèvres. Il regarde Fiona.

— Je crois que nous venons de trouver la harceleuse de Lloyd.

Leo compose le numéro en bas du message et met son téléphone sur haut-parleur.

— Je savais que tu ne traînerais pas pour me contacter, affirme Gwen de l'équipe informatique de la brigade criminelle, l'air contente d'elle.

— Fiona Morgan est avec moi. Explique-nous ce que tu as.

— En octobre, l'année dernière, quelqu'un a envoyé un tweet d'insultes sur le compte de la victime, et tiens-toi bien : l'adresse IP correspond à un café situé dans la grand-rue de Cwm Coed.

Leo et Fiona se regardent. La harceleuse de Lloyd vit dans le coin.

— En soi, cette information ne nous apprend rien, le portable est indétectable ; mais en plus de leur appareil prépayé, la plupart des criminels ont aussi sur eux leur propre smartphone, alors j'ai vérifié combien d'autres connexions au réseau wifi il y avait à ce moment-là.

Gwen observe un silence dans le simple but de ménager son effet.

— Et ? demande Fiona.

— Il n'y en a qu'une. À partir d'un téléphone portable, assorti d'un abonnement, celui-là.

— À quel nom ? insiste Leo, dont le cœur s'emballe.

— Yasmin Lloyd, répond Gwen, triomphante.

18

27 décembre – Ceri

La Rive est la dernière étape de la tournée de Ceri. C'est l'heure des informations de la mi-journée à la radio, elle laisse le moteur de l'utilitaire tourner et ouvre les portes arrière. Il y a encore des vêtements pour Ashleigh Stafford, qui fronce les sourcils devant les colis que lui tend Ceri.

— Il doit y en avoir un d'ASOS.

— C'est tout ce que j'ai.

Ashleigh fait-elle autre chose de son temps à La Rive que du shopping en ligne ? se demande la factrice. L'été dernier, quand le couple a passé tout le mois d'août ici, Ceri a livré des colis tous les jours. Ashleigh ne l'a pas remerciée une seule fois, mais un jour, alors que Ceri remontait l'allée en titubant avec un tas de colis, Bobby Stafford lui a fourré un billet de vingt livres dans la main.

Jonty et Blythe Charlton, au Un, ont rarement du courrier.

« Tout est adressé à notre résidence principale », lui a expliqué Blythe cet été.

Ceri venait d'avoir quarante ans et avait fêté ça en finalisant l'achat d'une maison de deux chambres qu'elle remboursera encore quand elle sera septuagénaire. La vie de château, quoi.

Elle a une pile de lettres pour le Quatre. Clemence Northcote et son fils intriguent Ceri. Elle a livré toutes leurs cartes de Noël et plusieurs factures et, aujourd'hui, elle a une enveloppe kraft du service des cartes grises, un courrier qu'il paraît étrange de se faire envoyer dans sa résidence secondaire. Un colis trop épais pour passer par la fente de la boîte aux lettres l'oblige à sonner. Caleb répond ; il bâille en ouvrant si grand la bouche que Ceri aperçoit ses amygdales. Il gratte la partie exposée de son ventre entre son pantalon de pyjama et un sweat-shirt à capuche usé à l'effigie d'un groupe dont Ceri n'a jamais entendu parler.

— Comment va, lance-t-il, sans que cela soit vraiment une question.

Ceri lui tend le courrier. Le garçon sent le cannabis et le sommeil, mais elle préfère avoir affaire à lui qu'à Appelez-moi-Clemmie, dont l'insistance pour baragouiner en gallois a mis Ceri en retard plus d'une fois. Clemmie sait-elle que son fils fume de l'herbe ou qu'on l'a vu ramasser les champignons hallucinogènes qui poussent sur la colline depuis l'époque où Ceri était écolière ?

Il n'y a qu'une carte postale pour le Deux. Ceri pourrait la glisser dans la boîte aux lettres, mais elle a un faible pour Dee Huxley et aime vérifier comment elle va.

— Ma chère Ceri, il fait moins un.

Comme toujours, Mme Huxley porte ses chaussons et plusieurs couches de vêtements sous son cardigan. La factrice regarde ses genoux dénudés en souriant. Les deux femmes ont le même genre de conversation à peu près tous les matins, mais il en faudra plus que la menace d'une averse de neige pour que Ceri délaisse son bermuda.

— Comment allez-vous, madame Huxley ?

— Encore vivante, ce qui est un bon début à n'importe quelle journée à mon avis.

— Je croyais vous avoir conseillé de vous servir de ça, la gronde Ceri en agitant l'entrebâilleur de porte qui pend vainement du chambranle. Et si j'en voulais à votre argent ?

— Je vous expédierais sans ménagement si vous tentiez quoi que ce soit.

Elle lève sa canne, la fait claquer par terre et rit en voyant l'expression de la factrice.

Au Cinq, elle sort le colis destiné aux Lloyd. Elle le laisserait sur le seuil si elle le pouvait, mais, il faut accuser réception de la grosse enveloppe rembourrée expédiée par l'agence artistique. On croit rêver ! Un paquet d'enveloppes timbrées au nom de fans qui attendent l'autographe de Rhys. Ceri n'a jamais rien vu d'aussi ridicule.

Avec un peu de chance, l'une des jumelles ouvrira. Ou Yasmin. Ceri ne l'apprécie guère, mais, des deux maux, c'est sans aucun doute le moindre. Les Lloyd ont une sonnette avec caméra intégrée, comme ça, quand ils bullent sur la terrasse, ils peuvent voir si la personne devant leur porte vaut la peine de se lever.

En début d'été, c'est la voix désincarnée de Rhys qui a accueilli Ceri quand elle a sonné.

« Un paquet pour toi.

— Tu peux le poser en haut, dans le bureau ? La porte est ouverte. C'est une surprise pour Yasmin, je n'ai pas envie qu'elle la voie.

— Bordel, a maugréé Ceri en poussant la porte d'entrée. De quoi est mort ton dernier domestique ? »

Elle a remarqué les chaussures près du paillasson et ne s'est pas déchaussée, regrettant que les siennes ne soient pas plus boueuses. À mi-chemin de l'escalier tournant, elle a vu le bureau, en haut. Les portes des chambres étaient ouvertes, il faisait une chaleur étouffante. La brise soufflant du balcon de la chambre principale faisait frémir un tas de partitions, maintenues sur le bureau par un mug vide. Ceri a posé le colis sur le fauteuil et l'a recouvert d'un plaid si doux qu'elle a dû se retenir de ne pas y enfouir le visage. Elle a caressé le bureau en acajou poli en pensant à ses meubles minables. Au mur, des tirages banals encadrés formaient un quatuor parfait. Ceri, qui n'en perdait pas une miette, a fait sans bruit le tour de la petite pièce, caressant du bout des doigts les bibelots disposés dans les règles de l'art.

Elle jetait un coup d'œil dans la chambre principale en songeant que ce serait formidable de se réveiller face à une telle vue, qu'elle passerait la journée à peindre sur le balcon, quand elle a poussé un cri en apercevant le miroir en pied suspendu au mur.

Rhys était allongé sur le lit, les draps repoussés de côté, une main paresseusement posée sur sa cuisse nue.

« C'est toi, Ceri ? » a-t-il appelé alors qu'elle dévalait

l'escalier, comme s'il ne l'observait pas, comme s'il ne venait pas de croiser son regard, de sourire l'air de dire : *Tu me trouves irrésistible, hein ?*

Par la suite, Ceri s'est plainte auprès de son patron.

« Tu n'aurais jamais dû entrer, lui a-t-il reproché. Tu es montée *à l'étage*, Ceri. À quoi tu t'attendais ? »

— Bonjour, dit Rhys en ouvrant la porte.

Ceri ne le regarde pas. Elle lui tend l'enveloppe pleine de lettres de fans et fixe son appareil des yeux pendant qu'il signe avec une fioriture trop grande pour l'écran. Elle repense aux noms d'oiseaux dont il l'a affublée quand elle avait douze ans et qu'il était assez grand pour savoir ce qu'ils voulaient dire. Elle repense aux injures dont il l'abreuvait chaque fois qu'elle le voyait, au graffiti obscène sur son casier. Elle pense à la fois où, rongée par le stress, elle est allée au rendez-vous avec la fille qui lui plaisait, tout cela pour trouver Rhys et ses copains, morts de rire. « L'eau a coulé sous les ponts », répond toujours Ceri quand un ancien camarade d'école y fait allusion.

— J'ai quelque chose pour toi, en fait.

Rhys tousse. Il n'a jamais parlé du jour où elle l'a vu allongé sur le lit. Il n'y a même pas fait allusion. Rhys est-il un de ces types qui n'a que de la gueule et rien dans le slip ? se demande Ceri. Le genre qui a trop peur d'être humilié pour tenter quoi que ce soit qu'il ne pourrait pas qualifier d'accident s'il devait s'expliquer.

— Je reviens.

Ceri attend sur le seuil ; c'est peut-être des étrennes, se dit-elle, même si Yasmin lui a déjà donné une carte de vœux assortie d'un bon d'achat chez Primark.

Rhys réapparaît avec un tas d'enveloppes couleur crème.

— Nous organisons une fête pour le réveillon du Nouvel An. On pensait inviter quelques habitants du village, explique-t-il avant de s'éclaircir de nouveau la voix.

— Est-ce que tu… tu m'invites à ta fête ? lui retourne Ceri, incrédule.

Rhys rougit un peu.

— Eh bien, si tu veux. Mais en fait, nous nous demandions… en fait… j'ai rédigé une liste. De gens qui aimeraient peut-être venir.

Il lui tend une liste comportant une vingtaine de noms.

Ceri a le déclic. Comme elle est factrice, elle peut livrer leur courrier. Gratuitement. Rhys Lloyd ne manque vraiment pas d'air. Les yeux fixés sur les invitations, elle a envie de lui dire où se les fourrer, sauf qu'à l'intérieur, elle est toujours la fille de quatorze ans qui, un jour, s'est jetée dans des orties pour échapper à la cruauté de Rhys ; elle reste l'adolescente poussée à se détester au point d'avaler tous les cachets de paracétamol sur lesquels elle a pu mettre la main.

Ceri prend les invitations.

Après avoir déposé son véhicule au travail, elle rentre chez elle à pied en traversant le village. Glynis nettoie la vitrine de sa boutique. Elle prend des nouvelles de Ceri de manière intense et insistante, comme toujours, comme si vérifier si elle va bien revenait à effacer ce qu'a fait son fils.

— Il y a une fête à La Rive, explique Ceri en montrant les enveloppes.

— C'est gentil d'inviter des gens d'ici, répond Glynis, un peu sur la défensive.

— En effet.

De l'eau a coulé sous les ponts, pense une nouvelle fois Ceri en poursuivant son chemin. Elle consulte la liste des personnes que Rhys et ses amis jugent dignes d'une invitation. Des entrepreneurs, des membres du Rotary club, le vicaire et sa femme. Un historien du coin ; un présentateur de télévision dont la maison de famille se situe dans les environs. Rhys apprécie-t-il vraiment ces gens ou est-ce juste pour l'esbroufe ? Ceri feuillette les invitations en réfléchissant à une tournée pour les distribuer.

Non, mais qu'est-ce qu'elle fait, là ?

Une bouffée de colère l'envahit en pensant qu'elle a encore une fois permis à Rhys Lloyd d'accaparer son temps et son esprit. Elle pousse la porte du *Y Llew Coch*. Les habitués de midi sont assis près de la devanture, des vieux avec des pintes de bière et des souvenirs à revendre, et deux ou trois randonneurs qui s'attaquent à leur saucisse-frites. Au bar, Huw Ellis discute avec Steffan Edwards.

— *Iawn ?* lance Ceri avec un hochement de tête.

— Ça va, Ceri ? répond Huw.

Par habitude, la factrice jette un coup d'œil au verre de Steffan mais, comme Huw, il ne boit qu'un café. Steffan ne remarque rien, concentré sur sa conversation avec son ami, et Ceri flanque les invitations sur le bar.

— Je peux te piquer un bout de papier ? demande-t-elle à Alun, le barman, qui prend une enveloppe et la lit.

— Ils ne croient pas sérieusement que quelqu'un du village va y aller, si ?

— Glynis Lloyd y va.

Ceri griffonne un mot sur la feuille qu'Alun lui a donnée.

— Avec des moniteurs ? demande Steffan à Huw.

— Elle devrait avoir honte, estime Alun en secouant la tête. Alors qu'elle sait très bien que Jac ne voulait pas que l'on touche à Tŷ'r Lan. Il l'a même inscrit dans son testament. Il doit se retourner dans sa tombe.

— Pourquoi n'a-t-il rien dit ? questionne Steff, mais Ceri en a assez de La Rive, assez des gens qui radotent et des types dans les pubs.

Elle sort en laissant les invitations sur le bar, sur lesquelles elle a posé son mot.

Passez quand vous voulez, peut-on y lire. *Consommations gratuites*.

Ceri dit toujours que de l'eau a coulé sous les ponts.

Mais rien n'est moins vrai.

19

5 janvier – Fiona

À l'instant où Fiona et Leo se garent à La Rive, Bobby Stafford trottine à leur rencontre.

— J'ai téléchargé la vidéo de ma sonnette connectée, annonce-t-il en les rejoignant. Je ne sais pas si c'est utile, mais Rhys est passé devant chez nous vers 22 h 30 le soir du réveillon.

— Merci, dit Leo en prenant la clé USB.

Fiona s'éloigne déjà, intriguée par un mouvement derrière les arbres. Elle s'approche, Leo sur les talons, et trouve Caleb Northcote tapi sur la berge, une capuche lui cachant le visage. Il jette une cigarette dans les broussailles derrière lui.

— Que fais-tu à rôder par ici ? demande Fiona avec un regard méfiant.

— Je ne rôde pas. Je croyais que vous alliez coffrer Bobby.

— On devrait ? réplique Leo.

— Il est sympa, ce mec. Il m'apprend à me battre.

Caleb gigote, regarde autour de lui comme s'il

cherchait une échappatoire. Il a les traits tirés, l'air angoissé.

Fiona pense au regard que Felicia et Tabby ont échangé en apprenant la mort de Rhys.

— Tu traînes pas mal avec les jumelles Lloyd, non ?

— On peut dire ça.

— Comment s'entendaient-elles avec leur père ?

— Chais pas, répond-il comme un automate avant de se raviser : Ils se sont disputés.

— Avec les jumelles ?

— Rhys et Yasmin. Felicia et Tabby les ont entendus se disputer la veille de Noël ; c'était vraiment grave, d'après Tabby.

— À quel propos ?

— Posez-leur la question.

Il est trop perspicace pour parler, mais trop bien élevé pour leur fausser compagnie, pense Fiona.

— Alors, où est-ce que tu vis ? demande Leo.

— Ici.

— Et avant de venir ici ?

— Londres.

— Tu aimes ?

Caleb hausse les épaules.

— Maman n'aime pas, ajoute-t-il au bout d'un moment.

— Pourquoi ?

— Elle n'apprécie pas mes potes.

— C'est typique, franchement, convient Leo. Les mères ne sont pas censées apprécier nos amis. Mon gamin vient à peine d'entrer en maternelle et certains de ses camarades sont carrément chelous.

Caleb éclate de rire, une réaction dont il semble le premier surpris.

— Moi non plus, je ne les apprécie pas trop, avoue-t-il en regardant Leo.

Il ramasse un galet, qu'il fait passer d'une main à l'autre.

— Ce sont des fauteurs de troubles ? questionne Leo, et Caleb acquiesce.

— Tu n'es pas exactement sans tache non plus, intervient Fiona.

Elle voudrait le décourager – Seren a fait allusion à lui trop souvent pour que ce soit anodin –, mais elle est assez avisée pour ne pas attiser une flamme qui pourrait encore s'éteindre d'elle-même. Déconseiller à un adolescent de faire quelque chose est le meilleur moyen de l'y encourager.

— Je sais que vous n'allez pas me croire, mais ils m'ont poussé à faire tous ces trucs, explique Caleb en frottant ses baskets contre le sol. Je n'essaie pas de trouver des excuses : je sais que j'aurais pu refuser, hein, je sais que je suis responsable. J'ai commis le délit, je dois en payer le prix, bla-bla-bla.

— En vieillissant, ça deviendra plus facile de te défendre, affirme Leo.

— C'est pour ça que ma mère a acheté ce chalet, poursuit Caleb en désignant La Rive. Elle l'a vu en ligne et elle est devenue obsédée, en fait. Aucune mauvaise influence alentour, ajoute Caleb en imitant Clemmie Northcote à la perfection.

— Un nouveau départ qui coûte cher.

Caleb hausse les épaules. Il reçoit un SMS.

— Faut que j'y aille.

— Nouveau départ, mon cul, lance Fiona dès qu'il est parti. D'après ma sœur, il fournit du cannabis à la moitié des élèves de seconde, dit-elle avec un bâillement. Je devrais vraiment y remédier, je suppose.

— Je crois que c'est un bon gamin. Au fond, ajoute Leo avec un demi-sourire. Il me fait penser à moi au même âge.

Fiona s'esclaffe.

— Il me fait penser à toi aujourd'hui. On apprend à se défendre en vieillissant, hein ? Ce n'est pas ce que j'ai vu quand ton patron se foutait de ta gueule.

Leo se dirige vers les chalets.

— Tu finis de me démolir, ou bien on va coffrer Yasmin Lloyd ?

— Maintenant que tu en parles, tu as la fâcheuse habitude de…

Fiona se tait quand Leo s'immobilise tout net et lui lance un regard noir. Elle sourit.

— Bon, d'accord. Allons coffrer Yasmin Lloyd.

Chez les Lloyd, Tabby exécute au piano des mélodies lugubres alors que Felicia est agenouillée devant la table basse en verre, entourée de photos de son père.

— Je lui ai déconseillé de faire ça, soupire Yasmin. Elle ne s'en sentira que plus mal.

— Je dois le faire, insiste Felicia, qui s'occupe du courrier de son père en pleurant. Les fans de papa sont effondrés : il aurait voulu que nous leur répondions.

L'adolescente joint un communiqué à chaque réponse. Fiona en prend un.

Nous sommes accablés de chagrin après la perte de Rhys Lloyd, mari et père aimant.

Felicia scelle l'enveloppe dans laquelle elle a glissé une photo dédicacée par son père, accompagnée du communiqué. Alors qu'elle la pose sur la pile des lettres à poster, une grosse larme tombe sur l'adresse.

— Nous avons besoin de vous parler, annonce Leo. Y a-t-il un endroit où les filles pourraient…

— Quoi que vous ayez à me dire, vous pouvez le faire ici, rétorque sèchement Yasmin. Cela ne peut pas être pire que d'apprendre la mort de leur père.

Fiona hausse les épaules.

— Yasmin Lloyd, je vous arrête pour suspicion de traque et de harcèlement sur la personne de Rhys Lloyd.

Felicia fond en larmes en entendant Fiona informer Yasmin de ses droits. Yasmin garde le silence.

Tabby claque le cylindre du piano et le bruit résonne à travers le chalet.

— Vous ne pouvez pas l'arrêter, ça va à l'encontre de ses libertés individuelles. J'appelle les avocats de papa.

Il se trouve que les avocats de Rhys, une équipe composée de plusieurs spécialistes du droit des contrats et de la propriété intellectuelle, sont à peu près aussi utiles à Yasmin qu'un cataplasme sur une jambe de bois. On lui fournit un avocat commis d'office, qui écoute le bref compte rendu de Fiona sans rien laisser paraître avant de se retirer pour s'entretenir avec sa cliente.

— Tu ne trouves pas ça un peu macabre de recevoir une photo dédicacée de Rhys Lloyd une semaine après son assassinat ? demande Leo.

Ils attendent dans le couloir devant la salle de garde à vue tout en avalant le contenu du distributeur automatique.

— Les gens sont bizarres, observe Fiona en renversant son paquet de chips pour faire tomber les miettes dans sa bouche. Je n'ai jamais compris l'intérêt des autographes, de toute façon.

— Certains d'entre eux valent beaucoup d'argent.

— Pas quand on en refile à tous ceux qui en réclament un, dit-elle en pliant le paquet en triangle. Il devait y en avoir cinquante juste dans ce tas et, d'après Ceri, elle en livre une fournée par semaine. Ça fait un sacré paquet de photos dédicacées. Quoi ? lance-t-elle en regardant Leo. Tu fais toujours cette tête quand tu as une idée.

— Non, je viens juste de comprendre un truc, c'est tout. Lloyd avait une coupure à la langue, tu te rappelles ? C'était sur le rapport d'autopsie, ainsi que la coupure de rasoir et les blessures au visage.

— Et alors ?

— J'étais chez mon ex-femme, ce matin, pendant qu'elle préparait ses invitations de mariage. Elle s'est entaillé la langue en léchant une enveloppe. Lloyd en a probablement fait autant en répondant à ses fans.

— Tu as une drôle de relation avec ton ex.

— Je ne suis pas sûr du tout d'en avoir une. Si c'était le cas, j'aurais peut-être la chance de voir mon fils.

Quand le téléphone de Fiona sonne, elle est ravie de prendre l'appel. Les problèmes de couple lui donnent des boutons.

— Agent Morgan.

— Lieutenant Dewing à l'appareil. Police judiciaire de Soho. Nous avons fait une descente à *Numéro 36*.

— Qu'avez-vous trouvé ?

— Deux banquiers, un homme politique et un juge de la Haute Cour de justice plutôt gêné. Nous mettrons plus longtemps à retrouver la trace de ceux qui tirent les ficelles, mais quelques prostituées se sont mises à table.

— Certaines d'entre elles connaissent-elles Rhys Lloyd ?

— Pourquoi croyez-vous que je vous appelle ? D'après vos analystes, son adhésion a été résiliée début juin, c'est ça ? Eh bien, la veille, il a joué les gros bras avec la fille dont il était le client régulier et, total, elle a eu la mâchoire cassée et un larynx trop contusionné pour pouvoir parler. Il se trouve que Rhys avait un penchant pour les rapports sexuels brutaux, que le club autorisait jusqu'à ce qu'il agresse cette femme au point de l'envoyer à l'hôpital.

Fiona est prise de nausée. Elle imagine la main de Rhys serrée sur un cou mince. Des ecchymoses. Des os cassés.

— Il était obsédé par cette fille, semble-t-il, poursuit le lieutenant Dewing. Il lui a même donné sa carte et a suggéré qu'ils se voient en dehors du club, ce que *Numéro 36* interdit formellement. Pour des raisons évidentes, l'agression n'a pas été signalée au moment des faits, mais certaines filles ont pris des photos. Je vous préviens, elles sont assez explicites.

Cela ne peut pas être pire que ce que Fiona a déjà vu.

— Agent Morgan ?

— Pouvez-vous m'envoyer ce que vous avez par e-mail ? Sa femme est en garde à vue chez nous.

— D'accord.

— Où était cette femme le 31 décembre ? demande Leo dès que Fiona l'a mis au courant.

— À l'étranger. Elle est rentrée le 3 janvier.

Fiona a le vertige, l'impression de ne pas avoir dormi depuis des jours.

— La police de Londres vérifie si l'une de ses collègues est venue dans le nord du pays de Galles récemment.

Fiona actualise sa boîte de réception en attendant de recevoir l'e-mail de la police de Londres et les photos qu'elle n'a pas envie de voir. Elle imagine Rhys rentrer chez lui après l'agression, embrasser sa femme, ses filles.

— Quelle ordure, lâche-t-elle.

— Yasmin est du même avis, commente Leo en regagnant la salle de garde à vue. En supposant qu'elle soit au courant.

— Je croyais qu'il avait une aventure, dit Yasmin en clignant rapidement des paupières, le regard fixé sur la table qui les sépare. Je n'aurais jamais imaginé qu'il fréquente une… (Elle hoquette.) Une maison close.

— Voici une copie des messages malveillants que votre mari a reçus sur Twitter ces dix-huit derniers mois, explique Leo en poussant une feuille vers Yasmin.

À côté du document, il place un sac en plastique contenant un téléphone portable, l'un des deux trouvés dans le sac à main de Yasmin.

— Des communications que vous avez passées depuis cet appareil.

Yasmin jette un coup d'œil à son avocat, qui hoche la tête.

— C'est vrai. Mais je n'ai pas envoyé les premiers, se défend-elle en désignant les six premiers tweets qui ridiculisent la carrière en chute libre de Lloyd. Ceux-là. J'ignore qui les a écrits, mais ils ont vraiment contrarié Rhys.

— Et vous vouliez enfoncer le clou ? souligne Fiona d'une voix blanche.

Yasmin Lloyd est une sacrée rosse.

Celle-ci lève le menton, lèvres serrées.

— Je croyais que Rhys avait une aventure. Je croyais qu'en lui faisant croire que les tweets étaient liés, il aurait assez peur pour y mettre un terme.

— Et la femme qui s'est présentée à votre domicile à Londres pour vous menacer ? demande Leo.

— Elle n'a jamais existé, avoue Yasmin après un long silence. J'ai… j'ai menti à la police.

Leo note l'heure de l'aveu sur son bloc-notes.

— Je vous arrête aussi pour faux témoignage et tentative d'obstruction à la justice. Vous restez informée de vos droits.

— Je suis sincèrement désolée, dit Yasmin en tordant ses mains sur ses genoux. Je pensais qu'il avait une aventure, je n'avais pas les idées en place.

— Vous avez fait croire à votre mari qu'il était traqué. Vous avez fait une fausse déposition à la police, égrène Fiona, penchée sur la table. Vous avez laissé vos filles adolescentes croire qu'elles étaient en danger.

— Je…

L'avocat tousse. Il échange un bref regard avec Yasmin, qui corrige son expression et prend un air contrit.

— Je souffre d'anxiété et de dépression et j'ai l'intention de me faire aider.

« Dis plutôt que tu as l'intention d'éviter une condamnation en plaidant les troubles psychologiques », pense Fiona.

— Et harceler votre mari allégeait vos symptômes, c'est ça ?

Yasmin rougit.

— À combien s'élève l'assurance vie de votre mari ? questionne Leo.

— Ma cliente a été arrêtée pour harcèlement, intervient l'avocat, les sourcils froncés. Je ne suis pas sûr de voir la pertinence de…

— Un million et demi, répond Yasmin d'un ton égal, et tout le monde la dévisage. Même si cela ne rend pas les choses plus faciles.

Elle se tortille les doigts et Fiona la regarde, méfiante. « Ça va aider, quand même, non ? songe-t-elle. Rhys vaut plus mort que vivant. »

— Comment détermine-t-on la somme ? demande Fiona.

— En prenant en compte les gains potentiels, je suppose. Les droits d'auteur, etc. Rhys a souscrit cette assurance il y a des années. Nous n'aurions jamais cru en avoir besoin, explique Yasmin avant d'éclater en sanglots.

— Êtes-vous en état de continuer ? demande l'avocat en sortant un paquet de Kleenex de sa mallette.

Yasmin hoche la tête et sèche ses larmes avec un mouchoir en papier.

— Ça va.

Elle regarde Fiona, remarquant peut-être son air sceptique.

— Il est pour les filles, bien sûr. L'argent de l'assurance vie. Pour régler les frais d'inscription de leur lycée, pour leur avenir ; cela va être dur pour elles, maintenant qu'elles n'ont plus que moi.

À la mort du père de Fiona, mam s'était accordé une semaine pour faire son deuil. Une semaine pour serrer ses vieux pulls, pour pleurer au point d'avoir les yeux à vif. Puis elle avait rangé les affaires de son mari et elle s'était reprise. Elle devait s'occuper d'un nouveau-né, son ado partait en vrille. Elen Morgan n'avait pas de temps à consacrer au chagrin.

— Les jumelles ont l'air de bien s'entendre avec leur grand-mère, remarque Leo. Je suis sûr que cela leur sera d'un grand réconfort.

— Rhys était infaillible aux yeux de Glynis, raconte Yasmin en reniflant. Les filles et elles ont cela en commun, je suppose.

— Vous vous entendez bien avec Glynis ? interroge Fiona.

— Mieux depuis le décès de mon beau-père. Jac et Rhys étaient souvent en conflit. Cela créait des frictions entre nous quatre.

Leo note quelque chose.

— Quand est-il décédé ?

— Il y a deux ans, mais il déclinait depuis l'année

précédente. Démence sénile. Glynis ne l'a jamais admis, cela dit. Elle est très secrète. Fière, vous comprenez ?

— Comment vous entendiez-vous avec votre mari ? demande Leo.

— Bien…

— Votre mari payait des prostituées, assène Fiona. Je ne dirais pas que vous vous entendiez *bien*. Vous avez acheté ce téléphone prépayé pour tenter de harceler votre mari en lui envoyant des tweets anonymes, non ? ajoute-t-elle en prenant le sachet pour pièces à conviction contenant le portable.

— Ma cliente a déjà avoué…

— Mais il vous sert aussi à autre chose, non ?

Yasmin devient livide.

— Depuis combien de temps êtes-vous la maîtresse de Jonty Charlton ?

20

5 janvier – Leo

Le téléphone prépayé que Yasmin utilisait pour envoyer les tweets malveillants à Rhys est un Nokia à clapet assez fin pour être glissé dans la doublure de son sac à main, exactement là où Leo et Fiona l'ont trouvé. Il n'était pas protégé par un code secret et un seul numéro de téléphone était enregistré dans les contacts : celui de Jonty Charlton.

La série de SMS sauvegardés était un mélange de détails logistiques (Je te retrouve à côté du générateur à 6 h 30), de sentiments (Tu me manques tant, mon petit chou) et d'obscénités (Je veux sentir palpiter ton...).

— Tais-toi ! C'est insupportable, ordonne Fiona en se bouchant les oreilles.

Souriant, Leo lève les yeux de la liste de SMS qu'il était en train de lire.

— Tu n'aimes pas que je te dise des trucs cochons ?

— Pas quand je dois imaginer Jonty Charlton et Yasmin Lloyd s'envoyant en l'air derrière le garage à vélos de La Rive.

— Tu ne crois pas si bien dire, confirme Leo en

trouvant le SMS correspondant. Si tu te penches, je pourrai garer mon…

— Arrête ! Ça me donne envie de me passer les oreilles à l'eau de Javel.

— Je ne te croyais pas si prude, madame Morgan.

— Tu sais bien que je ne le suis pas, monsieur Brady.

Leurs yeux se croisent un instant et Leo ressent la même décharge électrique que le soir du réveillon. Quelque part dans le bureau, l'imprimante se met en marche avec un ronronnement.

— Bon, coupe Leo après un silence, parce qu'il paraît plus simple de se concentrer sur le travail pour l'instant. Yasmin hérite de l'assurance vie de son mari et Jonty Charlton devient l'associé majoritaire de La Rive. C'est un motif suffisant pour se débarrasser de Lloyd. Je vais prévenir Crouch que nous voulons écrouer Yasmin pour meurtre. Nous pouvons laisser Jonty Charlton tranquille jusqu'à ce que nous entendions la version de Yasmin.

Confronté à la dissimulation de sa cliente, qui avait omis de révéler sa liaison avec l'associé de son mari, l'avocat de Yasmin a suspendu l'interrogatoire pour une consultation qui dure déjà depuis plus d'une heure. Leo et Fiona sont retournés au bureau, où la policière a réquisitionné la table en face de son partenaire et griffonne maintenant sur une feuille de brouillon.

Leo ouvre son ordinateur portable pour envoyer un message au capitaine, qui a déjà fini sa journée. Se souvenant de l'enregistrement que Bobby Stafford lui a confié plus tôt, il insère la clé USB et double-clique sur les images en attendant la réponse de Crouch. Les caméras de La Rive ont filmé Lloyd qui traverse l'allée d'un pas mal assuré pour vomir dans les buissons vers 22 h 30, le soir du réveillon, mais ce qui est frustrant, c'est que, dès qu'il se remet à marcher, il reste hors de leur portée. L'enregistrement de Bobby révélera peut-être un détail nouveau. Mieux : il permettra de combler la lacune de la caméra du complexe, victime d'un dysfonctionnement en début d'après-midi. À part Lloyd, seul Jonty Charlton avait accès au système de vidéosurveillance. A-t-il pu trafiquer la vidéo délibérément pour brouiller les pistes menant jusqu'à lui ? ou jusqu'à sa maîtresse ?

— Le meurtre n'était peut-être pas prémédité, suggère Leo, réfléchissant tout haut. Plusieurs témoins affirment que les Lloyd se sont disputés avant le début de la fête.

Le logiciel charge et la McLaren jaune vif de Bobby Stafford, garée devant son chalet, apparaît à l'écran.

— Les choses s'enveniment, Rhys se jette sur sa femme et elle se défend à coups de trophée. Il meurt, elle panique et appelle son amant pour se débarrasser des preuves.

— Mmm.

Fiona ajoute des moustaches au chat qu'elle a dessiné au dos de la feuille dont Leo constate qu'il s'agit de la déposition d'un témoin. Il la regarde par-dessus son ordinateur. Il a dû s'emmêler les pinceaux au sujet des empreintes de Seren, ou bien Seren a vraiment changé d'avis. Il arrive à Fiona de flirter avec l'illégalité à l'occasion, mais elle n'irait pas jusqu'à mentir.

Le téléphone fixe posé sur le bureau de Leo sonne ; il enclenche le haut-parleur et lance un « Agent Brady » distrait, tout en parcourant les images enregistrées par la sonnette connectée.

— Bonjour, c'est Elijah. Elijah Fox. De la morgue... Même si je suis chez moi, en fait, parce que... enfin bref. Euh... vous avez une minute ?

— Allez-y, Elijah. Je suis avec Fiona, là.

— Le truc avec la toxicologie, c'est qu'il faut savoir ce que l'on cherche avant de procéder à l'analyse. Et à moins de disposer d'un budget illimité, le labo ne fera jamais d'analyse à l'aveugle sur des centaines de poisons dans la simple éventualité de trouver trace de l'un d'entre eux.

— Bien sûr.

Leo distingue à peine les voitures de part et d'autre du chalet des Stafford, ainsi que les places de parking réservées aux visiteurs de l'autre côté de l'allée. Il déplace le curseur sur 14 heures, à peu près le moment où le système de vidéosurveillance de La Rive a commencé à déconner, et visionne l'enregistrement en accéléré.

— Alors, j'ai rapporté quelques échantillons chez moi.

— Qu'est-ce que vous dites ? s'écrie Leo en regardant Fiona, qui reste bouche bée.

— C'est pas grave, ça m'est égal de faire ce genre de trucs pendant mon temps libre. Je n'ai pas de petite amie, ni rien.

— Je me demande pourquoi, murmure Fiona.

— Je me suis dit : quel poison pourrait facilement se procurer un meurtrier du nord du pays de Galles ? Inutile de chercher de la batrachotoxine, puisque la grenouille kokoï la plus proche se trouve à huit mille kilomètres d'ici, hein ? ajoute-t-il avec un rire aigu et, aux oreilles de Leo, légèrement hystérique.

Un assistant de salle d'autopsie est-il censé rapporter des échantillons sanguins chez lui ? Izzy est-elle au courant ? Sur l'écran de Leo, Caleb descend l'allée d'un pas traînant.

— De la belladone, en revanche… de l'aconit, du cyanure extrait du noyau des fruits… vous n'avez pas idée du danger qui guette dans un banal jardin. Et soudain, je suis tombé dessus ! s'exclame Elijah, triomphant. La ricine.

— *La ricine ?* répète Leo en essayant de se remémorer la liste de médicaments saisis dans la chambre des Lloyd.

Ils étaient tous en vente libre : la ricine entre-t-elle dans la composition de certains médicaments ? Si Yasmin a fait prendre quelque chose à son mari pendant la fête, cela expliquerait sa réaction en lisant la liste.

— Vous voulez parler de la ricine dans laquelle les espions du KGB trempaient la pointe de leur parapluie ?

— C'est vrai qu'il pleut beaucoup dans le nord du pays de Galles, convient Fiona en riant. Ils se fondraient dans la masse.

— *Ricinus communis*, précise Elijah. Voilà d'où vient le poison. C'est une plante assez répandue : Monty Don en a parlé dans l'émission *Gardener's World.*

Mais Leo n'écoute plus. Il regarde fixement l'écran de son ordinateur. L'enregistrement de Bobby Stafford montre une voiture restée garée pendant une bonne demi-heure sur le parking des visiteurs de La Rive, l'après-midi du meurtre de Rhys Lloyd.

La voiture de Fiona.

21

5 janvier – Fiona

— La ricine, c'est un peu exotique pour Cwm Coed, commente Fiona dès que Leo a raccroché. Ici, on est plutôt du genre à fumer un ou deux joints après le travail et à se faire une ligne de coke le week-end.

Elle repense à Caleb qui deale auprès des ados du village. Est-ce qu'elle dégoûterait Seren en le coffrant ou cela le rendrait-il plus attirant ? Ne jamais sous-estimer le charme des mauvais garçons, pense-t-elle avec un frisson. Elle lève la tête et voit que Leo la dévisage.

— Quoi ?

— Vous avez eu beaucoup d'interventions à gérer à La Rive depuis l'ouverture du complexe ?

— Juste le graffiti sur la pancarte.

— Qui s'en est occupé ?

— La police de proximité, je suppose, répond-elle avec indifférence. Pourquoi ?

— Tu ne t'es pas rendue là-bas pour raison officielle alors ?

Face au regard insistant de Leo, les cheveux sur sa

nuque commencent à se hérisser. Elle a un mouvement de tête aussi proche de l'assentiment que de la négation.

— Et pour raison personnelle ? insiste Leo d'une voix sèche.

Fiona s'oblige à respirer normalement et repasse sur son dessin de chat en sentant trembler sa main d'ordinaire sûre. Il ne sait rien. Il pourrait deviner, mais il ne…

Leo fait tourner son ordinateur à cent quatre-vingts degrés et le pousse vers elle d'un geste brusque.

Il sait tout.

— Ah, c'est vrai, répond Fiona en se forçant à rire. J'y étais la veille du Nouvel An. Il était question d'un tir de feux d'artifice, les gens étaient outrés.

— Et c'est un boulot pour la police judiciaire, hein ?

— J'étais dans le coin. J'ai voulu donner un coup de main, explique-t-elle en soutenant le regard de Leo avec un air de défi.

— Et tu n'as pas cru bon d'y faire allusion ?

— J'ai oublié.

— Tu as oublié que tu t'étais garée devant le domicile d'une victime le jour où elle a été tuée ?

— Je suis débordée…

— Putain de merde, Fiona ! hurle Leo en claquant les mains sur la table. Tu as menti en disant que ta sœur refusait qu'on relève ses empreintes. Tu as menti en cachant que tu étais à La Rive le 31 décembre.

— Je n'ai pas menti…

— Par omission. Et je t'en prie, dis-moi que tu n'as pas détruit un enregistrement de vidéosurveillance pour cacher le fait que tu étais là-bas.

— Je peux tout expliquer.

C'est faux, mais elle a besoin de gagner du temps parce qu'elle doit pouvoir se sortir de ce pétrin. Elle pense à Yasmin Lloyd, qui met son comportement déjanté sur le compte de sa fragilité psychologique.

— J'ai eu une année difficile. J'ai rompu avec mon mari et Seren l'a mal pris. Elle s'entendait bien avec Huw. C'était une figure paternelle pour elle, je suppose.

En s'expliquant, Fiona comprend qu'elle n'est pas loin de la vérité. Seren a été anéantie par la séparation, incapable de comprendre la décision de Fiona.

Leo fronce les sourcils et, pendant un instant, Fiona pense avoir réussi à faire diversion.

— Qui ? dit-il.

— Ça se prononce « hyou ». Comme s'il y avait un *y* après le *h*. Mets ta langue…

— Te fous pas de ma gueule, Fiona. Huw quoi ? Quel est son nom de famille ?

Fiona a sous-estimé Leo. Elle détourne les yeux.

— Ellis.

Un long silence s'installe.

— Tu es mariée à l'un des suspects dans notre affaire de meurtre ?

— Nous sommes séparés.

— Je comprends pourquoi.

— Dit le type qui ne voit jamais son fils, rétorque Fiona, qui bouillonne intérieurement.

Elle regrette ses mots dès que la phrase est sortie. La peine dans le regard de Leo se mue en colère.

— Qu'est-ce que j'ai bien pu te trouver ?

— Le sentiment est réciproque.

Il y a un bruit à la porte.

— Euh… excusez-moi, dit l'agent chargé des gardes à vue debout sur le seuil, l'air gêné. Yasmin Lloyd est prête pour son interrogatoire.

Si les chaises de la salle d'interrogatoire n'étaient pas fixées au sol, Fiona est sûre que Leo éloignerait la sienne. Elle sent la tension émaner de lui par vagues alors qu'elle arrête de nouveau Yasmin Lloyd, désormais soupçonnée de meurtre.

— C'est ridicule ! s'écrie Yasmin en regardant les deux policiers tour à tour. Je n'ai pas tué mon mari.

— Depuis combien de temps êtes-vous la maîtresse de Jonty Charlton ?

— Cinq mois, répond l'accusée après un long silence. Cela a commencé en été, à l'ouverture de La Rive. Nous étions juste censés nous amuser un peu mais, évidemment, Jonty est tombé amoureux de moi.

Un petit sourire en coin suggère qu'à ses yeux, c'était inévitable.

— Classe, comme manière de fêter le succès de votre mari, commente Fiona d'un ton neutre.

L'avocat tousse.

— Êtes-vous là pour interroger ma cliente ou pour débattre de sa moralité ?

— Qui était au courant de votre liaison ? demande Fiona sans prêter attention à l'interruption.

— Personne. Nous étions très prudents.

— Pas même Rhys ?

— Absolument pas.

— Comment pouvez-vous en être aussi sûre ? questionne Leo.

— Car s'il l'avait découvert, il aurait…

Yasmin s'interrompt. Une vilaine rougeur passe de son cou à son visage, telle la marée montante.

Leo rompt le silence.

— D'après Blythe Charlton, votre mari et vous vous êtes disputés avant le réveillon du Nouvel An.

— J'étais en colère après lui, c'est tout. Il avait bu toute la journée. À un moment, je l'ai trouvé agenouillé au milieu de la route : il était ivre mort, explique Yasmin, l'air navrée. Je ne savais plus où me mettre.

— Intéressant, note Leo, et le pouls de Fiona s'emballe, mais son collègue prend le rapport d'autopsie. Parce que les résultats de l'analyse toxicologique suggèrent qu'il y avait très peu d'alcool dans le sang de votre mari. A-t-il pris d'autres substances ce jour-là ?

— Rhys ne se droguait pas.

— Permettez-moi de reformuler ma question, insiste Leo. Avez-vous administré à votre mari certaines substances, le 31 décembre ?

Yasmin écarquille les yeux.

— Qu'insinuez-vous ? Que j'ai drogué mon mari ?

— Nous vous avons montré une liste de médicaments saisis dans votre chambre, explique Fiona. Votre réaction indique que vous aviez quelque chose à cacher.

— Je ne vois pas de quoi vous parlez.

Le voilà encore, cet air paniqué qu'elle avait chez Glynis.

— Avez-vous drogué votre mari ? demande Leo en se penchant sur la table.

— Non !

— Il a été tué dans son bureau, poursuit Leo. Une pièce où, de votre propre aveu, vous vous êtes rendue plusieurs fois au cours du réveillon.

— Avec plusieurs dizaines d'invités !

Yasmin lâche un rire sec. Elle regarde vers la porte comme si elle envisageait de sortir, comme si elle était libre de le faire. Son front brille de sueur.

— Que savez-vous de la ricine ? demande Fiona.

Pour la première fois de l'interrogatoire, Yasmin a l'air sincèrement perplexe.

— Je ne sais même pas ce que c'est.

— C'est une drogue. Préparée à partir d'une plante très répandue dans les jardins et extrêmement toxique. Une infime quantité peut causer une défaillance multiviscérale et entraîner la mort en quelques heures, voire en quelques jours.

Que Dieu bénisse Internet.

— Je ne saurais pas du tout comment me procurer de la drogue et encore moins comment en préparer : je n'évolue tout simplement pas dans ces cercles-là, se défend Yasmin en regardant son avocat, l'air éperdue. Je suis décoratrice d'intérieur ; j'ai des amis respectables. Je suis membre du National Trust.

— À quelle heure avez-vous vu votre mari pour la dernière fois, le soir du réveillon ? interroge Leo.

— Je ne sais pas trop. J'ai demandé aux jumelles de lui donner un sandwich pour essayer d'absorber un peu l'alcool. Je l'ai vu le manger vers 21 h 30-22 heures, mais je ne crois pas l'avoir revu ensuite.

— Selon l'enregistrement de vidéosurveillance, Rhys

a quitté le chalet des Charlton pour rentrer chez vous peu après 22 h 30.

Leo appuie sur la touche « Lecture » et quatre paires d'yeux regardent Rhys Lloyd descendre en titubant l'allée de La Rive. Fiona laisse sa vue se troubler jusqu'à ce que l'écran soit trop flou pour qu'elle distingue la silhouette de Rhys.

— L'avez-vous suivi ?

— Eh bien, on peut supposer, *monsieur l'enquêteur*, que si c'était le cas, j'apparaîtrais sur la vidéo. Mais vous ne me verrez pas car je n'ai pas assassiné mon mari.

— Les caméras sont faciles à éviter quand on sait qu'elles sont là, souligne Fiona sans regarder Leo.

Si seulement elle y avait pensé ; si seulement elle avait longé le lac au lieu de conduire, au lieu de se garer en plein devant ces foutues caméras.

— Les tensions entre votre mari et vous datent d'avant le 31 décembre, n'est-ce pas ? poursuit Leo.

— Je ne sais pas de quoi vous parlez, répond Yasmin en clignant rapidement des yeux.

— Vous avez eu une altercation la veille de Noël, non ?

— Comment savez-vous…

— À quel propos ?

— J'ai oublié.

— Oh, je ne crois pas, insiste Leo.

— Eh bien si, rétorque Yasmin d'un ton ferme, ayant enfin retrouvé son sang-froid. Et je ne vois pas en quoi c'est pertinent. Bon, d'accord, notre relation n'était pas parfaite. Comme pour beaucoup de couples. Pour tout vous dire, j'avais prévu de le quitter. Mais cela ne signifie pas que je l'aie tué.

— D'après les pièces que vous nous avez fournies, agent Brady, intervient l'avocat, la montre connectée de M. Lloyd indique que son cœur s'est arrêté à 23 h 38. Ma cliente était à la fête jusqu'à plus de minuit.

— Elle aurait pu s'éclipser discrètement, intervient Fiona. Personne ne l'aurait remarqué.

— Je chantais. En fait, je peux le prouver ! s'écrie Yasmin, les yeux soudain écarquillés.

Elle met la main dans sa poche avant de claquer la langue, exaspérée.

— J'ai besoin de mon téléphone, de mon téléphone principal je veux dire. Je l'ai passé à quelqu'un pour qu'il me filme. J'allais poster la vidéo dans mes Stories sur Instagram ce matin, sauf que…, soupire-t-elle. Eh bien, je ne l'ai pas fait, évidemment. Mais la vidéo où l'on me voit chanter doit être enregistrée sur mon téléphone, ainsi que l'heure à laquelle elle a été filmée.

— Une chanson ne constitue pas un alibi, madame Lloyd, constate Leo.

— J'ai interprété pratiquement toutes les chansons de *Wicked* – le répertoire de Glinda, bien sûr – et la plupart de celles de *Mamma Mia*. J'ai eu droit à plusieurs rappels : j'ai dû me produire pendant une demi-heure.

— Jonty Charlton vous regardait-il chanter ? demande Fiona.

— J'imagine. Il est fou de moi, assure Yasmin avec un sourire espiègle. Il y a des limites à la quantité de conneries tantriques qu'un homme peut supporter.

— Compte-t-il quitter sa femme ?

— Il le ferait si je le lui demandais.

— Vraiment ? s'étonne Fiona, forçant sur l'incrédulité.

— Bien sûr que oui, insiste Yasmin, l'air vexée. Jonty ferait n'importe quoi pour moi.

— Ah oui ? renchérit Fiona, souriante.

— Pas vraiment *n'importe quoi*, je veux juste dire..., se reprend Yasmin, comprenant trop tard son erreur.

— Les Charlton ont un bateau, non ? enchaîne Leo.

— Oui, mais...

— Jonty est un marin expérimenté. Il pourrait facilement naviguer de nuit.

— Je...

— Il existe un enregistrement de vous en train de chanter à l'heure où votre mari est mort, déclare Leo. Mais vous auriez facilement pu empoisonner Rhys plus tôt ce jour-là.

— C'est ridicule !

— Et en fait, personne ne se rappelle avoir vu Jonty entre 23 heures et le petit matin du 1er janvier. À mon avis, il ne sera sur aucune des vidéos de votre petit concert. Où était-il ?

— Il faudra le lui demander.

— C'est une excellente idée, approuve Leo.

Yasmin pousse un soupir de soulagement.

— Cela veut-il dire que je peux m'en aller ?

— Vous avez été arrêtée pour meurtre, répond Fiona. Vous ne bougez pas d'ici.

22

Jour de Noël – Clemmie

Clemmie Northcote n'en revient pas que sa vie ressemble désormais à cela. Il est 9 heures du matin en ce jour de Noël et, au lieu de regarder fixement la moisissure dans un coin de sa cuisine-salle à manger-salon, elle contemple les eaux calmes et sans rides d'un lac. Le mont Pen y Ddraig est couronné de neige et la forêt brille de givre. Au lieu du bruit sourd des basses à l'étage du dessous et du rythme fluctuant des disputes à l'étage du dessus, elle n'entend… rien.

Grâce au poêle que Clemmie a l'intention d'alimenter toute la journée, il règne chez elle une atmosphère chaleureuse et douillette. Contrairement aux voisins qui ont fait un achat groupé pour se faire livrer des bûches séchées en étuve, coupées aux dimensions du poêle, Clemmie a arpenté la forêt pour ramasser du bois gratuit que Caleb a fendu et entassé sous une bâche, sur la terrasse, ce dont les Charlton ne manqueront certainement pas de se plaindre.

Au réfrigérateur, il y a une dinde de chez Aldi avec

tous les accompagnements et Clemmie s'est payé le luxe d'une bouteille de prosecco pour elle et de quatre canettes de bière légère pour Caleb. Bien qu'elle n'ait pas envie de penser à Noël dernier, il est difficile de ne pas comparer. Dans l'attente de son procès, Caleb était sorti le soir du réveillon et n'était rentré qu'à l'aube le lendemain matin. Clemmie avait passé la journée seule à se demander à quelle heure commencer les préparatifs du repas. Caleb avait émergé de son antre dans la soirée, les pupilles insondables, remarquant à peine les cadeaux offerts par sa mère au prix de mois d'économies.

À 10 heures, elle décide qu'elle ne peut plus attendre. Elle pousse la porte de la chambre de Caleb et se rend compte que même l'odeur de son fils est différente ici. Elle s'assied au bord de son lit et le regarde dormir. Son magnifique garçon. Elle a été à deux doigts de le perdre.

En voyant la publicité pour La Rive, elle a ressenti un lien physique avec cet endroit. Il lui parlait. Cela dépassait le lieu, la vue, les splendides chalets. À La Rive, Caleb se lierait d'amitié avec des gens différents, d'une autre classe sociale. L'idée de classe rebute Clemmie, mais il n'y a rien à faire : les origines sociales comptent et elle a compris que, à moins de prendre des mesures radicales, celles de Caleb le feraient sombrer dans la délinquance.

— Maman, arrête de me regarder, marmonne l'adolescent.

Clemmie déborde de gaieté en ce jour de fête.

— Il est né, le divin enfant ! s'écrie-t-elle en gloussant.

Caleb s'assied à contrecœur et se frotte les yeux.

— Qu'est-ce que tu peux être bête, dit-il avec l'affection très particulière propre aux garçons.

Il descend l'escalier à grandes enjambées et Clemmie se sent soudain nerveuse, inquiète à l'idée qu'il se moque ou qu'il la trouve stupide en voyant ce qu'elle a fait.

La veille, elle est restée debout bien trop tard, à boire du vin et à confectionner des guirlandes en papier qu'elle a accrochées tout autour de la pièce. La vieille chaussette de Noël de Caleb, celle qu'il avait avant d'être trop âgé pour les surprises, est suspendue près du poêle, remplie de gadgets que Clemmie a amassés tout au long de l'année. Ils sont tous empaquetés. Dans la forêt, elle a « emprunté » un petit sapin qu'elle a mis en pot, jurant de le replanter après l'Épiphanie. Il est couvert de toutes les décorations que Caleb et elles ont fabriquées ensemble, avant que l'adolescence ne frappe et ne le transforme en quelqu'un qu'elle avait du mal à reconnaître.

— Je sais que c'est bête, remarque Clemmie. Tu es trop grand…

Elle n'arrive pas à finir sa phrase parce que Caleb se jette à son cou et lui écrase la joue contre son épaule.

— C'est génial, maman ! Joyeux Noël !

Au petit déjeuner, ils mangent des œufs au bacon. Clemmie entend des voix sur l'une des terrasses ; un ronronnement de moteur alors que quelqu'un remonte le lac en bateau. Tard, la nuit dernière, Blythe a posté un message sur le groupe WhatsApp de La Rive pour annoncer qu'il y aurait un bain collectif à midi. Clemmie se demande si l'enthousiasme du groupe sera aussi ostensible ce matin (pour autant qu'elle le sache, elle est la seule résidente de La Rive à nager quand le temps n'est pas au beau fixe), mais, juste avant 11 heures, elle entend des rires dehors.

Elle sort vêtue de sa combinaison de plongée.

— Joyeux Noël !

— Joyeux Noël ! répondent les voisins en chœur, et quand Clemmie traverse pour se joindre au groupe, elle a la merveilleuse impression d'avoir trouvé sa place.

Les Stafford ont dû arriver tard la veille ou tôt ce matin. Ashleigh porte un manteau de fourrure qui frôle le sol et, à moins qu'il ne dissimule un bikini, elle n'a pas prévu de participer. En revanche, Bobby se pavane sur la terrasse vêtu d'un caleçon décoré de branches de houx en buvant un Bloody Mary et s'enfonce la tige de céleri dans l'œil chaque fois qu'il en prend une gorgée.

— Bouge pas une seconde, ordonne Ashleigh.

— Pas aujourd'hui, d'accord ? répond Bobby en posant son cocktail.

— Avec le verre, précise Ashleigh, qui soulève son téléphone et lui fait signe de traverser la terrasse. Là. Appuie-toi à la rambarde et…

— On peut pas passer une journée sans penser à ce foutu Instagram ? la rabroue Bobby, et un silence gêné s'installe quand sa femme retourne avec raideur vers leur chalet.

— Je croyais que tu allais filmer la baignade.

— Quel intérêt si on ne poste pas la vidéo en ligne ? crie Ashleigh par-dessus son épaule.

Les Lloyd sont tous en robe de chambre. Clemmie réprime un sourire quand elle surprend Caleb en train de reluquer les jumelles. On ne se refait pas, hein ? Caleb n'est sans doute pas exactement ce que Rhys a en tête pour ses petites princesses, mais on ne sait jamais. Clemmie s'autorise à imaginer les invitations du mariage Northcote-Lloyd – ou Lloyd-Northcote plutôt ?

Yasmin est en pleine conversation avec son mari et elle n'a pas l'air contente.

— Non, je ne peux pas passer à autre chose !

Aucun des deux n'a vu que Clemmie les suit de près.

— Ta réaction est disproportionnée, Yasmin.

— Tu aurais pu la tuer ! siffle-t-elle, mais, en remarquant Clemmie, elle écarquille les yeux, horrifiée, et lui adresse un large sourire. Joyeux Noël, ma chère Clemmie : c'est merveilleux, non ?

— Oui, merveilleux, répond-elle, le cœur battant.

Elle se ressaisit. Les démêlés de Caleb avec la justice ont tendance à lui faire envisager les pires scénarios.

Jonty Charlton s'est débarrassé de son peignoir d'un coup d'épaule et répète à qui veut l'entendre qu'en réalité, il ne fait pas froid du tout. Glynis, la mère de Rhys, s'est fait refourguer les petits Woody et Hester Charlton, qui sauteraient courageusement dans l'eau si on leur en laissait la possibilité. Clemmie en profite pour mettre en pratique le vocabulaire festif qu'elle a appris pour l'occasion.

— *Nadolig Llawen*, madame Lloyd !

La femme d'âge mûr contemple le lac, les yeux brillants.

— J'ai passé mon premier Noël d'épouse à cet endroit précis, vous savez.

— À La Rive ?

Glynis exprime sa désapprobation d'un claquement de langue.

— À Tŷ'r Lan. La cabane de mon mari se trouvait ici même.

Elle regarde à ses pieds, comme si la cabane avait glissé entre les lames de la terrasse.

— Imaginez qu'il puisse voir ce que l'endroit est devenu, dit Clemmie, à court de vocabulaire gallois maintenant qu'elles ont dépassé les bavardages.

— En effet, répond Glynis d'un ton sec.

— Tout le monde est prêt ?

Dee Huxley, qui a la sagesse de rester sur la terre ferme, agite son appareil photo et rassemble tous les nageurs d'un geste pour immortaliser l'événement. Un par un, ils empruntent l'échelle jusqu'au ponton et leurs supporteurs se penchent par-dessus la balustrade, prêts pour le coup d'envoi.

Rhys descend en premier, suivi de Bobby. Clemmie attend un moment sur le premier échelon que Dee prenne sa photo.

— Désolée, ma chère, vous avez cligné des yeux. On réessaie.

Clemmie est persuadée d'entendre quelqu'un parler avec colère, sur le ponton, mais tout le monde incite Dee à se presser parce qu'il gèle ! Et le temps que Clemmie arrive au bas de l'échelle, Bobby et Rhys se sont tus. Elle chasse cette idée. C'est Noël et elle refuse d'être stressée. Pas cette année.

Caleb s'élance en courant et fait une bombe dans l'eau glaciale ; le cœur de Clemmie se fige jusqu'à ce qu'il resurgisse à la surface, sa bouche dessinant un O de surprise.

Il frime devant les filles qui, au bord du ponton, trempent leurs pieds dans le lac et poussent des cris stridents. Clemmie se glisse dans l'eau, habituée à la température, et nage en cercles tout en remuant ses doigts et ses orteils.

— Bande de dingues ! crie Blythe depuis la terrasse.

— C'est merveilleux ! lance Dee.

Elle prend une photo. Tout le monde est dans l'eau maintenant et Clemmie a les yeux qui brillent. Quel endroit incroyable. Quel Noël fabuleux.

Plus tard, tandis que la dinde est au four et que Caleb configure le téléphone reconditionné que Clemmie lui a offert, elle sort sur la terrasse pour aller chercher du bois. Elle replace la bâche quand Rhys traverse sa propre terrasse et s'avance jusque chez elle. Veut-il lui parler de la conversation qu'elle a surprise ce matin ? Est-elle sur le point d'être introduite dans le cercle de confiance des Lloyd ? se demande-t-elle, traversée par un frisson de peur et d'excitation.

— Il faut que vous remboursiez le solde du prêt.

— Je ne peux pas, répond Clemmie, surprise.

— Je suis un peu juste financièrement. Désolé.

Il n'a pas l'air désolé du tout.

Quand Clemmie s'est renseignée sur La Rive, on l'a informée d'un ton ferme qu'il était impossible d'échelonner les paiements. Il fallait acheter les chalets au comptant et régler d'avance. Éternelle optimiste, Clemmie a tenté une autre approche en s'adressant directement à Rhys pour faire appel à sa générosité. Elle a essuyé un nouveau refus, mais, quelques semaines plus tard, il l'a recontactée.

« Cet arrangement doit rester officieux, lui a-t-il précisé. Mais si cela ne vous dérange pas de le garder pour vous, je vais vous aider. »

Si Clemmie pouvait aligner une somme correcte, Rhys l'autoriserait à étaler le reste de la dette. Elle a eu du mal à y parvenir. Elle a mis des mois à vendre son appartement du sud de Londres, et la valeur résiduelle a tout juste suffi à couvrir les arrhes. Le contrat du complexe était formel : *Les propriétaires ne vivront pas à La Rive à l'année et devront conserver une résidence principale*, mais apparemment on ne procédait à aucune vérification. D'après ce qu'elle savait, aucun des voisins n'avait l'intention de passer plus de quelques semaines par an à La Rive ; comment pourraient-ils savoir que Clemmie et Caleb ne partaient jamais ?

L'automne a été compliqué. Le complexe fermé pour travaux en fin d'été, les Northcote sont allés chez un ami puis chez un autre pendant plusieurs semaines sous prétexte de rattraper le temps perdu. Clemmie a été soulagée d'apprendre la fin des travaux sur le groupe WhatsApp des voisins. Le complexe ne fermerait plus. Clemmie et Caleb sont rentrés à La Rive et tout a été parfait depuis.

Jusqu'à aujourd'hui.

— Je ne peux pas vous rembourser, se défend Clemmie. Je n'ai pas l'argent.

Un long silence s'installe. Rhys soupire.

— Alors, nous avons un problème, pas vrai ?

Depuis le chalet Cinq, Yasmin appelle Rhys pour qu'il découpe la dinde. Sans un mot, il repart d'où il est venu, laissant Clemmie debout dans le froid, la magie de Noël soudain envolée.

Que va-t-elle faire ? Elle ne dispose pas de quatre cent mille livres et son indice de solvabilité ne lui permet pas de les emprunter. Elle a vendu son appartement. Ils n'ont nulle part où aller et, en outre, Clemmie ne veut pas partir. Après avoir vécu deux ans dans la peur quotidienne de ce qui pourrait arriver dès que quelqu'un frappait à la porte, elle a enfin retrouvé Caleb : elle ne reviendra pas en arrière.

Elle gardera sa nouvelle vie.

Quoi qu'il en coûte.

23

6 janvier – Leo

Le lendemain matin, Leo va directement voir Crouch dans son bureau.

— Capitaine, il va nous falloir prolonger la garde à vue de Yasmin Lloyd.

— Vous l'avez gardée en détention toute la journée d'hier : que faisiez-vous ? Je gère les plaintes des locaux depuis mon arrivée.

— Parce que nous l'avons arrêtée ?

— Parce que vous ne l'avez pas inculpée, explique Crouch en se grattant le nez. Rhys Lloyd était un héros, dans le coin. Quand il a épousé une Anglaise, certains ont apparemment été déçus. Aujourd'hui, ils pensent que les événements leur ont donné raison : Yasmin a toujours été une garce.

— Malheureusement, son alibi a été confirmé, indique Leo. Nous avons visionné les vidéos enregistrées sur son téléphone et, à l'heure où Rhys Lloyd est mort, elle donnait un concert improvisé à la fête. Mais en prouvant l'implication de Jonty Charlton, nous pourrions faire valoir la thèse du complot. J'aimerais l'arrêter lui aussi.

— Et mettre encore un coup de pied dans la fourmilière ? Je ne veux pas d'autre suspect anglais au trou tant que vous n'êtes pas sûr à cent pour cent de pouvoir l'inculper.

— Mais…

— C'est compris ?

— Très bien, capitaine.

La route jusqu'à La Rive lui semble trois fois plus longue en sachant que Fiona est au bout. La nuit dernière, Leo a composé, et effacé, une douzaine de SMS, ne sachant que dire. Il est furieux contre elle, mais cela dépasse la simple colère, c'est plus compliqué que cela. Il se sent trahi. Il se passait quelque chose entre eux, non ? Ils avaient un lien.

Manifestement, il avait mal interprété la situation.

Pour une fois, Fiona est arrivée avant lui. Appuyée contre sa Triumph, elle a une cigarette roulée entre les doigts. Elle le salue d'un bref signe de tête quand il la rejoint.

— Excusez mes chaussons, lance Dee Huxley en fourrant du papier-cadeau plié avec soin dans une boîte en plastique devant le chalet Deux. Je viens de me rappeler que le camion du recyclage passe aujourd'hui. Et cette enquête criminelle, elle avance ?

— Nous suivons plusieurs pistes, répond prudemment Leo.

— Quelle histoire affreuse, observe Dee en rentrant chez elle.

Fiona s'esclaffe.

— Tu es vraiment M. Langue de bois, hein ?

— Certains d'entre nous respectent les règles.

— Tous les voisins savent que nous avons coffré Yasmin Lloyd : on ne peut pas dire que ce soit un secret.

Leo s'immobilise. *Le camion du recyclage passe aujourd'hui.*

— Tu te rappelles la tentative d'assassinat à la ricine qui a eu lieu à la Maison-Blanche ?

— Vaguement.

— Les terroristes l'ont envoyée par la poste. Nous savons que Lloyd était dans son bureau le 31 décembre, avant le réveillon : et s'il avait ouvert une enveloppe contenant une poudre toxique ? Yasmin aurait facilement pu la glisser parmi le tas de courrier des fans.

Leo se sent idiot quand Fiona le dévisage.

— Je sais que c'est tiré par les cheveux.

— Non, je..., commence Fiona avec un hochement de tête réticent. Tu tiens peut-être une piste.

Elle se dirige vers le chalet des Lloyd.

— Cela dit, bon courage pour convaincre Crouch de claquer le budget réservé aux analyses scientifiques sur une intuition, ajoute-t-elle en éclatant de rire, et, l'espace d'un instant, Leo croit entendre le ton méprisant d'Allie.

— Je ne vais rien lui dire, décide-t-il sur un coup de tête. Je vais faire passer l'analyse sous un code budgétaire existant.

— Ouh, espèce de rebelle.

Leo sait qu'elle plaisante et il est agacé de sentir un sourire se dessiner sur ses lèvres.

— Lâche-moi, Morgan.

— Ça risque pas. On est coincés ensemble.

Il n'y a pas beaucoup de courrier dans la benne à recyclage des Lloyd. Quelques enveloppes livrées par leurs expéditeurs, des cartes de Noël adressées par des voisins de La Rive peut-être, mais la famille reçoit sans doute son courrier à son adresse londonienne, suppose Leo. Il reconnaît l'une des deux grandes enveloppes rembourrées : elle contenait les lettres des fans auxquelles Felicia répondait le jour de l'arrestation de Yasmin. Toutes deux portent l'adresse de La Rive et celle de l'expéditeur : Tuttle, Whyte & Associés, l'agence artistique de Lloyd. On a fourré une pile d'enveloppes ouvertes dedans. Les deux enquêteurs placent toutes les lettres dans un sac en plastique scellé et Fiona persuade un agent de la police de proximité de l'emporter directement au labo.

— Ils vont procéder aux analyses dès que possible, annonce Leo en raccrochant.

Malgré elle, Fiona semble impressionnée.

— Bien joué. Je ne pensais pas que tu réussirais à les convaincre.

Leo non plus.

« Je ferais mieux d'en parler au capitaine Crouch, a dit la technicienne de la police scientifique quand Leo lui a soumis sa demande. Cela sort du cadre des attributions de…

— Il est en réunion aujourd'hui, a affirmé Leo, croisant mentalement les doigts. Ce serait un joli coup si on trouvait de la ricine, pas vrai ? Ça ferait la une des quotidiens nationaux, je parie.

— D'accord, je m'en charge », a répondu la technicienne après un long silence.

— Si nous n'obtenons pas de résultat aujourd'hui, nous devrons demander l'autorisation de prolonger la garde à vue de Yasmin de douze heures, indique Leo. Nous ne pouvons pas prendre le risque d'une subornation de témoins si nous la libérons sous caution.

— Super, répond Fiona. On va toucher double salaire pour avoir bossé un jour de repos.

— Je préférerais avoir le week-end libre. Je devais voir mon gamin, mais j'ai dû annuler, explique Leo, qui tente de parler sans amertume, mais il voit que Fiona l'observe. Mon ex part en Australie avec son nouveau compagnon, ajoute-t-il d'un ton sec. Ils emmènent Harris.

— Ils n'en ont pas le droit.

— Il faudrait intenter un procès pour les en empêcher.

— Alors fais-le.

— Je ne peux pas.

Leo sait qu'Allie appellerait les services sociaux en un clin d'œil, prête à dégainer l'enregistrement de Harris en pleurs devant un juge.

— Bien sûr que tu…

— Ce n'est pas si simple.

— Tu es le père du petit : tu as des droits.

— Oublie. Je ne sais même pas pourquoi je t'en ai parlé.

Parce qu'il n'en a parlé à personne d'autre, se rend-il compte. Parce qu'il a besoin de parler.

Jonty Charlton n'a pas envie de parler, lui. Il leur jette un regard et commence à fermer la porte.

— Si vous n'avez pas de mandat…

— D'après Yasmin, vous allez quitter votre femme pour elle, assène Fiona. C'est mignon.

Jonty se fige, bouche entrouverte.

— Qui est-ce, chéri ? lance Blythe, qui les rejoint dans l'entrée. Oh, bonjour, agents Morgan et Brady !

On aperçoit son ventre musclé entre un tee-shirt court et un cardigan ample. L'entrejambe de son volumineux pantalon violet lui arrive à peu près aux genoux.

— Comment pouvons-nous vous être utiles ?

Fiona sourit.

— Je disais juste à votre mari…

— Non ! glapit Jonty d'une voix perçante. Ils n'avaient pas encore… je veux dire… (Il s'éclaircit la voix.) Si je peux vous apporter mon aide, je serais ravi de vous accompagner au commissariat.

— C'est très aimable à vous, répond Leo, mais nous voulions simplement vérifier où vous étiez exactement le 31 décembre à 23 h 30. Votre déposition est un peu vague.

— Où j'étais ? répète Jonty, qui déglutit en regardant Blythe.

— Oui, confirme Fiona en caressant l'encadrement de la porte. Voyez-vous, vous n'apparaissez sur aucune des photos prises à cette heure-là et vous n'étiez pas avec Yasmin Lloyd, bien que, d'après ce que j'ai compris, vous passiez beaucoup de temps…

— Je sniffais de la coke avec Ashleigh Stafford, bredouille Jonty, trop fort et trop vite. Il y avait trop d'allées et venues au chalet et, comme Ashleigh ne voulait pas partager, nous sommes allés chez elle. On s'est fait quelques lignes, on a regardé des daubes à la télé, on a déconné.

— De la cocaïne ? s'étonne Blythe, bouche bée. Oh, Jonty ! Comment as-tu osé ?

— Il faudra que nous vérifiions avec Mme Stafford, bien sûr, signale Leo.

— Bien évidemment, mais c'est là que j'étais. Détends-toi, Blythe, c'est quand même pas de l'héroïne, tempère Jonty alors que sa femme est au bord des larmes.

— Autre chose, ajoute Fiona. Êtes-vous sorti en bateau ce soir-là ?

— Non, répond Jonty, plus sûr de lui cette fois. Comme je vous l'ai dit, le *Blythe Spirit* hiverne dans le hangar. Les seules embarcations sur le lac étaient des hors-bord appartenant à certains invités venus du village. Je n'aurais pas pu en emprunter un même si je l'avais voulu. Il se trouve que j'y ai jeté un coup d'œil pendant la fête car j'aimerais bien en acheter un, et ils étaient tous équipés du démarrage sans clé.

— Vous pensez troquer Blythe contre un joujou un peu mieux chaloupé ? demande Fiona.

— C'est le *Blythe Spirit*, corrige Blythe.

— Bien sûr. Désolée.

— Il y avait bien un bateau sur le lac, en revanche, continue Jonty. Je me rappelle l'avoir vu. Il est assez original : coque verte, voiles rouges. Ce sera tout ? demande-t-il en reposant la main sur la porte.

— Ça ira, dit Leo. Nous discuterons de votre relation avec Yasmin une autre fois, ajoute-t-il au moment où la porte se referme.

— Quelle relation ? entendent-ils Blythe crier d'une voix anormalement stridente tandis qu'ils descendent l'allée.

Leo se sent légèrement coupable, mais mieux vaut que Blythe sache la vérité, raisonne-t-il.

Fiona garde le silence un moment.

— Alors *ça*, c'était pas de la langue de bois, finit-elle par lancer.

— Je ne suis peut-être pas aussi prévisible que tu le penses. On vérifie l'alibi de Charlton?

— Ouais, il se trouve qu'il s'est envoyé toute ma came.

Ashleigh Stafford n'a pas l'air de se rendre compte des conséquences que pourrait avoir l'aveu de sa participation à un délit.

— C'est le genre de type qui ne se drogue qu'« en soirée », vous voyez? explique-t-elle en mimant des guillemets. Ce qui revient à dire: « Je vais jouer les parasites chaque fois que j'ai envie de came. »

— Combien de fois avez-vous sniffé ensemble pendant la fête? demande Leo.

— Dieu seul le sait. Six? Huit fois? La dernière fois, on ne s'est même pas embêtés à retourner à la fête entre deux lignes, on a juste passé une heure ici.

— Quelle heure était-il? questionne Fiona.

— Vingt-trois heures trente? Il était ici à minuit, c'est sûr, parce qu'on s'est roulé quelques pelles, précise Ashleigh en souriant. Ça veut rien dire, le soir du réveillon, hein?

— Bobby nous a confié l'enregistrement de votre sonnette connectée, révèle Leo.

— Et alors?

— Alors, vous n'apparaissez pas dessus.

— C'est normal. Nous sommes passés par les terrasses et nous sommes entrés par la baie vitrée.

— Quelqu'un vous a vus ? interroge Fiona. Quelqu'un pourrait-il confirmer votre version des faits ?

Ashleigh se mordille la lèvre et devient soudain radieuse.

— Alexa ! On a déconné avec elle, on lui a posé des questions idiotes.

Elle prend son téléphone, ouvre une application et pianote avec dextérité sur l'écran avant d'appuyer sur « Lecture ».

— Vous voyez ? 23 h 52.

Alexa, pourquoi l'eau est mouillée ? demande la voix enregistrée.

— J'étais complètement défoncée, s'amuse Ashleigh.

Elle appuie sur l'enregistrement suivant et la voix de Jonty Charlton s'élève. *Alexa, comment dit-on en gallois fourre-toi un poireau dans le...* Ashleigh interrompt la lecture.

— Il était encore plus défoncé, se souvient-elle, sourcils froncés. Deux grammes de coke évaporés en un clin d'œil. Je vais devoir demander à Caleb de... (Elle fronce le nez.) J'ai rien dit.

Caleb Northcote est le dealer d'Ashleigh ? Leo regarde en direction du chalet de Clemmie et revoit Caleb jeter des galets dans le lac, hier matin. Le gamin lui a fait de la peine ; Leo a vraiment cru qu'il voulait arrêter ses conneries.

Y a-t-il *une seule personne* à La Rive dont l'apparence ne soit pas trompeuse ?

24

Veille de Noël – Blythe

Comme c'est la veille de Noël, Blythe a autorisé Woody et Hester à se coucher plus tard pour dîner avec les adultes. Ils ont été adorables, mais cela fait longtemps qu'ils devraient être au lit et Blythe sent que Yasmin et Rhys ne sont pas complètement conquis par les plus jeunes membres de la famille Charlton. Apparemment, il est tout à fait acceptable que Felicia et Tabby soient collées à leur téléphone pendant ce qui a vraiment été (sans se vanter) un excellent repas, mais entendre Hester interpréter *Vive le vent* est intolérable.

— Si vous n'allez pas dormir, le père Noël ne passera pas, menace Yasmin.

— En d'autres termes : *dégagez*, ajoute Rhys à voix basse à l'intention de Jonty, qui hurle de rire.

— Carrément !

Blythe lance un regard noir à son mari. Avant, elle trouvait que Jonty était un excellent père : il joue avec les enfants, les accompagne au spectacle et au zoo, et il lui est même arrivé de les emmener à la crèche, où toutes les mamans sont à ses pieds. À la maison, ils ont une nounou à demeure qui les suit aussi dans leur maison des Cotswolds et en vacances en Toscane.

Pour Blythe, il est devenu évident que Jonty n'est un excellent père qu'à ses propres conditions. Ici, à La Rive, où la configuration des pièces ne leur permet pas d'avoir une nounou (il n'y a qu'un salon, où irait-elle le soir ?), Jonty s'est montré particulièrement réticent.

« La Rive a besoin d'une crèche, a-t-il déclaré l'été dernier, trois jours après leur arrivée. Je vais demander à Rhys de l'inclure dans le budget. »

En fait, il n'y a qu'un domaine de l'éducation dans lequel Jonty se surpasse. Blythe devrait sans doute s'estimer heureuse.

— Jonty chéri, dit-elle, peux-tu mettre les enfants au lit ? Tu es tellement plus doué que moi dans ce domaine.

— Mais on est pas fatigués !

Woody sprinte autour de la table de la salle à manger et Hester le poursuit à toute allure, trébuche sur le tapis et tombe la tête la première. Elle pousse un cri assourdissant.

— Allez, les affreux jojos, on y va, ordonne Jonty en se levant.

Le coucher est devenu le domaine réservé de Jonty. Woody et Hester, qui ont toujours été terriblement difficiles à calmer, montent aujourd'hui docilement avec un verre de lait chaud et une histoire et s'endorment en dix minutes. Blythe a essayé d'imiter cette routine, mais elle n'a pas les pouvoirs magiques de Jonty.

— Les enfants vont-ils veiller le soir de la Saint-Sylvestre ? demande Yasmin, dont l'apparente décontraction cache une certaine dureté.

— Ne t'en fais pas, la rassure Blythe. Nous avons prévu une soirée entre adultes, n'est-ce pas, Jonty ?

— Et comment ! Les petits au lit à 19 heures et, d'après ce que j'ai compris, Clemmie a proposé que les plus-si-petits se retrouvent chez elle.

— Pourquoi on ne peut pas participer à la fête ? râle Tabby.

— Ça m'étonnerait que vous ayez envie de traîner avec des vieux comme nous, rétorque Jonty avec un grand sourire, et Tabby ne le contredit pas.

— Et tu es sûre que cela ne te dérange pas de recevoir ? s'enquiert Yasmin.

— Pas du tout, franchement, répond Blythe en souriant gentiment.

Depuis que l'idée du réveillon a été lancée, Yasmin cherche à l'organiser chez elle, prête à tout pour exhiber ses talents de décoratrice, même si les locaux doivent prendre Anthropologie[1] pour une option à l'IUT du coin.

— C'est juste que les enfants sont si petits…, insiste Yasmin en sirotant une gorgée de vin.

— Ils seront couchés. Ce sera comme s'ils n'étaient pas là.

Dans leur salle de jeux à la maison, Blythe respecte une stricte palette de couleurs se limitant à du noir, du blanc et du bois naturel, ce qui est bien plus compliqué que ce que suppose Jonty. Elle a autorisé Woody et Hester à emporter trois jouets chacun à La Rive et les cache dans le pouf quand ils n'en ont pas besoin.

1. Chaîne de magasins de décoration et de vêtements féminins.

— Si Jonty et Blythe sont heureux de recevoir, nous devrions les laisser faire, je crois.

— Merci, Rhys, minaude Blythe comme il se doit, même si elle sait précisément pourquoi Rhys est si désireux d'éviter que la fête ne se déroule au Cinq : parce qu'il devrait mettre la main à la poche.

En l'état actuel des choses, Jonty, toujours prêt à prouver sa libéralité, a annoncé qu'ils offriraient des consommations à volonté.

— Nous devrions inviter certains villageois, suggère Rhys, dont les lèvres sont tachées de porto.

— Des villageois ? Qu'est-ce que c'est ? plaisante Yasmin.

Blythe n'a plus envie de minauder. Quel culot ! Rhys veut manifestement épater la galerie aux frais de la princesse.

— Je ne suis pas sûre que Jonty ait envie…

— De quoi n'aurai-je pas envie ? coupe Jonty, qui redescend du premier.

— Que tout le monde débarque de Cwm Coed, répond Yasmin, acerbe. Nous n'avons rien en commun avec ces gens-là, Rhys, tu le sais.

— Il est très important que tout cercle amical reflète une certaine diversité.

Blythe l'a lu dans le *Guardian*. Elle n'est pas tout à fait sûre de vouloir des amis issus de la diversité (elle est très satisfaite des amis qu'elle a), mais il faut faire preuve de bonne volonté. Peut-on considérer les Gallois comme une minorité ethnique ?

— C'est chiant d'inviter la plèbe, bien sûr, concède Jonty, mais nous devons les amadouer. La vue est géniale, cela dit les gens attendent plus que ça d'une résidence secondaire. Ils veulent faire les boutiques et bavarder avec les autochtones. Ils veulent une *vie de village*.

— C'est décidé alors, conclut Rhys. Je vais faire une liste de personnes convenables.

Yasmin se penche vers Blythe.

— Pouvons-nous nous charger de quoi que ce soit pour vous faciliter les préparatifs du réveillon ? De la décoration peut-être ?

Blythe se hérisse.

— Je me suis occupée de tout, ma chérie. Le barnum sera dressé le 30, le jour où les transats arrivent. J'attends encore une estimation pour le sable…

— Pas de foutu sable ! s'écrie Jonty.

— Et je me tâte pour installer une espèce de bassin qui s'accorde avec le thème aquatique.

Jonty fait claquer son verre sur la table.

— Il y a un lac dehors, putain ! Ah, les femmes, dit-il en s'adressant à Rhys. Et comme si ça ne suffisait pas, on va devoir faire la conversation à des paysans.

— Appelez-moi-Clemmie va les amuser, glousse Rhys, et tout le monde éclate de rire.

Blythe tape des mains comme une enfant.

— Ça me rappelle quelque chose ! Les gens du village organisent un bain du Nouvel An et j'ai pensé que ce serait amusant d'y participer, mais je me suis renseignée auprès de la vendeuse de la maison de la presse et… (Blythe ferme brièvement les yeux en poussant un soupir.) Eh bien, disons que c'est un club très fermé. *Bref…*, déclare-t-elle en regardant autour de la table, je me suis dit que nous allions lancer notre propre tradition.

La trempette de Noël de La Rive ! Qu'en pensez-vous, les filles ? Caleb est partant. Je vous encouragerai depuis la terrasse : mes méridiens ne doivent pas prendre froid.

— Ouais, si tu veux, répond Felicia sans lever les yeux de son téléphone.

— Tabby ?

— Pourquoi pas.

— Rhys ?

— J'ai hâte, affirme-t-il avec un manque d'enthousiasme flagrant.

Blythe est enchantée. Elle envoie un message sur le groupe WhatsApp de La Rive et répond aux émoticônes pouce levé au fur et à mesure qu'elles apparaissent. Dee Huxley rédige une réponse avec ponctuation incluse et *Amitiés* en guise de formule de politesse. C'est mignon. Blythe n'était pas enchantée d'avoir une voisine septuagénaire, mais Dee est jeune d'esprit et très chic pour son âge. Elle fait aussi un certain nombre de commentaires acerbes sur Rhys dont Blythe se délecte secrètement.

— Les Stafford viennent-ils à Noël ? s'enquiert Yasmin.

— J'ai l'impression que c'est un sujet de discorde, dit Jonty. Ashleigh avait envie d'aller à Dubaï ; Bobby voulait être à La Rive.

— Ils viennent d'atterrir à Gatwick, précise Blythe en levant son téléphone.

Elle étudie la réaction de Jonty, mais ne remarque pas la moindre lueur d'intérêt. Il ne se tape pas Ashleigh, alors. Ou c'est un meilleur menteur qu'elle ne le pense. Elle lui a fait les poches avec la précision d'une légiste sans rien trouver de compromettant, mais, par deux fois, elle a senti un parfum féminin sur ses vêtements. Cet été, il est sorti presque tous les jours sur le lac avec leur petit bateau, disparaissant parfois pendant des heures. Le Mirror Lake n'est pas si grand que ça, bon sang.

Ce soir-là, pendant que Jonty est dans la salle de bains, Blythe fouille de nouveau dans ses affaires. Elle tâte sa veste, suspendue dans le dressing, et secoue le pantalon qu'il a laissé drapé sur une chaise. Elle glisse une main sous son côté du matelas et ouvre les tiroirs de sa table de chevet. Alors qu'elle s'apprête à laisser tomber, elle trouve quelque chose. Ni second téléphone ni lettres compromettantes. Rien qui ait trait à une liaison, en fait.

Elle trouve une enveloppe pliée en quatre contenant une poudre granuleuse.

25

6 janvier – Fiona

Dès qu'ils ont quitté Ashleigh, Fiona roule une cigarette dont elle n'a pas envie.

— Je sais à qui appartient le bateau aux voiles rouges.

— À qui ? demande Leo en la regardant.

— Angharad Evans. Elle vit au bout du lac. Elle est un peu excentrique.

— Excentrique au point de prêter son voilier pour que l'on se débarrasse d'un corps ?

— Ça ne colle pas, remarque Fiona, dubitative. Nous pensons que Yasmin a empoisonné Rhys et persuadé Jonty Charlton de l'assommer et de nettoyer la scène de crime, n'est-ce pas ? Mais c'est Jonty qui nous a signalé avoir vu un bateau aux voiles rouges. Il ne l'aurait sûrement pas fait s'il s'en était servi, dit-elle en allumant sa cigarette. En outre, Angharad déteste La Rive. Et je pèse mes mots.

— C'est peut-être elle notre plan B, dans ce cas. Aurait-elle pu tuer Rhys ?

— Angharad n'est pas une meurtrière. Même si on

l'appelait la sorcière, quand j'étais enfant, et que, quand on la voyait, on devait se tenir sur une jambe et toucher son coude gauche pour vaincre le mauvais sort, explique Fiona, amusée, contrairement à Leo.

— Nous devrions lui parler.

— Parce que je la prenais pour une sorcière quand j'avais sept ans ?

— Parce que nos collègues ont interrogé tous les plaisanciers détenteurs d'un certificat d'enregistrement et que je ne me rappelle pas avoir entendu le nom d'Angharad Evans.

— Elle n'en a pas besoin : son cottage possède des droits d'amarrage.

Fiona voit que Leo réfléchit.

— D'accord ! Je t'emmène chez elle. Une sortie sur le lac, ça te dit ?

— Pas le moins du monde. Mon Dieu, tu es sérieuse ! s'écrie Leo en voyant l'expression de sa collègue.

— C'est compliqué d'aller chez elle par la route.

— Compliqué ou impossible ?

— Eh bien, juste compli…

— On prend la voiture.

En chemin, à travers la vitre, Fiona aperçoit l'éclat étincelant du lac entre les arbres.

— Tu n'aimes pas les bateaux alors ?

— Je n'ai rien contre eux : c'est l'eau que je n'aime pas. À moins qu'elle ne soit dans un verre ou que je la regarde, les pieds sur la terre ferme.

— C'est noté, dit Fiona en riant.

La route longe Llyn Drych. Elle est plus droite que

le lac serpentin et des éclairs argentés apparaissent par intermittence au gré des méandres. Fiona voit que Leo lui jette des coups d'œil pour essayer de la cerner quand il croit qu'elle regarde ailleurs. S'il l'avait dénoncée pour avoir détruit l'enregistrement de vidéosurveillance, la direction des affaires internes l'aurait déjà contactée. Cela veut-il dire qu'elle va s'en tirer sur ce coup-là ?

Elle désigne un sentier qui traverse les bois.

— Bifurque là.

Ils sont à l'extrémité du lac maintenant, à un kilomètre et demi du village, dans la forêt sombre et épaisse. Devant eux, à huit cents mètres, un tronc leur barre la route. Couché de biais, il est retenu par les arbres d'en face, la moitié de ses racines encore enterrées.

Leo s'arrête et Fiona sort de la voiture.

— Allez, on continue à pied à partir d'ici.

— Depuis quand c'est comme ça ? demande Leo.

La forêt a grandi autour du tronc abattu ; de nouvelles branches ont poussé à la verticale sans se laisser décourager par les dégâts causés dessous.

— Depuis aussi longtemps que je m'en souvienne. Nous sommes sur le terrain d'Angharad et il lui appartient de s'en débarrasser, mais, d'après ma mère, cela lui convient comme ça.

Il leur faut une dizaine de minutes supplémentaires pour atteindre la clairière où s'élève le cottage dont la cheminée laisse échapper un fin panache de fumée. Leo s'immobilise pour balayer l'endroit des yeux.

— C'est quelque chose, hein ? lance Fiona.

Elle frissonne et serre les bras autour d'elle, agrippant son coude gauche de la main droite. En baissant les yeux, Leo s'aperçoit qu'elle lève un pied au-dessus de l'autre.

— Vieilles habitudes, se justifie-t-elle en surprenant son regard.

— Elle vit seule ?

— Aujourd'hui, oui. D'après ma mère, elle a eu le cœur brisé il y a des années. Elle a découvert que son mari était bigame, explique Fiona en souriant. On ne parlait que de ça au village, tu t'en doutes.

Plusieurs volières abritant des oiseaux de différentes tailles entourent le petit cottage en pierre. Un enclos contient des clapiers ; un autre, de petits abris en bois pour hérissons. Et dans l'une des grandes cages sous les arbres vit un animal qui ressemble de manière inquiétante à un loup.

— C'est un renard argenté, précise Angharad, dès qu'ils s'asseyent dans sa petite cuisine. Il servait d'animal de compagnie jusqu'à ce que ses propriétaires se lassent et l'abandonnent.

— J'essayais de m'orienter en venant, dit Leo. Nous sommes à l'extrémité du lac, c'est ça ? La maison est-elle située au pays de Galles ou en Angleterre, du coup ?

— Surtout au pays de Galles, même si, en principe, une petite partie se trouve en Angleterre.

— Comme c'est intéressant : quelle partie ?

— *Tŷ bach*, répond Angharad.

— Les cabinets, traduit Fiona avec un grand sourire.

Leo ne sait pas si c'est du lard ou du cochon, manifestement. Il jette un coup d'œil à la cuisine d'Angharad, une petite pièce aux poutres sombres et aux murs en pierres apparentes. Sur d'étroites étagères sont alignés des dizaines de flacons d'apothicaire ambrés portant chacun une étiquette manuscrite. *Rhus tox.*, *Calendula*, *Podophyllum*...

— De la belladone ? s'étonne Leo.

— C'est bon contre la fièvre.

Fiona a dû pouffer parce qu'Angharad la regarde d'un air las.

— Fiona pense que la phytothérapie est... qu'est-ce que tu as dit à ta mère, déjà ? « Un tas de vieilles conneries. »

— Sans vouloir t'offenser, Angharad, quand j'ai mal à la tête, je préfère avaler un ibuprofène que mastiquer quelques pétales.

— J'ai pris de l'arnica après mon entorse au genou, affirme Leo, et Angharad approuve d'un air suffisant.

Fiona a une idée.

— La ricine, ça te dit quelque chose ? demande-t-elle.

— *Ricinus communis*, répond Angharad. On extrait l'huile de ricin de ses graines. Une plante très appréciée. Des boutures ont circulé après qu'Efan Hughes a remporté le premier prix au concours horticole. C'est un joli buisson. Mortel s'il tombe entre de mauvaises mains, bien sûr.

Leo passe en revue les rangées de fioles soigneusement étiquetées et Fiona sait ce qu'il pense. Mais elle a déjà vérifié et Angharad n'a pas de ricine sur ses étagères.

— J'ai entendu dire que vous avez un bateau aux voiles rouges, indique Leo. La plupart des propriétaires à qui nous avons parlé rentrent le leur au hangar, l'hiver. Pas vous ?

— Comment irais-je au village sans lui ? réplique Angharad comme si cela coulait de source. Je n'ai pas de voiture. Mon voilier est chez Steffan en ce moment, pour réparations, et j'ai dû faire des réserves au cas où il devrait le garder quelques jours.

— Il est abîmé ?

— C'est ma faute. En général, je le mouille sur le lac par mauvais temps, mais, il y a deux ou trois jours, je l'ai laissé amarré à mon ponton et la coque a été endommagée.

— Où était-il le 31 décembre ? questionne Fiona.

— Au mouillage sur le lac. J'ai un petit canot pour le rejoindre que j'attache à sa place.

Par la fenêtre, Leo regarde l'endroit où l'on devine Llyn Drych à travers les arbres.

— A-t-on besoin d'une clé pour démarrer le bateau ? N'importe qui pourrait-il l'emprunter, je veux dire ?

— À condition de savoir naviguer. Je verrouille le rouf – c'est la petite cabine –, mais c'est un voilier modeste, pas un yacht. Il est équipé d'un petit moteur hors-bord dont je me sers rarement.

— Quelqu'un d'autre en a-t-il l'usage ? s'enquiert Fiona.

— Personne.

Angharad semble hésiter à partager une information. Fiona attend.

— Avant Noël, j'ai donné deux ou trois leçons de voile à un gamin de La Rive. Caleb, précise-t-elle avant d'exprimer son agacement d'un claquement de langue et d'ajouter : Je dois me ramollir en vieillissant. J'avais juré de ne jamais mettre les pieds là-bas.

— Alors comment…, l'encourage Fiona quand il devient évident qu'Angharad a fini.

— J'étais sortie pêcher, ce devait être en octobre, quand j'ai vu une nageuse en difficulté. Je l'ai secourue et je l'ai ramenée à La Rive.

— Clemence Northcote, devine Leo, et Angharad acquiesce.

— Elle avait très envie que son fils essaie la voile. Elle m'a fait l'effet d'une de ces mères directives. Je les ai emmenés sur le lac deux ou trois fois, mais ça n'intéressait pas le garçon, de toute évidence. Je l'ai vu plusieurs fois ramasser des champignons dans les champs, près de la ferme de Lowri, poursuit Angharad avec un regard lourd de sens, alors je dirais que ses distractions sont d'un autre genre.

Fiona sait exactement quels champignons poussent à cet endroit.

— D'autres résidents de La Rive sont-ils montés sur votre bateau ? demande Leo.

— Absolument pas. Vous avez fait leur connaissance ? J'ai rarement rencontré des gens aussi désagréables. Cet endroit est pourri jusqu'à la moelle.

— D'après ce que j'ai compris, certains habitants du village étaient opposés à la construction du complexe, remarque Leo.

— Ils l'étaient tous, tu ne crois pas, Fiona ?

— Les gens n'aiment pas le changement, répond la policière, diplomate, bien qu'elle sache qu'Angharad a raison.

Personne à Cwm Coed ne voulait que le complexe sorte de terre.

— Attention à la déshydratation, Fiona Morgan, à force de ne pas vouloir te mouiller, prévient Angharad avec un regard perçant. Tu sais parfaitement ce que les gens pensent de La Rive. *Et* de Rhys Lloyd.

Fiona garde le silence.

— Vous n'aimiez pas Rhys Lloyd ? demande Leo.

— Je n'avais pas d'opinion tranchée…

— Attention à la déshydratation, intervient Fiona à mi-voix.

— … mais je sais qu'il est délibérément allé à l'encontre des volontés de son père. Je ne souhaiterais jamais de mal à un autre être humain, mais je dirais ceci…

Fiona est prise d'un frisson quand Angharad se penche vers elle.

— Les gens sont toujours rattrapés par leur destin.

26

Octobre – Rhys

Cet été, quand Rhys a emmené sa famille à La Rive pour la première fois, Tabby et Felicia ont passé le voyage à finaliser les plans de leurs chambres, à discuter de méthodes de bronzage et à chuchoter à propos des garçons qu'elles risquaient de rencontrer. Yasmin n'a pas cessé de se demander à quoi ressembleraient leurs voisins. Pendant le trajet de quatre heures entre Londres et le nord du pays de Galles, ils débordaient tous d'enthousiasme, d'attrait pour l'inconnu, le soleil tapant sur la voiture jusqu'à ce qu'ils aient l'impression que la chaleur coulait dans leurs veines.

Aujourd'hui, alors que Rhys conduit sa famille à La Rive pour les vacances de la Toussaint, les jumelles boudent sur la banquette arrière. Dès qu'ils traversent la frontière galloise, la bruine brouille le pare-brise et, le temps d'atteindre Cwm Coed, c'est le déluge.

À leur arrivée, les lumières extérieures ne se sont pas allumées et le complexe a l'air franchement hostile. Les lettres en bois géantes à l'entrée ont été de nouveau vandalisées : un P, un U et un T rouges ont été peints à la bombe, si bien qu'on peut lire *La Pute*. Un peu plus haut, les bouches d'égout débordent et un torrent dévale l'allée fraîchement goudronnée pour les accueillir.

— « Venez au pays de Galles », qu'il disait ! lance Tabby, sarcastique. « On va bien s'amuser », qu'il disait !

Les jumelles s'abritent sous l'avancée de toit pendant que Yasmin ouvre la porte et que Rhys rapatrie leurs bagages, un peu plus trempé à chaque aller-retour.

L'intérieur du chalet est glacial et laissé à l'abandon. Le maçon a fichu des traces de boue dans l'escalier et dans les chambres, mais les fenêtres semblent désormais étanches, ce qui est une bonne chose parce que la météo s'annonce pourrie toute la semaine.

Rhys a la poitrine nouée par le stress. Jonty lui a refilé quelques milliers de livres de plus et, cette fois, il les a vraiment dépensées pour La Rive. Une bande de goudron noire et lisse recouvre maintenant l'allée et Rhys est agacé que Bobby Stafford, qui a fait tout un plat des nids-de-poule, ne soit pas là pour voir ça.

En fin d'été, le groupe WhatsApp de La Rive s'est tu, les échanges se limitant au rappel mensuel automatique des frais d'entretien et à un lien vers un article de la presse locale partagé de temps en temps par Clemmie. Cependant, un déluge de messages a précédé les vacances de la Toussaint.

Clemmie Northcote : Voulez-vous que je mette du lait au réfrigérateur ? Caleb et moi serons les premiers à La Rive, je crois ! Bise

Dee Huxley : Chers voisins, je me réjouis de venir passer quelques jours à La Rive. Amicalement, Dee Huxley

Ashleigh Stafford : Moi et Bobby, on passe un mois à la Barbade – pour tourner les scènes en décors naturels de sa série ! Jetez un coup d'œil au hashtag et likez nos posts ;) Bisous

Jonty Charlton : Le technicien aura besoin d'accéder au générateur mardi.

La quinzaine s'annonce lugubre pour Rhys. Les Charlton passent les vacances en Toscane et Rhys préférerait se casser une jambe plutôt que de passer du temps avec Appelez-moi-Clemmie. Il regrette amèrement leur petit arrangement. Jonty lui mettait la pression pour qu'il vende les premiers chalets ; d'après lui, il fallait montrer aux investisseurs que le projet était opérationnel. Clemence Northcote n'était ni la propriétaire créative ou médiatique que Rhys imaginait pour La Rive, ni l'acquéreur plein aux as que Jonty aurait préféré, mais nécessité fait loi, alors…

« Accepte, avait conseillé Jonty. Nous devons vendre cette première tranche de chalets et créer le buzz autour du complexe. »

Mais Clemmie n'avait pas les moyens.

« Si cela lui tient vraiment à cœur, elle trouvera l'argent, avait répondu Jonty avec l'assurance de ceux qui disposent toujours d'une poire pour la soif ou d'une somme à investir dans un projet prometteur. Conclus le contrat, mon vieux ; ou peut-être n'es-tu simplement pas fait pour les affaires ? »

Terrifié à l'idée que Jonty se débrouille pour l'évincer, Rhys avait élaboré un plan. Il avait déjà établi que l'indice de solvabilité de Clemmie ne lui permettait pas de souscrire un emprunt ; et si *Rhys* le contractait pour elle ? Il lui verserait l'argent, elle achèterait le chalet et lui rembourserait la somme par mensualités. Avec un petit extra pour sa peine, bien sûr.

« Vous feriez vraiment ça pour moi ? s'était-elle étonnée quand ils s'étaient rencontrés en personne pour éviter toute trace écrite. Vous ne pouvez pas savoir ce que ça représente pour moi », avait-elle ajouté, émue aux larmes.

Clemmie avait eu son chalet, Rhys sa vente et Jonty n'en avait rien su.

Mais aujourd'hui, c'est Rhys qui a des problèmes d'argent.

Il apporte les dernières valises, qu'il laisse dégouliner sur le sol de l'entrée. Moroses, Yasmin et les jumelles sont avachies sur le canapé, la mine aussi orageuse que la météo prévue cette semaine. Malgré le chauffage à fond, Yasmin frissonne dans sa cape en cachemire.

— Je vais me coucher, déclare-t-elle.

— Moi aussi, renchérit Tabby.

— Et de trois, lance Felicia en se levant.

Il est 21 heures.

Rhys se sert un cognac et se poste près de la baie vitrée pour contempler l'obscurité du lac. Ils auraient peut-être dû attendre le lendemain matin pour faire le trajet. Les filles sont fatiguées, il y avait des bouchons. Il ouvre la fenêtre, grippée par le manque d'usage, et sort sur la terrasse, abrité par le balcon de la chambre.

Yasmin est au téléphone, elle parle à voix basse d'un ton plaintif. Dans le noir, la terrasse disparaît dans l'eau invisible, un désert noir infini. Seul le bruit des vagues se brisant sur les rochers indique à Rhys la présence du lac. Il vide son verre. Ça ira mieux demain.

Si Yasmin et les jumelles étaient grognons la veille, ce n'est rien comparé à ce matin. Tabby et Felicia vont et viennent en traînant des pieds dans le chalet, ouvrent et ferment le réfrigérateur et déclarent qu'elles vont mourir si elles doivent rester là une minute de plus.

Leur mauvaise humeur déteint sur Rhys.

— Celle qui m'a fauché ma brosse est priée de la remettre à sa place ! hurle-t-il. Et à ce sujet : Yasmin, est-il vraiment nécessaire de laisser autant de cheveux dans la douche ? Ils sont là depuis cet été.

— Tu n'as qu'à faire venir la femme de ménage, le rabroue Yasmin. Elle est chez les Stafford : sa voiture est dehors.

— Bobby et Ashleigh ont une douche extérieure dans leur villa de la Barbade, annonce Tabby. Je l'ai vue hier sur Insta.

— On pourrait peut-être écourter les vacances ? propose Yasmin. Un long week-end au lieu de…

— Nous ne sommes pas en *vacances* ! tonne Rhys. Le chalet est notre deuxième maison ! L'idée, ça a toujours été de passer l'année scolaire à Londres et le reste du temps ici.

Comme si Yasmin ne le tannait pas depuis des années pour avoir une résidence secondaire ! Comme si elle ne l'avait pas bassiné avec la baraque des Charlton dans les

Cotswolds jusqu'à ce qu'il soit capable d'en dessiner le foutu plan les yeux fermés !

— Mais regarde, Rhys ! s'exclame Yasmin en se tournant vers le lac.

La pluie cingle les fenêtres et inonde la terrasse plus vite que l'eau ne peut s'évacuer. Le ciel est sombre et cafardeux, le niveau du lac dangereusement haut.

— Il va faire ce temps toute la semaine.

— Le mauvais temps, ça n'existe pas, dit Rhys, sans trop savoir qui il essaie de convaincre. Il suffit de s'habiller correctement. Nous allons nous emmitoufler et une bonne balade va nous revigorer…

— Je *refuse* de sortir dans *ces conditions*, papa. Et tu peux faire quelque chose pour le wifi, *s'il te plaît* ? Il est tellement lent. Beurk ! Je déteste cet endroit.

Tabby monte l'escalier d'un pas lourd, Felicia sur les talons. Yasmin s'affale devant une émission de téléréalité australienne avec son café. Rhys balaie le chalet des yeux. S'il était à Londres, il sortirait peut-être prendre un expresso, mais il n'a aucune envie de siroter du Nescafé dans une tasse ébréchée dans l'unique bistrot de Cwm Coed.

Tous les propriétaires ont reçu des bottes en caoutchouc sur mesure quand ils ont emménagé (petit extra sympa, pensait Rhys, jusqu'à ce qu'il voie la facture) ; il en enfile une paire et attrape son imperméable dans la penderie de l'entrée. Autant aller se balader.

Dès qu'il sort, la pluie s'insinuant aussitôt dans son cou, il remarque une voiture blanche ornée de lettres roses garée devant le chalet désert des Stafford : *C'est Nickel*. Yasmin avait raison. Rhys hésite un instant, puis revient dans l'entrée, ouvre l'armoire à clés près de la porte et prend les passe-partout.

Chez les Stafford, il y a de la musique dans la cuisine. On entend Mia chanter par-dessus le bourdonnement de l'aspirateur et Rhys traverse la petite entrée pour aller se poster sur le seuil de la pièce de vie.

Mia tortille des fesses en chantant et pousse l'aspirateur sous la table. Rhys sourit. L'a-t-elle vu entrer ? se demande-t-il. Sa prestation lui est-elle destinée ? Ses soupçons sont confirmés quand elle pousse un cri de surprise feinte.

Il s'approche d'elle, un sourire aguicheur aux lèvres.

— J'espérais que tu pourrais assurer l'entretien de mon *engin*.

Mia se détourne pour cacher son rougissement et Rhys a une érection. Elle porte un jean, des chaussettes roses assorties à sa tunique aux poches remplies de chiffons.

— Je suis censée faire le ménage. Ashleigh a la phobie des mites.

Rhys est derrière elle maintenant, son souffle sur le cou de Mia, il lui caresse les bras.

— Non, proteste-t-elle doucement, frémissant sous ses doigts.

— Tout va bien, la voie est libre.

Mia gémit. Ils peuvent baiser ici, songe Rhys. Dans la cuisine, devant la vaste étendue d'eau, la pluie cinglant les fenêtres. Puis ils monteront à l'étage et baiseront sur le lit des Stafford, il sait que ça excitera Mia. Il pose une main sur ses seins, remonte et lui caresse le cou, glisse les doigts dans sa bouche pour qu'elle les suce.

— J'ai envie de toi, gémit Mia, gênée par les doigts de Rhys, et bon Dieu, Rhys a envie d'elle aussi mais dehors, sur la terrasse, un mouvement capte son attention. Ils se séparent d'un bond, le cœur de Rhys battant la chamade. Yasmin l'espionne-t-elle ? Ou, ne parlons pas de malheur, l'une des jumelles l'a-t-elle vu avec la femme de ménage ?

— Je dois…

Mia s'éloigne en désignant l'aspirateur. Rhys sait que le charme est rompu et, en outre, la peur ayant eu raison de son érection, sa queue a battu en retraite entre ses jambes.

— À suivre ! lance-t-il avec plus de conviction qu'il n'en ressent vraiment.

Il rentre précipitamment au Cinq où Yasmin n'a pas bougé du canapé, blottie sous une couverture. De la musique lui parvient de l'étage, des bruits de pas résonnent tandis que Tabby et Felicia répètent la dernière chorégraphie TikTok à la mode. Rhys se détend. Il a peut-être vu un oiseau ou l'ombre d'un nuage passer sur la terrasse. Leur secret est bien gardé.

Il pleut sans arrêt pendant trois jours. Alors que, sur plan, il paraissait si spacieux, le chalet est exigu. Les filles passent leurs journées dans leur chambre ; Yasmin se blottit devant le poêle avec la carte bancaire de Rhys et achète des objets de décoration livrés le lendemain, remplissant la minuscule entrée de cartons aplatis et de papier bulle.

— Il faut que je vous montre notre chambre, annonce-t-elle à Glynis, venue déjeuner. Je l'ai complètement relookée.

Rhys, qui prévoyait une petite sieste sur le canapé, se fait harceler pour « aider sa mère à monter à l'étage », bien que Glynis soit en pleine forme et qu'elle gère l'escalier sans problème chez elle. Rhys sait que Yasmin se venge parce qu'il n'a pas remarqué son *relooking* qui, comme il le constate à présent, s'est limité à ajouter de nouveaux coussins et à changer une lampe de place.

— Vous ne trouvez pas que le classeur de Jac est ravissant dans le bureau de Rhys ? demande Yasmin alors qu'ils reviennent sur leurs pas.

— Parfait, répond Glynis en caressant les tiroirs usés.

Rhys escorte sa mère au rez-de-chaussée avant que l'évocation de Tŷ'r Lan ne lui mette la larme à l'œil ; ce n'était qu'une simple cabane où, dans le souvenir de Rhys, ses parents remisaient du matériel de pêche et des meubles qu'ils n'avaient pas la place d'installer chez eux. Un bâtiment sans commune mesure avec La Rive qui, même sous la morne pluie d'octobre, est à couper le souffle.

Les nuages finissent par se dissiper en fin de semaine. Et parce qu'ils sont en vacances et parce que La Rive leur rappelle l'été, les voisins se retrouvent dehors, emmitouflés dans des manteaux, avec des couvertures sur les genoux, mais dehors néanmoins. Ils s'abritent près des chalets, mais le vent est fort et les vagues sont surmontées d'écume. Le lac enfle, les arbres sur la berge semblent pousser directement dans l'eau.

Clemmie, qui traverse le lac à la nage pratiquement tous les jours, sort de chez elle vêtue de sa combinaison de plongée. Si Jonty était là, il ferait de l'humour sur Greenpeace et les baleines, mais Rhys ne dit mot. Elle passe la plupart de ses journées en compagnie de Dee Huxley et plus Rhys évite Dee, mieux il se porte. Elle n'a encore rien révélé à Yasmin, mais Rhys sait qu'au moindre faux pas, elle n'hésitera pas.

Clemmie s'élance étonnamment vite, tête basse et bras fendant l'eau. Les vagues se brisent sur elle, si bien que, par moments, elle est entièrement submergée. Yasmin s'installe avec un livre, les jumelles filent à l'anglaise pour traîner avec Caleb et Rhys balaie la terrasse, prenant plaisir à extirper un tas de vase verte d'entre les lames. À Londres, ils n'ont pas d'espace extérieur digne de ce nom, juste une courette qui ne leur sert qu'à ranger leurs vélos. Il respire l'air propre et frais et pense aux heures qu'il a passées à vagabonder dans les collines autour de Cwm Coed tous les jours de son enfance. En revenant ici, il s'attendait à retrouver cette sensation de liberté, alors pourquoi se sent-il si oppressé ?

Un bruit soudain se fait entendre derrière lui ; Yasmin, qui s'est levée de sa chaise, désigne le lac.

— Clemmie est en difficulté.

Elle se débat dans l'eau, sa tête plongeant sous les vagues, un bras levé au-dessus d'elle. Comme un automate, Rhys prend son téléphone, qu'il fixe, le regard vide. Quel service d'urgence couvre le lac ? Il est sur le point de composer le 112 quand Yasmin lui touche le bras.

— Je crois qu'ils vont l'aider.

Elle désigne un bateau à voiles rouges qui a changé de cap et se dirige droit sur la nageuse. Tout le monde regarde le petit voilier virer de bord et se rapprocher de

Clemmie, qui disparaît et réapparaît au gré des vagues. Le barreur lui jette une bouée de sauvetage et Yasmin bat des mains quand Clemmie l'attrape.

— Dieu merci !

— Dieu merci, renchérit Rhys en pensant à tout l'argent qu'elle lui doit.

Le temps que le bateau rejoigne le complexe, Dee est prête à emmitoufler Clemmie dans son peignoir, Yasmin a préparé une tasse de thé sucré et les jumelles ont sorti leur téléphone.

— C'est complètement déplacé, gronde Yasmin avec un regard noir.

— Non, mais #SauvetageSpectaculaire #LaRive, quand même ! répond Felicia, mais Yasmin reste ferme.

Alors que la sauveuse de Clemmie aide cette dernière à gravir l'échelle jusqu'à la terrasse, Rhys la reconnaît. Angharad a l'âge de Glynis, même si les deux femmes n'ont rien en commun. Le pull qu'elle porte sous sa salopette est tellement reprisé que l'on dirait un patchwork. Elle n'est pas maquillée et un réseau de ridules parcourt son visage. Malgré l'enthousiasme de tous ceux qui l'entourent, elle reste d'un calme qui trouble Rhys.

— Je vais bien, vraiment ! s'écrie Clemmie en claquant des dents si fort qu'elle a du mal à articuler. J'ai eu une crampe. C'est tellement gênant. LE jour où je sors sans ma bouée de sécurité, en plus.

— Joli bateau, remarque Caleb.

Le garçon doit être sarcastique, suppose Rhys jusqu'à ce qu'il le voie contempler le long et fin voilier, l'air presque envieux. Au lieu de la coque en fibre de verre des embarcations modernes, celle de *Tanwen* est en bois, recouvert d'une fine couche de vernis écaillé. Çà et là, certains bordages ont été découpés pour être remplacés et le joint d'étanchéité autour du raccord reste visible. Les voiles rouges, maintenant baissées à l'abri du vent, sont fanées et rapiécées.

— Tu trouves ? demande Angharad en dévisageant Caleb, qui rougit.

— Je n'y connais rien, en fait, marmonne-t-il.

— Si tu comptes vivre près de l'eau, tu devrais t'instruire.

Clemmie reprend lentement des couleurs. Elle se tourne vers Caleb.

— Peut-être que si tu demandes gentiment à Angharad, elle t'apprendra à naviguer.

Rhys et Yasmin échangent un regard. La revoilà : Mme De-quoi-je-me-mêle. Mais Angharad hoche lentement la tête.

— *Ella*. Peut-être. Mais en attendant, il faut vous réchauffer. Votre température va continuer à baisser pendant un moment.

Angharad raccompagne Clemmie chez elle tandis que Yasmin et les jumelles regagnent leur chalet. Rhys sent des picotements sur sa nuque et, en se retournant, il découvre que Dee Huxley l'observe.

— Les lacs sont si dangereux, dit-elle. On croit que l'on a le contrôle et puis…

Elle fait claquer sa canne sur la terrasse.

Rhys frissonne et rejoint sa famille à l'intérieur.

Un paquet de lettres expédiées par Fleur est arrivé et Rhys éprouve un regain d'optimisme pour l'avenir. Il se voit enregistrer un autre album, faire une tournée dans des salles dignes de ce nom au lieu de théâtres de province. Il ouvre les contacts de son téléphone et envoie un SMS à sa nouvelle assistante. J'ai l'équivalent de deux ou trois heures de travail à te confier cette semaine si tu peux les caser dans ton emploi du temps.

Rhys pourrait s'occuper du courrier lui-même (il n'y a pas grand-chose d'autre à faire), mais ça fait un peu minable de lécher une enveloppe dans laquelle vous venez de glisser votre propre photo dédicacée. Ce n'est pas vraiment digne d'une vedette. Quand la carrière de Rhys était à son apogée, il avait une assistante à plein temps qui travaillait dans un bureau de High Holborn. D'abord, c'est le travail qui a disparu, puis le bureau et enfin l'assistante. Le prestige lui manque ; il apprécie que cette fille l'aide, ne serait-ce qu'une poignée d'heures. Débourser quelques livres, ce n'est pas très cher payé pour conserver sa dignité.

Elle vient le lendemain et s'installe dans le bureau de Rhys pour trier le courrier. Elle jette les enveloppes reçues et réunit par un trombone la lettre de chaque participant au concours, l'enveloppe timbrée qui l'accompagne ainsi qu'une photo prête à être signée par Rhys.

— Celle-ci veut une dédicace personnelle.

— Nous ne le faisons pas : c'est stipulé dans les conditions générales.

— Cette femme a un cancer en phase terminale, Rhys, insiste l'assistante en lui tendant une photo et un stylo. Écrivez une gentille dédicace, d'accord ?

Une heure plus tard, Rhys a rédigé des dédicaces sur plus de la moitié des photos : toutes les demandes accompagnées d'un message ou celles visiblement envoyées par un enfant. « Vous pourriez inspirer la prochaine génération de chanteurs », s'entend-il dire dès qu'il se plaint.

— Ça t'inspirerait, toi ? demande-t-il.

Son assistante éclate de rire, se lève et rassemble les lettres à poster.

— Pas vraiment. Je ne sais pas chanter.

Rhys ouvre son portefeuille pour y prendre un billet de dix, puis, sur un coup de tête, lui fourre vingt livres dans la main.

— Tout le monde sait chanter.

Elle le regarde à travers ses cils, délibérément provocante.

— Vous pourriez peut-être m'apprendre, un de ces jours ?

Avant que Rhys ait pu répondre, elle a descendu la moitié des marches.

Il la rattrape à temps pour pouvoir faire preuve de galanterie en lui ouvrant la porte et lui touche brièvement le bras.

— Ce serait un plaisir, murmure-t-il.

Il sent un frisson dans son entrejambe et le met de côté – *la* met de côté – pour une autre fois. Il ne l'a jamais regardée avant, pas comme ça, mais à présent il détaille ses courbes des yeux et se demande à quoi elles ressemblent sans ce jean.

Un utilitaire blanc remonte l'allée et Rhys est sur le point de fermer la porte quand Huw Ellis en sort.

— Alors comme ça, vous avez encore l'usage de vos mains ?

— Quoi ?

— Vous semblez avoir du mal à répondre au téléphone, j'ai décidé de passer vérifier si vous n'étiez pas invalide, explique Huw en s'approchant. Où est mon fric ?

— Je vais vous le donner. C'est juste un peu compliqué. Les comptes offshore, vous comprenez ?

— Je le veux aujourd'hui.

— Je ne peux pas obtenir une telle somme dans la journée, ne soyez pas ridicule.

Huw avance d'un pas, puis d'un autre jusqu'à ce que Rhys sente son after-shave tant il est proche.

— Payez-moi mon dû, Lloyd. N'oubliez pas que j'ai gardé les clés du complexe, rappelle-t-il en laissant son regard errer sur les chalets. Ce serait dommage qu'il lui arrive quelque chose, non ?

Avec un lent sourire, il pose les yeux sur Rhys.

— Ou à vous.

27

6 janvier – Leo

— Mais qu'est-ce qui vous a pris, bordel ? crie Crouch en détachant soigneusement chaque mot.

Leo regarde fixement un point juste à droite de la tête de son supérieur.

— Il y a urgence, capitaine. Yasmin Lloyd est en garde à vue et nous ne pouvons la retenir que quelques heures de plus. Si elle a dissimulé une enveloppe empoisonnée à la ricine dans le courrier de son mari…

— Si ? le reprend Crouch, écarlate, en frappant le bureau. Si, si, si. Putain, Brady, vous êtes censé être enquêteur. Sur quelle preuve vous êtes-vous appuyé pour claquer mon budget d'analyses scientifiques ?

— La légiste a dit…

— Ah, mais ce n'était pas la légiste, pas vrai ? coupe Crouch, de l'écume aux commissures des lèvres. Il se trouve que la technicienne de la police scientifique joue au golf avec Izzy Weaver et elle a vérifié auprès d'elle, après votre appel. Weaver était assez surprise d'entendre que des analyses étaient en cours pour déceler la présence hypothétique de poison dans l'organisme de Lloyd. Savez-vous pourquoi ?

— Non, monsieur.

— Parce qu'elle ne les avait pas *ordonnées* !

Fiona est dans la salle de garde à vue avec Yasmin et Leo est soulagé qu'elle ne soit pas témoin du savon que lui passe Crouch, qui n'a pas l'air prêt à le laisser s'en tirer.

— Elijah Fox a été suspendu.

— Mais il agissait de sa propre initiative !

— Il a volé du matériel à la morgue. Il se trouve qu'il a installé un labo bidon dans son studio pour tester des antidotes à certains poisons. Contamination croisée dans tous les coins, précise Crouch avec un regard noir. Votre théorie d'un empoisonnement à la ricine m'a non seulement coûté des centaines de livres sterling de budget, elle a aussi gaspillé un temps précieux de la garde à vue de Yasmin Lloyd. Maintenant, mettez-la en liberté conditionnelle avant que le temps ne soit complètement écoulé.

— Mais…

— Et que ça saute !

Deux heures plus tard, Leo ne s'est toujours pas remis de l'avoinée de Crouch. Le pire, c'est que Leo *savait* qu'il n'aurait pas dû prendre la théorie d'Elijah pour parole d'Évangile, qu'il aurait d'abord dû consulter Izzy, puis Crouch. Leo voulait prouver à Fiona qu'il n'était pas le bouc émissaire de Crouch. Succès retentissant, songe-t-il en arrivant à La Rive, Fiona sur le siège passager et Yasmin sur la banquette arrière. Aucun d'eux n'a prononcé un mot depuis qu'ils ont quitté le commissariat.

— Que va-t-il se passer maintenant ? demande Yasmin lorsqu'ils se garent devant le complexe.

— Dans trois semaines, quand vous serez convoquée, vous serez inculpée, relâchée ou remise en liberté conditionnelle, explique Fiona. En attendant, ne parlez de l'affaire à personne.

Yasmin acquiesce et descend de la voiture en lançant un coup d'œil aux chalets pour voir si quelqu'un l'observe. Elle a des cernes noirs sous les yeux et l'odeur envahissante de la garde à vue l'accompagne chez elle.

Leo recule sur une place réservée aux visiteurs pour faire demi-tour.

— À l'heure qu'il est, je ne sais pas si je suis plus nul en tant que policier ou en tant que père, maugrée-t-il, à moitié à l'intention de Fiona.

— Qu'est-ce que tu vas faire ?

— Acheter un plat à emporter, me soûler et réfléchir à une réorientation professionnelle.

— À propos de ton fils, précise Fiona à voix basse.

Leo s'éloigne lentement de La Rive.

— Si j'intente un procès à Allie, finit-il par dire, elle appellera les services sociaux.

Fiona se tait. Leo s'attendait à ce qu'elle se paie sa tête à sa sortie du bureau de Crouch, mais elle n'a pas fait de commentaire et il trouve sa compagnie silencieuse rassurante.

— J'ai repéré un type qui s'était échappé de sa garde à vue. Un pédophile. Il était à côté d'une école, alors j'ai appelé le central et j'ai attendu. Comme il était tard, environ 17 heures, je me suis dit qu'il n'y aurait pas d'enfants dans les parages, sauf qu'il devait y avoir des activités périscolaires après les cours. Un petit groupe de filles est sorti et l'une d'elles est rentrée chez elle toute seule. Elle devait avoir dix ou onze ans. Tackley a immédiatement commencé à la suivre.

Leo tourne à gauche pour sortir du complexe et reprendre la direction du Cheshire.

— Je ne pouvais pas l'abandonner. J'ai dit à Harris de rester dans la voiture, que je revenais tout de suite, et j'ai suivi Tackley. J'avais mon talkie-walkie et je tenais le central au courant ; je croyais que cela ne prendrait que quelques minutes et que les renforts arriveraient. Mais le type m'a vu et je ne sais pas s'il a compris que j'étais flic, mais il a détalé.

— Et tu lui as couru après.

— Il a continué pendant des kilomètres. C'est l'impression que j'ai eue, en tout cas. Et tu sais le pire dans tout ça ? demande Leo, qui pousse un brusque soupir. Je ne pensais même pas à mon fils, à ce moment-là. Je n'avais qu'une idée en tête : interpeller Tackley et le mettre en taule, là où est sa place.

— « Son geste courageux et altruiste, alors qu'il n'était pas en service », récite Fiona, se souvenant du certificat affiché sur le mur du couloir de la brigade criminelle. C'est pour ça que tu as obtenu ta citation.

— J'ai mis plus d'une heure à revenir à ma voiture. Allie a appelé mon portable pour voir où nous étions et Harris a répondu. Il était terrifié : il faisait noir et il ne savait pas où j'étais. La voiture était verrouillée. Allie avait pris l'habitude d'enregistrer nos conversations téléphoniques après que je m'étais mis en colère contre elle, une fois. Je n'en suis pas fier, mais je venais de découvrir qu'elle m'avait trompé, alors… Bref, elle a enregistré tout ça et a menacé d'appeler les services sociaux.

— Et elle continue de te menacer depuis.

— Je ne suis autorisé à le voir qu'environ une heure d'affilée maintenant, raconte Leo avec amertume. Et il ne peut jamais dormir chez moi parce que « l'appartement est indigne », ajoute-t-il avec un rire creux. Difficile de contester ce point, je suppose : je déteste cet endroit.

— Ça ressemble un peu…, hésite Fiona. À un appart d'étudiant.

— Dit la fille qui vit encore chez sa maman, rétorque Leo avec un sourire ironique.

— C'est temporaire.

— C'est ce qu'on dit toujours, quand on se sépare. Trois ans plus tard, on habite encore à côté d'une femme qui fait brûler de la sauge devant sa porte pour éloigner les mauvais esprits.

— Oh, mon Dieu ! Je me demandais d'où venait cette odeur !

— Tu ne croyais quand même pas que j'y étais pour quelque chose ?

— J'étais plus préoccupée par la disparition de mon soutien-gorge, franchement.

Leo s'éclaircit la voix.

— Euh, je l'ai trouvé dans la cuisine. Je ne savais pas trop quoi en faire. Je me disais que tu serais gênée si je te le rendais.

— Tu sais le prix que ça coûte ?

— Pigé. Je te le rapporte demain.

— Tu as arrêté un dangereux prédateur, reprend Fiona à voix basse. C'est formidable ce que tu as fait.

— J'ai mis mon fils en danger.

— Il a été secoué, c'est tout. Il n'y a pas mort d'homme, dit Fiona en lui touchant le bras. Bifurque ici.

— Où va-t-on ?

— Je t'emmène chez moi, je vais te présenter ma mère.

28

Fin août – Rhys

La chaleur est insupportable, en ce mois d'août ; il fait lourd, il n'y a pas le moindre souffle d'air.

Léthargique et fébrile à la fois, Rhys est posté au bord de la terrasse et voit son reflet le dévisager dans l'eau lisse comme du verre. En entendant le rire de Dee Huxley, il sent un malaise familier s'installer dans sa poitrine. Sa présence – le pouvoir qu'elle a sur lui – ressemble à une épée de Damoclès suspendue au-dessus de sa tête.

Il consulte son téléphone, cherche les publications #VieÀLaRive et signale de potentielles opportunités à l'équipe de relations publiques. Il bascule sur Twitter, incapable de résister à l'envie de vérifier si on parle de lui, même si l'idée l'oppresse. Pas de nouveau tweet, outre le charmant message on ne peut plus direct reçu hier.

CONNARD.

Plus près des chalets, Yasmin et Blythe échangent des potins. Jonty, posé au bout de la chaise longue de sa femme, caresse sa jambe bronzée d'une main distraite. Il se lève et s'approche de Rhys, le saluant d'une tape sur l'épaule qui colle le polo de Rhys à sa peau.

Jonty l'entraîne jusqu'à deux transats isolés des autres et tournés vers le lac.

— Les filles parlent bébé, indique-t-il avec une grimace.

— Vous n'allez pas en avoir un autre, si ?

— Seigneur, non ! Je me suis fait faire une vasectomie à la seconde où on est rentrés de la maternité avec Hester. Je vais pas me refaire avoir.

Il s'esclaffe, trinque avec Rhys et s'installe sur une des chaises avec sa bière.

— J'ai reçu un appel de ton maçon, aujourd'hui.

Rhys avale lentement une gorgée de bière.

— J'ai tenu quatre mois avant de passer au lait maternisé pour pouvoir dormir un peu, dit Yasmin derrière eux.

— Huw Ellis ? Qu'est-ce qu'il voulait ?

— Toi, répond Jonty dont le regard transperce Rhys. Mais apparemment, tu ne réponds pas, alors quelqu'un au bureau lui a donné mon numéro.

— Dormir ? lance Blythe avec un rire creux. Rappelle-moi ce que ça veut dire ? Si Woody n'est pas réveillé, c'est Hester... Je te jure qu'ils se concertent. Je suis épuisée.

— Tabby était un ange, répond Yasmin. Mais Felicia !

— Je suis censé être bailleur de fonds, mon vieux, pas contremaître. Qu'est-ce qui se passe ?

— Il a besoin d'être payé, explique Rhys, presque soulagé de l'avouer. Il n'y a pas assez d'argent sur le compte professionnel.

Jonty fronce les sourcils.

— Nous avons eu ce problème avec l'électricité, tu te rappelles ? Et cette foutue pluie a rallongé les délais, alors…

Rhys continue, sachant que Jonty ne tardera pas à décrocher, barbé par les menus détails.

— Combien tu lui dois ?

— *Nous* lui devons trente mille livres.

Jonty tressaille. Il contemple le lac, les muscles du visage crispés par la tension, puis prend son téléphone.

— Trente ? répète-t-il en pianotant sur l'écran. Je te fais un virement. Demande au bureau de s'occuper de la paperasse demain matin. Par contre, c'est fini, mon vieux : je n'ai plus de marge de manœuvre.

— Bien sûr, dit Rhys, libéré d'un poids énorme. J'apprécie beaucoup.

— Quant au sexe, c'est même pas la peine d'y penser ! ajoute Blythe, et les deux femmes rient aux éclats.

— Les gamins ne dorment pas ? demande Rhys, qui ferait n'importe quoi pour changer de sujet.

— Une paire d'emmerdeurs. Pire que des nouveau-nés.

Ivre de soulagement à l'idée que ses problèmes d'argent soient (temporairement) résolus, Rhys lève sa bouteille pour trinquer à sa propre gloire.

— Mon ami, tu t'adresses à l'homme de la situation. On me surnomme Celui qui murmure à l'oreille des bébés.

Plus tard, Rhys appelle Fleur Brockman, son agent.

— Comment ça se passe, à La Rive ? demande-t-elle.

— C'est fabuleux : tu devrais venir nous rendre visite.

Il fait une chaleur torride dans le bureau de Rhys. Il traverse jusqu'à la chambre pour aller ouvrir les portes-fenêtres, sort sur le balcon et s'appuie au garde-corps. Une fine tringle métallique est fixée à un panneau de verre, ce qui permet d'avoir une vue dégagée du lac depuis la chambre parentale. Il y a un espace sous la partie vitrée.

Blythe a pété les plombs en voyant ça.

« Les enfants risquent de glisser dessous !

— Ne les laisse pas monter sur le balcon, alors », a répondu Rhys comme si cela allait de soi.

Sur la terrasse, les jumelles se lèvent de leurs chaises longues et prennent les énormes flamants roses gonflables qu'elles ont exigé d'avoir. Yasmin et Blythe sont rentrées.

— Mon chou, dit Fleur, tu sais que je ne peux pas être à plus de vingt mètres d'un restaurant Prêt à Manger. Écoute, l'agence de branding m'a encore relancée pour savoir quand elle pouvait espérer recevoir le solde, pour la campagne publicitaire.

— Aujourd'hui, indique Rhys en regardant Jonty regagner sa terrasse. Je vais payer tout de suite.

La sueur perle sur son front. Il n'a jamais fait aussi chaud à Cwm Coed. Bobby Stafford zigzague sur le lac avec le jet-ski loué à Steffan Edwards. Le torse nu et rosé sous l'effet du soleil, il porte un ample short rouge.

— Génial.

Un bruissement se fait entendre au bout du fil. Fleur a dû rayer cette tâche de sa liste.

— Les livrables sont magnifiques.

Elle ne va pas dire le contraire vu que c'était son idée d'engager l'agence la plus chère. Le jet-ski de Bobby décrit une boucle devant La Rive, projetant une gerbe d'eau, avant de repartir sur le lac.

C'est à l'occasion d'un déjeuner, peu après Noël, alors que le rôle de juge dans une émission de télé-crochet venait d'échapper à Rhys, que Fleur et lui ont concocté l'idée.

« Mon chou, je déteste être brutale », avait-elle commencé, ce qui n'augurait rien de bon.

Pour faire court : Rhys stagnait. Les seules auditions en perspective étaient pour le traditionnel spectacle de Noël ; les seuls revenus engrangés cette année-là provenaient de publicités. À moins de prendre des mesures drastiques, il était fini. Mais Fleur avait une idée…

Après avoir passé des semaines à regarder les présentations d'agences de relations publiques, ils avaient choisi une campagne innovante que l'agence de branding appelait #LoveLloyd. Pour le prix d'une enveloppe timbrée, les fans recevaient une photo dédicacée de Rhys qu'ils étaient encouragés à partager sur les réseaux sociaux pour avoir la chance de remporter certains prix. La presse nationale avait relayé le lancement de la campagne ; les journaux régionaux des quatre coins du pays montraient les gagnants enthousiastes. Cette campagne avait permis de renforcer la présence de Rhys sur Internet et de stimuler les ventes de son dernier album. Rhys Lloyd était sur le point de renaître.

— C'est la ruée, mon chou. Je viens de t'en envoyer une autre fournée aujourd'hui.

— Je suis censé être en vacances, pas remplir des enveloppes.

— Embauche une assistante.

— Je n'en ai pas les moyens, rétorque Rhys en serrant les dents. Peut-être que si tu me trouvais une audition potable…

— Je dois filer, mon chou. Ça m'a fait plaisir de te parler !

Elle a raccroché.

Rhys reste sur le balcon un moment, luttant contre la terreur qui le glace. Il commence les exercices de respiration qu'il pratique toujours avant de chanter et son pouls revient lentement à la normale. Il n'y a qu'une manière de s'en sortir : il va devoir payer l'agence de branding avec l'argent de Jonty. La campagne sera couronnée de succès, ce qui veut dire que Fleur lui trouvera un travail digne de ce nom et qu'il négociera une avance conséquente grâce à laquelle il réglera la facture de Huw Ellis. Tout va bien se passer.

Rhys fixe l'extrémité du lac, vers le mont Pen y Ddraig. Bobby a disparu dans une crique à quelques centaines de mètres et n'a pas réapparu. Le jet-ski est-il tombé en panne ? Le commerce de Steffan est à genoux : Rhys ne serait pas surpris qu'il rogne sur la qualité.

— Chante-nous quelque chose ! lance Jonty depuis sa terrasse, une bouteille de bière à la main.

— Oh, oui, allez-y ! supplie Clemmie en levant les yeux de son livre.

Dynamisé par ses perspectives, Rhys entonne un

couplet de *One Day More*, la chanson des *Misérables*. Il imagine sa voix riche et chaleureuse porter dans l'air immobile, sur l'eau, traverser le village qu'il a eu tant hâte de quitter. Il s'imagine se produire soir après soir au Sondheim Theatre sous les applaudissements enthousiastes. Une *standing ovation*. Il ferme les yeux, laisse la dernière note mourir avant de remercier son public d'un discret hochement de tête.

La sonnette retentit alors que Rhys descend l'escalier.

— Courrier pour toi.

Ceri lui tend une épaisse enveloppe matelassée dont l'étiquette d'expédition porte le nom de son agence artistique. Elle ne le regarde pas directement, détournant les yeux vers son fourgon. Elle a toujours été bizarre, même gamine.

— Encore des autographes, c'est ça ?

— Le prix de la gloire, répond Rhys avec un rire plein d'autodérision.

En arrivant sur la terrasse des Charlton, il est accueilli par quelques applaudissements.

— Quelle voix ! s'écrie Blythe.

— *Anhygoel*, Rhys ! s'exclame Clemmie, la seule à lui faire une ovation, ce qui exacerbe son manque de confiance en lui.

Dee lève son verre vers lui avec un sourire qui n'atteint pas ses yeux.

— Pas mal, monsieur Lloyd.

Le jet-ski de Bobby a disparu, mais le bateau à moteur de Steffan traverse le lac, un petit canot dans son sillage. Il lève le bras pour saluer Rhys.

Les jumelles, qui ont adopté leur position habituelle, bras et jambes traînant élégamment dans l'eau, discutent paresseusement avec Caleb et une fille du village. Rhys l'a vue accompagner Caleb, ces deux dernières semaines. Avec un peu de chance, le garçon s'en prendra à elle à partir de maintenant, au lieu de saliver devant les jumelles. Contrairement à Tabby et Felicia, qui changent de bikini aussi souvent que les mannequins d'un défilé, l'adolescente porte le même short et le même tee-shirt que d'habitude. Ni bijoux ni maquillage. On la prendrait pour un garçon sans sa touffe de cheveux roux, couleur feuillage d'automne.

— Elles se ressemblent comme deux gouttes d'eau, observe Dee, qui se poste derrière Rhys et le fait sursauter. Vous ne trouvez pas ?

Rhys regarde ses filles, en principe identiques et pourtant si différentes à ses yeux.

— Si vous le dites, répond-il avec grossièreté.

— Et aussi belles l'une que l'autre, renchérit Clemmie.

— Quelle chance vous avez, reprend Dee, et Rhys se demande comment il est possible qu'il soit le seul à percevoir son ton tranchant.

Il regagne sa terrasse sous prétexte d'aider Steffan, qui a éteint le moteur de son bateau et le laisse glisser sur son erre jusqu'au ponton.

En traversant la terrasse des Stafford, Rhys entend la voix forte d'Ashleigh flotter de la cuisine.

— Franchement, bébé, c'est le trou du cul du monde. J'en peux plus. Ça vaut pas le coup.

Ce n'est pas une grande perte. Ashleigh Stafford est

agréable à regarder, mais sa voix le transperce et elle est trop prompte à débiner La Rive. La semaine dernière, elle s'est plainte sur Twitter de l'absence de jacuzzi, publiant le hashtag #LaRivePourrie. Bobby l'a forcée à l'effacer, mais les captures d'écran ont fait le tour d'Internet.

Rhys descend l'échelle vers le ponton qui sépare son chalet de celui des Stafford et devant lequel Steffan est posté, debout au centre du bateau, aussi à l'aise que sur la terre ferme. Il lance l'amarre à Rhys, qui l'attrape et tire l'embarcation jusqu'à lui en plissant les yeux, ébloui par le soleil.

Steffan a le visage et les bras tannés.

— Je viens de finir de réparer ce canot. Je me demandais s'il ferait plaisir à tes filles.

Le canot n'a rien de sophistiqué, mais il permettra aux gamins de s'amuser. Tabby harcèle Rhys pour qu'il en loue un depuis que La Rive a ouvert, mais un regard à la liste de prix de Steff et il a mis le holà.

— Oh, s'il te plaît, papa !

Felicia a ramé jusqu'au ponton sur son flamant rose. Derrière elle, la jeune rouquine et Caleb plongent pour attraper des galets.

— Ce serait merveilleux d'avoir un bateau, intervient Yasmin. J'ai repéré des coussins qui seront tout simplement ravissants dedans.

La décision est prise, on dirait.

— Combien en veux-tu, Steff ? demande Rhys.

— Rien. Il est à toi.

Rhys n'est pas du genre à faire la fine bouche quand on lui offre un cadeau.

— Chapeau, Steff, c'est très généreux de ta part.

Steffan hésite, puis tire une brochure de sa poche et la défroisse.

— Le produit fini sera imprimé sur papier glacé bien sûr, avec des photos de meilleure qualité.

La brochure est une feuille format A4 pliée en trois. Sur la première page, on peut lire : *Location de bateaux et de matériel de sports nautiques réservée aux habitants de La Rive.*

Rhys l'examine.

— D'ici le printemps, il y aura vingt chalets de plus, c'est ça ? Je peux offrir à tes propriétaires dix pour cent de réduction sur les locations et j'ai parlé – à Blythe, je crois – de paddle yoga. On peut tout à fait se mettre d'accord sur un prix correct pour cette activité. Maintenant, regarde là…, indique Steffan en prenant la brochure de la main de Rhys pour la retourner. Les habitants de La Rive peuvent choisir un cours gratuit quand ils récupèrent les clés de leur chalet. Planche à voile, paddle, voile… ce qu'ils veulent. Tu vois ?

— Je vois. Génial ! Merci pour le canot.

— C'est rien.

— Bon boulot.

— J'apprécie, Rhys.

Steffan agrippe le haut de son bras pour lui donner une accolade maladroite.

— Entre nous, ça a été un peu difficile ces derniers temps. Dès que La Rive sera ouverte à l'année, dès que le reste du complexe sera achevé, ce sera…

Il s'interrompt un instant, comme s'il avait besoin de se calmer.

— Eh bien, ça va sauver mon commerce, mon pote.

Tabby et Felicia, qui ont abandonné leurs flamants roses pour s'entasser dans le canot, tournent en rond, ramant dans deux directions contraires. Steffan démarre son moteur et file vers son hangar tandis que Rhys remonte sur la terrasse, déjà retourné à ses plans de carrière.

La tranquillité des lieux est brisée par le rugissement du jet-ski de Bobby qui slalome au centre du lac, un panache d'eau dans son sillage. Où diable était passé Bobby Stafford pendant – Rhys consulte sa montre – près d'une heure ?

À l'approche du complexe, Bobby coupe le moteur et dérive vers le ponton séparant son chalet de celui de Clemmie, avant de sauter du jet-ski et de l'amarrer. Le torse luisant de gouttes d'eau, il a un côté James Bond exaspérant quand il grimpe l'échelle et apparaît sur la terrasse. Clemmie a rougi et même Dee l'observe par-dessus ses lunettes de soleil.

Ashleigh sort du chalet en bikini blanc, chaussée d'escarpins à talons de quinze centimètres. Elle traverse la terrasse à grandes enjambées, enlace son mari et l'attire à elle pour l'embrasser.

— Olé olé ! s'écrie Jonty.

— Un peu de tenue, vous deux ! protestent en chœur Tabby et Felicia.

Bobby et Ashleigh focalisent toute l'attention, mais quand Rhys se détourne pour jeter un coup d'œil sur la berge, au loin, il distingue une voiture sur la route qui traverse la forêt. Il n'y aurait accordé aucune importance s'il n'avait vu la tête qu'a faite Bobby quand celui-ci a compris ce que Rhys observait. Bobby se rembrunit et « le frimeur, copain avec tout le monde, le mec en or » n'est plus aussi amical, finalement.

Rhys s'avance jusqu'à l'angle de la terrasse sans perdre de vue l'espace entre les arbres où il sait qu'il pourra apercevoir la voiture une dernière fois, avant que les méandres de la route ne la dérobent aux regards. Un instant plus tard, ça y est : la Fiat blanche de Mia, ornée de lettres roses promouvant son service d'aide ménagère *C'est Nickel*, s'éloigne de la crique dans laquelle Bobby a disparu.

— Papa, tu me donnes un peu d'argent ? On va ramer jusqu'au village pour acheter des glaces, crie Tabby depuis le canot, désormais occupé par les quatre adolescents.

— Qu'est-ce que tu as fait du billet de dix que je t'ai donné en début de semaine ? répond Rhys, distrait par ce qu'il vient de voir.

— On l'a dépensé, rétorque Felicia comme une évidence.

— Je ne vais pas vous filer du fric chaque fois que vous le réclamez. Si vous voulez de l'argent, il va falloir le gagner, explique Rhys en repensant à la suggestion de Fleur. J'ai des tâches administratives à vous confier.

— Je peux pas, je suis occupée, répond instantanément Felicia.

— Moi non plus, renchérit Tabby.

— Pourquoi pas ?

— Parce que je n'en ai pas envie.

— Moi, je vais le faire, répond la fille rousse.

— Seren ! s'écrie Tabby en la poussant. Tu ne peux pas travailler pour papa.

— Pourquoi pas ? Six livres de l'heure, exige-t-elle, le regard fixé sur Rhys, qui éclate de rire face à tant d'audace.

— Je t'en donne trois.

— Le salaire minimum est à quatre livres soixante-deux.

— Quatre ou je le fais moi-même, annonce Rhys, refusant de céder face à une adolescente.

Un ange passe, puis elle hoche la tête.

— Marché conclu.

29

6 janvier – Leo

C'est sans broncher qu'Elen Morgan voit sa fille rappliquer en compagnie de Leo. Son expression ne change pas non plus quand Fiona lui explique (sans se rendre compte de l'embarras de Leo) que l'appartement de son collègue a bien besoin d'un relooking.

— Ce n'est vraiment pas si…, commence-t-il.

— Une touche féminine, tu veux dire ? demande Elen.

— Mam, on n'est plus dans les années 1950.

— J'ai juste besoin de…, réessaie Leo.

— Ce lit d'enfant, poursuit Fiona. Celui de Seren.

— Il est dans la grange. Il faudra le nettoyer.

— C'est pas grave, il peut le faire.

Pris en tenaille entre les Morgan mère et fille, Leo n'est pas de taille. Elen arpente déjà la maison à grandes enjambées et sort des objets de ses placards. Leo est bientôt en possession de Lego, d'un carton plein de petites voitures, d'une housse de couette Spiderman et d'un tas de déguisements.

— Seren adorait ce chapeau de pirate, tu te souviens ? Elle l'a porté pour aller dormir pendant six mois d'affilée.

— Vous êtes très aimable, madame Morgan.

— Balivernes. Mieux vaut que cela serve plutôt que de traîner par ici.

De retour chez lui, Leo décharge sa voiture. Chez les Morgan, il trouvait l'enthousiasme de Fiona et le pragmatisme terre à terre d'Elen contagieux. Il s'imaginait décorer la chambre-débarras pour que, au moins, Allie ne puisse pas lui reprocher de ne pas disposer d'une chambre convenable pour Harris. Maintenant qu'il est rentré, cela lui semble vain.

Il s'affale devant son ordinateur portable, le curseur en suspens au-dessus du dossier Lloyd. L'odeur des herbes de la voisine qui s'infiltre sous la porte d'entrée lui donne mal à la tête.

Par où commencer ? L'enquête part dans tous les sens. Rhys Lloyd est mort depuis une semaine et ils ont toujours l'impression de tâtonner dans le noir. La théorie de l'empoisonnement à la ricine d'Elijah est un fiasco. Le trophée utilisé pour agresser Rhys n'a toujours pas été retrouvé, le drone du copain de Fiona s'étant révélé incapable de détecter quoi que ce soit dans les sombres profondeurs du Mirror Lake. À l'heure où Rhys était assassiné, Yasmin frimait au piano et Jonty Charlton descendait le tas de coke d'Ashleigh Stafford.

Devraient-ils s'intéresser de plus près à Caleb Northcote ? Angharad a affirmé qu'apprendre à naviguer ne l'intéressait pas, mais il aurait pu faire semblant.

Il affiche la déposition du gamin et la relit. Pourquoi Caleb aurait-il souhaité la mort de Rhys ?

L'odeur venue d'à côté est intense et écœurante. Leo presse la base de ses paumes sur ses yeux. Peut-on devenir fou à cause d'une odeur ?

Il se lève.

La porte de la voisine est turquoise. Une guirlande de plumes court de haut en bas et un autocollant manuscrit sur la sonnette indique *Katchen Grint*. Le paillasson est flanqué de boîtes de conserve dont le contenu se consume.

Leo sonne. En trois ans, il n'a vu sa voisine qu'en de rares occasions, lorsqu'il l'a croisée en vitesse dans l'escalier, chargée d'un sac de courses. La porte s'ouvre et elle le regarde avec méfiance.

— Vos herbes..., commence Leo, mais la fumée lui pique la gorge et il se met à tousser.

— Vous en voulez ? J'en vends.

— Non, je...

— J'ai de la sauge purifiante ; du genièvre pour la santé...

— Je ne les aime pas, avoue Leo. Je trouve l'odeur vraiment... (Il plisse le nez au lieu de la décrire.) Désolé, ajoute-t-il.

— Oh ! s'exclame la femme d'une soixantaine d'années au visage ridé, mais aux traits doux. Le locataire avant vous n'était jamais là, alors...

Elle se baisse et se sert des manches de son pull comme maniques pour ramasser les boîtes de conserve fumantes.

— Je vais les rentrer.

C'est aussi simple que ça, pense Leo. Pourquoi ne le lui a-t-il pas demandé trois ans plus tôt ?

De retour chez lui, il se poste un moment sur le seuil de la deuxième chambre. Ça ne coûte rien de tenter de rendre l'endroit un peu plus agréable, et autant monter le lit d'enfant que la mère de Fiona a eu la gentillesse de lui prêter.

À 20 heures, on ne peut pas dire que la chambre soit transformée mais, au moins, il y a du progrès. Une couche de peinture et une commode et il aura fini. Leo s'assoit sur le petit lit et imagine lire une histoire à son fils avant qu'il ne s'endorme. Il imagine passer le week-end avec Harris, décorer le sapin à Noël prochain.

Il ouvre son ordinateur portable pour la deuxième fois. Il y a un an de cela, il a trouvé une avocate spécialisée dans le droit de garde. Il était trop stressé pour aller plus loin, ne sachant pas trop à quelles obligations étaient tenus les spécialistes du droit de la famille. Si Leo lui parlait franchement et avouait avoir laissé Harris seul dans une voiture verrouillée, l'avocate serait-elle obligée de le signaler aux services sociaux ?

Il rédige un e-mail. *Je voudrais prendre rendez-vous pour discuter de la décision qu'a prise mon ex-femme de déménager à l'étranger avec mon fils*. Il ne peut plus vivre comme ça. Il est le père de Harris et a le droit de faire partie de sa vie. Après avoir envoyé le message, il va se chercher une bière. Les données du téléphone de Lloyd sont arrivées et il a prévu de passer le reste de la soirée à les consulter.

La localisation a confirmé que Lloyd – ou du moins son téléphone – est resté dans un rayon de cinquante mètres autour de La Rive le 31 décembre, ce qui concorde avec les déclarations de Yasmin et des jumelles.

On dispose des données d'appels et de messagerie pour les vingt-huit jours précédant le meurtre et les analystes ont déjà identifié et tracé les numéros les plus fréquemment composés. L'agent de Lloyd figure souvent parmi les appels entrants, ainsi que Yasmin, les jumelles – Tabby plus que Felicia – et Jonty Charlton. Le 29 décembre, le même numéro a appelé Lloyd dix-sept fois ; les lignes correspondantes sont soulignées en bleu et annotées : *Huw Ellis*. Il y a des pages et des pages de SMS récupérés sur le compte iCloud de Lloyd, dont ceux de plus en plus menaçants d'Ellis, exigeant que Rhys lui paie son dû.

Leo passe les SMS en revue. Les jumelles en ont beaucoup envoyé pour réclamer de l'argent ou **On peut avoir des frites ce soir ? Maman est d'accord.** Le 31 décembre, Lloyd a échangé plusieurs messages coup sur coup avec quelqu'un à propos du code vestimentaire en vigueur au réveillon. **Elle est un peu courte**, dit le SMS envoyé par un numéro inconnu. **Mets la robe**, a répondu Lloyd. Le numéro ne figure pas dans la liste d'appels téléphoniques reçus et envoyés par Rhys.

En fait, Lloyd ne passait presque aucun appel depuis son téléphone et Leo continue ses vérifications, convaincu de pouvoir mener ce travail à bien ce soir, au moins. C'est alors qu'il tombe sur un numéro que Lloyd a contacté vers midi, le 31 décembre. Leo n'a pas une très bonne mémoire des chiffres (il déteste les parc-mètres exigeant qu'il compose le numéro de sa plaque d'immatriculation), mais celui-ci lui rappelle quelque chose. Il déverrouille son téléphone et fait défiler ses contacts, souhaitant se tromper tout en sachant qu'il a raison. Il s'interrompt et regarde fixement l'écran.

Le numéro que Rhys Lloyd a appelé ce jour-là est celui de Fiona.

30

Mi-août – Seren

Seren bronze, c'est clair, même si, pour bronzer, on ne fait pas pire endroit au monde que Cwm Coed. Il pleut, allez, trois cents jours par an et même en été, quand c'est la canicule comme en ce moment et qu'on descend au lac, les plages sont toutes à l'ombre. Et en plus, elle est rousse, avec une carnation qui lui donne l'air d'un cadavre. Sauf quand elle va courir et qu'elle devient carrément cramoisie.

Mais ses bras sont un peu plus hâlés qu'en début d'été. Elle a trouvé un coin pour se faire bronzer, de l'autre côté de Llyn Drych, là où on a arraché des arbres afin de préparer le terrain pour d'autres chalets, et elle a pris le soleil chaque fois qu'elle a pu. Il faut regarder les choses en face : il n'y a rien d'autre à foutre. La plupart de ses « amis », si on peut les appeler comme ça, sont partis, et Fiona travaille tout le temps. Seren a hâte de fêter son anniversaire pour pouvoir apprendre à conduire et ficher le camp d'ici. Elle ne comprend pas comment sa sœur peut supporter cet endroit. La seule chose qui pousse

Seren à faire un effort au lycée (et elle sait que c'est pas cool de se vanter, mais elle a des notes de folie), c'est la perspective de trouver un boulot très loin de Cwm Coed.

C'est vachement plus joli de ce côté. Les gens vont toujours en face, près de la jetée où se trouvent les toilettes et la fourgonnette de la vendeuse de boissons fraîches, mais, par ici, on peut nager dans des criques ombragées sans jamais voir personne.

Elle entend des rires en provenance du lac. Seren n'y voit rien à travers la végétation, mais elle sait que ce sont les jumelles. Sans pouvoir les distinguer, elle sait qu'elles s'appellent Tabby et Felicia parce qu'elles s'interpellent en criant dès qu'elles s'éclaboussent.

Felicia et Tabby. Franchement. Et les gens disent que les noms gallois sont bizarres.

Seren enfile son haut par-dessus son bikini et contourne le complexe en traversant le bosquet d'arbres pour ressortir plus loin. Elle est venue à La Rive tous les jours depuis l'ouverture.

Pour observer.

On se croirait sur Instagram. Il y a cinq chalets et, en ce moment, toutes les baies donnant sur les terrasses sont ouvertes. Sur l'une des plus proches de Seren, une séance de yoga est en cours : la prof se tient face au chalet et les deux élèves face au lac. L'une d'elles est super mince et souple comme du chewing-gum, genre, et l'autre, c'est Clemmie. Seren comprend peu à peu qui est qui. Clemmie est là depuis cinq minutes et elle connaît déjà plus de monde à Cwm Coed que Seren. Elle essaie de lancer un club de lecture et nage dans le lac tous les jours. Mam dit qu'elle est « liante ».

Elle les étudie un moment. Clemmie n'est pas souple. Seren compatit. Quand ils ont fait du yoga en EPS, elle a passé tout le cours à se retenir de péter.

Bon sang, ce qu'il fait chaud ! Elle regarde avec envie l'eau bleue transparente du lac. Il est d'un calme plat et elle sent presque la fraîcheur sur sa peau. Llyn Drych est toujours glacial. Il pourrait faire trente degrés qu'y entrer vous couperait encore le souffle. Il faut se forcer à rester immergé, continuer à nager jusqu'à ce que vos bras et vos jambes picotent et puis, comme par magie, on commence à avoir chaud. Quand Seren était petite, mam disait que c'était le *draig*, le dragon, qui soufflait des flammes depuis le sommet de la montagne, et Fiona rugissait et pourchassait Seren dans l'eau. Elle trouvait que Fiona était la grande sœur la plus cool du monde. Et elle continue à le penser, franchement, même si elle ne l'avouerait jamais.

Rhys Lloyd chante. Seren suppose que c'est lui, du moins, parce que, qui d'autre serait assez gonflé pour chanter *Calon Lân* à tue-tête en dehors d'un stade de rugby ? Ce type est un dieu dans le coin. Au lycée, le couloir du département de musique est carrément tapissé de photos de lui.

Waouh ! Les cheveux de Seren se dressent sur sa nuque. Est-ce que les jumelles le dérangent à se hurler dessus sur leurs énormes flamants roses ? se demande-t-elle. Elles ne quittent pas ces trucs ou leurs chaises longues. Seren ne les a jamais vues *dans* l'eau et, comme elles se sont lissé les cheveux et maquillées, elle sait qu'elles n'ont pas prévu de se baigner. L'une d'elles explose de rire en rejetant la tête en arrière. Elle n'arrête pas de faire tourner son flamant rose pour se retrouver face à l'un des chalets, un peu plus loin, et Seren avance à travers les arbres pour voir ce que la fille regarde.

C'est le garçon du Quatre. Le fils de Clemmie. Comme d'habitude et malgré la chaleur, il porte un pantalon de survêtement ample et s'intéresse plus à son téléphone qu'à ces deux frimeuses. Elles en font des caisses et il les ignore complètement. Morte de rire.

Il se lève, balance son téléphone sur la terrasse et s'étire. Son tee-shirt remonte un peu et on voit son ventre tout bronzé. Il est plus maigre que musclé et il ne doit pas être le type des jumelles, mais il faut dire qu'il n'y a pas beaucoup de choix par ici. Seren a roulé quelques pelles aux garçons de son âge, mais il n'y en a pas un avec qui elle voudrait vraiment sortir. Frisson d'horreur.

Le garçon passe de chez lui à la terrasse voisine, puis marche tranquillement jusqu'au Deux, où vit la vieille dame à la canne. Arrivé à l'autre bout de la terrasse, il se propulse en bas de l'échelle, sur le ponton. Pendant un instant, il disparaît, mais Seren entend un bruit de course et il s'élance en serrant les jambes contre lui.

Il atterrit pile entre les jumelles et projette une vague énorme sur chaque bouée. Seren se cache derrière un arbre pour rire, même si personne ne l'entendrait, vu les braillements des filles. Elle s'éloigne et trouve un coin où elle pourra nager sans être vue par les habitants de La Rive.

Plus tard, elle retourne vers le village en traversant la forêt quand elle entend un craquement derrière elle, comme si quelqu'un avait marché sur une brindille. Elle poursuit son chemin, puis s'arrête net, se retourne et, sans surprise, il est là.

— Pourquoi tu me suis ?

Le garçon lève les mains comme si Seren le menaçait d'une arme.

— Pourquoi tu nous espionnais ?

Ses vêtements complètement trempés sont devenus gris foncé alors qu'ils étaient clairs.

— Je m'ennuyais, admet Seren avec dédain.

— Moi aussi. Je m'appelle Caleb.

— Seren.

— Seren ?

— Ça veut dire « étoile ».

— C'est joli.

Il regarde Seren droit dans les yeux, sans ciller, comme pour la jauger, et elle en fait autant. Ils restent ainsi pendant une éternité et Seren ne veut pas se détourner la première car elle aurait l'impression de perdre.

— Tu aurais pu venir nous dire bonjour au lieu de te cacher derrière les arbres, finit par lâcher Caleb.

— Je ne me cachais pas.

— Bref.

— Je n'ai pas…

Seren s'interrompt. Incroyable, elle a failli dire *je n'ai pas le droit*, comme si elle avait encore dix ans et qu'elle avait besoin de la permission de mam pour aller jouer dehors. Et de toute façon, Caleb ne comprendrait jamais pourquoi tout le monde à Cwm Coed déteste tant La Rive.

« Je me méfie d'eux comme de la peste, a déclaré Elen en constatant les premiers signes de vie de l'autre côté du lac. Une bande d'usurpateurs de terres arrogants, de… Je t'interdis de t'approcher de cet endroit, tu m'entends, Seren ? »

Caleb secoue une tabatière sortie de son pantalon de survêtement.

— Tu veux aller fumer quelque part ?

Seren emmène Caleb au-dessus de la forêt et il se plaint de la colline, de ses jambes qui lui font mal. Elle rit ; traîner avec quelqu'un de nouveau, l'ascension de la pente raide et la perspective d'être défoncée la grisent et la rendent euphorique.

— Tu vas voir !

Ils poursuivent leur montée jusqu'à ce qu'ils atteignent la lisière entre bois et champ, là où la cascade se jette avec fracas dans le ruisseau qui serpente à travers les arbres, vers le lac en contrebas.

— On y est.

Seren oblige Caleb à se retourner et, côte à côte, ils considèrent le chemin qu'ils viennent d'emprunter.

— Putain !

— C'est pas mal, hein ?

Seren n'a jamais été fière de vivre à Cwm Coed, il n'y a pas de quoi se vanter : rien à voir avec New York ou l'un de ces endroits où les gens habitent dans des maisons aux toits de chaume et transportent leurs achats dans des paniers en osier ; mais parfois, en ce moment par exemple, elle voit son village à travers le regard de quelqu'un d'autre et elle le trouve carrément d'enfer.

Ils s'écroulent sur l'herbe et Caleb roule un joint. Comme toujours, la première bouffée est tellement brûlante et âpre qu'elle donne à Seren envie de tousser, mais elle inspire la fumée, ferme les yeux et la sensation devient merveilleusement douce ; ça lui rappelle l'eau du lac, si glaciale qu'elle en devient chaude. Ils fument à tour de rôle et Seren a du mal à décoller le papier de sa lèvre inférieure, le joint rechignant un peu à quitter sa bouche.

— Tu as toujours vécu dans le coin ?

— Ouais.

— C'est magnifique.

— Tu te fous de ma gueule ? demande Seren en se redressant. C'est un trou à rats.

Caleb éclate de rire et se redresse aussi. Il a les dents du bonheur et, quand il sourit, on voit le bout de sa langue pointer entre ses incisives.

— Tout ça, désigne-t-il avec un geste du bras englobant le lac, les montagnes, la forêt. Tu peux aller n'importe où.

— Où exactement ? Il n'y a nulle part où aller. Le cinéma est à une heure de bus.

— Mais tout ça, quand même, répète-t-il en sortant la tabatière de sa poche. Tu sais rouler ?

Seren ne daigne même pas répondre et prend deux feuilles de papier Rizla qu'elle colle ensemble pour rouler un joint deux fois plus gros que celui qu'ils viennent de fumer. Caleb se rallonge et ferme les paupières en poussant un soupir bruyant. Les cernes sous ses yeux ressemblent à des hématomes.

— Arrête de me regarder.

— Je ne te regarde pas.

Caleb sourit, paupières toujours closes.

— Tu sais pas ce que tu perds.

Seren allume le joint et prend une taffe. Elle expire

lentement, observe la volute de fumée flotter dans l'air chaud et immobile, puis elle pose le filtre sur les lèvres de Caleb et l'y maintient pendant qu'il inspire, un geste aussi intime qu'un baiser.

— C'est comment, à La Rive ?

Caleb hausse les épaules, mais ouvre les paupières et la scrute en plissant les yeux.

— C'est pas mal, je suppose.

— Rhys Lloyd a fréquenté mon lycée, explique Seren, revendiquant le droit de fanfaronner qu'elle méprise d'habitude. Y a des plombes, bien sûr.

— C'est un con.

— Ah oui ? répond Seren en lâchant ses genoux. Il a l'air vraiment sympa.

— Il m'a accusé de reluquer ses filles.

— Tu les reluquais ?

— N'importe quoi.

— Qu'est-ce que tu as dit ?

— Je l'ai traité de con.

Caleb arrache un brin d'herbe et le déchiquette.

— Alors, tu es super riche, c'est ça ? demande Seren au bout d'un moment.

— Si seulement.

— Tu dois bien l'être pour habiter à La Rive. Et tu vis à Londres, LA ville la plus chère du monde, genre.

— Avant, on vivait au septième étage d'une tour à Dagenham. L'ascenseur était toujours en panne et les keufs auraient aussi bien fait d'emménager vu qu'ils faisaient sans arrêt des rondes.

— Donc…, poursuit Seren en désignant le complexe de la tête.

— Maman voulait m'éloigner de Londres.

— Qu'est-ce qui craint autant, là-bas ?

— À en croire maman, c'est plein de crack et de gangs qui passent leur temps à poignarder les gens et à agresser les mamies.

— D'accord, mais parle-moi des mauvais côtés.

Caleb éclate de rire et Seren se sent toute chose. Il la dévisage, l'air hésitant, puis tend la main vers sa jambe et relève son survêtement. Il a un morceau de plastique gris posé sur un bracelet noir autour de la cheville.

— Tu portes un bracelet électronique.

Il hoche la tête. Il est stressé, constate Seren.

— Pourquoi ?

— Des trucs que j'ai faits.

Des trucs, ça peut vouloir dire n'importe quoi. Vol, trafic de drogue, agression. Le pouls de Seren s'emballe. Ou emmener des filles au milieu de nulle part et…

— Maman déteste mes potes. D'après elle, ils exercent une mauvaise influence sur moi. À la maison, on n'est que tous les deux alors c'est carrément intense, tu vois ?

— Qu'est-ce qui est arrivé à ton père ?

— Il a changé de sexe.

— Je ne m'attendais pas à ça.

— Nous non plus, rétorque Caleb, pince-sans-rire.

— Tu le vois toujours ?

— Ouais, bien sûr. Enfin, c'est un peu bizarre, mais… c'est toujours mon père, tu vois ?

— Le mien est mort.

Cela sort un peu vite et Seren se rend compte qu'elle n'a jamais eu besoin de le dire à personne. En seize ans. Tout le monde sait tout à Cwm Coed.

— Merde.

— Ouais. Je l'ai jamais connu. Il était atteint d'un cancer et puis ma mère est tombée enceinte. Il est mort quinze jours avant ma naissance.

Seren parle sans regarder Caleb au cas où ça la ferait pleurer. Son père ne lui manque pas (comment quelqu'un que vous n'avez jamais connu pourrait-il vous manquer ?) ; c'est plutôt *l'idée* qu'elle se fait de lui qui lui manque tant que c'en est douloureux.

— Ma sœur est vachement plus âgée que moi, alors je crois que j'ai été le dernier cadeau de papa à ma mère, genre, dit Seren en faisant semblant de se faire vomir, ce qui fait rire Caleb.

— Quel âge a ta sœur ?

— Trente ans. C'est une p…, hésite Seren en se souvenant du commentaire de Caleb sur les keufs. Pétasse de première, déclare-t-elle plutôt, ce qui est injuste.

Fiona est un chameau et elle fourre son nez là où ça ne la regarde pas, mais c'est juste parce qu'elle est vieille.

Caleb pose la main sur l'herbe devant lui, ses doigts touchant ceux de Seren.

— Alors tu vis seule avec ta mère ? Comme moi.

La respiration de Seren est devenue superficielle et son sang pétille dans ses veines. S'il l'embrasse, décide-t-elle, elle lui rendra son baiser. Peut-être.

— Allez, viens, s'écrie Caleb, qui se lève d'un bond et lui tend la main. Je vais te faire visiter La Rive. Tu peux traîner avec les jumelles et moi.

Seren est tout excitée.

Quelque chose d'important va arriver cette année, elle le sent.

31

7 janvier – Fiona

Enfant, Fiona allait tout le temps au lac. Qu'y avait-il d'autre à faire dans un village de la taille de Cwm Coed ? Elle se rappelle s'être demandé pourquoi les grands ne nageaient jamais, avant de se rendre compte une fois devenue adulte qu'elle passait des semaines sans se tremper les pieds.

Maintenant, c'est là qu'elle vient réfléchir. Qu'elle vient déstresser ou démêler un problème compliqué, qu'il soit professionnel ou personnel. Elle dispose d'un bureau (une pièce de la taille d'un placard au dernier étage d'un commissariat de police de proximité) dont elle se sert rarement. Elle préfère travailler dans sa voiture, garée face à la vue dégagée sur une vallée ou comme à présent, au bord de Llyn Drych.

C'est ici qu'elle est venue quand elle a compris qu'elle allait quitter Huw. Elle a marché au bord de l'eau, les galets glissant sous ses pieds, tout en essayant de trouver les mots pour annoncer à son mari que c'était fini entre eux.

Elle a besoin du lac, aujourd'hui.

Ce matin, Leo lui a envoyé un message :

Je sais que Lloyd t'a appelée le jour de sa mort.

Fiona a éteint son téléphone. Elle a conduit dans les montagnes, aveuglée par la panique et incapable de réfléchir à ce qu'elle devait faire. Toute la matinée, elle a lutté avec sa conscience, avec le passé, avec ce qui se passerait si jamais elle disait la vérité.

À midi, Fiona est redescendue vers Llyn Drych. Maintenant, postée près de la Triumph, elle se débarrasse de son manteau. Abstraction faite de la traditionnelle baignade du Nouvel An (qui compte à peine, vu que les baigneurs ne font qu'entrer et sortir), cela fait des années qu'elle n'a pas nagé l'hiver. Elle se souvient de la piqûre du froid mais, surtout, de la sensation de bien-être que cela procure. De la vivacité et de la clarté d'esprit qu'on en retire. Exactement ce dont elle a besoin.

Elle entasse soigneusement ses affaires sur ses bottes et se dirige avec précaution vers la grève. Le ciel est blanc de nuages de neige et le vent descend en sifflant depuis le sommet de la montagne pour tourbillonner dans la vallée. Quand ses orteils rencontrent l'eau entre les galets, ils protestent en se recroquevillant, gourds avant même qu'elle ait atteint le lac. Bon sang, qu'elle est froide. Les pieds. Les chevilles. Les mollets. Les genoux. Les cuisses – *Les cuisses, bon Dieu !* Une grande inspiration, elle souffle et…

Putain putain putain putain putain.

Il faut rester immergé jusqu'à ce que l'on n'ait plus mal. Si on sort trop tôt, on a juste froid. Si on attend que les endorphines fassent effet, en revanche, on ressent un vertige que rien d'autre au monde ne peut égaler. Mieux que l'alcool, mieux que la drogue. Mieux que la fois où elle a frôlé le suicide à coups de lame de rasoir quand elle avait quinze ans et qu'elle se sentait au bord du gouffre.

Elle nage la brasse en comptant mentalement les secondes. Cinq minutes équivalent à trois cents secondes ; dix minutes, à six cents. Plus longtemps, c'est dangereux : elle n'est pas habituée à nager par ce froid.

Est-ce que ça fait cent soixante-cinq ou cent cinquante-six ? Elle recommence. Elle a l'esprit embrumé, mais ça commence à venir : elle sent l'adrénaline monter. Ses bras et ses jambes picotent et lentement, là où elle avait froid, elle a maintenant chaud. La chaleur qui se répand dans son corps lui donne de la force et la fait éclater de rire.

Fiona atteint la première bouée et fait demi-tour. Alors qu'elle regagne la rive, ses mouvements désormais plus puissants et sa respiration plus régulière, elle aperçoit Leo. Debout près de la Triumph, les mains enfoncées dans les poches de son manteau, il l'observe.

Elle a vu un autre côté de lui, la veille. Lorsqu'il s'est confié à propos de son fils, qu'il a avoué l'avoir laissé seul, tout est devenu clair. La façon dont il tolère qu'on lui parle, le fait qu'il accepte qu'on lui enlève Harris. Même sa façon de vivre, dans cet appartement fade et terne. Ce type vit sa vie comme on porte une croix.

Il attend au bord de l'eau. Il va falloir qu'elle reste ici

jusqu'à ce qu'il s'en aille, pense-t-elle absurdement l'espace d'une seconde. Ou qu'elle nage le long du rivage, qu'elle sorte au milieu des arbres, qu'elle rentre à la maison en courant…

En maillot de bain ?

Tu es flic. Vous travaillez ensemble. Ressaisis-toi, Fiona Morgan !

Elle ralentit, mais le pic d'adrénaline s'estompe et, de retour, le froid lui plombe les jambes au fond de l'eau. Elle est coincée.

Quand on sort, c'est atroce. Les pieds de Fiona sont deux blocs de glace, déchiquetés sur les galets et si gourds qu'ils pourraient appartenir à quelqu'un d'autre. Elle claque violemment des dents et se sent prise d'un tel vertige qu'elle doit tendre la main pour ne pas tomber.

— Pourquoi ne m'as-tu pas dit la vérité ? demande Leo, mais sans colère, contrairement à la fois où il a découvert la vérité pour Huw et pour l'enregistrement de vidéosurveillance.

Fiona se frotte les bras, roses de froid. Elle baisse les bretelles de son maillot de bain sur ses épaules, ses doigts refusant d'obéir, puis enfile son tee-shirt sur sa peau encore mouillée. Si Leo aperçoit ses seins, il ne réagit pas. Il s'en fiche, suppose Fiona, maintenant qu'il sait qui elle est. Elle enfile son pull avant de s'essuyer les jambes, en perdant l'équilibre, si bien qu'elle s'assoit finalement par terre où elle tire son jean sur ses pieds ankylosés. Elle tremble, de froid ou de peur, elle ne saurait le dire.

La vérité ? La vérité est enfouie depuis si longtemps que, parfois, elle en doute elle-même.

— Fiona.

Leo lui tend la main. Fiona hésite, puis le laisse l'aider à se relever. Elle tremble comme une feuille à cause de ses os, de ses veines transis, et sent des larmes piquer le fond de ses yeux, des larmes de peur brûlantes.

Leo ôte son manteau, emmitoufle Fiona dedans et la serre sur sa poitrine. Les jambes de la jeune femme se dérobent sous elle, mais elle se force à rester debout, à ne pas se laisser aller contre lui. Elle pleure maintenant, elle a honte d'elle-même mais, après tout, ce n'est pas nouveau.

— Je sais, Fiona, dit Leo avec tact.

Il la regarde dans les yeux et la tient par les épaules d'une poigne ferme, puissante.

— Je sais.

Les mots flottent entre eux et Fiona se met à sangloter. Elle est contente qu'il fasse froid maintenant, contente de se sentir engourdie comme elle aimerait l'avoir été il y a si longtemps. Elle repense aux confidences de Leo, la veille, et se demande ce qu'elle ressentirait si elle se confiait à son tour.

— J'ai appelé Elijah hier soir. Je me suis dit que je lui devais des excuses, explique Leo avec un sourire ironique. Il se trouve qu'il n'est pas le seul étudiant de sa classe à disposer d'un labo artisanal : un de ses potes a monté un business d'analyses scientifiques pour se faire du fric.

Sur le lac, un oiseau crie.

— Tu devais avoir une raison d'empêcher ta sœur de

se soumettre à un relevé d'empreintes, alors j'ai pris un cheveu sur le chapeau de pirate que ta mère m'a donné pour Harris.

Fiona retient son souffle.

— Le résultat montre un lien de parenté direct avec Lloyd.

Les premiers flocons de neige commencent à tomber, estompant les galets.

— Seren est la fille de Rhys Lloyd, n'est-ce pas ?

Fiona est coincée maintenant, elle doit dire la vérité. Elle en a toujours eu si peur, mais ici, dans les bras de Leo, engourdie par le froid, elle est plutôt soulagée de partager son secret.

— Oui.

Le lac luit comme du verre poli et La Rive s'y reflète si clairement qu'il est impossible de déterminer où le bâtiment finit et où commence son image miroir.

— Mais Seren n'est pas ma sœur.

Au centre du lac, un héron attrape un poisson et le miroir se brise. Si elle lui dit tout, impossible de faire machine arrière.

Fiona se lance.

— C'est ma fille.

DEUXIÈME PARTIE

Le ciel est bleu vif. Le soleil est haut sur Pen y Ddraig, la brume matinale s'est évaporée et les bateaux louvoient paresseusement d'un côté à l'autre du lac. La brise est légère et, quand elle tombe complètement, les embarcations dérivent, voiles flasques, en attendant la prochaine opportunité.

Au bord, près de la jetée et de la vendeuse de glaces et de boissons fraîches, l'air est lourd et l'eau parsemée de paddles et de kayaks. Les familles jouent dans les bas-fonds, jettent des ballons de plage haut vers le ciel. Des touristes en excursion pour la journée ouvrent d'un coup la porte de leur camping-car, déplient le toit relevable de leur van, allument des feux de camp, laissant derrière eux des cercles d'herbe calcinée. Qui vit dans ces magnifiques chalets, avec leurs terrasses qui dominent Llyn Drych et leurs jetées privées ? se demandent-ils en regardant la rive d'en face. Ils imaginent comment cela doit être d'avoir autant d'argent, autant de chance, de vivre dans un endroit pareil.

L'immobilité de l'air et la chaleur des bas-fonds

scintillants sont trompeuses. Sous la surface, des courants violents saisissent les rochers et les branches tombées, remuent le lit du dragon endormi et font remonter les montres perdues, une chaussure solitaire. Des bancs de vairons nagent comme des flèches çà et là, attirant perches et brochets, causant une effervescence soudaine en clapotis, comme si la pluie tombait. Les eaux profondes, au milieu du lac, demeurent perfidement froides.

La brise apporte les éclats de rire et le timbre de voix masculines, mais pas leurs paroles. Un bruit sec déchire la torpeur de cette journée d'été. Deux hommes sont postés sur la terrasse de l'un des nouveaux chalets. L'un d'eux tient négligemment une bouteille de champagne, dont le bouchon flotte désormais en contrebas. Rhys Lloyd. Il est tout content d'être là, sur la rive du lac de son enfance où tout a commencé. Il est fier d'avoir Jonty Charlton pour associé, d'être en possession de cartes de visite frappées de l'élégant logo vert et crème de La Rive. Il sait que cet événement, l'inauguration officielle du complexe, est le début de quelque chose d'excitant.

Yasmin et Blythe sortent du chalet pour les rejoindre et les quatre amis lèvent leur verre pour porter un toast.

— À La Rive ! lance Rhys. Là où tout commence.

32

Fin juillet – Rhys

Rhys avale une gorgée de champagne. La brume de chaleur flottant sur le lac fait vibrer les embarcations qui ressemblent à des mirages dans le désert. Sur la rive opposée, des vacanciers sautent de la jetée, plongent et refont surface près des bateaux amarrés, les poumons prêts à éclater. Et veillant sur tout cela, reflété par la surface étincelante du lac, le mont Pen y Ddraig.

— Je dois te rendre justice, mon vieux, dit Jonty. La vue n'est pas mal. Pas mal du tout.

— Qui a besoin de la Méditerranée quand on a ça ?

Blythe lève le visage, paupières closes, et trinque à la santé du soleil. Son verre tremble, du champagne éclabousse son bras nu et elle glousse comme une gamine.

— Attention, ronchonne Rhys. Il n'est pas donné.

Blythe lèche sa peau bronzée du bout de la langue.

— Ne t'y habitue pas, plaisante Yasmin.

— Au champagne ? demande Blythe, le sourcil dressé. Je ne bois jamais rien d'autre, tu le sais, ma chérie.

— Je voulais parler du temps.

Yasmin passe un bras de propriétaire sous celui de Rhys, ses bracelets pinçant la peau de son mari.

— Au début de notre mariage, Rhys m'a traînée dans le nord du pays de Galles tous les étés et il a flotté systématiquement.

— Mais non.

— Mais si !

— Portons un autre toast ! suggère Rhys, et Blythe éclate de rire.

— Est-ce qu'il reste quelque chose à fêter ? Nous avons trinqué à La Rive, à « nous », et vous, les garçons, vous vous êtes déjà fait plaisir tous les deux…

— Bon Dieu, chérie ! s'écrie Jonty. Il doit y avoir une meilleure façon de le dire.

— On devrait trinquer aussi, lance Tabby, sinon ça porte malheur.

Les jumelles sont allongées sur les chaises longues, leur bikini couleur anis contrastant de manière saisissante avec la couche d'autobronzant qu'elles ont dû piquer dans la salle de bains de Yasmin si l'on en croit la prise de bec qui a éclaté avant leur départ de Londres. Rhys ressent le mélange de fierté et de peur propre aux pères d'adolescentes.

— Bien tenté, Tabitha Lloyd, répond Yasmin. Tu ne boiras pas de champagne.

Près d'elle, Felicia roule sur le ventre et s'appuie sur ses coudes.

— C'est vrai. Tu ne crois pas, Blythe ? Ça porte la poisse.

Rhys s'éclaircit la voix.

— Veuillez lever votre verre aux deux personnes sans qui La Rive n'aurait jamais vu le jour.

Comprenant qu'elles ont perdu la partie, les jumelles s'affalent sur leurs transats.

— Nos magnifiques et talentueuses épouses.

— Ah, enfin un toast avec lequel je suis entièrement d'accord ! s'exclame Blythe en trinquant avec Yasmin. À nous !

Les deux femmes s'enlacent. Yasmin porte un paréo vaporeux par-dessus son maillot de bain et, pendant une seconde, Blythe disparaît presque dedans.

— À nos petites femmes, renchérit Jonty.

— C'est grâce à moi, sur ce coup-là, déclare Yasmin en levant son verre. Si je n'avais pas assisté à l'un des cours de yoga de Blythe…

— Si je n'avais pas mentionné que Jonty cherchait des projets d'investissement…

— Et si je ne t'avais pas dit que Rhys essayait de concrétiser la construction d'un complexe…

— Nous n'y sommes pour rien, bien sûr, remarque Jonty, l'air malicieux.

Il cherche le soutien de son associé, jetant un coup d'œil à ce qu'il insiste pour appeler le « short ringard » de Rhys. Malgré la chaleur, Jonty a opté pour une chemise, un jean délavé et des claquettes de créateur, et Rhys se demande s'il devrait se changer avant que quelqu'un n'arrive. Les nouveaux propriétaires sont attendus à 13 heures et il est déjà midi passé.

— Il faut que je vous montre ce que j'ai fait dans notre chambre, dit Yasmin en vidant son verre.

— Olé olé, lance Jonty avec un rire salace.

— Les chalets sont identiques, ma chérie, observe

Rhys, je ne crois pas que les Charlton aient besoin de voir…

— Identiques ? s'amuse Blythe. Ils n'ont rien à voir.

Yasmin secoue la tête, exaspérée.

— Chéri, nous avons choisi la teinte Shadow White dans la chambre. Jonty et Blythe ont préféré School House White.

— Et Lemon est notre couleur contrastante, renchérit Blythe comme si elle parlait à un petit enfant.

— Alors que la nôtre est Citron.

Précédés de leurs épouses, les deux hommes traversent le chalet des Charlton pour admirer les coussins décoratifs de Blythe et se dirigent vers le chalet des Lloyd.

— Est-ce que quelqu'un arrive déjà ? s'étonne Jonty.

À travers les arbres, Rhys aperçoit une petite Fiat sale ornée de lettres roses qui cahote sur l'allée menant à La Rive.

— Ce n'est que Mia, la femme de ménage.

Dès que le complexe sera terminé, il disposera de son propre personnel d'entretien, tiré à quatre épingles et correctement formé, mais, pour l'instant, ils se débrouillent avec la fille du coin.

— Je vais lui dire un mot vite fait.

Les autres continuent jusqu'au Cinq. De la musique forte sort de la fenêtre ouverte de la Fiat pendant que Mia se gare en marche arrière sur l'une des places réservées aux visiteurs. Elle attend que le morceau soit fini avant de sortir et de lancer un long regard aguicheur à Rhys.

— Tiens, tiens. Si ce n'est pas le préfet en chef de Ysgol Crafnant.

Rhys n'a jamais été représentant des élèves de son lycée (à sa connaissance, ce n'était pas le genre de la maison), mais il hoche la tête pour la remercier de ce qu'il prend pour un compliment. Une école aime s'approprier le succès de ses anciens élèves. Un été, il doit y avoir quinze ou seize ans, les professeurs l'avaient persuadé de revenir diriger un stage musical. À cette époque-là, Rhys avait déjà six albums et une tournée à son actif, mais la culpabilité – et le cachet du Welsh Arts Council – l'avait convaincu.

« Et c'est grâce à l'Urdd Eisteddfod, le festival de la jeunesse, et à Mme Hughes, notre très chère professeure de musique, que Rhys Lloyd a été découvert ! » avait déclaré la proviseure en préambule. Elle sous-entendait que Rhys n'aurait été personne sans ce concours ou sans les répétitions au lycée ? L'insinuation lui était restée en travers de la gorge.

— Nous n'avons pas réservé tes services aujourd'hui, si ? demande-t-il à Mia. Tu étais censée nettoyer les chalets avant que tout le monde n'arrive.

— Détendez-vous, c'est fait. Les Stafford se font livrer des courses par Waitrose aujourd'hui et ils veulent que je les déballe.

Dans la foire aux questions du site Internet de La Rive, on trouve la liste des supermarchés qui livrent au complexe, on se demande si Deliveroo livre dans le coin (non) et à quelle distance se trouve le premier magasin Marks & Spencer (une heure et demie). L'essentiel, quoi.

Mia remonte l'allée vers le Trois. Elle porte un short en jean et un débardeur sous une tunique de ménage rose qui dépasse le short d'un ou deux centimètres. Au bout de ses longues jambes brunes, ses tennis blanches miteuses ont vécu. Elle se retourne et le surprend en train de l'observer.

— Autre chose ?

Rhys aurait bien quelques suggestions, pense-t-il en souriant pour lui-même. En chemin pour rejoindre Yasmin et les Charlton au Cinq, il prend une photo de la rangée de chalets sur fond de lac scintillant pour pouvoir « mettre à jour » la page Facebook de La Rive. Gratifié de deux *likes* presque aussitôt, Rhys rayonne intérieurement. Il bascule sur Twitter et publie la même photo. *Arrivé à #LaRive pour une pause bien méritée avant ma prochaine session d'enregistrement*. Il n'y a pas de session d'enregistrement, mais, sur Twitter, personne ne le sait. Ce qu'il faut, c'est donner la bonne impression. *Créer une image de marque*.

Il retrouve les autres dans son bureau où Yasmin raconte à Jonty et Blythe ce qu'ils savent déjà.

— Nous n'avons pas incorporé de bureau dans le plan parce que… eh bien, nous sommes tous censés être en vacances, non ? Mais en rognant un peu sur la suite parentale et sur les deux chambres du fond, nous avons obtenu un espace tout à fait honnête.

— Où as-tu trouvé ce superbe classeur à tiroirs ? demande Blythe. Chez Perch & Parrow ?

Yasmin caresse le meuble d'une main légère.

— Combien crois-tu que je l'aie payé ? Vas-y, devine.

Aux angles et autour des poignées, la peinture rouge s'est écaillée, révélant le métal brut. Les côtés sont cabossés et rayés. Cette pièce industrielle crée un contraste idéal avec le thème scandinave imaginé par

Yasmin. Rhys le sait parce qu'elle le lui a expliqué. Plusieurs fois. Peu importe que les tiroirs soient verrouillés et la clé perdue depuis belle lurette, tant que c'est beau.

— Oh, là là. Quatre ou cinq cents livres ?

— On l'a eu gratuitement ! s'écrie joyeusement Yasmin. Le père de Rhys le gardait dans l'ancienne remise qui s'élevait ici avant que La Rive ne soit construite. Tu ne le trouves pas sensationnel ?

— Sensationnel, c'est le mot, convient Blythe. J'adore le rappel de la même teinte de rouge sur les étagères.

Elle admire les trophées qui y sont exposés. Un tas de récompenses régionales, deux prix Echo, l'Olivier Award remporté pour *West Side Story*.

— Je ne les aurais pas apportés, se défend Rhys. Yasmin a insisté.

— Elle est fière de toi, susurre Blythe en serrant le bras de Rhys. Mais, oh, là là : tout ça, ce sont des lettres de fans ?

Elle regarde la pile de courrier entassée sur le bureau. Yasmin s'apprête à parler, mais Rhys intervient. Il n'a pas envie que les Charlton sachent qu'en réalité, il paie les gens pour l'apprécier.

— C'est carrément lourdingue, mais que veux-tu ?

— J'ai du mal à imaginer que des inconnus m'écrivent, affirme Blythe. Ce doit être extraordinaire.

— Eh bien…, répond Rhys, mains ouvertes comme s'il faisait peu de cas de tout ça.

En entendant une voiture arriver, ils lèvent tous la tête. Comme un seul homme, ils se dirigent vers l'une des chambres individuelles donnant sur l'entrée du chalet. Yasmin les a fait peindre dans des couleurs pastel et, dans chaque pièce, une photo d'elle en noir et blanc fixant l'objectif veille sur les filles. Blythe arrive la première à la fenêtre. Elle tape des mains avec enthousiasme et virevolte.

— Ils sont là !

Rhys se sent électrisé. Ça y est. Le premier des nouveaux habitants de La Rive est arrivé.

33

Fin juillet – Yasmin

— Je me demande qui c'est !

Yasmin se précipite vers l'escalier, désireuse d'affirmer sa position de Première dame de La Rive.

— Qui a le chalet à côté du vôtre ? questionne Blythe, qui la suit, le souffle court d'excitation.

— Clemence Northcote, répond Yasmin, qui a mémorisé la liste. Spécialiste en informatique, fils adolescent.

En bas, elle s'arrête le temps de prendre une bouteille fraîche dans le seau à champagne prévu à cet effet.

— Les verres, Rhys, ordonne-t-elle en claquant des doigts et en prenant deux flûtes. Oh là là, je suis stressée !

Elle rêve de ce moment depuis que son mari a exposé les grandes lignes de sa vision de La Rive. Un refuge pour des gens influents, aisés, sur la même longueur d'onde, qui confieront à Yasmin la décoration de leurs intérieurs aux quatre coins du monde.

— Détends-toi, la rassure Rhys. Ils vont tomber amoureux de cet endroit au premier regard. La vue à elle seule va leur couper le souffle.

— Je suis d'accord, convient Jonty. Elle est assez sensationnelle.

Il adresse un clin d'œil à Yasmin et attend que Rhys passe à autre chose pour laisser son regard tomber sur son décolleté. C'est tout juste si Yasmin ne ronronne pas. Six semaines plus tôt, les deux couples sont allés dîner ; après avoir descendu plusieurs bouteilles de vin, ils ont partagé un Uber pour rentrer. Assis à l'avant, Rhys barbait le chauffeur (qui, contre toute attente, était fan de musique classique) et Blythe piquait du nez. Coincée entre les époux Charlton, Yasmin a senti Jonty lui caresser la cuisse. Ce contact l'a fait vibrer et, bien que rien ne se soit passé depuis, Yasmin sait que cela ne saurait tarder.

— Au Trois, c'est l'acteur de série télé, non ? interroge Blythe.

— Bobby Stafford, confirme Rhys. Champion de boxe catégorie poids moyens il y a des années, puis il a commencé à jouer la comédie et, aujourd'hui, il a pratiquement raccroché les gants, d'après ce que je sais. Sa femme, c'est la blonde qui est allée dans la jungle : la douche en bikini transparent sous la cascade, vous vous souvenez ?

— Olé olé ! s'écrie Jonty.

— Il ne reste plus que Deirdre Huxley, conclut Rhys. Je ne sais rien d'elle, mis à part qu'elle est retraitée.

— Nous aurions dû imposer une limite d'âge maximale, regrette Jonty. Les déambulateurs ne cadrent pas tellement avec La Rive, pas vrai ?

— Chalets haut de gamme réservés aux riches, aux personnes dotées d'un physique agréable et à celles qui ont encore leurs propres dents, plaisante Yasmin.

Ils rient encore lorsqu'ils forment un comité d'accueil devant le complexe. Une Tesla grise cahote dans l'allée. Comme un automate, Yasmin rentre le ventre et appuie sa langue contre son palais, son dernier truc pour retendre ce bout de peau flasque sous son menton, mais, dès que la voiture approche, elle voit une dame âgée au volant. Le soleil se réverbère sur le pare-brise quand la Tesla s'arrête.

Deirdre Huxley descend du véhicule, un large sourire aux lèvres.

— Eh bien ça, alors !

Jonty s'avance avec un verre de champagne.

— Jonty Charlton, investisseur. Bienvenue à La Rive, madame Huxley.

Dans son for intérieur, Yasmin pousse un soupir approbateur. Jonty est tellement plus raffiné que son mari. Plouc un jour, plouc toujours…

— Alors ça, c'est ce que j'appelle un accueil réussi : merci, mon cher, dit-elle en trinquant avec Jonty. Et je m'appelle Dee. À moins d'avoir des ennuis, bien sûr, ajoute-t-elle, l'œil pétillant. Voyons, qui sont les autres ?

— Rhys Lloyd, créateur de La Rive, se présente l'intéressé en lui tendant la main.

— Tiens donc, dit-elle en le saluant, une expression amusée sur le visage. Ça fait plaisir de vous voir ici.

— Tu veux bien faire visiter ?

Rhys jette les clés du chalet Deux à Jonty, qui lui renvoie un regard hostile avant de se lancer dans son numéro de charme.

— Avec joie. Madame Huxley, voulez-vous me suivre ?

Il lui offre son bras, mais elle décline la proposition et attrape sa canne, posée sur la banquette arrière de la Tesla.

— Je ne suis pas encore infirme. En revanche, si vous pouviez prendre le sac qui est sur le plancher de la voiture, je vous en serais très reconnaissante. Il contient tous mes médicaments.

— Bien sûr.

Mia sort en courant du chalet Trois dans sa tunique de ménage, en criant des instructions au téléphone.

— Faites demi-tour… Vous allez voir une ferme sur votre… c'est ça ! Le virage se trouve un peu plus loin sur la gauche. Je suis dehors en ce moment.

On entend le vrombissement guttural d'un moteur et, en se retournant, tout le monde aperçoit un éclair jaune à travers les arbres.

— Je vous vois maintenant ! Oui, ne vous inquiétez pas, j'ai tout préparé !

Elle rentre en courant au moment où un Spider McLaren jaune remonte l'allée à toute allure avant de s'immobiliser brutalement dans un grand bruit sourd.

— Merde, lâche Rhys. Il s'est pris un nid-de-poule.

La McLaren plonge en avant, puis remonte. On entend un épouvantable grincement, puis la voiture passe la difficulté en cahotant et continue sa route vers les chalets, roulant au pas et évitant les derniers trous.

— Ça commence bien, marmonne Yasmin.

Jonty a pris le vin et Yasmin s'apprête à aller en chercher d'autre quand Mia ressort du Trois avec un plateau en argent sur lequel trônent deux flûtes et une bouteille de champagne décorée d'un ballon doré en forme de cœur gonflé à l'hélium.

— Consignes spéciales de Bobby, explique-t-elle en voyant que tout le monde l'observe. Il voulait faire la surprise à Ashleigh.

Bobby. Ashleigh. Pourquoi la femme de ménage appelle-t-elle ces gens par leur prénom alors que Yasmin ne les a même pas encore rencontrés ? Elle échange un regard avec Blythe.

On reconnaît au premier coup d'œil l'homme qui descend du siège conducteur : c'est Bobby Stafford. La quarantaine, le nez si abîmé qu'il pointe dans trois directions différentes et des dents trop blanches et droites pour être d'origine. Il est petit et, quand il contourne la voiture d'un bond pour ouvrir la portière à sa femme, il n'a pas l'air d'avoir raccroché les gants depuis dix ans.

Ashleigh doit faire trente centimètres de plus que lui. Elle porte un pantalon de survêtement, des tennis d'un blanc éclatant et une bande de Lycra moulant en guise de haut.

— Elle est sublime, murmure l'une des jumelles.

Yasmin se tourne vers Blythe et écarquille les yeux une fraction de seconde.

— Va falloir réparer ces nids-de-poule, mon pote, dit Bobby en rejoignant le groupe. Lloyd, c'est ça ? demande-t-il en regardant Rhys. Le complexe est nickel, mais ça, ajoute-t-il en désignant l'allée, ça fait carrément tache.

— Je gère, n'ayez crainte. Bienvenue à La Rive !

Rhys n'a pas l'assurance décontractée de Jonty, mais Bobby lui serre la main tandis qu'Ashleigh rafle un verre de champagne sur le plateau. Elle prend un selfie, le ballon doré en forme de cœur flottant derrière elle, et porte le verre à ses lèvres avant de le reposer en un mouvement fluide.

Bobby prend l'autre flûte et la bouteille décorée du ballon et plante un bisou sur la joue – on croit rêver ! – de la femme de ménage.

— Tu es une vraie perle, Mia. Les courses sont arrivées ?

— J'ai tout rangé. Comme je ne savais pas si vous auriez mangé, je vous ai préparé quelques sandwichs ; ils sont au frais.

— Tu assures. Ça te va de faire les lits et tout ça quand il y en aura besoin ?

— Bien sûr. Vous n'avez qu'à m'envoyer un SMS.

— Tu es géniale. Allez viens, bébé, allons visiter notre nouvelle piaule.

— Pour la classe, il ne nous reste qu'à fonder nos espoirs sur la dernière voisine, observe sèchement Yasmin alors qu'ils disparaissent dans le chalet Trois.

— Maman ! s'exclame Tabby. Non mais t'as pas *vu* Ashleigh Stafford, là ?

— J'ai essayé d'éviter ça.

— Non mais *j'hallucine* ! s'écrie Felicia en levant les yeux au ciel. Ses sourcils étaient *parfaits* : on devrait lui demander où elle se fait épiler.

— Je crois que nous avons une définition différente de la classe, explique Yasmin en se resservant du champagne, ainsi qu'à Blythe.

— Je suis d'accord avec les jumelles sur ce coup-là, dit Rhys. Je l'ai trouvée très bien faite.

Il regarde le chalet de Dee Huxley, l'air inquiet.

— Elle n'est pas fabriquée en Lego, Rhys.

Tout le monde lève la tête en entendant une autre voiture arriver et, alors qu'une vieille BMW fonce sur les nids-de-poule, Yasmin sent son rêve se volatiliser.

Si Ashleigh Stafford était vraiment fabriquée en Lego, alors Clemence Northcote serait faite en Duplo. Petite et courtaude, elle a les cheveux multicolores et les goûts vestimentaires d'une enfant de deux ans invitée à un goûter d'anniversaire.

— Appelez-moi Clemmie, lance-t-elle, une fois les présentations faites. Comme tout le monde ! *A dyma Caleb*, ajoute-t-elle en poussant son fils devant elle.

— Arrête, maman, tu veux ?

— Vous parlez gallois ? demande Blythe. Oh là là, comme c'est impressionnant.

— J'apprends, précise Clemmie en rougissant. Présentations, passe-temps, ce genre de choses. Je télétravaille et Caleb suit des cours en ligne, alors nous prévoyons de passer beaucoup de temps ici. Je veux me mettre à la nage en eau libre, apprendre le gallois bien sûr et…

Elle vient apparemment d'avoir une idée et regarde Rhys.

— Vous pourriez peut-être donner un cours de conversation ici, à La Rive. J'ai lu dans le journal que Bobby Stafford avait acheté un chalet et vous savez qu'il a des racines galloises ? Nous pourrions nous réunir régulièrement !

Rhys semble horrifié.

— Je vous fais visiter votre chalet ?

— Quel plaisir de faire votre connaissance ! ment Yasmin en lançant à Blythe *le regard* qui signifie qu'elle doit la suivre pour un débrief *urgent*.

Les deux femmes sont sur le point de s'éclipser quand la porte de Dee Huxley s'ouvre.

— S'il y a le moindre problème, appelez-moi, dit Jonty.

— Merci infiniment, mon cher. Maintenant, je crois que je vais me détendre et faire un petit somme. La route a été longue.

Au Quatre, Rhys ouvre la porte d'entrée à Clemmie et Caleb. La femme lui parle en gallois et il s'affaire avec les valises, s'efforçant manifestement d'entrer et de sortir aussi vite que possible, ce qui signifie qu'il ne voit pas ce que voit Yasmin.

Dee Huxley, postée devant la porte ouverte de chez elle, fixe Rhys du regard comme si elle le connaissait. Comme si elle le connaissait *vraiment*.

Elle le fixe, se rend compte Yasmin avec un frisson, comme si elle le détestait.

34

7 janvier – Leo

Leo ne sait pas quoi faire pour Fiona si ce n'est l'enlacer. Son corps est secoué de sanglots silencieux et il la serre jusqu'à ce qu'elle se calme.

— Chut, dit-il. Tout va bien.

Vraiment ?

Il a du mal à intégrer ce qu'elle vient de lui révéler. Autour d'eux, des nuages noirs s'amoncellent au-dessus des montagnes. Leo sait que *draig* signifie dragon et, pour la première fois, il distingue son profil dans la silhouette rocheuse, la queue s'étirant jusqu'au lac. Il conduit Fiona à sa voiture et ouvre la portière, soulève ses jambes comme si elle était frêle alors qu'elle a simplement froid. Il allume le contact et met le chauffage à fond en se demandant par où commencer.

— Tu ne peux en parler à personne, lâche Fiona avec force. Personne ne le sait. J'ai dit à mam que c'était un gars, au pot de fin de stage : papa et elle étaient furieux que le type ne prenne pas ses responsabilités, mais je refusais de leur donner un nom, je ne pouvais pas supporter que quelqu'un sache ce que j'avais fait.

— Ce qu'*il* avait fait, la reprend Leo avec tact.

— Ce n'était pas un viol, si c'est ce que tu crois, réplique Fiona en s'essuyant le visage sur la manche de Leo. Il n'a pas été… Il n'a pas été violent, précise-t-elle, puis elle déglutit. Pas comme ça.

— Tu avais quatorze ans.

Lloyd avait quarante-six ans à sa mort ; il devait en avoir trente quand il… En regardant Fiona, blottie sur le siège passager, Leo est pris de nausée. Coucher avec une jeune fille de quatorze ans, c'est commettre un délit d'atteinte sexuelle sur mineur. À quatorze ans, on est un *enfant*.

— On me surnommait Fiona *Wyllt*, dit-elle en serrant les genoux contre sa poitrine. Cela signifie « Fiona la sauvage ». Je séchais l'école, je répondais, je piquais des trucs dans les magasins. J'essayais d'être à la hauteur de ma réputation, j'imagine. Je racontais aux profs que j'avais bu et fait la fête jusqu'à pas d'heure alors que j'avais juste regardé la télé avec mam et papa. Je disais à mes potes que je l'avais fait avec tel ou tel mec alors que je ne l'avais jamais fait avec personne.

— Quand as-tu rencontré Lloyd ?

— Le lycée l'a convaincu de revenir un été pour diriger un stage à l'intention de quelques gamins forts en musique.

Quelques flocons de neige virevoltent çà et là.

— Je n'ai jamais rechanté depuis, murmure-t-elle.

— Tu n'es pas obligée de me raconter ça. Pas maintenant. À moins que tu n'en aies envie.

— Il était bel homme. Beau parleur. Assez charmant, je suppose. Plus âgé, mais pas aussi vieux que les parents. Certains élèves lui ont raconté que j'étais incontrôlable, que je buvais et que je couchais à droite à gauche et toutes les conneries que j'avais inventées à leur intention. Et j'ai joué le jeu parce que, dès que l'on a une réputation, elle vous colle à la peau.

La mâchoire de Fiona tremble et elle grimace.

— Bref, nous avons organisé un pot, cet été-là. Une idée de Rhys. Pour fêter la fin du stage.

Fiona parle vite, l'air meurtrie.

— Il m'a emmenée dehors. Il a dit qu'il avait une bouteille de champagne à boire en tête à tête avec moi. Mon père venait d'apprendre qu'il était atteint d'un cancer, c'était une époque vraiment, vraiment difficile, tu comprends ? Je voulais être ailleurs, être *quelqu'un* d'autre.

— Où est-ce qu'il t'a emmenée ?

Leo a interrogé des dizaines de victimes de viol dans sa carrière, mais ces questions n'ont jamais été aussi difficiles à poser.

— Dans son studio, derrière la maison de ses parents, explique Fiona avec un rire creux. Je ne voulais pas y aller, mais je ne savais pas comment refuser et nous ne faisions que parler et boire, alors…

Elle laisse sa phrase en suspens, regard rivé au pare-brise. La neige, qui commence à tenir, couvre la berge caillouteuse d'un fin voile blanc.

— J'ai commencé à stresser, à me sentir dépassée, et je me suis rappelé avoir vu sa mère à la fenêtre de la cuisine, au premier, et avoir espéré qu'en baissant les yeux, elle me verrait et comprendrait peut-être que je voulais rentrer chez moi.

— C'est ce qui s'est passé ?

Fiona est livide.

— La lumière s'est éteinte. Elle est allée se coucher, je suppose. Et je me suis toujours demandé si elle savait comment était son fils. De quoi il était capable.

Elle se remet à pleurer, secouée par de lents sanglots lugubres qui font de la peine à Leo. Il ne peut se résoudre à en entendre davantage mais, surtout, à ce que Fiona soit obligée de continuer. Il la prend dans ses bras et la serre contre lui jusqu'à ce que sa respiration s'apaise.

Leo appuie sa tête contre celle de Fiona et regarde le vent courir après les vagues à travers le lac. Rhys Lloyd a violé Fiona, il est le père d'une enfant qu'elle a dû abandonner. Pas étonnant qu'elle l'ait détesté. Lentement, il s'autorise à admettre ce qu'il pense depuis qu'il a appris la vérité.

Le détestait-elle au point de le tuer ?

35

Fin juillet – Dee

Dee Huxley a encore toutes ses facultés, merci bien, mais, peu après son soixante-dixième anniversaire, elle a enfin admis qu'il était temps de lever un peu le pied.

« Cette maison représente bien trop de travail pour toi, maman », lui a expliqué son fils lors d'une de ses visites semestrielles. Il existe de superbes appartements avec gardien et vue sur le fleuve, a-t-il ajouté en glissant une brochure vers elle sur la table du salon.

C'est un vendeur-né.

Plutôt crever que de quitter son presbytère victorien de cinq chambres, avec ses pelouses à perte de vue et son verger clos de murs, pour vivre dans un cube beige, avec bingo le mercredi soir et l'odeur du chou filtrant à travers les cloisons. Elle a feuilleté la brochure.

« Il n'y a pas de place pour un bureau. Où est-ce que je rangerais mes papiers ? »

Le bureau de Dee au presbytère était tapissé de bibliothèques sur lesquelles s'alignaient les comptes rendus des réunions et les comptes annuels, soigneusement étiquetés à la main.

« Alors démissionne du conseil d'administration ! Voyons, maman : tu aurais dû prendre ta retraite il y a des années.

— Dirais-tu la même chose si j'étais un homme ? »

Dee n'a pas du tout envie de prendre sa retraite et, même si l'entreprise tourne parfaitement bien sans sa contribution, elle aime la tenir à l'œil de loin.

Néanmoins, elle a dû admettre qu'elle était dépassée par l'entretien de la maison. Ce n'était pas tant qu'elle *n'arrivait pas* à tailler les arbres fruitiers ou à monter sur une échelle pour nettoyer les gouttières, mais plutôt qu'elle n'en avait plus *envie*.

Son fils s'est réjoui dès qu'elle a mis le presbytère en vente pour mieux déchanter quand, au lieu de l'option appartement en résidence senior et liquidités en banque, Dee a opté pour un appartement de deux chambres à Kings Cross et pour le chalet Deux à La Rive, dans le nord du pays de Galles.

« Tu ne l'as même pas vu !

— J'ai vu les plans, a répondu Dee calmement. Et grâce à Google Earth, j'ai fait une merveilleuse balade dans le village de Cwm Coed. Je crois que je serai très heureuse là-bas, et puis j'aurai mon pied-à-terre pour les réunions d'affaires et pour voir mes amis. »

En bifurquant dans l'allée du complexe, Dee sait qu'elle a pris la bonne décision. Le chemin décrit un demi-cercle depuis la route principale jusqu'aux habitations, laissant deviner entre les arbres une eau scintillante et des chalets bardés de bois tout à fait prometteurs. L'allée, en revanche, est criblée de nids-de-poule et Dee les évite avec précaution au volant de sa nouvelle voiture.

Quelques personnes sont postées devant les chalets et, quand Dee se gare à la place qui lui est allouée, elle reconnaît Rhys Lloyd.

La reconnaîtra-t-il, lui ? Telle est la question.

Un bel homme vêtu d'un jean et d'une chemise lui serre la main. Il a une excellente poigne (Dee remarque ce genre de détails), et soit il est sincèrement ravi de sa présence, soit il est très doué pour faire semblant.

— Eh bien, ça alors !

— Jonty Charlton, investisseur. Bienvenue à La Rive, madame Huxley.

Ah, un investisseur. Voilà qui explique la poignée de main et le sourire hypocrite. Dee trinque avec Jonty.

— Alors ça, c'est ce que j'appelle un accueil réussi : merci, mon cher, dit-elle en trinquant avec Jonty. Et je m'appelle Dee. À moins d'avoir des ennuis, bien sûr. Voyons, qui sont les autres ?

Elle voit Rhys Lloyd la dévisager, les sourcils froncés, déconcerté. Il n'a pas encore eu le déclic, manifestement.

— Rhys Lloyd, créateur de La Rive, annonce-t-il quand Dee le rejoint.

— Tiens donc.

Cela ne la surprend pas qu'il se décrive comme le créateur. Elle en a assez deviné sur son compte pour savoir qu'il est arrogant. Comme la plupart des hommes, d'après son expérience, et ce n'est pas l'expérience qui lui manque.

— Ça fait plaisir de vous voir ici.

Rhys est de plus en plus déconcerté.

— Très heureuse de vous rencontrer, madame Huxley ! s'exclame la femme de Rhys en lui tendant sa main fine et bronzée, et Dee l'examine avec intérêt.

— Madame Huxley, voulez-vous me suivre ? propose Jonty en lui offrant son bras.

Alors que Jonty, chargé du volumineux sac de Dee, escorte la retraitée vers son chalet, une voiture de sport d'un jaune criard remonte l'allée avec un vrombissement guttural. Dee surprend le regard de Jonty.

— Mon cher, vous devez vous coltiner le vieux tacot, je le crains.

— Un modèle classique ne se démode jamais, madame Huxley.

Habile, pense Dee. Peut-être un peu *trop*.

Elle traverse le rez-de-chaussée de son nouveau chalet en admirant ses lignes épurées, scandinaves, et les meubles choisis avec soin. Les huisseries en acier des immenses baies vitrées encadrent le lac comme un tableau. Elle essaie la poignée et les baies s'ouvrent avec un bruissement agréable.

En se retournant, elle observe la disposition de la cuisine ouverte, de la salle à manger et du salon, puis regarde Jonty.

— Puis-je vous emprunter vos muscles ?

Un quart d'heure plus tard, la chemise de Jonty est auréolée de sueur.

— Autre chose ? demande-t-il, l'enthousiasme de tout à l'heure manifestement envolé.

— C'est parfait, commente Dee, rayonnante.

Ils (ou Jonty, plutôt, pendant que Dee dirigeait les opérations en agitant sa canne) ont bougé les meubles, déplacé la table à l'autre bout de la pièce et le canapé d'angle dans la cuisine, près de la baie vitrée.

— Je ne m'attable jamais pour manger, explique Dee. Je préfère m'asseoir sur le canapé avec un plateau sur les genoux face à cette vue, pas vous ?

Elle traverse le vaste espace en désignant le lac, l'eau bleue comme de l'encre contrastant avec la bande verte le long de la berge.

— C'est elle que nous nous sommes tous offerte, non ?

Dehors, la voiture de sport est garée devant le chalet du milieu et une BMW cabossée a pris la dernière place, près du Quatre. Un adolescent décharge des cartons du coffre et une femme aux cheveux arc-en-ciel discute avec Rhys Lloyd.

Dee l'observe un moment. Pendant le trajet, elle ne savait pas encore si elle lui parlerait en face, mais maintenant qu'elle l'a vu, maintenant qu'elle a vu sa famille, elle sait que c'est inévitable.

Il se trouve que c'est lui qui se lance le premier. Il sonne une ou deux heures plus tard, juste au moment où Dee s'apprête à s'installer tranquillement avec un livre. Elle a salué ses voisins, qui ont l'air parfaitement plaisants, même si Dee sait mieux que la plupart des gens que les apparences peuvent être trompeuses.

Rhys semble mal à l'aise, son regard passant du visage de Dee à sa canne, à ses pieds.

— Je suis venu voir si vous étiez bien installée.

— Tout est merveilleux, merci. Vous devez être ravi de cet endroit.

— Oui, je suis très… (Il s'interrompt, déconcerté.) Écoutez, nous sommes-nous déjà rencontrés ?

— Vous feriez mieux d'entrer, je crois.

Dee fait demi-tour sans attendre de voir si Rhys la suit, mais elle entend le déclic de la porte qui se ferme et les semelles en caoutchouc de ses chaussures bateau couiner sur le carrelage. Elle s'assied et invite Rhys à en faire autant. Il reste debout un moment, puis s'installe à contrecœur à l'autre bout du canapé.

Dee prend sa décision. Elle détient sur Rhys des informations détonantes : le genre d'informations qui intéresseraient beaucoup sa femme, et la police aussi, d'ailleurs. Le genre d'informations dont elle pourrait se servir comme garantie, peut-être en échange de parts dans le complexe qui, elle s'en rend compte, a un énorme potentiel.

Mais plus que tout, Dee veut que Rhys sache qu'il ne s'en est pas tiré impunément.

— *Numéro 36*, finit-elle par dire.

Rhys la fixe et blêmit lentement, le visage luisant de transpiration.

— Le club m'appartient.

— Mais… (Rhys semble avoir du mal à respirer.) Mais vous êtes…

Il s'arrête, son regard tombant sur la canne de Dee, sur la main parcheminée qu'elle pose dessus.

— Vieille ?

Rhys rougit.

Dee a ouvert *Numéro 36* au début des années 1980,

après avoir été call-girl quelque temps. L'industrie était presque exclusivement dirigée par des hommes alors qu'elle aurait certainement dû être dominée par les femmes, non? En outre, les maisons closes où tant de ces professionnelles travaillaient semblaient sombres et miteuses, ce qui rendait l'aventure (jeu de mots intentionnel) plutôt sordide.

Numéro 36 était une maison de ville haute et étroite située à Soho dont elle avait fait l'acquisition quand il était encore possible de sauter sur une bonne affaire. Elle avait rénové le rez-de-chaussée et deux chambres et avait lancé son entreprise. Au fil des années, à mesure que *Numéro 36* rencontrait un succès grandissant, elle avait achevé la rénovation du bâtiment. Résultat : un club chic, qui faisait rêver, avec belles flambées et bars à cocktails, où des femmes élégantes et intelligentes touchaient un excellent taux de commission.

— Bon Dieu, croasse Rhys, maintenant en nage, la sueur dégoulinant sur ses tempes et ses joues.

Sa carte de membre a aussitôt été résiliée, bien sûr. Dee n'était pas à Londres quand l'agression s'est produite et, le temps qu'elle rentre en toute hâte, la victime était hospitalisée.

« Vous pouvez porter plainte », l'avait encouragée Dee.

Numéro 36 (et l'implication de Dee) était protégé par une série de holdings emboîtées telles des poupées russes et le bien-être de ses employées avait toujours été la priorité de Dee. Mais la call-girl avait décliné la proposition.

« Je veux oublier que c'est arrivé. »

Par la suite, Dee était restée longtemps assise dans son bureau. Bien que rares, les incidents de ce type la secouaient et la mettaient en colère. Elle détenait assez d'informations sur assez d'hommes en vue à Londres pour faire tomber le gouvernement, scandaliser les croyants et démolir le peu de confiance que la population avait encore dans la police, mais, tant que ces hommes se comportaient correctement, pourquoi l'aurait-elle fait? Tant qu'ils étaient polis et respectueux, tant que son personnel était content et contrôlait la situation… où était le mal?

— Que voulez-vous? demande Rhys.

Il pense à la une des journaux, Dee le sait: aux révélations des tabloïds sur sa déchéance.

— Je ne veux rien.

Pour l'instant, ajoute-t-elle *in petto*. Dee a des goûts de luxe et n'hésite pas à avoir recours au chantage, à l'occasion.

— Pourquoi êtes-vous venue?

Elle regarde autour d'elle, admire les sols lustrés, les grandes baies vitrées, la vue.

— Pour ça.

Elle n'a jamais mélangé le plaisir et les affaires et a toujours eu du flair pour les investissements. La première rangée de chalets à La Rive se négociera toujours au prix fort et, si Dee décide un jour de ne plus vivre dans le sien, elle sait qu'elle en tirera un excellent rapport. En attendant, que demander de mieux?

— Si ma femme découvre la vérité…

— Oh, personne ne garde mieux les secrets que Dee Huxley. Même si…, ajoute-t-elle en l'observant, tirant plaisir de son malaise. Maintenant que j'ai vu votre adorable épouse et vos deux magnifiques filles, je vais vous tenir à l'œil.

Elle se penche vers lui et baisse la voix, même si personne ne peut l'entendre.

— Et vous avez intérêt à mieux les traiter que mon employée ou je pourrais oublier comment on garde un secret.

36

7 janvier – Fiona

Le cœur de Fiona lui fait aussi mal que sa tête. Elle est à vif. Exposée. Déchirée devant cet homme qu'elle connaît à peine et qui en sait pourtant plus sur elle que tous ses amis. Elle colle son front contre l'épaule de Leo sans pouvoir empêcher les images de défiler dans sa tête.

Ils étaient sortis pour boire le champagne que Rhys avait acheté, « exprès pour toi », lui avait-il dit, et pendant un moment, Fiona avait trouvé ça amusant. Elle avait ri quand les bulles lui étaient montées à la tête alors qu'elle avait déjà le tournis, et elle avait trébuché, les jambes en coton. Elle entendait les voix des autres à la fête et voyait les lumières à travers les fenêtres de la salle polyvalente. Elle était encore en sécurité.

Puis il lui avait offert son bras en inclinant légèrement le buste, un geste extravagant, comme s'ils étaient dans un film en costumes, et il avait suggéré d'aller finir la bouteille « dans un endroit plus confortable ». Fiona savait ce que cela voulait dire et elle savait aussi qu'elle n'avait pas envie d'être dans un endroit *plus confortable*. Mais en faisant de l'humour, il l'avait désarçonnée. Un instinct prépare les filles à se défendre bien avant de savoir pourquoi elles risquent d'en avoir besoin. Si Rhys l'avait empoignée ou l'avait traînée dehors, Fiona aurait su comment réagir. Elle se serait débattue. Elle lui aurait donné des coups de pied, elle l'aurait mordu et elle se serait échappée en criant.

Mais là, elle avait…

— J'ai répondu par une révérence, dit-elle en tournant la tête pour parler, étranglée par des sanglots de honte. Une foutue révérence.

Elle avait baissé la tête et écarté les pans d'une jupe imaginaire, ravie d'avoir l'excuse de regarder fixement l'herbe et de cligner des yeux pour chasser la peur. *Je veux rentrer chez moi tout de suite*. Elle avait regardé la pointe de ses tennis, la boue qui allait rendre sa mère folle. *Je veux rentrer chez moi*, avait-elle énoncé sans bruit en se redressant et en s'entendant rire, bien qu'il n'y ait rien eu de drôle.

« Madame est-elle prête ? »

Il portait une veste, plus chic que l'occasion ne le méritait, et les poignets de sa chemise pointaient sous ses manches bleu marine. Fixant des yeux un bouton de manchette, Fiona avait senti le sol se dérober sous ses pieds, sa main s'approcher de celle de Rhys et se glisser à la place prévue, ses jambes bouger *droite gauche droite gauche*. Son cœur tambourinait de peur.

« J'en ai assez d'être avec tous ces gamins, pas toi ?

— Carrément. »

Ils avaient emprunté les ruelles jusque chez les Lloyd,

chaque pas plus lourd et plus désespéré que le précédent. Fiona était tellement plus mûre que les autres, lui disait-il : alors pourquoi se sentait-elle tellement plus jeune ?

« On n'a pas besoin d'eux pour s'amuser, pas vrai ?

— C'est sûr. »

Fiona sent le souffle de Leo sur le haut de son crâne ; chaud et rassurant, il la pousse à partager autant de sa vérité qu'elle en est capable. Ce qui est arrivé cette nuit-là n'a existé que sous forme d'images qui la hantent et la terrifient, qui la gardent éveillée, l'entraînent dans des endroits qui lui font encore peur à ce jour. Maintenant, elle essaie de formuler cette expérience avec des mots douloureux à prononcer.

— J'ai dit oui, murmure Fiona en serrant les mains, le bout de ses doigts encore blêmes. J'ai dit oui à tout.

Il lui avait semblé impossible de dire quoi que ce soit d'autre. C'était ce qu'elle avait fait semblant de vouloir, après tout. Ce qu'elle croyait vouloir, même. Elle avait flirté, minaudé et parlé tout fort de rendez-vous clandestins avec des garçons plus âgés qui n'étaient pas du village. Elle l'avait bien cherché. C'était inévitable.

— Non !

Leo resserre fugacement son étreinte et la relâche instantanément, comme s'il avait peur qu'elle ne se casse. Il l'écarte doucement de lui, la tient par les épaules pour qu'elle soit en face de lui. Il veut qu'elle le regarde, mais sa tête est lourde et sa honte l'est encore plus. Elle fixe ses pieds, regrettant de ne pas pouvoir arrêter de pleurer.

— Fiona, ce n'était pas ta faute, insiste Leo patiemment, lui disant ce qu'elle n'arrive pas encore à croire.

Tu ne l'as pas cherché, tu ne *pouvais* pas vouloir que cela t'arrive. Quatorze ans, Fiona. Tu avais quatorze ans !

Il inspire profondément. Il frotte les bras de Fiona. Essaie-t-il de la calmer ou de se calmer ? Elle n'en sait trop rien, mais il parvient à faire les deux. Lentement, elle relève la tête, le menton tremblant. Elle déglutit.

— Si tu gérais ce genre de situation au travail, poursuit Leo avec tact, une jeune fille de quatorze ans violée…

— Il ne m'a pas violée, coupe-t-elle, mais elle se souvient du bouton de son jean arraché, des bleus sur ses épaules, sur ses cuisses.

— … que lui dirais-tu ?

Leo attend en regardant Fiona dans les yeux ; elle secoue la tête, se rappelle qu'elle est restée immobile et silencieuse sur le canapé de Rhys, qu'elle ne s'est pas éloignée, qu'elle n'a pas dit non, qu'elle ne s'est pas débattue.

« Tu en as eu envie tout l'été, n'est-ce pas ? avait murmuré Rhys à son oreille, son souffle chaud et humide alors que la douleur la déchirait.

— Oui », s'était-elle entendue répondre.

— *Que lui dirais-tu ?* répète Leo.

Ses yeux l'encouragent à continuer et elle sait bien ce qu'elle est censée répondre, mais on la surnommait Fiona *Wyllt*, Rhys le savait et elle devait bien s'attendre…

— Je lui dirais que ce n'était pas sa faute, chuchote Fiona d'une voix brisée en se remettant à pleurer. Ce n'était pas ma faute. Ce n'était pas ma faute.

37

Mi-août – Caleb

Normalement, Caleb devrait être mort d'ennui. D'après sa mère, d'ici à l'année prochaine, La Rive disposera d'une salle de jeux avec un bar et un café et d'un parcours de golf de folie parmi les arbres. Pour l'instant, il n'y a rien de tout ça, juste la terrasse, le lac et l'ombre de la montagne. Le village de Cwm Coed est à moins de deux kilomètres, mais il n'a rien à offrir non plus pour occuper un ado.

Il n'y a presque personne dans les parages. Le lendemain matin de leur arrivée à La Rive, Caleb a emprunté l'un des vélos vert forêt du complexe et a fait le tour du lac sans voir la moindre voiture. Il a senti ses épaules, habituellement remontées jusqu'aux oreilles, se détendre lentement. Il a accéléré, le vent cinglant son visage, un grand sourire aux lèvres. Il s'est senti *vivant*.

« Je sais que tes copains vont te manquer », avait dit sa mère, mais Caleb ne ressentait que du soulagement.

Le soulagement de pouvoir ignorer le bip lui signalant

un message de ses potes, de savoir que lorsqu'ils viendraient le chercher, ils ne le trouveraient pas.

Tout a commencé quand Caleb a changé d'école en milieu de seconde. Tout le monde avait déjà son groupe d'amis et, quand Brett et Jamil l'ont pris sous leur aile, il leur en a été reconnaissant. C'était marrant au début, même le vol à l'étalage était amusant, mais au bout d'un moment, ça a commencé à leur nuire et Caleb a pris peur. Il se défoulait sur sa mère tout en sachant qu'il se montrait injuste, mais sans pouvoir s'empêcher de s'en prendre à elle.

« Ils exercent une mauvaise influence sur toi », constatait-elle, et Caleb claquait la porte de sa chambre et faisait l'autruche.

Aujourd'hui, il regarde fixement son téléphone. À deux maisons de là, Rhys Lloyd chante et, même si Caleb déteste la musique classique, elle colle bien avec cet endroit, avec le soleil qui fait miroiter le lac. Tabby et Felicia traînent sur leurs flamants roses.

— Caleb ! crie l'une d'elles. Tu viens te baigner ?

Il les ignore. Il fait défiler ses contacts et bloque systématiquement tous les numéros l'un après l'autre. Brett, Daz, Jamil. Et chaque fois, il a l'impression de changer de peau.

— Oh, mon Dieu, Tabs, on vient de voir ton téton, je te jure !

La voix de Felicia porte sur l'air immobile. Caleb jette un coup d'œil – il a quinze ans après tout –, mais n'aperçoit rien.

— Merde, tu crois qu'il y a des poissons dans ce lac ?

demande Tabby en ramenant ses pieds sur sa bouée. De vrais poissons ?

Caleb croise le regard de Bobby Stafford, allongé sur une chaise longue, sur la terrasse voisine, une bière à la main.

— Tu penses que des jumelles peuvent partager un neurone ? demande-t-il, ce qui fait rire Caleb. Est de Londres, c'est ça ? lance-t-il en désignant l'adolescent avec sa canette.

— Dagenham.

— Tu fais quoi, par là-bas, pour rigoler ?

Caleb, qui n'a pas très envie de repenser à Brett et à sa bande, hausse les épaules.

— Tu fais du sport ?

— Un peu de foot.

— T'as déjà essayé la boxe ?

— Pas vraiment.

— Je vais installer un sac de frappe là-haut, raconte Bobby en désignant l'avancée de toit protégeant le balcon. Je peux te donner quelques tuyaux, si tu veux.

— Ouais, d'accord, répond Caleb, qui rayonne intérieurement. Je vais peut-être aller voir si l'eau est bonne, dit-il en jetant son téléphone sur la terrasse.

— Et le reste, hein ? plaisante Bobby avec un clin d'œil.

Caleb s'étire. Il saute sur la terrasse voisine, descend sur le ponton et s'élance en courant pour atterrir en une bombe parfaite entre Felicia et Tabby. Le lac est glacial et sombre ; Caleb ouvre les yeux et nage vigoureusement. Il jaillit dans la lumière du soleil en riant de l'indignation qui se lit sur le visage trempé des jumelles, puis se hisse hors de l'eau.

Quelque chose bouge, plus loin sur le rivage, et Caleb remarque la fille rousse cachée derrière un arbre. Voilà quelques jours qu'elle les espionne en se croyant discrète. Parce qu'il n'a rien d'autre à faire, il la suit, mais alors qu'il tourne le coin des chalets, une main lui agrippe l'épaule, le retourne et le pousse sans ménagement contre le bardage en bois.

— Si je te reprends à reluquer mes filles, je te coupe les couilles.

Rhys lui enserre la gorge d'une main en lui écrasant la trachée. Caleb entend les jumelles rire sur le lac, sa mère parler à Mme Huxley, au Deux. La sueur dégouline le long de sa colonne vertébrale.

— Je ne…, essaie Caleb, mais Rhys accentue sa pression, l'empêchant de parler.

— Elles sont trop bien pour toi.

— Je…

Sous le coup de l'humiliation et de la peur, Caleb sent monter en lui une rage incandescente prête à exploser.

— T'as pigé ?

Caleb serre le poing, mais n'a pas l'occasion d'agir.

Rhys lève le genou et la vue de l'adolescent se brouille.

38

7 janvier – Leo

— Il m'a raccompagnée chez moi après.

Leo a mis le chauffage à fond et Fiona reprend peu à peu des couleurs. Elle est blottie sous son manteau et celui de Leo et ses cheveux encore mouillés dégagent de la vapeur. Dehors, la neige s'est dispersée, les quelques flocons qui avaient tenu déjà balayés. Le lac est gris, de violentes vagues s'abattent sur le rivage et Leo frissonne en revoyant Fiona nager.

— Je me rappelle qu'il m'a embrassée pour me souhaiter bonne nuit. J'ai dit merci, raconte-t-elle, malheureuse, paupières serrées pour refouler le souvenir.

De l'autre côté de Llyn Drych, La Rive semble les narguer et Leo s'efforce de se concentrer sur l'eau, les montagnes, les arbres. Sur la berge, à deux cents mètres de là, deux ados s'affairent avec du matériel de pêche. Leo essaie d'imaginer Harris à leur âge.

— J'ai pris un bain tous les jours pendant des semaines et des semaines, explique Fiona. Je ne me sentais jamais propre. Un jour, je me suis rendu compte que mon corps avait changé. Et j'ai su que j'étais enceinte.

— Tu l'as dit tout de suite à tes parents ?

— Mam l'a deviné. Le temps qu'elle comprenne, il était trop tard pour faire quoi que ce soit.

— Comment ont-ils réagi ?

— Ils ont crié. Beaucoup. Exigé de savoir avec qui j'avais couché, mais j'ai refusé d'avouer. Mam a dressé la liste de tous les garçons présents au stage : « C'était lui ? ou lui ? » Le pire dans tout ça, c'était la déception de papa. Il m'a traitée de *Wyllt* et a dit qu'il était dépité de découvrir que toutes les rumeurs me concernant étaient fondées, explique Fiona en poussant un soupir tremblant. Il avait déjà appris qu'il était atteint d'un cancer en phase terminale : nous savions qu'il lui restait moins d'un an à vivre. Je me déteste de l'avoir déçu avant sa mort.

— Il n'a jamais connu Seren, alors.

Cela veut dire « étoile », se souvient Leo. Une étoile qui brille dans les ténèbres. Il regarde par la vitre et fronce les sourcils. Les adolescents avec leur canne à pêche s'agitent, l'un d'eux court vers le hangar à bateaux tandis que l'autre, à genoux, se penche sur quelque chose.

— Mam a eu l'idée de prétendre qu'elle était ma sœur. Ils avaient voulu d'autres enfants après moi, mais mam a fait six fausses couches et ils ont fini par laisser tomber. Ils allaient élever Seren comme leur propre fille. Je ne sais pas vraiment ce que papa en pensait – mam et lui ont passé beaucoup de temps à parler en privé –, mais il a accepté. Il a dit que cela me donnerait l'opportunité de reprendre le droit chemin. De… (Fiona réprime un sanglot.) De le rendre fier.

— Et regarde-toi, lance Leo en lui serrant la main. Tu es enquêtrice. Il n'en serait pas fier ?

Fiona rit, un rire haché, hoquetant, mais un rire quand même.

— Peut-être, au fond. Il disait toujours que financer la police, c'était foutre en l'air l'argent des contribuables, répond-elle en ronchonnant, puis elle lance le même petit rire triste.

Elle frotte ses joues striées de larmes.

— Cela dit, il y en a certains qui lui donneraient raison, s'ils me voyaient chialer alors qu'il y a un meurtre à résoudre.

Fiona pousse un profond soupir et regarde Leo, déterminée.

— Nous devrions sans doute nous y remettre.

— Rien ne presse, tempère Leo, mais une voiture de patrouille s'approche du lac et se dirige vers le hangar à bateaux ; Fiona, qui l'a vue aussi, cherche son talkie-walkie.

Leo avance cahin-caha au bord de l'eau et rejoint le véhicule au moment où il se gare entre le hangar et l'endroit où les deux ados pêchaient.

— Agent Brady, annonce Leo en montrant sa plaque à ses collègues en uniforme. J'enquête sur le meurtre de Rhys Lloyd.

— Parfait timing, déclare l'un des deux policiers en désignant les ados, les yeux écarquillés d'excitation. Je crois que ces jeunes gens viennent de repêcher l'arme du crime.

39

Fin août – Steffan

Steffan Edwards est au pub. À une époque, des signaux de fumée digitaux auraient parcouru tout le village pour signaler sa présence ici, jusqu'à ce qu'un mari soit dépêché sur place pour persuader Steff de quitter la zone de danger et de rentrer chez lui ; ou tout au moins, pour boire un coup avec lui et veiller sur sa sécurité.

Mais Steffan est sobre depuis deux ans, neuf mois et six jours, et après les dix-huit premiers mois, période pendant laquelle il n'était même pas assez sûr de lui pour passer devant *Y Llew Coch*, et encore moins pour y mettre les pieds, il a retrouvé sa place habituelle au bar.

Il avale une gorgée de café (noir, deux sucres) et, l'œil morose, consulte les comptes de son entreprise. Rester sobre face à des chiffres pareils mérite une médaille, non ? On n'en voudrait pas à un type de picoler quand sa boîte tombe à l'eau.

Mais il ne le fera pas. Il n'y pense même pas. Certains mecs peuvent boire une pinte ou une vodka vite fait, juste pour se détendre, sans y réfléchir à deux fois. Pas

Steffan. Il aurait commandé le deuxième verre avant d'avoir fini le premier et, avant que l'on ait pu dire « dernière tournée, on ferme », il aurait été complètement imbibé. Avec Steffan, c'est tout ou rien.

En fin de semaine, il additionne les recettes et inscrit la somme dans son livre de comptes, ainsi que les bénéfices totaux pour la saison comparés à ceux de l'exercice précédent. Chaque année, il travaille un peu plus dur ; chaque année, il gagne un peu moins. Il peut réparer des bateaux en toute saison, mais c'est pendant les vacances qu'il engrange quatre-vingts pour cent de ses revenus, quand les campings sont pleins de familles qui vont au lac tous les matins. Quand son père dirigeait encore l'entreprise, les pédalos et les croisières de plaisance avaient le vent en poupe ; aujourd'hui, ce sont les kayaks et les planches à voile. Steff dispose de l'équipement adéquat, ce n'est pas le problème. Le problème, c'est la Chine. Ou le Japon, ou Dieu sait où on fabrique ces foutus joujoux gonflables. À une époque, on louait un bateau pendant les vacances parce qu'on ne pouvait évidemment pas en *acheter* un : où l'aurait-on entreposé ? Aujourd'hui, on le fourre sous l'escalier ou au grenier, plié en tout petit dans un sac à dos. Son cœur se serre chaque fois qu'il voit les camping-cars débarquer et les touristes déballer leurs affaires sur l'herbe. Il fait le compte du manque à gagner : deux paddles, un kayak, un canot jaune merdique pour les enfants. Encore cent livres de perdues.

Parfois, les touristes ne les rapportent même pas chez eux. Le plastique éclate, ou ils sont en retard et le bateau n'est pas sec. L'embarcation arrivée pliée sous forme de cube minuscule est désormais bien trop volumineuse pour le sac. Elle n'a coûté que trente balles chez Aldi : ils en achèteront une autre l'année prochaine. Les vacanciers les fourrent dans des poubelles déjà pleines ou les abandonnent sur le rivage, et c'est Steffan qui les ramasse avant que le lac ne les emporte.

Malgré tout, Steff n'est pas du genre à s'avouer vaincu. Il a toujours vécu avec son temps, a toujours cherché des opportunités. Il retourne la feuille de papier qu'il utilisait pour son estimation et dessine un bateau en haut. Au-dessous, il dresse la liste de tout ce qu'il loue : kayaks, paddles, canots pneumatiques, et tapote la pointe de son stylo contre ses dents en réfléchissant à ce qu'il pourrait ajouter.

Huw Ellis apporte son verre vide au bar et le salue d'un hochement de tête.

— *Iawn ?*

Son pote maçon baisse automatiquement les yeux pour vérifier ce qu'il boit. C'est humiliant, mais Steff n'a pas le droit de se plaindre : Huw l'a ramassé dans un sale état plus d'une fois.

— Ouais, pas mal, répond-il en continuant de gribouiller sur la coque qu'il a dessinée en pensant toujours à sa liste de locations. Quelle est la nuance de vert utilisée à La Rive ? demande-t-il, pris d'une soudaine inspiration.

— Aucune idée. J'ai le nom quelque part.

Steff le regarde.

— Tu en as besoin tout de suite ?

— Oui, merci.

Un peu agacé, Huw prend son téléphone.

— C'est sur ma facture qui, entre parenthèses, n'a toujours pas été réglée, alors, si tu envisages de travailler pour eux, fais-toi payer d'avance, lui conseille Huw en zoomant sur son écran. C'est la nuance Hunter Green.

— Et blanc, hein ? interroge Steffan en prenant des notes.

Huw s'esclaffe.

— Tu crois vraiment que Lord et Lady Lloyd choisiraient quelque chose d'aussi ordinaire que du blanc ? C'est Timid Mist, je te signale.

— Il s'est bien débrouillé, non ? Rhys, je veux dire. Il faut bien reconnaître qu'il est revenu dépenser son argent là où il est né. À sa place, beaucoup ne l'auraient pas fait.

— Tu les vois dans les magasins ? l'interrompt Huw. Un fourgon du supermarché Ocado passe presque tous les jours à La Rive, et Ewan prétend qu'il ne leur a pas vendu ne serait-ce qu'une tranche de bacon depuis que le complexe a ouvert. Ces foutus Anglais !

— Pas Rhys : il est aussi gallois que toi ou…

— Tu parles ! s'exclame Huw en riant. Il lui tardait de ficher le camp d'ici.

Steffan ne répond pas. Rhys doit de l'argent à Huw et l'argent est source de problèmes.

Rangé dans le hangar, il y a un canot en bois que Steffan a construit de ses mains et qu'il prévoyait de vendre. Les cinq jours suivants, il ignore les réparations pour lesquelles on le rémunère afin de se consacrer au canot : il le ponce, passe une couche d'apprêt et le rend étanche avant d'appliquer deux couches de peinture nuance Hunter Green. Il soigne les finitions couleur Timid Mist et inscrit des lettres au pochoir sur la proue en copiant fidèlement la police de caractères qu'il a vue en ligne. *La Rive, c'est le rêve !* En plus petit, il écrit *Tabby* et *Felicia*, un prénom sur chaque rame. Enfin, après une couche de vernis, la proue brille.

Cela fait des jours qu'il n'y a presque pas de vent. Les seuls marins qui restent sur le lac sont ceux qui sont assez doués pour déchiffrer les rides sur l'eau, assez patients pour attendre les poches de brise qui les feront avancer de quelques centaines de mètres. Steffan démarre son bateau pneumatique et se dirige vers La Rive, le canot fraîchement peint flottant derrière lui. Quelques-uns des paddles qu'il a loués sont disséminés çà et là et plus loin, vers la montagne, Angharad est en train de pêcher sur son sloop aux voiles rouges. Plus tôt, Bobby Stafford – qui, il faut bien le reconnaître, n'a pas marchandé une seule fois le prix d'une location – est allé jusqu'à la crique, en haut du lac, sur le jet-ski de Steffan. Il le voit depuis l'atelier, tous les jours à midi : l'ancien boxeur est réglé comme du papier à musique.

Les adolescents sont dans l'eau, devant La Rive, et Steffan décélère. Il aperçoit Seren, la benjamine d'Elen, et les jumelles de Rhys sur des bouées flamants roses.

Quant à Rhys, il est sur la terrasse du Quatre et parle à deux femmes : l'une, potelée, est coiffée comme une folle ; l'autre, aux cheveux gris, s'appuie sur une canne. Rhys lève les yeux alors que Steffan approche et se dirige vers son chalet. À quelques mètres du ponton, ayant parfaitement estimé sa vitesse et sa direction,

Steff coupe le moteur. Il accoste depuis qu'il a huit ou neuf ans, il pourrait le faire les yeux fermés.

Steffan lance l'amarre à Rhys et met pied à terre dès que son bateau est assez proche.

— Je viens de finir de réparer ce canot. Je me demandais s'il ferait plaisir à tes filles.

Il est tellement stressé qu'il est allé droit au but et il pourrait se donner des baffes.

Rhys a l'air pris au piège ; Steffan aurait dû réfléchir à une entrée en matière, demander comment allait sa famille, peut-être. Mais le canot est joli, sa peinture vert et blanc brille au soleil. Il s'accorde bien au décor.

L'une des jumelles approche en ramant sur son flamant rose pour l'inspecter. Steffan voudrait qu'elle trouve son nom sur la rame, mais elle regarde Rhys, mains jointes devant elle.

— Oh, s'il te plaît, papa !

— Ce serait merveilleux d'avoir un bateau, intervient la femme de Rhys. J'ai repéré des coussins qui seront tout simplement ravissants dedans.

— Combien en veux-tu, Steff? demande Rhys.

— Rien. Il est à toi.

— Chapeau, Steff, c'est très généreux de ta part.

Steffan prend son courage à deux mains, puis tend à Rhys le prototype de sa brochure. Il a investi tout le temps qu'il ne passait pas sur les finitions du canot à calculer ses prix de location et à faire estimer les coûts d'impression.

— Le produit fini sera imprimé sur papier glacé bien sûr, avec des photos de meilleure qualité.

Il explique son projet de partenariat entre son

entreprise et La Rive, et Rhys l'écoute en examinant le prospectus.

— Je vois. Génial ! Merci pour le canot.

Steffan est submergé par le soulagement. Rhys apprécie son projet. Maintenant, Steff peut commander les bateaux qu'il a réservés, acheter davantage de peinture. Il lui faudra aussi d'autres paddles et d'autres gilets de sauvetage, peut-être verts et décorés du logo de La Rive.

— C'est rien.

— Bon boulot, déclare Rhys, et Steffan est tellement heureux et débordant d'enthousiasme qu'il agrippe Rhys et lui donne le genre d'accolade que l'on réserve généralement aux fins de matchs de rugby et aux interprétations alcoolisées de *Land of my Fathers*.

Alors qu'il repart à toute allure vers son hangar, prêt pour ce nouveau chapitre de sa vie professionnelle, il ressent une euphorie que ne lui a jamais procurée l'alcool. Il y a des gens à Cwm Coed qui refusent de parler à Rhys depuis qu'il a construit La Rive, mais Steffan ne veut pas entendre dire du mal de lui.

Rhys Lloyd va sauver l'entreprise de Steff.

40

7 janvier – Fiona

Osian Wynne, treize ans, est dangereusement surexcité. Quand Fiona et Leo atteignent la jetée, son copain et lui se tiennent à plusieurs mètres du trophée de Rhys Lloyd comme s'ils venaient de déterrer une bombe encore intacte.

— J'avais bien dit que ce serait une scène de crime ! lance Donna, sa mère, arrivée quelques secondes après la voiture de patrouille. J'avais pas dit que ce serait une scène de crime ? répète-t-elle, prenant à témoin la foule d'une vingtaine de personnes, mobilisées grâce au pouvoir de Facebook.

— Elle l'avait bien dit, confirme Osian. Tu vas mettre du ruban bleu et blanc, Fiona ?

— Tu as besoin de craie ? demande quelqu'un.

Bon sang ! Pour Fiona, ce sont les subventions du gouvernement destinées à raccorder les campagnes à l'Internet haut débit qui sont responsables de l'engouement assez récent des gens du village pour les séries policières scandinaves. Une bande d'enquêteurs en pantoufles, tous autant qu'ils sont ! Elle se tourne vers les curieux.

— Quelqu'un a un sac en plastique ?

— Est-ce qu'il y aura une récompense ? lance Osian. J'économise pour m'acheter une nouvelle canne à pêche.

— Ta récompense, c'est la fierté d'avoir contribué à une enquête criminelle, rétorque Fiona en ramassant le trophée qui pèse plus lourd qu'elle ne s'y attendait.

Des algues sont accrochées aux piques dorées.

— Génial, répond Osian, manifestement pas très emballé.

— Ça pourrait être la clé de toute cette affaire, mon pote, lui apprend Leo, en sortant un billet de dix livres de sa poche pour le tendre à l'ado avec un clin d'œil. Bon boulot.

— Tu es trop gentil, remarque Fiona alors qu'ils regagnent la voiture et que la foule derrière eux se disperse, déçue par l'absence de rebondissement.

— Je me dis toujours que la gentillesse est une qualité sous-estimée, explique Leo avec douceur.

De la gentillesse, ce n'est pas ce qui les attend à Chester, où Crouch lève les yeux au ciel devant le sac pour pièce à conviction que Leo apporte dans son bureau.

— Qu'est-ce que vous avez là ? Encore une quête futile ?

— L'arme du crime, annonce Leo en la posant sur le bureau du capitaine. Repêchée dans le Mirror Lake tout à l'heure.

Crouch semble en proie à des émotions contradictoires. C'est un résultat remarquable : le type pourrait certainement se fendre d'un « bon boulot », non ?

— Il était temps que vous serviez à quelque chose.

Crouch part d'un grand éclat de rire. Fiona a remarqué que c'est une habitude, chez lui : il fait de grands sourires et s'esclaffe pour édulcorer ses vacheries comme si tout le monde était de mèche avec lui.

— Nous partons au labo la faire examiner, déclare Leo. Si vous nous y autorisez, bien sûr.

— L'eau aura détruit toutes les preuves utiles, évidemment, assène Crouch d'un ton de reproche.

— Eh bien, en fait, il est déjà arrivé que l'on récupère des empreintes latentes sur des objets immergés dans de l'eau stagnante depuis plusieurs semaines, explique Fiona avec force. Des études ont été menées sur des armes jetées dans des lacs d'eau douce et le résultat n'a montré qu'une infime dégradation, conclut-elle en soutenant le regard de Crouch. Nous aurons peut-être de la chance.

Le capitaine se radosse à sa chaise.

— Je commence à me dire que vous gâchez votre talent dans le nord du pays de Galles, agent Morgan. Ces amateurs ne vous soûlent pas ?

— Jamais pendant le service, capitaine. Les doses sont mortelles, au bistrot du coin.

— Ah !

Crouch pivote vers son ordinateur et tapote le clavier d'un doigt. Fiona et Leo patientent.

— Vous êtes attendus au labo.

Crouch lève les yeux, apparemment surpris de les voir encore là.

— Eh bien, allez-y !

— Merci, patron, dit Leo.

— Vous devriez prendre exemple sur votre collègue, le sermonne Crouch en désignant Fiona, qui a déjà un pied dans le couloir. Vous n'avez rien dans les balloches, hein ?

— Si, capitaine.

— Alors un peu de cran, bordel.

Fiona se retourne. Si Leo ne répond pas, elle ne va pas se gêner…

Mais elle sent son coéquipier la pousser doucement, bien que fermement, hors du bureau.

— Il a besoin qu'on le remette à sa place, fulmine-t-elle en chemin vers le laboratoire de la police scientifique.

— Il est comme ça, c'est tout. C'est un dinosaure.

— S'il s'en sort impunément, c'est uniquement parce que tu ne le contredis pas.

— Ça ne me dérange pas.

— Ouais, c'est ça, rétorque Fiona en éclatant de rire.

— Et même si ça me dérange, c'est ma vie, non ? Ça n'a rien à voir ni avec toi ni avec personne d'autre.

Fiona sent la colère monter en elle.

— C'est faux, argue-t-elle en s'immobilisant net, forçant Leo à en faire autant. Ce genre de types continuent jusqu'à ce qu'on les arrête. Même si ça ne te dérange pas – ce qui, entre parenthèses, est la pire connerie que j'aie entendue depuis que Yasmin Lloyd a prétendu être accablée de chagrin –, qu'en sera-t-il de la prochaine personne à qui il s'en prendra ? Une serveuse, un chauffeur de bus, un policier que ça *dérangera*, dit-elle, ses yeux lançant des éclairs. Tu ne comprends pas ? Ce qui compte, ce n'est pas ce que *toi* tu ressens. Chaque fois que tu le laisses dire, c'est un autre pauvre type que tu laisses tomber.

Fiona ouvre violemment la porte du labo et la laisse se refermer au nez de Leo, ébahi. Son cœur tambourine et pas besoin d'un psy pour savoir qu'elle attribue à Leo ses propres faiblesses. Pourtant, elle est surprise de découvrir qu'elle est d'accord avec Crouch sur un point.

Leo Brady n'a vraiment rien dans le slip.

41

Octobre – Mia

Mia a horriblement mal au dos. Tous les quinze jours, elle fait le ménage pour Glynis Lloyd et redoute toujours ce moment : l'aspirateur de Mme Lloyd pèse une tonne. Il y a deux volées d'escalier dans l'appartement au-dessus de la quincaillerie, et Mia a hissé l'appareil au dernier étage pour terminer son travail.

— Vous voulez que je déplace ces cartons ou que je les contourne ? demande-t-elle.

Glynis n'est jamais loin. Mia ne sait pas trop si la vieille dame aime la surveiller ou si elle apprécie sa compagnie. Comme prévu, Glynis la rejoint en quelques secondes dans la chambre d'amis.

— C'est un peu le bazar, je sais ; fais de ton mieux.

— Vous triez des papiers ? questionne Mia en jetant un coup d'œil aux dossiers qui jonchent le lit et la majeure partie du sol.

— J'essayais de retrouver des documents qui appartenaient à Jac mais, comme tu peux le voir, ça équivaut un peu à chercher une aiguille dans une botte de foin.

Parmi les dossiers, il y a des trousseaux de clés, des tas de relevés de compte bancaire, des lettres et des articles découpés dans des magazines. Mia ramasse une coupure de journal jaunie par le temps. Un Rhys adolescent, un trophée à la main, adresse un sourire gêné au photographe.

Rhys Lloyd, Enillyd, Eisteddfod yr Urdd.

— Ça, c'est quand il a remporté le prix du meilleur solo. Il y en a une autre quelque part avec une photo de lui et Lesley Garrett, explique Glynis en s'asseyant sur le lit pour feuilleter un tas de journaux. Je ne sais même pas pourquoi j'ai gardé tout ça. Je suppose que l'on devait faire allusion à Rhys quelque part là-dedans, mais je n'ai jamais trouvé le temps de découper ce qui m'intéressait.

Tous les quotidiens sont des éditions régionales galloises et anglaises. L'un d'eux a été ouvert et Mia aperçoit le nom du lycée local dans le gros titre. Elle le sort de la pile et sourit en reconnaissant les visages familiers.

— C'est Hari Roberts, non ? demande-t-elle en désignant un garçon au premier rang. Et là, c'est Fiona et je crois qu'elle, c'est Mari Alys Pugh, de Fronbach.

Les adolescents ont été immortalisés dans la salle de musique du lycée, à la fin d'un stage d'été dirigé par *Rhys Lloyd, invité spécial et ancien élève.*

Glynis chausse ses lunettes et prend le journal.

— Je n'ai jamais aimé cette photo de lui. À l'approche de la trentaine, il était tout le temps épuisé à cause de toutes ses tournées, tu sais. Mais tu n'y es pas ? interroge-t-elle en se levant. Tu as pourtant participé au stage, non ?

— J'étais aux toilettes quand le photographe est venu, répond Mia en souriant. Qu'est-ce que j'ai pris quand mam l'a su !

Glynis se penche et tire un autre carton de sous le lit.

— Il y a tout un tas de photos quelque part.

— Oh, Glynis, ne vous dérangez pas pour moi.

— Le jeune Caleb vient installer quelques étagères demain : il les remettra en place.

Elle ouvre les albums et se met à les feuilleter.

— Caleb, de La Rive ? demande Mia, surprise.

Le complexe pourrait aussi bien être à cent cinquante kilomètres de Cwm Coed, vu que les riverains et les villageois ne se mélangent pas. Sauf en ce qui la concerne, pense-t-elle, narquoise, en souriant pour elle-même.

— C'est un garçon adorable. Il a réalisé pas mal de petits travaux pour moi récemment, pour se faire de l'argent de poche, tu vois. Te voilà, annonce Glynis en tendant à Mia un tas de photos.

— Oh mon Dieu, comment ça se fait que je ne les aie jamais vues ? s'exclame Mia en éclatant de rire. Vous avez vu mes cheveux !

Elle contemple les clichés et se souvient comme si c'était hier de la liberté que l'on a à seize ans, quand on ne s'inquiète que de son apparence et de savoir avec qui on va traîner ce jour-là.

— Sers-toi, propose Glynis. Ou elles vont retourner dans leurs cartons.

— Vous êtes sûre ?

Encore hilare, Mia en prend trois ou quatre. Elle va faire le ménage dans la location de vacances d'Elen, aujourd'hui : il faudra qu'elle les montre à Fiona.

— Ce maquillage ! On se trouvait tellement cool. Est-ce que je peux vous aider à trouver le dossier que vous cherchez, maintenant ? propose-t-elle en regardant autour d'elle.

— Merci, mais je ferai ça plus tard en écoutant la radio. Il doit être ici quelque part. Si tu pouvais passer l'aspirateur dans les endroits dégagés, je t'en serais reconnaissante.

Plus tard, après qu'elle a fini chez Elen, son téléphone sonne. Mia sourit en regardant l'écran.

— Salut, toi.

— Ça va, ma belle ?

Bobby a une voix basse et douce qui lui donne des papillons dans le ventre.

— Qu'est-ce que tu fabriques ?

— Je suis sur le plateau. Je viens de retrouver mon fils illégitime, mais il me reste deux scènes avant de découvrir qu'il a besoin d'une greffe de rein et que je suis le seul donneur compatible. Et toi ?

— Pareil, répond-elle, et, quand elle l'entend rire, Bobby lui manque tant qu'elle a envie de pleurer.

Mia ne croyait pas au coup de foudre avant de faire la connaissance de Bobby. Ils en parlent beaucoup parce que lui non plus n'y croyait pas et pourtant, lors de leur première rencontre, ils ont eu l'impression que le monde s'arrêtait de tourner.

« Rien d'autre ne comptait, dit toujours Bobby.

— C'était comme quand une bombe explose dans un film, ajoute Mia. Tout le monde court dans tous les sens en criant, mais toi, tu avances au ralenti et tout ce que tu entends, ce sont les battements de ton cœur. »

Mia était intriguée à l'idée de rencontrer les Stafford. C'étaient les premières célébrités de La Rive, abstraction faite de Rhys Lloyd, et, même si la jeune femme ne regarde pas *Carlton Sands*, le feuilleton est célèbre pour ses intrigues controversées et Bobby Stafford apparaît souvent dans la rubrique people des journaux. Quant à sa nouvelle femme Ashleigh, elle y a élu domicile. Elle passe d'une émission de téléréalité à une autre et, quand elle ne fait pas la promo de ses apparitions sur le petit écran, elle est photographiée par des paparazzis dans une boîte de nuit, toujours en compagnie d'une personnalité un peu plus célèbre qu'elle.

Mia avait autorisé Rhys à faire circuler son numéro de téléphone parmi les propriétaires des chalets au cas où l'un d'eux voudrait l'engager directement. Elle a été surprise que Bobby l'appelle en personne. Elle supposait que les gens comme les Stafford confiaient ce genre de tâches à leurs employés. Quand elle l'a raconté à Bobby, cela l'a fait rire.

« Y a que les nazes qui ont besoin d'un intermédiaire pour ça. »

Il venait inspecter le chalet et se demandait si Mia voudrait lui servir de guide.

« Je ne connais personne d'autre dans le coin.

— Vous ne me connaissez pas non plus.

— Dès que vous m'aurez fait visiter, je vous connaîtrai », avait-il répondu avec un sourire que Mia entendait à l'autre bout du fil.

Quel culot.

Il était venu une semaine plus tard et, en le voyant descendre de sa voiture, elle avait cru qu'une explosion s'était produite.

« Des feux d'artifice, décrirait-elle plus tard.

— Comme si j'avais mis un couteau dans le grille-pain », renchérirait Bobby.

Mia l'avait emmené faire l'ascension de Pen y Ddraig.

« Ma grand-mère était galloise, lui avait avoué Bobby. J'ai toujours adoré cet endroit. »

Il se tenait au sommet, Llyn Drych serpentant dans la vallée, en contrebas.

« J'ai l'impression de rentrer chez moi », avait-il soupiré, et il ne regardait pas le lac, mais Mia, ses joues rougies et ses yeux brillants.

Il l'avait appelée ce soir-là, sur la route du retour. Mia l'entendait à peine par-dessus le bruit de la McLaren.

« Ça va te paraître fou… »

C'était complètement fou. De leur première rencontre, en passant par ce qu'ils vivent en ce moment, à ce qu'ils vivront dès qu'ils pourront être ensemble.

— Ça ne sera plus bien long, dit Bobby.

Mia lui fait confiance et elle saura se montrer patiente étant donné qu'elle a déjà l'impression de l'avoir attendu toute sa vie, mais elle le sent si loin en ce moment.

— J'aimerais que tu viennes la semaine prochaine.

— Moi aussi. Mais dans deux ou trois semaines, j'ai une pause dans le tournage. On ira quelque part, d'accord ? En tête à tête.

Un silence s'installe, puis Bobby s'éclaircit la voix :

— Écoute, désolé de te demander ça, mais…

— Ashleigh veut que je fasse le ménage au chalet ?

— C'est trop bizarre, non ? Je lui dirai que tu ne peux pas.

— Pour qu'elle embauche quelqu'un d'autre à ma place ? Alors, non seulement je dois passer la semaine prochaine seule, mais je ne peux pas payer mon loyer…

Mia plaisante, mais Bobby l'interrompt, horrifié.

— Tu ne peux pas payer ton loyer ? Pourquoi n'as-tu rien dit, ma belle ? Je vais t'envoyer de l'argent.

— T'as pas intérêt. Je n'accepterai pas un sou. Bien sûr que je vais faire le ménage au chalet.

— Tu peux récupérer la clé chez Rhys ou Jonty ? Ils seront là la semaine prochaine, non ?

— Je peux, mais je n'ai plus de créneau libre à ces dates : ce sont les vacances de la Toussaint et je suis débordée, avec toutes les locations. J'ai deux ou trois heures demain, en revanche, je vais m'arranger, ne t'inquiète pas.

— Merci, ma belle. Je t'aime, tu sais.

— Je sais.

Huw Ellis porte un pantalon de pyjama et des chaussons en forme de tête de Shrek. Il ouvre la porte, une tartine de fromage dans une main, des miettes collées à son tee-shirt. Par terre, dans l'entrée, ses vêtements de travail sont empilés autour de ses chaussures de chantier.

— Est-ce que Fiona sait ce qu'elle rate ? demande Mia en admirant le spectacle.

— Elle est venue chercher d'autres affaires, aujourd'hui, répond Huw en ignorant la moquerie. Elle a attendu que je sois au boulot, bien sûr, précise-t-il en croquant dans sa tartine. Tu lui reparleras ? ajoute-t-il, la bouche pleine de fromage.

— Ouais, parce que ça a marché la première fois, hein ?

Quelques semaines après que Fiona et Huw se sont séparés, Mia a tenté de les réconcilier tout en sachant que c'était une erreur. Résultat : Fiona a refusé de lui parler à moins que Mia ne lui promette de ne plus jamais aborder le sujet de sa vie amoureuse.

— Je suis venue te piquer les clés de La Rive, annonce-t-elle avant que Huw n'insiste. Je dois faire le ménage au chalet des Stafford.

— Comment tu sais que j'ai un double des clés ? demande Huw, l'air soupçonneux.

— Il paraît que tu refuses de les leur rendre avant d'avoir été payé, explique Mia en s'appuyant contre la porte du porche. Allez, Huw, mes cors ont bien besoin d'un bain d'eau salée.

— Cette image va me hanter.

Sans refermer la porte d'entrée, il se dirige vers la cuisine. Mia le suit et le voit fouiller dans un tiroir. Des assiettes sales s'empilent dans l'évier et le plan de travail est maculé de traces de ce qui ressemble à de la sauce bolognaise.

— Tu devrais embaucher une femme de ménage.

— C'est une proposition ? réplique-t-il en ouvrant un autre tiroir.

— Non.

— Certaines femmes seraient honorées de ramasser mes pantalons sur le sol de la salle de bains, tu sais.

— Je crois que c'est peu probable. Putain, Huw, combien de clés tu as ?

— Je suis maçon. Les maçons ont des clés, dit-il en se grattant l'oreille. Je jure qu'elles étaient là la dernière fois que j'ai regardé.

Mia a atrocement mal aux pieds. Elle regagne l'entrée.

— Je vais devoir attendre que Rhys arrive et caser ce boulot la semaine prochaine. Mais franchement, Huw, range ta maison : c'est un vrai dépotoir.

Plus tard, un verre de vin à la main et les pieds dans une bassine d'eau chaude, Mia réorganise son emploi du temps de la semaine suivante, puis envoie un SMS à Rhys pour faire en sorte qu'il laisse le chalet Trois ouvert à son intention. Par pur masochisme, elle dégote un ancien épisode de *Carlton Sands* et passe directement aux scènes où Bobby apparaît. Elle a l'impression que leurs rendez-vous quotidiens dans la crique, cet été, datent d'il y a une éternité, et elle se languit de lui.

Il tombe des cordes quand Mia se gare à La Rive. Elle a bossé tout le week-end pour préparer les meublés pour les vacanciers et elle enchaîne les ménages dans les locations Airbnb d'une nuit toute la semaine. Elle envoie à Bobby une photo de sa chambre.

J'aimerais que tu sois l‡.

Idem, répond-il en joignant la photo d'une plage avec sable blanc étincelant et mer turquoise.

Elle lui en envoie une de la balayette des toilettes et reçoit une série d'émoticônes hilares, suivie de dizaines de cœurs. Je t'aime, ma Mia.

Au rez-de-chaussée, elle entrouvre les baies vitrées pour aérer et met de la musique pendant qu'elle s'active. Elle monte le son et chante en poussant l'aspirateur sous la table. Comme le lui avait proposé Bobby, ils vont partir tous les deux et il a réservé une suite en promettant de la gâter pourrir.

Elle lève les yeux en percevant un mouvement et hurle à la vue du reflet dans les baies vitrées. Elle se retourne, pose une main sur sa poitrine le temps que sa respiration se calme.

— Que faites-vous là ?

— J'espérais que tu pourrais assurer l'entretien de mon *engin*, répond Rhys qui s'approche d'elle, le regard lubrique, une mimique obscène déformant ses traits.

Mia se détourne. Elle s'est déjà retrouvée dans ce genre de situation. Des clients, ou les maris de clientes, lui ont fait des remarques suggestives alors qu'elle passait l'aspirateur dans leur bureau. Un jour, en arrivant chez l'un d'entre eux, elle l'a trouvé en peignoir, dont la ceinture s'est « malencontreusement » détachée dès qu'elle a refermé la porte. Ce genre de type a droit à un avertissement, ce qui est facile à faire quand on est à son compte et qu'il n'est question que d'une personne, mais Rhys est propriétaire de La Rive. Si elle l'envoie balader, il ne l'emploiera plus et, lorsque les autres chalets seront construits, cela fera un gros manque à gagner.

— Je suis censée faire le ménage, rétorque-t-elle en s'éloignant, les yeux sur l'aspirateur. Ashleigh a la phobie des mites.

Si elle ne prête pas attention à lui, il s'en ira. Il lui fait des avances, c'est tout.

Mais il se campe derrière elle ; Mia sent son souffle chaud sur son cou et elle a si peur qu'elle reste pétrifiée. Il lui caresse les bras.

— Non…, commence-t-elle, mais, tremblante de peur, elle serre les dents pour les empêcher de claquer.

— Tout va bien, la voie est libre.

Mia gémit de terreur. Elle essaie de se persuader qu'il ne fera rien, pas ici, si près de chez lui, avec sa famille deux maisons plus loin, mais voilà qu'il lui prend le sein ; elle tente de bouger, cependant il la colle contre lui et la bosse dans son pantalon est menaçante, pas prometteuse. Il touche ses lèvres et elle détourne le visage, mais il lui fourre de force les doigts dans la bouche.

— S'il vous plaît. Je veux que vous arrêtiez, supplie-t-elle d'une voix fluette et pitoyable, assourdie par les doigts de Rhys.

Elle pleure, à présent ; elle a si peur et se sent si bête de ne pas avoir réagi. Sa tête lui ordonne de se servir de ses coudes, de lui balancer un coup de tête, de se dégager, de crier…

Mais son corps refuse d'obtempérer, de fonctionner. Figé, il laisse les mains de cet homme le contrôler, le toucher, s'en repaître. Mia a l'impression de se regarder d'en haut et s'ordonne de se réveiller, de faire quelque chose, *n'importe quoi*, mais…

Soudain, un sursaut. De l'espace, de l'air frais. Rhys la lâche et elle a l'impression de remonter à la surface, repêchée juste au moment où elle se noyait. Elle ignore pourquoi il s'est arrêté, mais elle ne se pose pas la question : tout ce qu'elle veut, c'est qu'il s'en aille et que ses oreilles cessent de bourdonner.

— Je dois…

Mia agrippe l'aspirateur, essaie d'arrêter de trembler de tous ses membres. Elle entend Rhys s'éloigner en marmonnant dans sa barbe, puis la porte d'entrée claque et, soulagée, elle éclate en sanglots brûlants.

— Ma petite, vous allez bien ?

Sur la terrasse, Dee ouvre la baie vitrée et relève Mia, effondrée par terre. Son étreinte est si forte et rassurante que Mia redouble de larmes.

— Rhys…

— J'ai vu, explique Dee d'une voix apaisante. Il a cru qu'il pouvait se servir. Mais vous ne risquez plus rien, maintenant. Tout va bien.

— Quel salaud ! lance Mia.

Elle se sent lentement redevenir elle-même, sa peur se muant en colère. Bobby va péter un plomb en apprenant ça.

— Et comment, répond Dee, caressant les cheveux de Mia comme ceux d'une enfant. Et il va le payer, n'ayez crainte.

Mia espère que Dee a raison. On ne peut pas laisser Rhys s'en tirer impunément et, s'il l'a traitée comme ça, à qui d'autre a-t-il bien pu faire des avances ?

— Oh oui, renchérit Dee d'un ton sec. Les hommes comme lui ont toujours ce qu'ils méritent.

42

8 janvier – Leo

Alors que Leo longe le couloir menant à la salle de réunion, son estomac se contracte. Travailler avec Fiona, passer tout ce temps à La Rive et aux environs lui a fourni l'excuse idéale pour manquer les briefings et ce n'est que maintenant, de retour au bureau, qu'il comprend combien il redoute de voir son patron.

— Vous êtes en avance, lance Crouch en consultant sa montre. Vous avez chié au lit ou quoi ?

Leo s'assoit. Il sent que Fiona le regarde, mais franchement, que peut-il y faire ? *Monsieur, monsieur, je n'apprécie pas que vous me parliez comme ça.* Il se paierait la honte. On n'entend personne d'autre se plaindre. Il fonctionne comme ça, c'est tout. Brusque, grossier. Ça n'a rien de personnel.

— Vous savez, explique Crouch à l'agent assis à côté de lui, il paraît que Liverpool est le seul endroit où on peut vous traiter de pédophile pour vous être tapé la mère de quelqu'un.

Sauf que *c'est* personnel, non ?

« Il est comme ça avec tout le monde ? » a demandé Fiona quand elle a rencontré Crouch pour la première fois, et Leo a été bien obligé d'admettre la vérité. Personne d'autre au bureau ne fait les frais du sens de l'humour si particulier du capitaine. Même si les piques sont puériles, le genre de vannes merdiques que Leo a entendu seriner à longueur d'enfance, Crouch ne les adresse qu'à lui. C'est bel et bien personnel.

— Comment appelle-t-on un habitant de Liverpool en costume ? demande maintenant le capitaine à la cantonade.

Les paroles de Fiona résonnent dans la tête de Leo. *Et la prochaine personne à qui il s'en prendra ?* Il pense à tout ce qu'elle a traversé. Elle avait l'air complètement brisée, la veille, et pourtant elle est là. Encore debout.

— L'accusé, répond Leo avant que Crouch ait pu donner la chute.

Le capitaine cille, puis ouvre la bouche pour raconter une autre « blague ».

— Je crois que vous n'avez pas raconté celle du Liverpuldien qui refuse qu'on lui fasse une pipe au cas où cela lui couperait les allocations chômage. Ni celle qui conseille de porter un survêtement en Nylon à son oreille pour entendre un accent de Liverpool, renchérit Leo en dévisageant Crouch. Et si on les racontait toutes une bonne fois, capitaine ?

Un lourd silence s'abat sur la pièce alors que les deux hommes se dévisagent. Écarlate, le capitaine s'apprête à répondre, les bajoues tremblotantes.

— Qu'est-ce qui se passe, Brady ? finit-il par dire. Tous les autres trouvent ça drôle : c'est quoi votre problème ? Vous n'avez pas le sens de l'humour ?

— Je ne sais pas, monsieur. Racontez-moi une plaisanterie qui ne soit ni insultante ni discriminatoire et voyons si je ris, rétorque Leo sans baisser les yeux.

Quelque part dans la pièce, quelqu'un bouge une chaise dont les pieds grincent. Crouch s'éclaircit la voix. Leo est oppressé par le silence, le regard de plus d'une dizaine de policiers qui s'en cognent trop pour lever la main et…

— Je ne trouve pas ça drôle, capitaine, déclare l'agent Clements d'une voix douce, mais claire, en regardant tour à tour Leo et Crouch.

— Moi non plus, ajoute un agent près de la fenêtre.

— Moi non plus, lance un autre.

— Et moi non plus, intervient Fiona.

Et de toutes ces voix, Leo se rend compte que c'est la sienne qu'il avait le plus envie d'entendre.

— Quelle bande de chochottes vous faites, fanfaronne Crouch en regardant autour de lui, mais une vilaine rougeur couvre son cou. Qui a la mise à jour sur *Numéro 36* ?

— La police londonienne enquête toujours sur l'agression.

Tandis que l'agent Clements se met à parler, le pouls de Leo ralentit. Autour de lui, les collègues hochent la tête en signe de soutien, lèvent les yeux au ciel en direction du capitaine. Quoi que Crouch décide de faire maintenant, Leo ne sera pas seul.

— Les alibis des collaboratrices de la victime ont été vérifiés, mais nos collègues recherchent encore le propriétaire du club. Tous les comptes sont offshore : les dirigeants sont bien cachés.

— Et en attendant, les agents Brady et Morgan ont une nouvelle théorie, annonce Crouch en regardant Leo, ayant manifestement envie de s'en reprendre à lui, de lui rappeler les heures passées à interroger Yasmin et à se fourvoyer dans des impasses. Et celle-ci tient peut-être la route, se contente-t-il de dire.

— Je le crois, capitaine, affirme Leo qui toussote, gêné d'être encore une fois au centre de l'attention. Nous avons obtenu un résultat concluant avec le trophée repêché dans le lac. La paillette recueillie sur les blessures de Lloyd correspond au métal et nous sommes convaincus que c'est l'arme utilisée pour l'agresser.

— L'objet a passé une semaine dans l'eau, intervient Fiona, mais la police scientifique a pu relever les empreintes de plusieurs personnes. Celles des époux Lloyd, comme on pouvait s'y attendre, mais également une empreinte partielle appartenant à la factrice Ceri Jones.

— Elle en voulait à Rhys Lloyd depuis longtemps, poursuit Leo puisque Fiona s'abstient de fournir d'autres détails, et, quand il la regarde, son visage est de marbre. Ceri finit sa tournée à midi. Nous l'attendrons à ce moment-là.

— Elle n'est pas coupable, déclare Fiona sur la route de Cwm Coed.

D'autres membres de l'équipe ont été chargés de reconstituer l'emploi du temps de Ceri Jones le soir du réveillon grâce aux informations obtenues dans les dépositions des témoins et sur les photos.

— L'arme porte ses empreintes.

— Ce n'est pas l'arme du crime à proprement parler, si ? D'après Izzy Weaver, les blessures au visage étaient superficielles. À son avis, l'agression a entraîné une crise cardiaque.

Leo regarde Fiona. Elle s'est emmitouflée dans son énorme manteau et, avec ses cheveux cachés sous un bonnet, seul son visage est visible.

— Alors, quelle est ta théorie ? Ceri Jones n'a pas frappé Lloyd avec le trophée ? Ou si elle l'a fait, elle ne l'a pas tué ?

— Je dis qu'il y a une explication innocente. Je connais Ceri. Elle n'est pas violente.

— Elle a été tellement harcelée par Rhys Lloyd qu'elle a quitté le lycée un an plus tôt que prévu et n'a jamais fait les études d'art dont elle rêvait. On a trouvé ses empreintes sur une arme dont on sait qu'elle a joué un rôle clé dans la mort de Lloyd.

— Ce n'est pas elle.

— Comment peux-tu en être si sûre ? demande Leo, qui attend en vain la réponse de sa collègue. Fiona, c'est déjà une très mauvaise idée que tu enquêtes sur cette affaire. Si arrêter Ceri représente un trop grand conflit d'intérêts pour toi, alors tu devrais…

— Je reste sur cette affaire.

Leo lui lance un coup d'œil. Il y a quatre jours, Fiona a appris qu'elle pouvait réintégrer sa brigade galloise.

« Apparemment, elle a supplié son capitaine de la laisser continuer, a dit Crouch à Leo. J'aurais pu supposer que vous la baisiez, mais comme elle n'est pas aveugle… »

Fiona n'est-elle restée sur cette affaire que pour

falsifier les preuves ? Leo tire sur sa ceinture de sécurité, soudain trop serrée sur sa poitrine. Cela explique-t-il son insistance à poursuivre ?

Quand Ceri se gare devant chez elle, les deux policiers l'attendent déjà. Malgré le froid, elle porte un short avec sa polaire réglementaire. Elle jette un regard résigné à Fiona et Leo.

— S'il vous plaît, dites-moi que vous n'avez pas besoin d'une autre déposition. J'ai passé une journée épouvantable : à entendre les gens, on croirait que je suis personnellement responsable de la disparition des cadeaux de Noël. Comme si c'était ma faute s'ils…

— Ceri, l'interrompt Fiona, nous devons te parler d'autre chose.

Leo attend que Fiona lui lise ses droits (c'est son territoire, son village), mais quand son hésitation frise la réticence, il intervient.

— Ceri Jones, vous êtes en état d'arrestation pour suspicion de meurtre. Vous avez le droit de garder le silence, mais ne pas divulguer pendant votre interrogatoire une information sur laquelle vous vous appuierez plus tard au tribunal pourrait nuire à votre défense. Tout ce que vous direz pourra être retenu contre vous.

— Quoi ? lance Ceri en éclatant de rire. C'est une blague ? Fi ?

— Non, Ceri, répond sèchement Fiona.

Ils rejoignent le commissariat en silence, Ceri pâle et bouleversée sur la banquette arrière. Bonne actrice ? se demande Leo. Ou simplement choquée de s'être fait prendre ? Fiona regarde par la fenêtre, son corps tout entier irradiant des ondes hostiles. Cette femme a tellement de facettes, pense Leo. La Fiona caustique, susceptible, qui le fait rire avec ses bons mots et ses mises en boîte. La Fiona d'hier, ouverte et à vif, dont la souffrance l'a bouleversé. La Fiona d'aujourd'hui, fermée, agressive. Et bien sûr, la Fiona qu'il a rencontrée le soir du réveillon. La femme téméraire qui se fiche du regard des autres et qui l'a embrassé comme s'ils étaient seuls au monde et s'est blottie dans ses bras quand ils ont fini par s'endormir.

Leo les aime toutes.

Il regarde la route devant lui, la neige se raréfiant à mesure qu'ils s'éloignent du pays de Galles. Quand ils ne travailleront plus ensemble, peut-être. Ils pourront peut-être prendre un verre, par exemple.

Faut voir.

Parce que Fiona a un motif plus solide de tuer Lloyd que n'importe qui d'autre à Cwm Coed et, même si Leo a très envie de passer du temps avec elle, l'enquêteur en lui ne peut exclure la possibilité qu'elle soit impliquée. Fiona était dans un bar avec Leo à l'heure où Lloyd est mort. Mais quelques heures plus tôt à peine, elle se trouvait avec le chanteur. A-t-elle enclenché un processus qui a entraîné sa mort ?

Si c'est le cas, cela fait de Leo son alibi.

En garde à vue, Ceri écoute en silence les policiers lui lire ses droits, avec pour seul signe de stress deux rides verticales au milieu du front, puis demande à faire appel à un avocat. Il est tard quand ils entrent enfin en salle d'interrogatoire.

— Parlez-moi de votre relation avec Rhys Lloyd, commence Leo.

— Nous avons fréquenté le même lycée. Comme tout le monde. Vous savez tout ça, c'est n'importe quoi, dit Ceri en regardant Fiona.

— Étiez-vous amis ?

— Vous savez bien que non, soupire Ceri.

Elle pose la main à plat sur la table comme pour se blinder, puis lève la tête.

— Il m'a harcelée, d'accord ? Plusieurs personnes ont certainement dû vous le raconter, alors autant que je vous en parle aussi. Dès mon entrée au lycée, il a fait de ma vie un véritable enfer. Il a écrit *gouine* sur mon casier. Il a envoyé des messages signés de mon nom à des filles de mon âge. Il a inséré mon visage sur des photos pornographiques. Ses copains et lui ont menacé de me violer pour « me rendre hétéro », égrène sèchement Ceri.

— Ça a dû être affreux, compatit Fiona qui pose une main sur la table puis la retire, mue par l'envie de prendre celle de Ceri avant de se rappeler où elles sont.

— Il y avait une fille qui me plaisait, poursuit Ceri, en regardant fixement devant elle. Je ne sais pas comment il l'a su, mais le fait est. Il m'a envoyé un message en se faisant passer pour elle, disant qu'elle voulait me rencontrer.

Elle s'interrompt, atterrée par sa propre naïveté.

— Dans le studio de musique de Rhys, intervient Fiona d'une voix blanche, mais Ceri fronce les sourcils.

— Je n'y serais jamais allée. Elle disait qu'elle voulait me rencontrer au parc, près de l'aire de jeux. Elle m'expliquait ce qu'elle… (Ceri hésite, rougissante.) Ce qu'elle voulait faire avec moi.

— Rhys t'attendait, c'est ça ? questionne Fiona.

Sa voix est glaciale et Leo gigote, mal à l'aise. Elle ne devrait pas être là. S'ils inculpent Ceri du meurtre de Lloyd, la défense cherchera le moindre défaut dans la cuirasse de l'accusation. Même si les agissements de Lloyd envers Fiona ne sont jamais révélés, même si elle n'a rien à voir avec sa mort, cette affaire la concerne de trop près. Comment pourrait-elle être objective ?

— Lui et sa bande d'amis. Je m'étais mise sur mon trente et un et…, relate Ceri en séchant des larmes de colère. Alors ouais. Je le détestais. Vous ne l'auriez pas détesté à ma place ?

— Qu'avez-vous ressenti quand Rhys est revenu à Cwm Coed ? Quand il a construit La Rive ?

— Je l'ai encore plus détesté.

L'avocat de Ceri tousse. Elle le regarde, puis hausse les épaules.

— Je ne vais pas mentir. D'accord, c'était il y a longtemps ; d'accord, il était gamin, mais il m'a rendu la vie insupportable. J'ai perdu toute confiance en moi : à la fin, je n'allais même plus faire les courses de peur de le croiser. Je n'avais pas d'amis, je n'ai pas fait les beaux-arts… il a détruit ma vie et le voilà qui redébarque au village avec tous les attributs du succès. Je l'ai détesté à cause de ça.

— Assez pour le tuer ? demande Leo.

— Non, répond Ceri en le regardant dans les yeux.

— Sais-tu ce qu'est cet objet ?

Fiona prend le trophée de l'Étoile montante posé par

terre et le met sur la table. Il est enfermé dans un sac pour pièces à conviction scellé avec un lien en plastique rouge.

— C'est un trophée.

— L'as-tu déjà vu ?

— Non, répond Ceri en détournant les yeux. Peut-être. Je ne sais pas.

— Lequel des trois ? demande Leo. Non, peut-être ou vous ne savez pas ?

— Je ne sais pas !

Elle bat rapidement des paupières, plaque les mains sur ses cuisses.

— Il porte vos empreintes digitales.

— Je ne l'ai pas tué.

— Le problème, Ceri, explique Fiona, c'est que Yasmin Lloyd a fait visiter sa maison à presque tous les invités du réveillon. Personne ne se rappelle t'avoir vue participer à l'une de ces visites. Et si tu n'y as pas participé, pourquoi ce trophée porte-t-il tes empreintes ?

Un long silence s'installe.

— D'accord, soupire Ceri. Je suis montée dans le bureau de Rhys pour livrer son courrier.

— Drôle d'endroit pour une boîte aux lettres, plaisante Fiona.

— Si vous voulez tout savoir, il m'a piégée, continue Ceri sans prêter attention au sarcasme. Encore une fois. Il m'a fait croire qu'il était dehors en me parlant par l'Interphone. J'ai posé le paquet dans son bureau et puis j'ai vu… je me suis rendu compte qu'il…, hésite Ceri, qui déglutit, regarde la table. Il était dans sa chambre. Quasiment nu. Et il me regardait faire le tour de son bureau.

Leo sent Fiona se crisper près de lui.

— Qu'est-ce que tu as fait ?

— Je me suis barrée, bien sûr.

— Tu as dû être contrariée, remarque Fiona d'une voix égale. Cela a dû tout faire resurgir : le harcèlement au lycée, toutes ces émotions, toute cette colère.

— Je ne l'ai pas tué, répète Ceri en soutenant le regard de Fiona.

— Qui l'a fait alors ?

— Agent Morgan, vous ne demandez pas sérieusement à ma cliente de faire votre travail à votre place ? intervient l'avocat.

Mais Ceri hausse les épaules.

— Vous avez l'embarras du choix, non ? Pour commencer, Yasmin est une garce doublée d'une radine. Ça ne m'étonnerait pas qu'elle l'ait tué pour son fric. Vous savez ce qu'elle m'a donné comme étrennes ? Une carte-cadeau Primark usagée sur laquelle il restait trois livres quarante-neuf.

— Si laisser un pourboire indigne faisait de vous un assassin, la moitié de la population serait en prison, ironise Leo, s'attirant la réprobation de l'avocat.

— Jetez un galet dans le lac et vous éclabousserez quelqu'un qui se réjouit de la mort de Rhys Lloyd, rétorque Ceri. Je me fiche de ce qu'on disait de son vivant. Même Steffan le débinait alors qu'il a passé toute l'année dernière à lui faire une lèche d'enfer.

— Il le débinait ? s'étonne Fiona. Quand ?

— Le jour où Rhys m'a refilé les invitations du réveillon pour que je les distribue, comme si j'étais son foutu majordome ! s'écrie Ceri, dégoûtée. Deux jours après Noël, je crois. Je les ai laissées au pub et Steff se lâchait au sujet de Rhys.

— Que disait-il ? demande Leo, penché vers la factrice.

— Il parlait à Huw. Ellis. Le mari de…

— Huw Ellis, s'empresse de dire Leo. Le maçon, n'est-ce pas ?

— Il parlait de moniteurs et de location de bateaux. Je n'écoutais pas vraiment, je voulais juste rentrer chez moi et me mettre à peindre, mais je me rappelle m'être dit que Steff avait vraiment la haine. Vous voulez un conseil ? demande Ceri en s'adossant contre sa chaise. Intéressez-vous de plus près à Steffan Edwards.

43

Veille de Noël – Felicia

Ça va être le pire Noël de leur vie. L'an dernier, maman a dit qu'elles étaient trop jeunes pour aller au pub avec leurs potes alors qu'ils y allaient tous et que Barnaby, en classe de seconde, leur avait procuré à tous de fausses pièces d'identité.

« L'année prochaine, avait promis Yasmin. Seize ans, ce n'est pas si mal. »

Mais elles sont où ? À La Rive, putain. Les faux papiers de Barnaby ne risquent pas de leur servir à grand-chose.

— Seren propose d'aller au pub du village, annonce Tabby en consultant le SMS sur son téléphone et en essayant de lire le nom gallois. *Y Llew*… comment on prononce le double l, déjà ?

— Rien à foutre, putain ! rage Felicia en frappant son oreiller. Le père d'Esme a privatisé une salle du *Frog & Hammer* : il paie les consommations à hauteur de cinq cents livres et tous les élèves de seconde y vont.

— Tu détestes Esme.

— Ce n'est pas le problème !

Yasmin passe la tête par l'entrebâillement de la porte.

— Ma chérie, où est la carte cadeau Primark que tatie Laura t'a envoyée pour ton anniversaire ? La factrice est là.

Felicia la retrouve dans le bazar qui jonche sa table de chevet.

— Là. Pourquoi ?

— Je peux l'avoir ? Je te rembourserai.

— Je ne sais pas combien il reste dessus.

— Ça ira, répond Yasmin, qui s'en empare avant de dévaler l'escalier.

— On n'a qu'à traîner avec Seren, propose Tabby. On peut demander à Caleb de nous accompagner.

Felicia lui adresse un sourire rusé.

— C'est littéralement la seule raison qui te pousse à y aller, hein ? Parce que tu veux te taper Caleb.

— Je ne veux pas me taper Caleb.

— Mais si.

— Bon, peut-être un peu, avoue Tabby avec un grand sourire. Allez, on se prépare. On pourra flirter avec les jeunes agriculteurs du Wales YFC[1].

Elles hurlent de rire à cette idée. Il y a moins de beaux mecs à Cwm Coed que dans leur lycée, ce n'est pas peu dire.

— Je vais conseiller à Seren de se mettre sur son

1. Wales Young Farmers' Club, association appartenant à une fédération nationale ayant pour but de soutenir les jeunes agriculteurs.

trente et un, dit Tabby, dont les doigts virevoltent sur le clavier.

— Tu sais bien qu'elle ne le fera pas.

Seren a porté le même short tout l'été et le même jean pendant les vacances de la Toussaint.

— Elle ne se maquille que quand elle travaille pour papa, fait remarquer Felicia en battant des cils, et Tabby pousse un cri.

— Dégueu ! Bon sang, j'ai la gerbe maintenant.

Deux heures plus tard, elles sont prêtes et elles sont à tomber. Leur chevelure lissée forme un rideau brillant de part et d'autre de leur visage et elles ont souligné leurs lèvres au crayon pour dessiner la moue parfaite. Elles ont posté un million de selfies sur Instagram et coupé le son de la Story d'Esme qui tague le *Frog & Hammer*.

— C'est un peu trop pour un dîner dans la cuisine, non ? remarque Rhys lorsqu'elles descendent en sautillant, et même en trébuchant en ce qui concerne Felicia, qui a emprunté les talons de Yasmin.

— On sort, annonce Tabby.

— Pas question, répond Yasmin, vêtue d'un jean moulant noir et de baskets, son haut pailleté étant sa seule concession aux fêtes. Nous dînons avec les Charlton.

— Mais…

— Il n'y a pas de *mais*. Ça va être sympa.

Sympa ? Ça craint, oui ! Ni Felicia ni Tabby ne sont du genre à piquer des crises ; elles savent exactement combien de cadeaux se trouvent sous le sapin à l'heure actuelle et savent aussi que leurs parents n'hésiteraient pas à en confisquer quelques-uns pour leur donner une leçon. Mais les jumelles sont des boudeuses expertes. Elles répondent par monosyllabes jusqu'à ce que les adultes laissent tomber.

Felicia envoie un SMS à sa sœur. **Pub plus tard ? Seren dit qu'on peut toujours rester après la fermeture.** Tabby hoche furieusement la tête. Woody et Hester sont odieux, comme d'habitude. Blythe leur a demandé de chanter *Vive le vent*, ce qu'ils ont fait dix fois d'affilée. En ce moment, ils se courent après autour de la table.

— Si vous n'allez pas dormir, le père Noël ne passera pas, leur dit Yasmin.

Felicia et Tabby se regardent. Faut pas gonfler maman ce soir, ça s'entend à sa voix.

— Jonty chéri, peux-tu mettre les enfants au lit ? demande Blythe en lui touchant le bras. Tu es tellement plus doué que moi dans ce domaine.

Jonty fond sur les deux pestes, qui pourraient être en train de pleurer ou de rire, Felicia ne voit pas la différence.

— Allez, les affreux jojos, on y va.

Maman contemple Jonty comme s'il était le foutu Messie. Ça continue, alors. Felicia a envie de pleurer, de taper sur quelque chose ou de courir dans tous les sens en criant comme Woody et Hester.

Cet été, Felicia a trouvé un SMS de Jonty sur le téléphone de sa mère. **J'ai hâte de te baiser.** Elle l'a effacé avant de laisser tomber le téléphone comme s'il venait de la mordre, tremblante de peur et de désarroi. Que venait-elle de lire ? Elle avait envie d'en parler à Tabby, mais, si elle l'avait fait, cette histoire serait devenue réelle et Felicia ne voulait pas qu'elle le soit. C'était peut-être une erreur. Jonty croyait peut-être écrire à quelqu'un d'autre.

Au cours des jours suivants, Felicia a observé ses parents de près, mais ils semblaient les mêmes. Pas deux tourtereaux (ce qui aurait été dégoûtant), mais ils n'avaient pas l'air de se détester non plus. Maman ne se comportait pas comme si elle avait une aventure. Trois jours plus tard, Felicia est sortie en douce de la chambre de sa mère avec son téléphone pendant que Yasmin se douchait.

Tu as aussi bon goût que je l'imaginais.

Felicia était écœurée. Jonty Charlton et maman. Maman et Jonty Charlton. C'était répugnant. Pauvre papa ! Il serait anéanti, s'il savait : il ne devait jamais l'apprendre de sa vie. Felicia s'est accrochée à l'idée que ça n'était arrivé qu'une fois, que sa mère avait momentanément perdu la tête (une espèce de crise de la ménopause) et que tout rentrerait dans l'ordre bientôt. En attendant, elle a collé Yasmin en faisant son possible pour s'assurer qu'elle ne reste jamais seule avec Jonty.

Yasmin n'a plus reçu de SMS après la fermeture de La Rive, en fin d'été, et Felicia aurait pu pleurer de soulagement. Mais le regard de Yasmin à l'instant… S'il ne se passe plus rien entre eux, il est évident qu'elle a envie qu'il se passe quelque chose.

— Pourquoi on ne peut pas participer à la fête ? demande Tabby.

Ils parlent du réveillon du Nouvel An. Felicia est partagée entre l'envie de fuir les Charlton et la certitude que la fête va être géniale. Le genre de fête qui vaut de l'or sur Instagram.

— Ça m'étonnerait que vous ayez envie de traîner avec des vieux comme nous, répond Jonty.

Felicia lui lance un regard noir. Il n'a pas tort. Elle imagine l'ambiance qu'il doit y avoir en ce moment au *Frog & Hammer* et rêve tellement d'y être qu'elle sent presque le goût des Porn Star Martinis qu'elle commanderait avec l'argent du père d'Esme.

Sa mère commence à se chamailler avec Blythe pour savoir qui doit recevoir, mais Felicia n'en a rien à battre de tout ça.

— Nous devrions inviter certains villageois, suggère son père.

Et maintenant, Jonty revient après avoir couché ses mômes et caresse les épaules de Blythe comme s'il ne se tapait pas la femme d'un autre. Bon sang, comment maman peut-elle être assise à côté de papa en faisant semblant que tout va bien ?

Blythe explique qu'il faut que tout cercle amical reflète une certaine diversité et Felicia lui adresse un regard de soutien. C'est un peu stupide de dire ça, surtout quand on sait que la seule représentante d'une minorité ethnique dans le cercle de Blythe est sa masseuse coréenne, mais bon, la meuf est mariée à un salaud, alors…

Felicia retourne à son téléphone jusqu'à ce que Blythe tape des mains en annonçant le projet fou d'une baignade de Noël.

— Qu'en pensez-vous, les filles ? Caleb est partant.

Comme si ça changeait quoi que ce soit.

— Ouais, si tu veux, répond Felicia, aussi grossièrement qu'elle l'ose.

Ça prend des plombes avant que Yasmin les autorise à partir – « et pas plus d'une demi-pinte de cidre ! » – et elles parcourent un kilomètre et demi jusqu'au village en titubant sur leurs escarpins idiots sous des trombes d'eau. Seren est déjà au pub, une tournée de Cheeky Vimtos casée sur le rebord de la fenêtre près de laquelle elle a réussi à se faire une place. Dans la chaleur ambiante, le manteau de Felicia dégage de la vapeur.

— Joyeux Noël ! lance Seren, les yeux brillants. Tout le monde va bien ? Comment va votre père ?

Bon sang. Felicia hallucine. Elle descend sa boisson et repose violemment le verre sur le rebord de la fenêtre.

— Rattrapez-moi, petites natures. J'ai envie de me bourrer la gueule.

Impossible de se bourrer la gueule parce que le barman les laisse boire deux verres chacune avant de se pencher pour leur conseiller : « Ne jouez pas avec le feu, les mômes. » Seren répond avec indifférence qu'elle est crevée de toute façon et les jumelles finissent par partir avant la fermeture.

— Quel Noël de merde, râle Felicia en arrivant dans l'allée qui conduit à La Rive.

Tabby ôte ses chaussures et marche pieds nus sur le goudron glacé.

— J'ai arraché un bout de papier-cadeau sur l'un de ces paquets carrés, sous le sapin : ils nous ont acheté des AirPod.

— Cool, soupire Felicia.

En atteignant leur chalet, elles entendent des éclats de voix. L'estomac de Felicia se serre. *Papa sait tout.* Elle ouvre la porte d'entrée et, par un accord tacite, les jumelles entrent à pas de loup en tendant l'oreille.

— Je n'arrive pas à croire que tu aies pu faire une chose pareille !

Felicia est troublée. Quelque chose ne va pas. C'est papa qui devrait dire ça.

— Et t'en *vanter* devant moi comme si cela risquait de m'impressionner !

— Tu étais assez impressionnée quand tu prenais Jonty pour un « magicien ».

Felicia a la nausée.

— Parce que j'ignorais ce qu'il faisait vraiment, ce que *tu* faisais. C'est… c'est criminel !

— Ta réaction est disproportionnée, la rabroue Rhys. Je ne lui ai pas fait de mal.

— Comment le sais-tu ? Ça s'est peut-être accumulé dans son organisme au fil des années et, un jour, cela ressortira…

— Seize ans plus tard ? s'esclaffe Rhys.

Felicia pose la main sur sa bouche, les yeux écarquillés.

— Ils parlent de nous, chuchote Tabby.

— De l'une de nous, corrige sa sœur, l'air sombre.

— Et maintenant, vous risquez la vie de ces deux petits anges : c'est atroce. Je vais tout dire à Blythe, je ne peux pas le lui cacher.

Felicia est perdue. Qu'a fait papa et quel rapport avec Woody et Hester ?

— Oh, non… tu ne vas pas me mettre ça sur le dos, se défend Rhys. C'est Jonty, le responsable.

— C'est toi qui lui as fourni les somnifères ! C'est toi qui lui as donné l'idée !

— Je lui ai simplement dit que cela avait fonctionné pour nous quand c'était l'enfer pour coucher Felicia…

— Pour *toi*, Rhys ! Tu as drogué mon bébé pendant trois ans sans que je le sache. Tu aurais pu la tuer !

Tabby se tourne vers sa sœur, horrifiée, mais les yeux de Felicia sont déjà remplis de larmes et elle monte les marches en courant. La liaison de sa mère avec Jonty est le cadet de ses soucis maintenant qu'elle sait ce qu'a fait son père. C'est de la maltraitance, voilà ce que c'est.

Son père est un monstre.

44

8 janvier – Fiona

— Tu continues à la croire coupable ?

Fiona se tourne vers Leo alors qu'ils s'éloignent de chez Ceri.

— Je ne sais plus que penser.

Il manœuvre lentement à travers la neige. Le mauvais temps empire et, quand ils ont traversé Cwm Coed tout à l'heure, des flocons tourbillonnaient contre le pare-brise, éclatants de blancheur contre le ciel de plus en plus noir.

Échaudé par la garde à vue infructueuse de Yasmin Lloyd, Crouch a refusé de les autoriser à retenir Ceri une minute de plus que nécessaire.

« Collez-lui une caution et laissez-la s'en aller », a-t-il ordonné, et Leo et Fiona ont été obligés d'obéir.

Ceri est arrivée à la fête du réveillon à 20 heures et est repartie à 22 h 30, dès que, selon ses propres mots, « elle en a eu marre de toutes ces conneries ». Elle restera en liberté conditionnelle pendant quinze jours, ce qui leur laisse le temps de prendre les conseils du service des poursuites judiciaires et d'enquêter sur les pistes mises au jour par l'interrogatoire de la factrice, y compris la conversation qu'elle a surprise entre Huw et Steffan.

— Elle aurait pu retourner à la fête, remarque Leo. Elle a affirmé s'être couchée à 23 heures, mais aucun conjoint ne peut corroborer ses dires.

— Elle n'a jamais…

Fiona s'interrompt. Elle allait dire que Ceri n'a jamais eu de copine, répéter sans réfléchir les propos des autres. Mais n'est-ce pas précisément cela que Fiona déteste à Cwm Coed ? Les ragots qui deviennent légende, l'habit que l'on vous fait endosser et qui vous va si bien que vous le portez toute votre vie.

Fiona *Wyllt*.

Rhys Lloyd a retourné une génération entière contre Ceri. Est-ce étonnant qu'elle se soit sentie obligée de garder le secret sur sa vie amoureuse ?

Le téléphone de Fiona sonne et elle fronce les sourcils en regardant l'écran. Elle peut compter sur les doigts d'une main le nombre de fois où Seren l'a appelée. L'adolescente préfère WhatsApp et encore, seulement quand elle veut quelque chose. L'autorisation de rentrer tard quand mam lui a ordonné d'être à la maison à 21 heures. Emprunter un jean à Fiona.

— *Ti'n iawn ?*

Pas de réponse. Fiona éloigne le téléphone de son oreille pour vérifier que la communication n'a pas été coupée.

— Seren ?

Elle entend un hoquet, un sanglot violent et plein de colère, et Seren finit enfin par parler.

— Dis-moi que ce n'est pas vrai.

Le cœur de Fiona vole en éclats. Son univers s'écroule à ses pieds.

— Quoi ? murmure-t-elle, même s'il n'y a qu'une réponse possible.

— Dis-moi que ce n'est pas vrai ! supplie Seren en haussant le ton, la voix tremblante.

— Quoi ? répète Fiona en désespoir de cause, parce que, s'il reste une chance que Seren n'ait pas compris, ce n'est pas Fiona qui va le lui…

— Tu es ma mam, hein ?

Il y a des années de cela, Fiona s'est parfois autorisée à imaginer ce que cela ferait de s'entendre appeler *mam*. Elle glissait dans un monde parallèle, un monde où, plus âgée, elle avait pu garder son bébé, et elle s'imaginait au parc, sur le chemin de l'école, la main de Seren dans la sienne.

Mam.

Elle n'avait jamais imaginé que ce serait dit comme ça.

— Seren, où es-tu ? Il faut qu'on parle.

Fiona essaie de garder son calme, sachant que Seren part en vrille et espérant se comporter comme la mère qu'elle n'a jamais eu la chance d'être.

— Tu as eu seize ans pour me parler et tu as préféré me mentir !

Leo touche le bras de Fiona, qui se dégage, faisant son possible pour se concentrer.

— Tu m'as eue et tu m'as donnée à ta mère comme si je n'étais *rien* !

Fiona regarde la neige tourbillonner, dehors.

— Comment as-tu découvert la vérité ?

— Caleb a piqué une photo à Glynis. Il trouvait ça drôle : il a dit que la fille sur la photo me ressemblait.

Fiona ferme les yeux. Elle voudrait appuyer sur la touche « Pause », rembobiner. Trouver Caleb et le secouer, lui demander pour qui il se prend, d'interférer dans une histoire dont il ne sait rien.

— C'est toi. Avec Rhys, assène Seren, en larmes. Et je n'arrêtais pas de penser à une remarque que Mme Huxley a faite. Elle a dit que Felicia, Tabby et moi pourrions être sœurs et… Il te tient par l'épaule sur la photo, Fi ! crie Seren, hystérique et suppliante. Et tu le regardes comme…

De bruyants sanglots emplissent le téléphone.

Fiona se souvient de ce cliché. Un des élèves de l'option photo avait couvert le stage dans le cadre de son cours et avait mitraillé l'atelier chant, le spectacle, la fête. Après, on s'était fichu de Fiona car partout où Rhys allait, Fiona n'était jamais loin. Elle avait envie de pleurer. *C'était le contraire*, avait-elle envie de dire. *Partout où j'allais, il était là.*

Les professeurs avaient-ils vu les photos de la fête ? Ou étaient-ils trop préoccupés par le stage, les prestations des élèves ? Ils n'avaient pas regardé sous la surface, là où Fiona suffoquait.

— C'est vrai alors, ce que tout le monde raconte ! lance Seren, soudain dure. Fiona *Wyllt*.

— S'il te plaît…

— Et avec…, bredouille Seren, la voix entrecoupée de sanglots. Avec *lui* !

— Seren, laisse-moi t'expliquer.

— J'arrive pas à croire que Rhys Lloyd soit mon père.

Elle pleure si fort que Fiona a du mal à comprendre ce qu'elle dit. *Dégoûtant… Vieux… Comment as-tu pu…*

— *Mets la robe*, il a dit !

De plus en plus hystérique, Seren suffoque après chaque mot hurlé au téléphone. Fiona essaie de parler, mais la moindre parole lui vaut une nouvelle bordée d'injures. Leo essaie d'attraper quelque chose sur la banquette arrière, ouvre son dossier, fouille dans ses papiers et Fiona lui jette un regard noir. Il ne peut pas juste rester tranquille deux minutes ? Il doit sûrement voir à quel point c'est important, non ?

— Je te déteste.

— Seren, s'il te plaît…

— Et lui aussi, je le déteste !

— Où es-tu ? Je vais venir…

— Je voudrais être morte.

— Ne dis pas…

Mais c'est le silence au bout du fil. Seren a raccroché.

Fiona laisse tomber son téléphone sur ses genoux, empoigne ses cheveux, se penche en avant et gémit. Leo lui frotte le dos et, cette fois, elle ne se dégage pas. Elle s'oblige à respirer, inspire, expire plusieurs fois, lâche ses cheveux et se redresse.

— Elle sait tout.

— J'ai entendu. Désolé, ajoute Leo, l'air navré.

— Ça va aller, s'encourage Fiona sans y croire. Seren a le même caractère que moi : elle va se calmer.

— Fiona.

— C'est un choc énorme, mais je vais appeler mam et…

— Fi.

Elle se tourne vers Leo. L'air inquiet, il consulte encore ce satané dossier.

— Quoi ?

— « Mets la robe », dit-il.

— Quoi ?

— C'est ce qu'a dit Seren, non ? « Mets la robe. » Fiona, je crois...

Il s'interrompt, sort son stylo de la poche de sa veste et désigne d'un trait plusieurs lignes sur sa feuille avant de la lui tendre sans un mot.

C'est une copie des SMS envoyés et reçus par le téléphone portable de Rhys Lloyd la semaine précédant sa mort. Fiona lit la première ligne désignée par Leo.

Je n'arrête pas de penser à toi.

Elle poursuit sa lecture.

Tu seras sensationnelle, quoi que tu portes.

Le dernier SMS a été envoyé la veille du Nouvel An.

Mets la robe.

Ce message est adressé à Seren.

45

Veille de Noël – Bobby

L'aéroport était noir de monde, mais, maintenant qu'ils ont quitté Londres, les routes sont désertes et la McLaren avale les kilomètres. Pour une fois, Bobby et Ashleigh ont voyagé en première classe. La classe affaires est plus qu'assez confortable pour Bobby, mais Ashleigh l'a supplié et Bobby est une bonne pâte. Au moins, il pourra piquer un bon roupillon avant le long voyage en voiture jusqu'à La Rive, a-t-il raisonné en tendant sa carte de crédit.

C'était compter sans Ashleigh qui, une fois à bord, a insisté pour « faire une réserve » d'images pour ses comptes sur les réseaux sociaux ; ce projet impliquait plusieurs changements de tenue pour donner l'illusion de voyages de luxe encore plus nombreux qu'en réalité.

« Je peux emprunter votre siège ? a-t-elle demandé à un passager dérouté, assis dans la rangée du centre.

— Ash ! s'est exclamé Bobby, atterré. Ne bougez pas, mon pote.

— Ça va avoir l'air *fake* si je suis toujours à la même place. »

C'est tout le système qui est *fake*, selon lui. Il n'est pas bête : il sait bien que les réseaux sociaux, ce n'est pas la vraie vie, et il ne rechigne pas à partager des photos de sa voiture de temps en temps, mais la dévotion d'Ashleigh à son art est aussi impressionnante que terrifiante. Chaque plat est « dressé » avant qu'ils puissent y toucher, chaque chambre d'hôtel photographiée sous tous les angles avant que Bobby ne soit autorisé à défaire ses valises.

En suivant Ashleigh vers la salle de bains de l'avion pour prendre une photo d'elle sous la douche, il s'est senti émasculé.

Bobby a passé la majeure partie de sa vie d'adulte sous le feu des projecteurs, en quelque sorte. Peu après avoir raccroché les gants, il a été engagé pour faire de la figuration dans *Carlton Sands*, et l'engouement des téléspectateurs a été tel qu'on lui a offert un rôle dans la série. Mais la vie de people n'a jamais convenu à cet homme qui préfère boire une pinte dans un pub miteux que des mojitos dans le bar à la mode que les influenceurs estiment digne de leur compte Instagram.

Quand ils quittent l'autoroute et prennent la direction du nord du pays de Galles, Bobby se sent peu à peu soulagé de la pression qui pèse sur lui. Il adore être à La Rive, traîner sur le lac, marcher en montagne et explorer les sentiers forestiers avec un sac à dos rempli d'en-cas, voire d'une petite bière. Il adore aller vadrouiller au village, où les seuls appareils photo sont ceux des iPhone de gamins plus intéressés par sa voiture que par lui. L'endroit lui rappelle les vacances de son enfance, quand sa mamie les expédiait, son frère et lui, avec des sandwichs, une pelle et un seau en leur interdisant de revenir avant le dîner.

Sans rien à photographier, Ashleigh a reculé son siège ; elle est allongée, bouche ouverte, un fin filet de bave coulant jusqu'à son épaule. Bobby imagine publier la photo sur son compte. *#sansfiltre*. Génial.

Ils arrivent au complexe à l'aube, le jour de Noël.

— C'est encore plus moche que dans mon souvenir, lance Ashleigh, vaseuse, en regardant à travers le pare-brise.

— Tu n'étais pas obligée de venir. Tu aurais pu aller chez tes parents.

Ashleigh enfile ses baskets.

— Et bousiller le plan ?

Le plan. Bobby en a plein le dos de ce putain de plan. Pour un homme simple aimant les plaisirs simples, sa vie est devenue un peu trop compliquée à son goût. Derrière la rangée de chalets, le lac est aussi sombre que le ciel. Une seule lumière brille encore chez les Lloyd.

— Je ne crois pas être capable d'aller jusqu'au bout, dit-il, surpris par sa soudaine franchise.

Un ange passe, puis Ashleigh sort de la voiture.

— Tu n'as pas le choix.

Il est encore tôt quand Bobby se réveille. Il descend à pas feutrés, se fait un café, enfile son manteau et va dans la forêt pour appeler Mia. Mia est la meilleure chose qui lui soit jamais arrivée. Mieux que la boxe, mieux qu'être acteur et mieux – tellement mieux – qu'Ashleigh. Il se sentirait mal de tromper sa femme si elle n'avait pas l'habitude de se taper les footballeurs du championnat d'Angleterre chaque fois qu'elle peut s'en tirer impunément.

— Joyeux Noël, ma belle.

Sur le lac, un oiseau plonge pour attraper un poisson et ressort, un éclair argenté dans le bec.

— Le père Noël t'a gâté ? répond Mia d'une voix ensommeillée.

— Non, les gâteries, c'est pour tout à l'heure, répond Bobby avec un rire salace.

— J'ai hâte.

Ils ont été prudents, cet été, se sont retrouvés dehors ou dans des pubs, loin de tout. Les voisins de Mia ont la curiosité indiscrète et il suffirait d'un tuyau anonyme aux journaux pour que la liaison adultère de Bobby soit rendue publique. Il s'en tamponne, mais Ashleigh péterait les plombs. *Et le plan alors ?*

Se retrouver dehors, ça allait en été, mais en décembre dans le nord du pays de Galles ? Il aurait du mal à convaincre le petit Bobby de sortir de son caleçon. Ce soir, Mia ne verrouillera pas sa porte et Bobby se glissera dedans et puis… voilà. Il se glissera dedans, quoi.

Juste avant 11 heures, les nageurs de Noël commencent à se réunir. Bobby et Ashleigh ont enterré la hache de guerre, bien aidés par le sac à main Gucci que Bobby a offert à sa femme.

« Oh, bébé, je l'adore ! »

Elle s'est jetée à son cou. Une seconde plus tard, en entendant le déclic de l'appareil photo de son téléphone, il a su que l'événement serait posté en ligne d'ici quelques minutes. *Quand ton homme sait exactement comment te faire plaisir...*

Maintenant, l'air est pur et frais, la terrasse scintille de givre. Bobby retient Dee par le coude quand sa canne glisse sur le bois.

— Ne vous en faites pas pour moi, mon cher, lui dit-elle. Je suis une dure à cuire.

Elle a un vrai appareil photo. Abstraction faite de ceux des paparazzis, Bobby ne se rappelle pas la dernière fois qu'il en a vu un, c'est quasiment *vintage*. Il la fait rire en prenant la pose pour elle, genre colosse de foire ringard.

— À mon tour maintenant, bébé.

Ashleigh porte le manteau en fourrure que Bobby lui a offert pour son anniversaire. C'est de la fausse, bien sûr, même si ça a coûté aussi cher que de la vraie. Comme elle vient de passer une heure à se coiffer, Bobby sait qu'il est exclu qu'elle se baigne.

— Joyeux Noël !

En combinaison de plongée, Clemmie ne plaisante pas. Bobby a probablement l'air d'un con avec son caleçon festif, mais ça ne le dérange jamais de faire l'idiot pour rigoler. Il avale une gorgée de son Bloody Mary.

— Bouge pas une seconde, ordonne Ashleigh en agitant son téléphone.

— Pas aujourd'hui, d'accord ? dit-il en posant son cocktail, mais elle fronce les sourcils.

— Avec le verre. Là. Appuie-toi à la rambarde et...

— On peut pas passer une journée sans penser à ce foutu Instagram ?

Ashleigh lui lance un regard noir avant de s'éloigner.

— Je croyais que tu allais filmer la baignade, lui lance Bobby.

— Quel intérêt si on ne poste pas la vidéo en ligne ?

Plan ou pas plan, Bobby ne sait pas combien il peut encore en supporter.

Les Lloyd portent une robe de chambre sur leur maillot. C'est la première fois que Bobby voit Rhys depuis que Mia lui a raconté ce que ce salaud a fait en octobre et sa mâchoire se crispe. Yasmin marmonne quelque chose à l'intention de son mari, qui la regarde de travers. Yasmin a-t-elle découvert qu'il a fait des avances à Mia ? Même les jumelles ont l'air sombres, les yeux rouges, renfrognées. Un truc ne tourne vraiment pas rond chez eux.

Mia a fait promettre à Bobby de ne pas toucher Rhys. « Je ne peux pas risquer qu'il me débine en ville, lui a-t-elle expliqué. J'ai besoin de travailler. »

Bobby avait envie de lui dire de lui envoyer ses factures, mais il sait exactement ce qu'elle aurait répondu. Mia n'est pas une profiteuse, contrairement à Ashleigh, et il ne l'en aime que davantage.

Dee prend une photo de tous les nageurs.

— Tout le monde est prêt ? Le petit oiseau va sortir !

Bobby voit Yasmin se pencher contre son mari pour la photo puis pratiquement le repousser dès que le déclic de l'obturateur a retenti. Bobby pourra peut-être tenir la promesse faite à Mia, après tout : on dirait que Yasmin gère la situation.

Bobby descend l'échelle jusqu'au ponton entre les terrasses. Pendant quelques secondes, il est seul avec

Rhys et, même si Bobby serre les poings, il se dit : « Laisse tomber, Stafford. Il n'en vaut pas la peine. » Mais c'est alors que Rhys se penche vers lui, un sourire sournois aux lèvres.

— Dommage que j'aie été interrompu : elle était carrément partante, lance-t-il.

Sans réfléchir, Bobby le prend par la gorge.

— Je vais te buter, putain.

— Commencer la journée de Noël comme ça, quelle chance !

Les fesses de Clemmie apparaissent au-dessus d'eux et Bobby lâche Rhys, qui se frotte le cou. La voisine les regarde tour à tour nerveusement et, juste au moment où Bobby pense qu'elle va s'adresser à eux, Caleb les rejoint d'un saut et court le long du ponton, les autres s'attroupent autour d'eux et il est temps de plonger.

Bobby plaisante avec les autres en barbotant dans l'eau glaciale, mais sans jamais quitter Rhys des yeux.

D'une manière ou d'une autre, il va le faire payer.

46

8 janvier – Leo

— Il faut que je la trouve.

Fiona se débat avec la poignée de la portière, mais Leo a déjà démarré. Ça ira plus vite en voiture. Fiona rappelle en boucle le numéro de Seren, la sonnerie résonnant jusqu'à ce que la boîte vocale se déclenche. La neige forme désormais un rideau opaque, les essuie-glaces luttant en vain contre le blizzard.

— Rappelle-moi, Seren. C'est important.

Fiona a les yeux secs, elle est vidée émotionnellement, mais de nouveau maîtresse d'elle-même. Elle raccroche et fait défiler ses contacts pour tomber sur *Maison*.

— Allez, décroche, marmonne-t-elle.

Leo passe en première et commence à avancer lentement vers le centre du village. Si Seren est chez elle, Fiona voudra aller la rejoindre, et si elle n'y est pas… eh bien, ce n'est pas ici qu'ils la trouveront.

— Mam ? C'est moi. Seren est là ?

Le long soupir de Fiona est éloquent.

— Tu sais où elle est?

Leo entend la voix chantante d'Elen au bout du fil alors qu'il traverse lentement Cwm Coed pour scruter les porches des maisons, les ruelles. Le crépuscule tombe, les boutiques sont fermées et rares sont ceux qui bravent le mauvais temps. La neige a englouti les trottoirs et, entre les deux rangées de magasins, la grand-rue est recouverte d'un linceul immaculé. L'air n'est plus qu'un tourbillon blanc furieux.

— Elle sait tout, mam.

Leo se gare, hésite à sortir pour laisser Fiona et Elen parler. Fiona ferme les yeux ; elle a encore l'air de souffrir et il a l'impression d'être un intrus. Le silence s'éternise ; Leo détache sa ceinture, mais Fiona lui agrippe la main avant qu'il ne puisse bouger.

— Ouais. Je vais voir là-bas. Je sais, dit Fiona, qui a rouvert les yeux et enchaîne désormais les réponses courtes et hachées. Ça va. Je sais. D'accord.

C'est Fiona Morgan la policière qui parle, pas Fiona la fille d'Elen. Ni Fiona la mère de Seren. Seule sa main serrée sur celle de Leo au point de lui faire mal prouve son désarroi.

Elle éloigne le téléphone de son oreille et lâche Leo, qui fléchit discrètement ses articulations.

— Mam ne l'a pas vue depuis le déjeuner. Seren ne répond pas à ses appels non plus, annonce-t-elle en poussant un soupir tremblant. Je ne peux pas parler des SMS à ma mère, je ne peux pas lui dire que c'est Rhys le… Pas au téléphone.

— Et les amis de Seren?

— Je sais juste où Siân et Efa habitent, mais je

ne sais même pas si elles traînent encore souvent ensemble.

— Ça vaut le coup d'essayer.

Aucune des deux filles n'a vu Seren depuis avant Noël et, quand Fiona demande à Efa d'appeler Seren en espérant qu'elle répondra au moins à une amie, son portable est éteint.

— Tu veux signaler sa disparition ? demande Leo dès que Fiona a réussi non sans peine à regagner la voiture.

— Elle a seize ans, on ne l'a pas vue depuis quoi, moins d'une heure ? Tu sais aussi bien que moi quelle priorité on lui accordera.

— A-t-elle des antécédents de problèmes psychologiques ? s'enquiert Leo, qui déteste poser la question, mais Fiona fait non de la tête. D'automutilation ?

— Pas que je sache.

Préoccupée, Fiona fait défiler ses contacts une nouvelle fois, cherchant quelqu'un, n'importe qui, à appeler. En voyant Fiona en ce moment, personne ne pourrait croire que Seren est sa fille, songe Leo. C'est comme si, mentalement, elle avait compartimenté les différents domaines de sa vie pour pouvoir fonctionner dans chacun d'eux.

Leur boucle les ramène sur la grand-rue, les traces de pneus de tout à l'heure déjà englouties par la neige.

— Seren ! lance vainement Fiona par sa vitre ouverte à travers le tourbillon de neige qui pénètre dans l'habitacle.

Un mouvement interpelle Leo, quelqu'un posté devant une porte ouverte, bras levé pour se protéger du blizzard. Glynis Lloyd.

Il se gare devant la quincaillerie, baisse sa vitre. Glynis porte son tablier de travail, un épais cardigan jeté à la hâte sur les épaules, des chaussons. Elle semble inquiète.

— Tout va bien ? demande Leo.

Elle secoue la tête en désignant son oreille et il répète en criant pour couvrir le vacarme de la tempête.

— J'ai vu votre voiture, d'en haut. Je me suis dit…

L'air épuisée, Glynis s'appuie au chambranle de la porte.

— Nous n'avons encore inculpé personne du meurtre de Rhys, si c'est ce que vous espériez, annonce Leo.

Glynis a un bref hochement de tête, les lèvres serrées.

— Il paraît que vous avez arrêté Ceri.

— Une femme nous aide dans notre enq…

Leo s'interrompt. Comment l'appelle Fiona déjà ? *M. Langue de bois*.

— Elle a été libérée sous caution, répond-il à Glynis.

— Je crois…, hésite Glynis, au bord des larmes. Je crois que vous avez arrêté la mauvaise personne. Je sais ce que Rhys lui a fait, mais c'était il y a des années, ils n'étaient que des gamins.

— Avez-vous vu Seren ? questionne Fiona en se penchant par-dessus Leo.

Un éclair traverse le visage de Glynis quand elle voit Fiona, et Leo se demande si sa collègue a raison. Au plus profond d'elle-même, Glynis savait-elle comment était son fils ? A-t-elle fermé les yeux sur ce que cachaient ses talents et ses succès ?

— Moi, non, répond Glynis. Mais je viens de parler à Llinos au téléphone. Elle a vu Seren se diriger vers le hangar de Steffan il y a environ une heure. D'après Llinos, elle avait une bouteille de vodka à la main. Est-ce que tout…

Mais Leo s'éloigne déjà, trop vite pour la neige, et ses pneus dérapent quand il bifurque au bout de la grand-rue.

Exception faite d'une seule lampe dans le bureau, le bâtiment du loueur est plongé dans le noir et Leo balaie l'extérieur avec sa torche pour essayer de repérer un mouvement. Plusieurs embarcations sont entreposées sur des remorques ; certaines ont des cabines qu'il faudrait inspecter. Au moins, Seren serait au chaud et au sec si elle s'était réfugiée dans l'une d'elles.

— Seren ! crie Fiona en martelant la porte du hangar.

Le silence règne à l'intérieur, mais, quand elle tire sur l'énorme porte coulissante, elle constate que celle-ci n'est pas verrouillée. Elle ouvre, Leo actionne l'interrupteur et les lumières s'allument avec un tremblement semblable à un éclair.

— Seren ? appelle Leo en traversant le hangar.

Le bureau est situé dans un coin du vaste espace et une lumière filtre à travers la vitre obscurcie de la porte. À l'intérieur, Steffan est avachi sur sa table de travail. L'homme grogne quand Leo le secoue par les épaules.

— Est-ce que Seren est venue ? demande Fiona.

Pas de réponse de Steffan, que Leo secoue de nouveau.

— Lâchémoi !

Steffan se redresse, clignant des yeux face aux intrus. Il jette un regard noir à Leo, puis se concentre lentement sur Fiona.

— Où est mon bateau ? dit-il en pointant un doigt accusateur sur elle.

— Il est dans les vapes, observe Leo.

— Quel bateau ?

— Tu me l'as pris !

Steffan se lève en titubant, puis fronce de nouveau les sourcils.

— Non, c'est pas le mien. Réparer un bateau. Tu l'as volé !

Les mots se télescopent, ils n'ont aucun sens, sauf que Steffan semble persuadé que Fiona a…

Les policiers échangent un regard, ayant compris en même temps.

— Steffan. Est-ce que Seren est partie sur le lac ? demande lentement Fiona.

L'homme la dévisage et secoue la tête maladroitement.

— Pas toi. L'autre.

Leo se tourne vers Llyn Drych. Le blizzard est trop dense pour qu'on puisse distinguer l'eau, mais le bruit des vagues le fait frissonner.

— Elle n'aurait pas essayé de sortir par un temps pareil, si ?

Fiona serre la mâchoire.

— Ça va aller, dit-elle, et Leo ne sait pas trop qui elle essaie de convaincre. Elle fait de la voile depuis l'âge de six ans. Elle connaît le lac comme sa poche, même par mauvais temps. Elle a dû regagner la terre ferme quand elle a vu que la météo se gâtait.

Steffan frappe un grand coup sur la table. Il chancelle, se rattrape et agite sa main libre tel un chef d'orchestre qui essaierait de forcer les mots à sortir de sa bouche.

— Angharad, parvient-il à articuler. Le voilier d'Angharad.

— C'est pas grave, affirme Fiona. Elle sait manœuvrer un sloop.

— Non ! crie Steffan en frappant un autre coup sur la table. Pas encore réparé.

Fiona blêmit.

— Bateau cassé, ajoute Steffan, chancelant. Pas le temps de le réparer. Pas été en forme, dit-il en s'écroulant sur sa chaise avec un haussement d'épaules. Y a un trou dans la coque.

47

27 décembre – Steffan

Alors que l'année touche à sa fin, Steffan Edwards se sent optimiste. Il a passé la majeure partie du mois de novembre à élaborer un plan de développement pour son entreprise afin de demander un emprunt à la banque. À peine versé sur son compte, l'argent a déjà été investi dans d'indispensables réparations du hangar, ainsi que dans le matériel supplémentaire nécessaire pour satisfaire les propriétaires de La Rive.

La deuxième phase du chantier doit commencer fin janvier, avec la construction de dix chalets supplémentaires d'ici Pâques, et le complexe doit être bouclé avant l'été prochain. La tête de Steffan bourdonne de projets. Il a acheté une boule zorb géante pour les enfants et a versé un acompte pour un trampoline aquatique gonflable. Doit-il prévoir d'autres jet-ski ? Bobby Stafford en a loué un tout l'été cette année, et d'autres voisins pourraient en faire autant. Sur eBay, Steffan hésite sur une annonce : ce serait exagéré d'acquérir un parcours d'obstacles gonflable ? Il a déjà dépensé tellement d'argent, mais il faut spéculer pour accumuler.

Steffan a même repeint le hangar. Il retouche toujours les menuiseries en hiver, mais, cette année, il a transformé le lieu. À la place de l'habituelle lasure rouge brique, il a peint les planches en bleu foncé, les fenêtres et les encadrements de portes en blanc crème. Maintenant, quand on se poste près de la jetée et que l'on contemple le lac, le bâtiment et La Rive se répondent parfaitement.

La touche finale, c'est le nouveau site Internet de Steffan. Il n'a jamais éprouvé le besoin d'en avoir un avant, mais même lui se rend bien compte que sa page Facebook – où des publications sur le kayak sont émaillées de prédictions footballistiques et de *ice bucket challenges* – est à des années-lumière de ce dont les habitants de La Rive ont l'habitude. Il a donc versé une somme indécente à une entreprise de Manchester pour obtenir un site sophistiqué, compatible avec les smartphones et si beau qu'il n'arrête pas de le consulter.

— Qu'en penses-tu ? demande Steffan en montrant son téléphone à Huw.

Il est passé au pub, soi-disant pour fêter ces bonnes nouvelles avec un sandwich, mais surtout pour exhiber cette merveille devant tous ceux qui se tiennent tranquilles assez longtemps.

— Chapeau, Steff, c'est du beau travail, répond Huw en regardant l'écran.

Steffan lui montre la galerie d'images : une mosaïque de vacanciers heureux qui font du wakeboard, du kayak, qui pique-niquent sur des paddles. Sur le site de Steffan, il fait toujours beau et le lac scintille toujours.

— Tu te prépares, alors ?

Steffan hoche vigoureusement la tête, la bouche pleine de fromage et de cornichons. Il ne s'est jamais senti aussi prêt. Il a entendu dire que de potentiels acquéreurs viendraient visiter La Rive dès le début de l'année et achèteraient sur plan, séduits par les chalets témoins. Quand ils regarderont de l'autre côté du lac, la première chose qu'ils verront sera le hangar fraîchement rénové. Steff les imagine – riches, prospères, influents – prendre sa brochure, incluse dans le kit de bienvenue des nouveaux propriétaires, et faire des projets pour l'année.

Oh, oui ! Louons des kayaks : comme c'est amusant !

J'ai toujours eu envie de faire de la planche à voile.

Les enfants doivent absolument *prendre des leçons de voile.*

Huw continue à parler.

— Parfois, il faut combattre le mal par le mal, pas vrai ?

— Que veux-tu dire ? demande Steffan en s'arrachant à son rêve.

— Tu n'as pas envie d'être pris de court quand le centre de sports nautiques ouvrira.

Steffan repose lentement son sandwich. Quel centre de sports nautiques ? Il se sent glacé, comme s'il couvait quelque chose, et maintenant l'expression de Huw ressemble beaucoup à de la pitié.

— Tu n'étais pas au courant.

— Un centre de sports nautiques ?

Un bout de pain coincé dans la gorge, Steff a soudain la bouche sèche. La porte du pub s'ouvre et Ceri entre, encore vêtue de son uniforme de postière.

— À La Rive. Avec réductions pour les propriétaires des chalets, abonnement à la journée pour les visiteurs, explique Huw, qui tripote un dessous de bock en fuyant le regard de Steffan. Je ne suis au courant que parce que j'ai soumis un devis à Rhys pour ce projet. Il ne l'a pas retenu, bien sûr. Il affrétera pour pas cher un bus plein d'ouvriers d'Europe de l'Est, s'esclaffe-t-il. De toute façon, je ne poserai pas une autre brique avant qu'il m'ait payé ce qu'il me doit.

— *Iawn ?* lance Ceri.

— Ça va, Ceri ? répond Huw avec un salut de la tête.

Steffan se tait. Il pense à son site Internet de luxe, à la boule zorb et au trampoline. Il pense aux heures passées à rénover le hangar et à peindre une flotte de canots aux couleurs de La Rive.

— Il proposera quoi, exactement ? dit-il d'une voix étranglée.

— Je peux te piquer un bout de papier ? demande Ceri.

Derrière le bar, Alun arrache une feuille de son carnet de commandes.

— Et puis tu as tes clients du coin, insiste Huw, qui vide sa tasse de café et tape sur l'épaule de Steff. Ça va aller, mon pote.

Mais Steffan sait que c'est fini. Combien d'habitants de La Rive vont se déplacer de l'autre côté du lac pour louer un bateau alors qu'on peut leur en livrer un au bout de leur terrasse ? Combien d'entre eux vont s'intéresser aux années d'expérience de Steff en matière de navigation – au fait qu'il connaît le moindre remous et la moindre courbe de Llyn Drych – alors qu'un type musclé en polo de marque peut leur faire de la lèche ? Les gens du coin sont loyaux, mais ils ne représentent qu'une fraction de sa clientèle.

— Avec des moniteurs ? Tu es sûr ?

Il bat rapidement des paupières, concentré sur le stylo de Ceri, qui gribouille sur un bout de papier, parce qu'il a peur d'avoir les larmes aux yeux.

— C'est ce qu'a raconté Rhys.

— Je ne comprends pas, s'emporte Steffan. Je suis allé le voir à la fin de l'été, j'ai donné un canot à ses filles, bordel !

Quand Ceri quitte le pub en claquant la porte, un courant d'air glacial parvient jusqu'au bar.

— Pourquoi n'a-t-il rien dit ?

Huw lève les mains en signe défensif contre la colère de Steffan.

— Écoute, il faut que je retourne bosser. Ne laisse pas ces salauds te déprimer.

Comment Steffan va-t-il rembourser le prêt de la banque ? Même s'il n'avait pas souscrit un emprunt, ni investi en tablant sur les perspectives qu'il croyait que La Rive pouvait lui offrir, comment pourrait-il survivre à une autre saison ? Il a à peine réussi à payer ses factures cette année ; dès qu'un centre de sports nautiques ouvrira là-bas, l'entreprise de Steffan mettra la clé sous la porte. Il est ruiné.

Steffan regarde le bar, morose. Ceri y a laissé une pile de cartes et il se penche pour lire le message qu'elle a posé dessus. *Passez quand vous voulez. Consommations gratuites*. Machinalement, il prend une carte et la rage le submerge.

Chers voisins, vous êtes cordialement invités à venir partager apéritif et canapés avec les résidents de La Rive.

Apéritif et canapés, putain. Rhys Lloyd va boire du champagne pendant qu'il coule l'entreprise de Steffan, l'entreprise que son père a fait prospérer, que son grand-père a fondée. L'invitation tremble dans la main de Steffan, les mots tourbillonnent devant ses yeux. Non contents de lui faucher la nouvelle clientèle qu'il aurait pu attirer, Rhys et ses voisins invitent les gens du cru à s'extasier sur leurs chalets ? Lloyd leur parlera sûrement du centre de sports nautiques, leur proposera une période d'essai, des réductions, des cadeaux…

Steffan déchire l'invitation en deux, puis en quatre. Il la déchire jusqu'à ce qu'il n'y ait plus devant lui qu'un tas de confettis, puis lève la tête.

— Une pinte de Purple Moose, commande-t-il.

— Je crois que c'est une mauvaise idée, pas toi ? demande Alun calmement.

Steffan serre les dents, cela lui démange de tenir un verre entre ses mains, il salive déjà en anticipant le goût amer de la bière sur ses papilles.

— Une pinte. De. Purple. Moose, égrène-t-il.

— Je vais te faire un café.

— Je veux pas de ton foutu café !

Une chaise grince derrière Steff, qui se retourne. Ils le regardent tous. Tous autant qu'ils sont. Gruffydd Lewis, Euros Morgan Davies. Ce con d'Idris Evans, qui se bourre tellement la gueule après ses parties de fléchettes que sa femme l'oblige à dormir avec le chien. Ils le dévisagent tous, le jugent tous, tout ça parce qu'il veut une pinte, bordel.

— Allez vous faire foutre.

Il sort en claquant la porte. Il existe des tas d'endroits où acheter de l'alcool. Une bière, c'est tout ce qu'il veut.

Puis il s'occupera de Rhys.

48

8 janvier – Fiona

Fiona donne une claque à Steffan. Il grogne sans ouvrir les yeux et elle le secoue violemment par les épaules en criant son nom.

— Il est HS, constate Leo en éloignant doucement sa collègue.

Leo a son talkie-walkie collé à l'oreille et, quand le central répond, il sort du bureau.

— Agent Leo Brady, brigade criminelle du Cheshire. Je veux signaler une disparition.

Fiona prend le registre de Steffan. L'homme est ivre mort ; il a peut-être confondu, oublié qu'il a déjà réparé le sloop d'Angharad. Du doigt, elle suit la ligne correspondante dans le registre. *Prend l'eau. Dérive endommagée.* La colonne intitulée *Fin des travaux* est vide.

— Seize ans, indique Leo. Bouleversée. Nous pensons qu'elle est sortie sur le Mirror Lake sur un voilier en mauvais état.

Fiona le bouscule, regarde tout autour du hangar et au-delà, sur le chantier où les bateaux gîtent sur des bers en attendant d'être réparés. Steffan s'est-il trompé ? Seren aurait-elle pu prendre une autre embarcation ? Mais elle ne voit nulle part le sloop d'Angharad, avec sa coque verte et ses voiles rouges caractéristiques.

— L'hélicoptère ne peut pas décoller tant que la météo est aussi mauvaise, annonce Leo dès qu'il éteint son talkie-walkie. Le central contacte les équipes de sauveteurs, mais la plus proche disposant d'un bateau se trouve à plus de trente kilomètres d'ici.

Fiona est rentrée dans le bureau et fouille les tiroirs de la table de travail de Steffan, balaie du regard les planches au mur où quelques clés sont suspendues, chacune assortie d'une étiquette marron portant le nom d'un client.

— Où sont tes foutues clés ? dit-elle en secouant de nouveau Steffan, mais, n'obtenant pas de réponse, elle entreprend de fouiller ses poches.

— Steffan a-t-il un associé ? demande Leo. Il pourrait peut-être…

Son talkie-walkie crépite et l'opérateur décline son indicatif. Fiona trouve ce qu'elle cherchait : une clé attachée à un gros porte-clés en liège. Elle prend une torche sur l'étagère et part en courant.

— Les pompiers équipés pour un sauvetage aquatique seront là dans dix minutes, crie Leo en s'élançant derrière elle.

— Dix minutes, c'est trop long !

Dehors, de la neige aussi dure que de la grêle cingle le visage de Fiona, qui fonce vers la jetée. Le hors-bord de Steffan cogne contre les défenses comme si son moteur tournait déjà. Même si cela n'a aucun sens,

Fiona appelle Seren, son cri catapulté dans le blizzard par le vent.

Seren va s'en sortir, ne cesse-t-elle de se répéter. Elle a dû accoster quelque part. Elle est peut-être déjà sur la terre ferme et s'abrite dans la forêt.

Leo rejoint sa collègue sur la jetée. Une violente bourrasque manque de le déséquilibrer et il s'arc-boute, genoux fléchis, pour se protéger d'une prochaine rafale.

— C'est de la folie : il faut attendre l'équipe de spécialistes.

— Elle risque de mourir !

Fiona saute dans le hors-bord, qui tangue dangereusement. Le cockpit est ouvert ; un pare-brise bas constitue la seule protection contre les éléments et de l'eau clapote au fond de la coque. Une vague déferle contre la proue et s'écrase dans le bateau. Leo est blême, les pieds toujours obstinément plantés sur la jetée.

— Je ne sais pas..., hésite-t-il en fermant brièvement les yeux, l'air terriblement honteux. Je ne sais pas nager.

Fiona pense à Seren, dehors dans le blizzard, dans une embarcation dangereuse. Elle regarde Leo et la peur, la panique attisent sa colère.

— Tombe pas à l'eau, alors.

Leo ne bouge pas.

Quand ils trouveront le sloop d'Angharad, il faudra que l'un d'eux pilote le hors-bord pendant que l'autre secourra Seren. Fiona ne peut pas se débrouiller seule.

Il le faudra peut-être.

Elle démarre et le bateau tire sur ses amarres.

Leo fait un pas en avant, deux en arrière.

— Je... je crois que je ne peux pas.

Un bruit retentit alors : le claquement d'un feu d'artifice, audible même dans le vent. Au-dessus de l'eau, une traînée rouge vif s'élève et illumine la tempête de neige.

Ce n'est pas un feu d'artifice.

C'est une fusée de détresse.

49

Veille du Nouvel An : 11 h 45 – Rhys

— Je veux divorcer, annonce Yasmin en faisant le lit, aussi décontractée que si elle demandait une tasse de thé.

Rhys, qui estime la quantité de gris dans sa chevelure, regarde son reflet dans le miroir de la coiffeuse. *Divorcer ?* Il savait que cette querelle ne se calmerait pas aussi facilement que leurs prises de bec habituelles (ils se sont à peine adressé la parole depuis la veille de Noël), mais *divorcer* ?

— Tu ne trouves pas ça un peu extrême ?

— Non, Rhys, répond Yasmin en martelant un oreiller avec une violence superflue avant de le poser sur le lit. Empoisonner notre fille, ça, c'est extrême.

— Pour la centième fois : je ne l'ai pas empoisonnée !

Crier à voix basse, c'est tout un art dans lequel Rhys et Yasmin sont passés maîtres. Ils ne sont peut-être pas d'accord sur grand-chose, mais ils ont toujours essayé de ne pas mêler les jumelles à leurs disputes.

— Tu vas accepter le divorce. Tu vas me laisser la maison, ce ne serait pas juste de t'attendre à ce que les filles déménagent, plus cinquante pour cent de tes parts de La Rive. Plus les frais d'entretien, bien sûr.

— Et si je refuse ?

— Je dirai à la presse ce que tu as fait, menace Yasmin, qui lisse le dessus-de-lit et l'admire avant de faire demi-tour pour quitter la pièce. J'imagine que cela saperait ton coup publicitaire payé à prix d'or.

— Plutôt crever, siffle Rhys.

— Ne me tente pas.

Dès que Yasmin est sortie, Rhys se regarde dans le miroir. Si sa femme parle à la presse juste au moment où il commence à récupérer une certaine visibilité, cela l'achèvera. Il a fait deux publicités ces trois derniers mois et on murmure qu'il pourrait obtenir une audition dans le West End. La situation s'améliore enfin.

Et avec quoi Yasmin veut-elle qu'il vive ? Rhys est propriétaire de cinquante et un pour cent de La Rive ; Jonty possède le reste. Si Rhys cède la moitié de ses parts à Yasmin, Jonty deviendra l'associé majoritaire et Rhys ne détiendra plus que vingt-cinq pour cent.

Plutôt crever, pense-t-il de nouveau.

Il reçoit un message sur son téléphone : encore Blythe qui harcèle les voisins sur le groupe WhatsApp de La Rive. Il y a fort à faire, les amis !!! Hier soir, elle a envoyé un tableau Excel détaillant les tâches attribuées à chacun, que ce soit balayer les terrasses et suspendre les décorations ou décharger le vin et disposer les amuse-gueules sur des plateaux. Catastrophe ! a-t-elle écrit à plus de minuit. Le sculpteur sur glace m'a laissée tomber. Pouvons-nous faire appel à quelqu'un du coin ?

Rhys sort sur le balcon de sa chambre. En contrebas, la rangée de terrasses s'arrête abruptement au chalet des Charlton où un vaste barnum dissimule le chaos organisé que Blythe orchestre à l'intérieur.

Rhys devrait se montrer avant que le caporal Blythe ne vienne le chercher. Il a reçu un autre SMS de Seren et il ressent le vertige qui accompagne la promesse d'une expérience excitante. Ils ont eu un flirt prudent. Tout en retenue. Le genre de flirt qui peut passer – à ses propres yeux autant qu'à ceux des autres – pour une plaisanterie. Le genre de flirt qui laisse planer le doute.

J'ai essayé celle dont je t'ai parlé, mais elle est vraiment courte...

Rhys est amusé par les points de suspension, qui l'incitent à répondre ce qu'elle a envie d'entendre.

Mets la robe, envoie-t-il.

La soirée pourrait se révéler intéressante, après tout.

Dehors, l'air est frais, le ciel d'hiver d'un bleu vif. Un chauffeur de chez Fortnum & Mason parle à Dee, qui s'appuie des deux mains sur sa canne. Le fourgon s'éloigne quand Rhys approche et il n'a d'autre choix que de passer à côté de sa voisine.

— Bonjour, Rhys.

— Madame Huxley.

Il a encore du mal à la regarder dans les yeux ; songer à ce qu'elle sait lui fiche la frousse. Récemment, il a repensé à la call-girl de *Numéro 36*, mais pas comme il le faisait autrefois. Il s'est demandé si la fille (comment s'appelait-elle, déjà ?) s'était vraiment autant amusée qu'il l'avait cru sur le moment. En revoyant cette nuit-là, ses grands yeux et sa résistance muette, il a ressenti un sentiment proche de la contrition.

— Je viens de croiser les triplées, près du lac, lance Dee, plutôt aimable.

— Les triplées ? s'étonne Rhys.

Elle balaie le trait d'humour d'un rire.

— Vos jumelles et leur amie du village. Seren, c'est ça ? Elle est leur portrait craché. Mis à part la chevelure, bien sûr, précise-t-elle en regardant les cheveux bruns de Rhys d'un œil faussement critique. Aucune trace de roux de votre côté : vous êtes hors de cause !

Elle rit de nouveau, mais Rhys ne l'écoute qu'à moitié. Il pense à une autre fille aux cheveux roux qu'il a connue autrefois, une fille du village, il y a des années. Poil de carotte, avec des boucles aussi folles que celles de Seren. Il se dit que la dernière fois qu'il l'a vue, c'était à une fête ; ils s'étaient retrouvés et…

Alors que Dee prend congé de lui – *« il est temps que le caporal Blythe me confie ma prochaine mission ! »* –, Rhys fait du calcul mental.

Les triplées. Elle est leur portrait craché.

Le sang bourdonne à ses oreilles. Il s'éloigne des chalets en titubant, descend jusqu'à la berge. Pendant un moment, il n'arrive plus à se rappeler le nom de famille de la fille (on l'appelait toujours Fiona *Wyllt*), puis cela lui revient. Il sort son téléphone, cherche *Fiona Morgan* et passe en revue les centaines de résultats, en vain. Il ajoute *Cwm Coed* et obtient une dizaine de résultats correspondant à la brigade de police locale. Il s'apprête à essayer un mot-clé différent quand il voit une photo accompagnant l'un des articles. Il l'ouvre et zoome.

Fiona Morgan est policière.

Rhys se rappelle vaguement l'avoir su, une bribe d'information partagée par Glynis dans son résumé hebdomadaire des « nouvelles du pays », comme si Rhys en avait vraiment quelque chose à faire que Mme Roberts, trois maisons plus loin, se soit fait opérer de la cataracte ou que l'ancien cabinet médical ait été converti en appartements. « L'aînée des Morgan est entrée dans la police, tu y crois, toi ? »

Il avait reconnu le nom, rien de plus, le souvenir de cette nuit-là aussi fugace et futile qu'un haussement d'épaules. Fiona *Wyllt*. Elle devait avoir dix-sept ou dix-huit ans. Dans ces eaux-là. Elle était plus âgée que les autres, c'est sûr. Rhys a fait de nombreuses rencontres comparables au fil des années et il suppose que ces femmes sont aussi dévergondées qu'elle. Sinon, pourquoi seraient-elles aussi aguicheuses, aussi consentantes ?

Rhys regarde Cwm Coed, de l'autre côté du lac, derrière la bande d'arbres. Cela fait des années qu'il n'a pas repensé à cet été-là, mais les souvenirs lui reviennent lentement, au compte-gouttes. Ces ateliers atroces, au lycée, que seules la demi-douzaine d'adolescentes qui flirtaient et se disputaient son attention rendaient supportables. Le pot de fin de stage où il n'y avait que des gamins et du Coca, jusqu'à ce que Rhys et Fiona organisent leur propre *after*.

Il ressent un fond d'inquiétude, comme un pépin coincé dans une dent. Il essaie de le déloger, souhaitant s'en libérer. Il pense à la fille de *Numéro 36*, qui a dit oui à tout jusqu'à ce qu'elle dise non, sauf qu'à ce moment-là, Rhys n'écoutait plus. Il pense à Mia, si provocante, si séduisante et pourtant étrangement réticente sous ses caresses. Malgré le froid qui règne, la chaleur irradie son corps couvert de la sueur moite, désagréable de la fièvre, de la maladie et de la honte.

Google ne donne que le numéro du standard de la police du nord du pays de Galles, mais en poursuivant ses recherches, Rhys trouve les coordonnées de Fiona sur un vieux groupe Facebook du village. Il appelle le numéro de portable avant d'avoir pu changer d'avis. Il faut qu'il sache.

— Agent Fiona Morgan.

Rhys n'a pas réfléchi à ce qu'il allait dire. Il sèche, ouvre et ferme la bouche vainement.

— Allô ? Qui est à l'appareil ? insiste Fiona, agacée.

— C'est Rhys, parvient-il à articuler. Lloyd.

Un petit bruit se fait entendre au bout du fil, un silence, puis :

— Qu'est-ce que vous voulez ?

Rhys l'entend à peine. Il cherche les mots adéquats.

— Est-ce que nous… es-tu…

Leur portrait craché, a observé Dee. Mais elle ne pourrait pas… ce ne serait pas… Il prend sur lui et réessaie.

— C'est fou, mais est-ce que Seren est…

Fiona raccroche.

Rhys ressent une douleur si violente dans la poitrine qu'il se demande s'il fait une crise cardiaque. La nausée monte dans son œsophage, âcre et violente, et il titube jusqu'au bord du lac, mains sur les genoux, visage reflété dans l'eau transparente. Il pense au flirt dans son bureau, quand Seren l'aidait à traiter son courrier. Il pense aux SMS qu'ils ont échangés.

Mets la robe.

Il vomit dans l'eau, de la bile acide lui piquant la gorge. Il s'essuie la bouche du revers de la main, prend son téléphone, glisse le doigt sur l'écran, la vue trouble, et efface les SMS en regrettant de ne pas pouvoir effacer ses pensées aussi aisément.

Il rentre précipitamment chez lui, évitant le chalet des Charlton dont la porte d'entrée est grande ouverte. Il voit Yasmin avec un tas de ballons, Blythe avec un porte-bloc.

Bobby remonte l'allée, chargé de caisses de vin.

— Il y en a d'autres dans la voiture si…

Rhys continue sur sa lancée. Il gagne son bureau et s'assoit lourdement dans son fauteuil en s'efforçant de reprendre son souffle. Lorsqu'il reçoit un SMS de Seren, il pousse un gémissement sourd. Elle lui a envoyé une photo et, avant d'effacer le message, il aperçoit une cuisse soyeuse. *Oh, bon Dieu, oh, bon Dieu, faites que ça cesse*. Il efface ses coordonnées et bloque son numéro, la respiration aussi douloureuse que s'il venait de courir.

Il ne sait pas combien de temps il reste affalé ainsi à son bureau, mais il est 14 heures passées quand Yasmin envoie Tabby le chercher pour lui dire qu'il y a trop à faire et pas assez de bras.

— Tu ne vois pas que je travaille ? la rabroue Rhys.

— Tu n'en as pas l'air.

Il saisit la dernière enveloppe rembourrée envoyée par son agent, la déchire, et le courrier se répand sur le bureau.

— Tu es contente maintenant ?

Il entend la porte claquer et sait que Tabby va courir retrouver Yasmin, mais peu lui importe. Son univers est la proie des flammes et il ne sait pas à quel incendie s'attaquer en priorité. Il se met à ouvrir son courrier, fourre les lettres vides dans l'enveloppe matelassée, déplie les formulaires de participation, glisse des photos dédicacées dans les enveloppes timbrées en attente. Il tressaille en se coupant la langue sur une enveloppe, appuie, furieux, sur la bande collante avant de la mettre dans le sac postal. Il répète l'opération encore et encore : glisser la photo, sceller l'enveloppe, la mettre dans le sac. Glisser la photo, sceller l'enveloppe, la mettre dans le sac. Et respirer. Les gestes répétitifs apaisent son esprit, bloquent ses pensées et, lentement, il commence à se calmer.

Un pot d'échappement pétarade dehors, furieux et bruyant dans l'air frais. Rhys se lève et voit par la fenêtre une vieille Triumph Stag se garer brusquement devant chez lui. La portière côté conducteur s'ouvre et la poitrine de Rhys se serre.

Fiona.

Il ne peut pas la laisser approcher de Yasmin ni des filles sans savoir ce qu'elle risque de dire, sans connaître les faits lui-même. Il dévale l'escalier, trébuche sur la dernière marche et fonce si vite dans l'entrée qu'il s'écrase contre la porte avant d'avoir pu l'ouvrir. Sa vue se brouille alors qu'il descend l'allée d'un pas chancelant pour rejoindre Fiona.

Elle n'a pas changé. Elle est toujours petite, avec un sillon entre les sourcils, comme si elle était plus souvent renfrognée que gaie. Ses cheveux sont plus clairs que ceux de Seren – en a-t-il toujours été ainsi ou leur couleur a-t-elle fané avec les années ? Rhys ne s'en souvient pas – et rassemblés avec difficulté en chignon, si bien que les mèches visibles sont raides.

— J'ai raison ? questionne Rhys. Seren est…

Il n'arrive toujours pas à le dire, l'idée même l'horrifie. Mais les yeux de Fiona lancent des éclairs. C'est vrai.

— Comment l'avez-vous découvert ? crache-t-elle, comme si c'était la faute de Rhys. Personne n'est au courant. Personne !

— J'ai… j'ai deviné.

Rhys tourne les yeux vers les chalets, impatient que cette conversation s'achève avant que Yasmin ne vienne le chercher. Elle va être furieuse. Mais quelle importance ? se demande Rhys. Elle l'est déjà : elle veut divorcer.

Fiona fait deux pas dans une direction, puis dans une autre. Elle s'immobilise et le regarde.

— Avez-vous dit quoi que ce soit à Seren ?

— Non.

— C'est juré ? insiste-t-elle alors que sa voix se brise et que des larmes débordent de ses paupières.

— Oui, c'est juré.

Rhys éprouve un besoin soudain de se racheter, pour la fille de *Numéro 36*, pour les femmes sans nom et sans visage qu'il a rejetées au fil des années.

— Mais j'ai deux filles, deux autres filles. Elles devront savoir – quand le moment sera venu – qu'elles ont une demi…

La faim le tenaille, de la sueur perle à son front. Depuis quand n'a-t-il rien avalé ?

— Hors de question, coupe Fiona en le dévisageant.

— Pas maintenant, mais… quand tu lui auras tout dit. Quand elle se sera faite à l'idée.

— Tout lui dire ? Je ne vais rien lui dire du tout.

— Elle a le droit de savoir qui est son père.

Fiona avance lentement, ses yeux rivés à ceux de Rhys. Il bat nerveusement des paupières, l'estomac retourné. Elle est à portée de main, il sent l'odeur de shampoing et de cigarette de ses cheveux.

— Si tu t'approches de ma fille…, crache Fiona, si tu *oses* lui dire *quoi que ce soit*, je te tue, Rhys Lloyd, je le jure devant Dieu.

Brusquement, sans qu'il ait eu le temps de reculer, elle lui porte un coup de genou à l'entrejambe.

Alors que la Triumph disparaît au bout de l'allée, pétaradant dans un nuage de poussière, Rhys s'écroule lentement à genoux.

50

8 janvier – Leo

Leo agrippe le haut du pare-brise et lève un pied pour monter sur le bateau. Des éclairs d'un blanc éclatant traversent le ciel et une bourrasque fait vaciller l'embarcation. Leo ne peut que se laisser tomber dans le cockpit et se ruer sur le siège près de Fiona qui, sans perdre un instant, a déjà jeté les amarres. Le temps que le tonnerre gronde au-dessus d'eux, ils ont quitté la jetée et, dès que Fiona accélère, le hors-bord s'élance, projetant Leo au fond de la coque.

Il ne voit pas le lac et ignore si cela l'aide ou si cela rend les choses plus difficiles. Il sait qu'il y a des arbres non loin, dissimulés par la tempête qui engloutit tout, au point de laisser croire qu'il n'y a rien à des kilomètres à la ronde. Ils perdent de vue la lumière du hangar dès la première courbe du lac et, maintenant qu'ils ont dépassé La Rive, ils sont déjà invisibles depuis la jetée. Leo agrippe les rebords du bateau, qui fend les vagues avec fracas, soulevé comme dans des montagnes russes. Son cœur cogne contre sa poitrine et il n'ose pas ramper jusqu'au siège, exposé et étroit.

Catapulté dans le centre-ville de Liverpool en tant que nouvelle recrue, Leo s'est souvent retrouvé dans des situations dangereuses, dont beaucoup auraient pu mal tourner. La bagarre devant le *All Bar One* ; le taré au nunchaku qui se battait avec tous ceux qui l'approchaient. Le type sur le pont qui menaçait d'entraîner Leo dans sa chute si ce dernier ne le laissait pas sauter. Leo n'a jamais eu peur.

Mais en ce moment ?

En ce moment, Leo est terrifié. Quand il était enfant, il n'y avait jamais assez d'argent pour les activités extrascolaires et lorsqu'on vit dans une cité, à des kilomètres d'un plan d'eau, les leçons de natation ne font pas partie des priorités. À un moment donné, vers l'adolescence, il a compris qu'il était trop tard, c'était trop humiliant, et il n'a jamais appris à nager.

Éclairée par la faible lumière du tableau de bord, Fiona serre la mâchoire, concentrée sur le brouillard rouge dans le ciel qui s'estompe sous leurs yeux. Leo s'efforce de reprendre le contrôle de lui-même. Quelque part sous ce repère, perdue dans le blizzard, Seren, seize ans, est seule, en danger et bien plus effrayée que Leo n'a le droit de l'être. Il ne peut imaginer avoir plus froid qu'en ce moment ; pourtant, chaque vague qui s'écrase sur le pare-brise lui rappelle les profondeurs glaciales du lac.

Prudemment, il se rapproche du siège près de Fiona. Le pare-brise lui offre une maigre protection et il essaie de se laisser aller au rythme du bateau, de se détendre pour que son corps absorbe les impacts au lieu d'être projeté en l'air. Le lac semble à la fois liquide et solide, chaque vague s'abattant sur la proue comme un mur de briques. Fiona est déterminée, les doigts blêmes sur le volant, la neige tourbillonnant autour d'elle.

Leo sent une force tranquille monter, quelque part entre la houle et l'orage qui se déchaîne au-dessus d'eux. Il ramasse la torche entre les pieds de Fiona, l'allume et fouille la surface de l'eau. Fiona fait l'impossible pour récupérer sa fille et Leo ne peut pas la laisser tomber. Et puis, dès que Seren sera en sécurité, il fera tout ce qui est en son pouvoir pour récupérer son fils.

51

Veille du Nouvel An – Seren

Mets la robe.

Seren a des papillons dans le ventre en relisant le SMS. Ça y est. Elle se demandait si elle se faisait des idées en pensant qu'elle lui plaisait, qu'il l'avait même *remarquée* de cette façon-là. Elle avait eu envie de lui poser la question, comme une gamine idiote. *Tu m'apprécies ? Est-ce qu'il se passe quelque chose entre nous ?*

Mets la robe : elle a sa réponse.

Elle est ivre d'excitation, en se préparant. Elle s'est lavé les cheveux ce matin et, maintenant, elle lisse les frisottis avant de se servir d'un fer pour les sculpter mèche par mèche en boucles floues et lâches qui ondulent sur ses épaules. Elle estompe des ombres marron et dorées sur ses paupières, applique du mascara sur ses cils et dessine ses sourcils comme elle l'a appris en ligne. Avec chaque couche de maquillage, elle a l'air plus âgée. Une fois apprêtée, elle n'a plus l'impression d'être Seren Morgan. Ce dont elle est ravie car, dans un coin de sa tête, une toute petite voix essaie de l'avertir. Elle la fait taire. Elle a seize ans. Elle pourrait quitter l'école. Se marier. Conduire un scooter.

Avoir des rapports sexuels.

Elle écarquille les yeux dans le miroir. Elle ne va pas avoir de rapports sexuels. Elle n'en a pas envie, pas encore. Mais elle sait qu'elle pourrait. Elle sait qu'elle est arrivée à l'âge où elle exerce un pouvoir sur les hommes et c'est un sentiment grisant.

Mets la robe.

C'est ce qu'elle fait. Elle a des manches longues et un col si montant qu'elle semble quelconque, chaste même, jusqu'à ce que l'on voie à quel point elle est courte. Si le tissu était plus lâche, il serait impossible de la mettre sans montrer sa culotte, mais comme elle est moulante, elle galbe ses fesses comme un maillot de bain et s'arrête juste au-dessus du creux des cuisses. C'est une robe fabuleuse qui lui donne l'air d'une reine.

— Tu es ravissante, dit Elen.

Elle considère le legging noir que Seren porte en ce moment avec ses Dr Martens et sa robe. Elle gardera les bottines, mais pas le legging.

— Même si je préférerais que tu ne te maquilles pas autant.

Seren n'a pas encore mis le rouge à lèvres écarlate acheté exprès pour ce soir.

— Amuse-toi bien avec Efa et Siân.

Le cœur de Seren tambourine quand elle enlace Elen et lui souhaite *Blwyddyn Newydd Dda*, car Elen sera chez Angharad à minuit et son portable ne captera pas. Mam lui a fait promettre de ne pas aller à La Rive.

D'après ce qu'elle a entendu dire, une bande d'idiots prévoit de s'incruster et elle craint qu'il n'y ait du grabuge, mais Seren sait que là n'est pas le problème. Angharad a prévenu Elen que Seren traînait avec Caleb et mam doit être au courant qu'il a un casier parce que, depuis, elle est bizarre.

« C'est un garçon de la ville, explique-t-elle à Seren. Il a une mauvaise influence. »

Si elle savait… Elen et Fiona ignorent complètement que Seren n'a pas vu Efa et Siân en dehors du lycée depuis des mois ; que ce n'est pas en faisant du baby-sitting qu'elle gagne son argent de poche, mais en aidant Rhys à gérer le courrier de ses fans.

Mam finira par découvrir que Seren est allée au réveillon. Elle l'apprendra peut-être même dès ce soir, grâce à son réseau d'espions, comme la fois où elle a su que sa fille avait séché l'école pour aller faire les magasins à Wrexham. Seren gérera ce contretemps s'il se produit ; en attendant, elle vit dans l'instant.

Elle est au lac quand elle voit Huw, une chemise chic pointant sous son manteau.

— Tu vas au réveillon ? demande-t-il en remarquant sa tenue. Moi aussi.

— Tu déconnes ?

Tout le village sait que Huw est furieux après La Rive parce que ses concepteurs lui doivent de l'argent.

— Ta mère sait que tu parles comme ça ? réplique Huw, qui lance sa clé en l'air et la rattrape dans la même main. Allez viens, je t'emmène.

Rapide et puissant, le bateau de Huw bondit sur le lac.

Seren s'abrite derrière le pare-brise incurvé, la capuche de son manteau relevée pour protéger ses cheveux.

— Caleb, c'est ça ? crie Huw.

Seren hausse les épaules, désigne ses oreilles et fait semblant de ne pas l'entendre. Le vent leur fouette le visage.

— … avec Rhys, il paraît.

Seren rougit. Qu'est-ce qu'il a dit ? Mais ensuite, elle comprend « travailler » et « foutu courrier des fans » et elle respire.

— J'économise pour la fac ! répond-elle en criant.

Ils sont à un jet de pierre de La Rive maintenant et Huw réduit les gaz pour laisser le moteur tourner au ralenti. Le silence soudain est presque douloureux.

— Sois prudente avec ce type, conseille Huw.

Il tend l'amarre à Seren, qui se poste au bord du bateau, une main sur le pare-brise. Contente d'avoir une excuse pour regarder ailleurs.

— Il n'hésitera pas à t'entuber.

Dès qu'ils sont assez près, Seren saute d'un pas léger sur le ponton et attache le bateau.

— Merci de m'avoir déposée ! lance-t-elle en courant vers l'échelle, abandonnant Huw.

Une guirlande lumineuse entoure la terrasse des Charlton et les fenêtres du barnum sont déjà embuées. À l'intérieur, la baie vitrée du chalet est ouverte. Seren entre, soudain intimidée, et balaie le salon des yeux pour voir qui est là. La pièce est bondée et bruyante, de la musique ringarde pulse des haut-parleurs encastrés dans le mur. La vieille Mme Huxley est assise sur le canapé avec Clemmie, la mère de Caleb, et deux femmes du village.

Blythe raconte quelque chose qui fait rire les Stafford. Yasmin parle à Mia, là-bas, mais Rhys est introuvable et Seren se sent soudain nerveuse, trop habillée et pas à sa place. Certaines femmes ont mis une robe chic et certains messieurs une veste de smoking, mais la plupart portent les mêmes vêtements que pour aller au pub.

— Salut !

Seren sent une main se poser sur son épaule. Elle se retourne, mais fait la tête en découvrant qui c'est.

— Tu es jolie, la complimente Caleb en la toisant de la tête aux pieds. En fait, tu es à tomber. Écoute, j'allais te le dire de toute façon, ce n'est pas parce que tu es… je veux dire, tu es vraiment canon…

Seren balaie encore la pièce des yeux. Où est-il ? Elle se sent oppressée par le stress et l'excitation et Caleb lui parle, mais elle ne l'écoute pas. Elle imagine la tête de Rhys quand il la verra, il saura qu'elle s'est mise sur son trente et un exprès pour lui.

— … si tu ne vois personne d'autre. Peut-être, hésite Caleb, qui attend qu'elle réponde.

Seren le dévisage et finit par comprendre.

— Tu viens de me proposer un rencard ?

Caleb se mord la lèvre.

— On peut dire ça.

Le voilà ! Il porte une veste de smoking noire et un nœud papillon rouge avec une pochette assortie. Il s'habille comme ça quand il donne un concert, elle l'a vu à la télé.

— Qu'est-ce que t'en penses ?

Caleb attend, puis il suit le regard de Seren jusqu'à Rhys.

— Bon sang, Seren, t'es sérieuse ? s'exclame-t-il en se tournant vers elle.

— Quoi ?

Elle commence à avoir chaud. Caleb regarde fixement Rhys, l'air de vouloir le frapper, et Seren leur tourne le dos à tous les deux pour chercher les toilettes. Mam avait raison : appuyés au mur, des habitués du *Y Llew Coch* ont l'air d'attendre quelque chose. Steffan Edwards boit, et même Seren sait que cela va mal finir.

De retour des toilettes, Seren avale d'un trait un verre de champagne, puis en prend un autre. Cela lui calme les nerfs et lui fait tourner la tête, mais elle n'est toujours pas prête à parler à Rhys. Elle veut qu'il vienne la trouver, elle est trop tendue pour faire le premier pas et se sent déjà dépassée. Elle prend son téléphone pour lui envoyer un SMS.

Super soirée !

Cela devrait faire l'affaire. Décontracté. Pas collant.

Seren regarde l'écran, déconcertée. Le SMS n'a pas été envoyé. Ce n'est jamais arrivé. En pleine danse irlandaise, Clemmie heurte son coude et s'excuse sans cesser de tournoyer.

— Super soirée, non ? demande Mia en se penchant vers Seren pour se faire entendre.

— Pas mal, répond la jeune fille en cachant par réflexe son verre de champagne derrière son dos.

— Ta mère est là ?

— Mam à La Rive ?

Yasmin apparaît, exhalant un parfum sucré écœurant.

— Seren ! Tu as vu Tabby et Felicia ? Je les cherche partout.

— Je crois qu'elles regardent Netflix chez Caleb.

Seren en est sûre : les jumelles lui ont demandé par SMS de venir les rejoindre.

— Dis-leur que j'ai besoin qu'elles forcent leur père à manger quelque chose.

— Euh, d'accord.

Seren n'a pas envie d'aller au chalet Quatre. Elle veut rester là où Rhys peut la trouver. Elle a mal aux joues à force de sourire et de rire pour avoir l'air de s'amuser, et pas de l'attendre, quand il la remarquera.

— J'ai laissé un sandwich emballé dans du film alimentaire au réfrigérateur. Elles peuvent le lui donner. Il est ivre mort, c'est affreusement gênant.

Seren accepte avec un soupir résigné. Elle se dirige vers la porte, mais change de direction pour aller se chercher un autre verre, puis un autre. Ce n'est qu'après avoir croisé le regard noir de Yasmin à l'autre bout de la pièce qu'elle lui obéit à contrecœur.

Chez Clemmie, les jumelles sont vautrées sur le canapé ; Caleb est par terre, appuyé contre la table basse. La télé est allumée sans le son, la musique joue à fond et tous les trois consultent leur téléphone. Le sol est jonché de boîtes de pizzas vides, grêlées de taches grasses.

— Ça va ? demande Seren.

Tabby et Felicia échangent un regard avant de la saluer d'un sourire forcé. Ils ont parlé d'elle. Qu'ils aillent se faire foutre, alors. Caleb est concentré sur son téléphone, comme s'il était au milieu de quelque chose d'important et ne pouvait pas être interrompu, mais Seren sait que c'est à cause de leur conversation de tout à l'heure. C'est bête, parce qu'elle l'apprécie beaucoup. Le problème, c'est qu'il est encore gamin. Les filles mûrissent plus vite que les garçons, tout le monde le sait, alors ce n'est pas bizarre de craquer pour quelqu'un de plus âgé. Pas vraiment.

Seren transmet le message de Yasmin.

— Ça me ferait mal ! répond Felicia sans hésiter.

— Il faut qu'il mange, insiste Tabby, tiraillée. Maman a dit qu'il était bourré, ça va être vraiment gênant s'il gerbe partout, genre.

— Pas après ce qu'il a fait, dit Felicia.

— Qu'est-ce qu'il a fait ? demande Seren, troublée.

Les filles se regardent. Felicia hausse les épaules, l'air de dire : *si tu veux*.

— Il a drogué Felicia, finit par expliquer Tabby.

Seren cille. Elle regarde Caleb pour vérifier s'il est aussi choqué qu'elle, mais, manifestement, il est déjà au courant.

— Elle ne dormait pas quand elle était bébé, alors papa l'a droguée tous les soirs sans le dire à maman et, maintenant qu'elle l'a découvert, elle a pété les plombs.

— C'est dingue, réagit Seren, abasourdie.

— Exactement, lance Tabby.

— Je n'y crois pas.

— Tu veux dire qu'on ment ? rétorque Felicia en la dévisageant.

— Non, mais…

— Attends, la coupe Tabby en feignant un haut-le-cœur. C'est parce que tu en pinces pour lui, pas vrai ?

— Quoi ? s'exclame Seren en se forçant à rire, mais cela sonne faux, même à ses oreilles. Ça va pas, non ? Écoutez, je suis juste venue vous transmettre le message de Yasmin. J'en ai rien à foutre de tout ça. Je vais lui donner le sandwich moi-même si vous…

— Euh, *certainement* pas, répond Tabby qui se lève et aide une Felicia réticente à en faire autant. On s'en charge.

Les filles s'en vont et Seren a envie de mourir. Tout le monde sait qu'elle s'est mise sur son trente et un pour Rhys et il ne l'a même pas remarquée, et *bon Dieu*, qu'est-ce qui lui a pris de venir ? L'air gêné, elle attend ; Caleb ne la regarde même pas et fait semblant d'être absorbé par son téléphone.

— Alors…, commence-t-elle en espérant qu'il lui parle, mais en vain. Euh. Ce dont tu as parlé tout à l'heure. Quand tu…

Elle hésite, les joues en feu, et s'empresse de finir sa phrase.

— … m'as invitée à sortir, je veux dire. On pourrait, en fait. Tu sais, si tu voulais. Un de ces jours.

C'est lamentable, elle en a conscience. On dirait un chien qui supplie qu'on le caresse.

Caleb la dévisage. Un éclair de douceur passe sur ses traits avant que son expression ne se durcisse.

— De quoi tu parles ? Je ne t'ai pas invitée à sortir, répond-il avec un petit rire avant de retourner à son téléphone.

Seren prend ses jambes à son cou. Le souffle court, au bord des larmes, elle comprend soudain qu'elle est déjà très soûle. Debout dans le noir, elle écoute les bruits de la fête venus de chez les Charlton. Elle pourrait rentrer chez elle à pied tout de suite. Boire un des chocolats chauds de mam et regarder des daubes à la télé jusqu'à minuit.

Elle se mordille la lèvre, malheureuse. Des cris retentissent un peu plus loin dans l'allée – « Dégage, fumier » – ainsi qu'un éclat de rire et de bruit lorsqu'une porte s'ouvre et se referme. Seren se ressaisit et retourne à la fête. Elle sursaute en croisant Steffan Edwards, ivre mort, qui marmonne pour lui-même dans l'ombre. Tout le monde est soûl maintenant, la pièce est bondée d'invités en sueur, chancelants, collés les uns aux autres, qui braillent par-dessus la musique. Seren observe la scène en faisant tapisserie et se blinde.

Mia, qui a délaissé ses plateaux d'amuse-gueules pour discuter avec Bobby Stafford, s'interrompt en la voyant.

— Ça va, poulette ?

Elle baisse les yeux pour vérifier ce que boit la jeune fille qui, lasse qu'on la traite comme une gamine, arrache à Mia son verre de champagne à moitié plein et avale son contenu d'un trait.

— À la tienne ! lance-t-elle en lui rendant la flûte vide.

— Huw te ramène tout à l'heure, ma belle ? demande Mia, l'air inquiet.

— Je te paie pour faire le service, pas la conversation, assène Jonty en s'incrustant.

— En fait, vous me payez pour servir les amuse-gueules, et il n'y en a plus, alors…, le reprend Mia. Ne rentre pas seule chez toi, d'accord ? conseille-t-elle à Seren. Je sais qu'à votre âge, vous pensez pouvoir tout gérer, mais…

Elle ne finit pas sa phrase, mais c'est inutile ; Seren a déjà tout entendu. *Ne rentre pas seule chez toi, cantonne-toi aux routes principales, ne porte pas de jupes courtes*. Les vieilles – Mia, Fiona, mam – ne comprennent pas que les choses ont changé, aujourd'hui. Elles ont passé leur vie à se cacher et à modifier leurs itinéraires, cependant les femmes reprennent possession des rues. Elles portent ce qu'elles veulent et font ce qu'elles veulent.

Seren se redresse. L'alcool lui trouble la vue ; elle s'éloigne de Mia avec une prudence étudiée et a l'impression que ses jambes ne lui appartiennent pas. Dans la cuisine, Rhys discute avec Jonty en mangeant un sandwich et Seren rôde ; elle veut lui parler seule à seul avant de perdre son sang-froid. Jonty se penche tout près de Rhys pour lui dire quelque chose par-dessus la musique et lui tape dans le dos avant de s'éloigner.

C'est le moment.

Le cœur de Seren bat à cent à l'heure. Rhys traverse la pièce, maintenant. Dans un instant, il sera sollicité par un autre invité et il pourrait se passer une éternité avant qu'il ne soit de nouveau seul.

— Hé !

Elle tente un mélange de douceur et de décontraction. Tout en restant sexy, espère-t-elle, bien que son maquillage se soit estompé et que ses cheveux soient aplatis par la chaleur ambiante. La moue boudeuse, elle lui adresse un regard aguicheur.

Rhys s'arrête. Il la dévisage, mais pas comme elle l'avait imaginé. Il fronce les sourcils, détaille sa robe, ses bottines, son maquillage, et un rictus de dégoût lui déforme les lèvres. Il la trouve repoussante. Ivre et émotive, Seren est au bord des larmes.

Rhys la bouscule et part en quête de quelqu'un

d'autre, quelqu'un de moins repoussant. Les larmes roulent sur les joues de Seren.

Mets la robe, il a dit. Et maintenant qu'elle a obéi…

Elle respire un bon coup et se frotte le visage avec colère. Elle refuse de pleurer à cause d'un homme ; elle refuse de se sentir humiliée, bonne à rien. La colère commence à frémir en elle et, comme cela fait moins mal que l'alternative, elle la laisse monter jusqu'à ce qu'elle bouille. Elle regarde Rhys sortir de la maison. Salaud, pense-t-elle. Cela lui fait du bien, alors elle le dit tout fort.

— Salaud, salaud, salaud.

Elle garde la tête haute. Rhys Lloyd ne la mérite pas.

Il ne mérite personne.

52

8 janvier – Fiona

Pendant des mois au cours de sa grossesse, Fiona n'avait pas regardé son ventre. Elle fermait les yeux sous la douche et enfilait des vêtements amples sur sa peau encore humide pour éviter d'apercevoir son reflet dans le miroir. Elle remontait la taille de sa jupe d'uniforme un peu plus haut chaque jour, jusqu'à ce que l'indécence de sa tenue lui vaille une réflexion de son professeur principal. Par la suite, Fiona avait laissé la fermeture Éclair ouverte, ajusté la taille avec une bande élastique, le tout dissimulé sous ses pulls trop grands.

Papa non plus ne regardait pas son ventre. En fait, il ne regardait presque jamais Fiona, qui avait mal au cœur de chagrin. Elle aurait aimé qu'ils puissent en parler, mais elle s'était rangée à la volonté de son père : si le bébé devait être élevé comme leur deuxième enfant, il valait mieux que tout le monde se comporte dès le début comme si c'était vraiment le cas. Au quotidien, Fiona et ses parents évoluaient dans un silence gêné et la grossesse de Fiona était un sujet tabou. À mesure que ses vêtements devenaient plus amples, ceux d'Elen aussi, cachés sous de grands manteaux lors de ses rares incursions dans les boutiques.

« Nous passons du temps en famille », disait-elle pour justifier son retrait soudain de la vie du village.

Personne n'avait remis en cause son explication. Son mari était mourant : pourquoi ne se seraient-ils pas terrés ensemble ?

Fiona était enceinte de vingt semaines quand elle avait senti un frémissement sous son pull, comme un papillon de nuit emprisonné au creux de ses mains. Avec un hoquet de surprise, elle avait d'instinct posé les mains sur son ventre.

« Tu as mal ? lui avait demandé Elen en levant les yeux, alarmée.

— Non, je… »

Cela avait recommencé. Cela ressemblait à ce que l'on ressent sur des montagnes russes. Elen avait souri en comprenant ce qui arrivait.

« Le bébé bouge, c'est ça ? »

Les yeux écarquillés d'émerveillement, Fiona se caressait le ventre. Les doigts écartés, elle mesurait pour la première fois combien sa peau était tendue et son ventre lourd et dense.

« Chut », avait-elle murmuré, et le papillon s'était calmé.

Accroupie près d'elle, Elen avait placé ses mains autour de celles de sa fille et elles avaient attendu ensemble d'autres signes de vie.

« Ça fait vraiment mal ? »

Fiona avait lu les livres qu'Elen avait achetés, elle

avait même regardé cette épouvantable vidéo, au lycée, mais il lui paraissait encore difficile de concevoir que, dans quelques semaines, un vrai bébé sortirait d'elle.

« *Vraiment* mal ? »

Elen s'était levée, avait déposé un baiser fougueux sur le front de sa fille.

« Tu sais quel est le meilleur antidote à la douleur ?

— Une péridurale ? avait répondu Fiona en se souvenant de l'accouchée de la vidéo.

— C'est l'amour, Fiona Morgan, l'avait corrigée Elen en riant. L'amour est la réponse à tout. »

Fiona avance toujours pleins gaz et le bateau bondit à la rencontre des vagues. *Seren, où es-tu ?* Leo balaie le lac avec la torche et, dans le faisceau lumineux, la neige ressemble à des bancs de poissons qui se tortillent dans le vent.

L'amour est la réponse à tout.

Plus de seize ans auparavant, alors qu'elle pensait qu'elle n'en pouvait plus, mam avait pris la main de Fiona et l'avait posée entre les jambes de sa fille : la stupéfaction l'avait emporté sur le dégoût quand elle avait senti la tête de son bébé.

« Pousse une dernière fois », l'avait encouragée sa mère.

Malgré la douleur qui la déchirait, Fiona sentait des vagues d'amour émaner des cartes de condoléances dont la maison était encore remplie. Les gens aimaient assez papa – les aimaient tous – pour envoyer des fleurs, des cartes. Et l'amour était l'antidote à la douleur.

Seren était sortie, mam l'avait prise et, une fraction

de seconde plus tard, elle était couchée sur la poitrine de Fiona, la bouche ouverte en un cri caricatural. Il y avait eu un moment où Fiona avait eu envie de dire « Je la garde », et elle aurait pu jurer qu'elle avait vu la même idée passer dans les yeux de sa mère. Mais elles avaient élaboré un plan et, en outre, l'idée d'être mère était trop terrifiante, trop impossible à concevoir. Ce serait mieux pour la petite de la confier à mam, non ? Ce serait plus facile.

Non ?

« Tu veux essayer de la nourrir ? l'avait encouragée sa mère avec tact, mais Fiona s'était détournée.

— Prends-la.

— Tu peux…

— Prends-la ! »

Quand la montée de lait s'était produite, ç'avait été comme une trahison. Recroquevillée dans la baignoire, des élancements dans les seins, Fiona laissait couler les robinets pour noyer les pleurs de son bébé – non, sa *sœur* – à qui mam donnait le biberon, en bas. C'était mieux comme ça.

N'est-ce pas ?

Un éclair illumine le ciel.

— Là ! désigne Leo.

La silhouette a déjà disparu dans le tourbillon blanc de la tempête de neige, mais pas avant que Fiona ne l'ait vue elle aussi. Un voilier. Ballotté çà et là, violemment secoué, il lutte, le mât cassé en deux. Fiona donne un coup de volant, bifurquant vers l'ouest, exhortant le bateau de Steffan à accélérer encore, tandis que Leo braque la torche sur l'eau.

Lentement, le sloop se matérialise, à l'ancre à cinq cents mètres d'eux.

— Seren ! hurle Fiona.

Elle entend à peine son propre cri étouffé par le tonnerre qui leur indique que l'orage se trouve juste au-dessus d'eux.

Quatre cents mètres.

Fiona distingue une silhouette, accrochée à ce qu'il reste du mât.

Seren.

Ils vont y arriver. Fiona pousse un sanglot de soulagement. Mais le vent n'en a pas terminé. Il tourbillonne autour du mont Pen y Ddraig et rugit sur le dos du dragon, prend de l'élan en traversant le lac, chaque vague plus forte que la précédente. Le voilier d'Angharad gîte, bascule sur le flanc comme s'il hésitait entre bâbord et tribord et Fiona supplie le hors-bord d'aller plus vite, mais il est trop tard.

Le sloop d'Angharad chavire.

53

8 janvier – Leo

Alors qu'ils se rapprochent de l'épave, Leo cherche à apercevoir Seren en balayant les flots avec le faisceau de sa torche. La lumière lui revient en plein visage, la blancheur de la neige presque aveuglante. Des débris flottent à la surface : conteneurs en plastique, corde, morceaux de toile arrachés.

— Prends le volant ! crie Fiona.

Prends le... ?

Mais elle est déjà debout sur le siège, bras levés, son manteau au fond de la coque. En l'espace d'une seconde, elle disparaît, plongeant au ras de l'eau.

— Fiona !

Quand le bateau à moteur tangue, Leo agrippe le volant et s'efforce de se repositionner face à l'endroit où il a vu Fiona pour la dernière fois. Les deux femmes ont-elles déjà dérivé ? Le sloop s'est retourné, sa dérive rouge foncé restant la seule partie visible.

Leo scrute le tableau de bord. C'est comme une voiture, non ? Il pilote d'une main en s'efforçant de décrire des cercles, tout en sachant que le vent le fait dévier et qu'il risque de perdre de vue la zone où Fiona a plongé. Le faisceau de la torche tremblote et il la secoue violemment – ce n'est vraiment pas le moment ! – en la braquant sur les vagues.

— Fiona ! appelle-t-il de nouveau, dévoré par la peur, par la colère de ne pas savoir nager et de ne pas pouvoir la sauver.

Il y a une bouée à l'arrière, mais à quoi servirait-elle s'il ne voit pas celles qui en ont besoin ? Il continue à tourner, encore et encore, et Dieu merci, il semblerait que le tonnerre se soit tu et que la neige tombe moins dru. Il a les doigts gourds et l'adrénaline fait vaciller le pinceau de lumière qui jette des ombres sur les vagues et joue des tours à son esprit.

Fiona.

Leo scrute le lac. Fiona ? Il met les gaz aussi prudemment que possible et le bateau avance. La voilà, qui bat furieusement des jambes et fend l'eau de son bras libre, cramponnant de l'autre un gilet de sauvetage blanc qui enveloppe une Seren immobile.

54

8 janvier – Fiona

Pour un homme qui n'a jamais mis les pieds sur un hors-bord et en a encore moins piloté, Leo se débrouille étonnamment bien. Fiona se tapit au fond du bateau, l'eau giclant autour de ses genoux pendant qu'elle serre le corps inanimé de sa fille. Seren est à peine consciente, les yeux clos et les membres inertes, mais elle respire. Fiona lui prend le pouls, les mains ankylosées par le froid, et le trouve dangereusement lent. Est-ce celui de Seren ou le sien ?

Combien de temps sa fille a-t-elle passé dans l'eau ? Sa température va continuer à chuter ; ils n'ont rien pour la réchauffer. Leo a jeté sur elle son manteau trempé ainsi que celui de Fiona, qui frictionne les bras de Seren pour tenter de relancer sa circulation.

— Allez, ma chérie, allez, chuchote-t-elle d'un ton pressant.

Quand Fiona l'a rejointe, Seren ne réagissait pas, la tête rejetée en arrière contre le gilet de sauvetage qu'elle avait eu la présence d'esprit d'enfiler. S'était-elle cogné la tête ? Fiona se penche et dépose un baiser sur le front de sa fille, un sanglot montant de nulle part. Seren était encore une toute petite fille, la dernière fois qu'elle l'a embrassée ainsi. Des moments volés quand mam n'était pas là ; des moments où Fiona s'autorisait, juste un instant, à admettre qu'elle avait le cœur serré.

— Qu'est-ce que je fais ? crie Leo, paniqué, et, en levant les yeux, Fiona se rend compte qu'ils approchent de la jetée.

Leo ralentit.

— Coupe le moteur !

Fiona ne veut pas lâcher Seren. Le silence soudain est un soulagement, mais ils vont encore trop vite. Le vent et les vagues les poussent vers le rivage et ils dépassent l'extrémité de la jetée, où ils ont trouvé le bateau.

— Accroche-toi ! crie Fiona.

Le lit du lac ne descend pas en pente douce à mesure que l'on s'éloigne du bord – les excursionnistes qui font du paddle avec le bas du pantalon retroussé se font régulièrement surprendre. Au contraire, il tombe à pic, et en un seul pas on a de l'eau à hauteur de poitrine. Le niveau de Llyn Drych est monté et il est difficile de savoir précisément où commence la terre ferme, mais ce doit être à peu près…

On entend un *boum* violent et Leo, projeté en avant sur le volant, pousse un juron.

… là.

Le bateau poursuit sur sa lancée contre les galets. Leo saute à terre, de l'eau glaciale jusqu'aux genoux, et tire l'embarcation haut sur la rive.

— Elle ne bouge pas.

Fiona essaie de rester calme, professionnelle, elle fait vraiment de son mieux, mais…

— Elle ne bouge pas !

Le vent hurle, la neige lui cingle le visage et couvre Seren de flocons glacés aussi vite que Fiona les essuie.

Pendant la cérémonie en hommage à papa, mam avait calmé Seren, très agitée, avec un biberon.

« Je n'ai pas de lait », expliquait-elle, sincère, à ses amies aux yeux brillants.

Les seins de Fiona étaient douloureux. Elle regardait fixement la photo de papa sur le programme, culpabilisant de pleurer autant pour Seren que pour lui.

« Sois forte, *cariad*, murmuraient les gens. Ta mère va avoir besoin d'aide pour s'occuper de ta petite sœur. »

Cela fait seize ans que Fiona est forte. Elle est épuisée.

Leo hisse Seren hors du bateau et sur son épaule comme si elle ne pesait rien. Il court vers le hangar en se retournant pour vérifier où est Fiona, qui tient à peine debout et aurait encore moins la force de porter quelqu'un d'autre. Elle titube derrière Leo sans détacher les yeux de sa fille, affalée sur son épaule.

Quand Seren n'était encore qu'un nourrisson, Fiona s'est entraînée à oublier. Elle s'est obligée à penser *sœur*, pas *fille*. Elle s'est forcée à oublier l'accouchement, à faire comme si elle n'avait jamais été enceinte et, lentement, elle a commencé à y croire. Elle a repoussé Seren. En se persuadant qu'elle était trop petite, trop collante, trop immature. Trop agaçante.

Fiona ravale un sanglot. C'était de la survie, voilà

tout. Du chagrin pour un bébé perdu, même si Seren vivait.

Dans le hangar, tout est comme ils l'ont laissé. Steffan est comateux à son bureau, et Fiona fouille les placards, dont elle sort des polaires et des chaussettes de rechange pendant que Leo indique leur position exacte aux pompiers. Fiona s'empresse de débarrasser Seren de ses vêtements mouillés et l'enveloppe dans les affaires sèches qu'elle a trouvées, sans prêter attention au fait qu'elle-même claque des dents. Seren murmure, reprenant connaissance par intermittence.

Fiona enfile un bonnet sur les cheveux trempés de sa fille. Le choc produit par l'eau glacée vous fait hyperventiler, ce qui réduit l'afflux de sang au cerveau. C'est ce qui vous embrume l'esprit, vous fait perdre connaissance. Seren est loin d'être hors de danger.

— Tu as vérifié si elle est blessée, si elle s'est coupée ? demande Leo, qui examine le gilet de sauvetage gorgé d'eau que portait Seren.

— Oui, bien sûr.

— Revérifie, lui conseille-t-il en touchant le gilet.

Fiona sent la panique la gagner. Dans sa hâte de sécher et réchauffer Seren, quelque chose lui aurait-il échappé ? Elle examine la tête de sa fille, cherche des bosses, des traces de sang. Seren gémit et Fiona lui prend le visage entre les mains, lui assure que les secours arrivent. Elle palpe les bras de sa fille, sa poitrine, mais ne trouve aucune marque. Si blessures il y a, elles sont invisibles. Au loin, la sirène de l'ambulance retentit.

— Je ne comprends pas, dit Leo, perplexe, en passant le gilet de sauvetage à Fiona.

Sans doute blanc à un moment donné, il est devenu grisâtre. C'est un gilet à l'ancienne, volumineux et carré.

— Ça ne fait aucun doute : il y a du sang sur le côté, derrière.

La tache est marron et terreuse, incrustée dans le tissu malgré l'immersion. Fiona la scrute. Si ce n'est pas le sang de Seren, à qui appartient-il ?

55

9 janvier – Leo

Le lendemain matin, Fiona attend Leo au bord du lac, les mains enfoncées dans les poches de son volumineux manteau et le bout de ses bottines noirci par l'eau. Leo sort de sa voiture et avance vers elle, soudain gêné. La nuit dernière a été plus intense, plus intime même, que le temps passé ensemble le soir du réveillon, et tout ce que Leo a envie de dire semble déplacé.

Il se poste quelques pas derrière Fiona.

— Soirée mémorable, murmure-t-il.

C'est le calme plat sur Llyn Drych, lisse comme un miroir, à tel point que Leo a l'impression qu'il pourrait marcher dessus. Les arbres étendent leur reflet d'huile sans que la moindre ride vienne briser l'illusion. L'orage est passé au cours de la nuit et les montagnes couronnées de neige se dressent sous un ciel bleu vif.

Fiona se tait. Elle recule juste d'un pas, et Leo avance, si bien que lorsqu'elle penche la tête en arrière pour s'appuyer contre lui, il est déjà là. Ils regardent le lac, le menton de Leo effleurant les cheveux de Fiona et, au bout d'un moment, il la prend dans ses bras. Il la revoit piloter le bateau de Steffan : elle a canalisé sa peur pour la transformer en courage et il sait qu'il ne rencontrera jamais une autre femme de sa trempe.

— Assez mémorable, oui, finit par dire Fiona.

— Tu me fais découvrir les meilleurs endroits.

Elle éclate de rire, se retourne et, l'espace d'un instant, ils sont si proches qu'il a l'impression qu'ils vont peut-être…

— Tu n'as pas acheté de café, par hasard ? demande Fiona en regagnant la voiture, le charme rompu.

— Café crème, un sucre.

— Tu feras une épouse parfaite.

En route vers le cottage d'Angharad, Leo jette des coups d'œil furtifs à Fiona, qui a les yeux bouffis et injectés de sang. La vapeur du café qu'elle couve entre ses mains lui réchauffe le visage.

— Tu as dormi un peu ?

— Pas vraiment.

— Tu devrais être à l'hôpital avec Seren.

— Elle ne veut pas me voir, répond Fiona en se détournant, le sujet clos.

Angharad attend au centre de la clairière comme si elle savait qu'ils viendraient. Comme si le vent, les animaux de la forêt l'avaient alertée, pense Leo avant de se réprimander pour sa mièvrerie. Dans un gallois rapide, Fiona place Angharad en état d'arrestation ; la femme porte la même salopette foncée que lors de leur première rencontre, avec des bottines lacées et un foulard écarlate qui retient ses cheveux.

Plus tard, dans une salle d'interrogatoire, Angharad ayant décliné l'assistance d'un avocat, Leo lui répète ses droits en anglais. Il prend une page vierge dans son carnet.

— Comment connaissiez-vous Rhys Lloyd ?

— Comme tout le monde au pays de Galles. « L'enfant star », répond Angharad, moqueuse.

— Vous ne l'aimiez pas ?

— Je n'aimais pas ce qu'il a fait à Llyn Drych. Au rivage. Tous ces arbres arrachés pour offrir plus de maisons de vacances aux Anglais.

— Ah, vous n'aimez pas les Anglais ?

— Vous me faites dire ce que je n'ai pas dit, agent Brady. Je n'ai rien contre les Anglais…

— Ravi de l'entendre.

— … quand ils sont en Angleterre, précise Angharad, dont l'expression est trompeusement neutre. Mais quand une jeune famille du village n'a pas les moyens d'acheter une maison de deux chambres tandis que ça ne dérange pas des Londoniens de débourser un demi-million de livres pour une résidence secondaire à l'autre bout du lac… Alors là, oui, ils me posent un problème, conclut-elle.

— Vous ne fréquentez donc pas les habitants de La Rive ?

— Personne ne les fréquente. Ils restent de leur côté et nous du nôtre. Je ne t'ai pas vue au bain du Nouvel An, dit-elle à Fiona.

— J'étais occupée, réplique la policière avec un sourire tendu. Mais nous sommes ici pour parler de tes allées et venues, pas des miennes.

— Ça ne te ressemble pas de manquer la baignade.

— Il y avait foule, d'après ce que j'ai entendu, fait remarquer Leo, qui s'aperçoit que Fiona a dû partir de chez lui au moment même où baigneurs et spectateurs se rassemblaient au bord de l'eau.

— Presque tout le village. C'est comme ça depuis que je suis gamine. Tout le monde ne nage pas, bien sûr.

— Beaucoup de propriétaires de La Rive ont fait le déplacement ?

— Aucun, répond Angharad en plissant les yeux. Comme je vous l'ai dit, ils ont leur rive et nous la nôtre. Ils n'auraient pas été les bienvenus.

— Une invitation a pourtant été lancée pour participer au réveillon organisé là-bas. Des dizaines d'habitants du village y sont allés.

Leo essaie de se concentrer sur l'interrogatoire. Angharad vient de dire quelque chose qui a fait remonter un souvenir, un détail qui semble important mais qui lui échappe, malheureusement.

— Tant pis pour eux. Tu sais que l'antipathie est forte, affirme Angharad à Fiona. Tu sais ce que les Gallois pensent des Anglais.

— *Certains* Gallois, la reprend Fiona.

— L'Angleterre a toujours considéré le pays de Galles comme une colonie qu'elle avait le droit de contrôler. Elle a volé notre charbon, notre eau, notre acier. Elle essaie de nous prendre notre langue.

— La Rive est bâtie du côté anglais du lac, précise Leo, qui fait son possible pour ne pas prendre personnellement cette diatribe.

— Seulement parce que les Anglais ont volé le terrain.

— On passe à autre chose ? demande Leo, à bout de patience. Il n'est pas question des relations anglo-galloises, en l'occurrence.

— Oh, mais si, répond Angharad, l'air sombre. C'est toujours le cas, sous la surface.

— Tu connais bien Ceri Jones ? intervient Fiona en se penchant vers la prévenue.

— Depuis toujours. C'est une artiste très douée, quel dommage qu'elle n'ait pas suivi cette voie !

— Savais-tu qu'elle avait été harcelée par Rhys Lloyd ?

— Nous en avons parlé, oui. Il l'a traitée avec une cruauté insupportable.

— A-t-elle déjà dit qu'elle voulait rendre à Rhys la monnaie de sa pièce ?

Leo élabore une théorie. Ceri et Angharad vivent toutes les deux en marge du village, meurtries par des événements de leur passé. Et si leur haine mutuelle de Lloyd les avait réunies ? Ceri a quitté La Rive avant le décès de Rhys et, grâce à l'enregistrement de vidéo-surveillance de l'allée, la police sait qu'elle n'est pas revenue à pied ; mais aurait-elle pu revenir en bateau ?

Fiona prend un sac pour pièces à conviction derrière sa chaise.

— Tu reconnais cet objet ?

— C'est mon gilet de sauvetage. Je le garde dans un casier du sloop. Je le gardais, soupire tristement Angharad.

Peu après l'avoir arrêtée ce matin, Fiona lui a appris que le *Tanwen* était au fond du lac.

Angharad a pleuré.

« Je l'ai depuis quarante ans.

— Je suis navrée, s'est excusée Fiona, au bord des larmes elle aussi, et la vieille dame lui a touché le bras.

— Seren n'a rien, c'est tout ce qui compte. »

— Comment expliquez-vous qu'il y ait le sang de Rhys Lloyd là-dessus ? reprend Leo en désignant la tache rouille sur le gilet crasseux.

— Je ne l'explique pas.

— Et que des plongeurs aient récupéré sur votre bateau de la corde correspondant aux fibres retrouvées sur son corps ?

— Aucune idée.

— Où étais-tu le 31 décembre ? demande Fiona.

— J'étais chez moi toute la soirée, répond Angharad, et Fiona note ce détail dans son carnet.

— Quelqu'un peut le confirmer ?

— Bien sûr, lui retourne Angharad avec un sourire. Ta mère.

— Ma…

— Elen est arrivée chez moi vers 20 h 30, si je me souviens bien. J'avais préparé le dîner, que nous avons fini par prendre dehors, avec les animaux. Foutus feux d'artifice : ils devraient être interdits.

Leo sent un mal de tête couver. Y a-t-il une seule personne avec qui Fiona et sa famille ne fricotent pas ?

— Le 2 janvier, vous avez amené votre bateau chez Steffan Edwards pour qu'il effectue des réparations, c'est ça ?

— En effet. Le sloop était amarré depuis quelques jours et quand j'y suis allée en canot le 2, j'ai remarqué une fêlure sur le renfort central du puits de dérive. J'ai dû oublier de remonter la dérive et le lac était agité, alors… Les plus gros bateaux ont une quille fixe sous la ligne de flottaison qui les empêche de chavirer, précise-t-elle devant le regard vide de Leo. Les plus petits, comme le mien, ont une coque plus plate. C'est la dérive qui assure leur stabilité.

— Ça t'est déjà arrivé d'oublier de la remonter ? demande Fiona.

— Jamais, d'après mes souvenirs.

— À part ce détail, quelque chose d'autre vous a paru incongru ? interroge Leo.

Angharad détourne le regard vers le mur pour réfléchir. Des pas résonnent dans le couloir, un policier en briefe un autre.

— Le casier, répond Angharad en revenant à elle, les yeux écarquillés. Je n'y ai pas accordé d'importance sur le moment, mais… Je ne porte jamais de gilet de sauvetage, voyez-vous ; je devrais, je sais, mais les vieilles habitudes ont la vie dure et il est toujours au fond, sous la corde de rechange et le réservoir de carburant.

Elle agrippe le rebord de sa chaise, animée pour la première fois depuis le début de l'interrogatoire.

— Mais quand je suis allée au voilier le 2, quand j'ai remarqué les dégâts sur le renfort, le gilet était au-dessus.

— Tu es sûre ? insiste Fiona.

— À cent pour cent, affirme Angharad en se redressant. Quelqu'un est monté à bord.

Leo passe les possibilités en revue. Si Ceri s'est servie du sloop pour se débarrasser du corps de Rhys dans le lac, comment a-t-elle rejoint le lieu d'amarrage ?

Quelqu'un l'a-t-il emmenée ? Et dans quelle embarcation ? Leo énumère mentalement les invités arrivés en bateau au réveillon de La Rive. N'importe lequel d'entre eux aurait pu s'éclipser, mais un seul en voulait à Lloyd.

Huw Ellis.

Était-il de mèche avec Ceri ? Si tel est le cas, pourquoi prendre la peine d'emprunter le *Tanwen* alors qu'ils auraient pu emmener le corps de Lloyd sur le hors-bord de Huw ? Ce n'est pas logique.

Et puis soudain, cela le devient.

Il existe plus d'une façon de se déplacer dans l'eau. D'après Angharad, personne de La Rive n'a participé à la baignade organisée au village le 1er janvier et, en y repensant, Leo est absolument certain qu'on lui a menti.

Il sait qui a jeté le corps de Rhys Lloyd au fond du lac.

56

Veille du Nouvel An – Glynis

Glynis Lloyd ne s'amuse pas. Les fêtes sont réservées aux jeunes et Glynis sent son âge. Il n'y a nulle part où s'asseoir et, bien qu'entourée de visages connus, elle se sent seule.

C'est Yasmin qui l'a persuadée de venir.

« Vous allez passer un bon moment, lui a-t-elle assuré. Et que penseront les gens si la propre mère de Rhys n'est pas là ? » a-t-elle ajouté, et comme, de toute évidence, c'était surtout le qu'en-dira-t-on qui motivait sa belle-fille, Glynis a failli refuser tout net.

Yasmin se soucie beaucoup des apparences.

« J'ai essayé de convaincre *OK !* de couvrir l'événement, mais on m'a répondu qu'il ne correspondait pas "au style du magazine", a-t-elle expliqué avec un claquement de langue exaspéré. Dieu sait ce qui lui correspondrait mieux. Les Stafford à eux seuls sont sûrement une attraction suffisante, même si Rhys n'est plus… »

Elle s'est tue en se rappelant à qui elle parlait.

Glynis ne se fait aucune illusion sur la carrière à la

dérive de son fils. Oh, il a du talent, personne n'en a jamais douté, mais Glynis connaît mieux que quiconque la fourberie de ce milieu. Au premier abord, tout n'est que succès et sourires, mais en plongeant sous la surface, on découvre une vérité trouble.

Elle culpabilise toujours quand elle pense à la carrière de Rhys. Au service rendu à l'un des juges du concours Eisteddfod qui devait donc lui renvoyer l'ascenseur – et quel mal y avait-il à attribuer une note un tout petit peu supérieure à Rhys ? Voilà comment il s'était retrouvé sur la scène principale, au bon endroit et au bon moment pour être remarqué et réussir.

Glynis cherche des yeux Steffan Edwards, qui n'a plus rien à voir aujourd'hui avec le garçon ordinaire d'alors, classé deuxième d'une compétition qu'il aurait légitimement dû remporter. Il est déjà rentré, ou peut-être quelqu'un a-t-il eu le bon sens de le jeter dehors avant qu'il ne se déshonore davantage.

« En ce moment, dans l'industrie, il n'y a pas de chanteur gallois issu de la classe ouvrière, avait constaté Fleur Brockman, l'agent artistique que Rhys venait d'engager. C'est un terrain fertile. »

Même si Glynis trouvait abject de cataloguer leur famille avec une telle désinvolture, elle avait tenu sa langue pour le bien de Rhys.

« Vous croyez vraiment qu'il a assez de talent pour y arriver ? avait-elle demandé, avide de flatteries justifiant sa tricherie.

— Du talent ? Bien sûr qu'il a du talent, avait répondu Fleur avec indifférence. Mais ce qui compte vraiment, c'est de construire une marque, avait-elle ajouté avec un clin d'œil. Avec la bonne stratégie marketing, je pourrais placer un cochon d'Inde en tête des charts. »

Rhys a bénéficié de la bonne stratégie marketing pendant longtemps, mais, au fil des années, le budget a été lentement amputé, l'équipe a changé au point de devenir méconnaissable. Aujourd'hui, malgré tout l'argent que dépense son fils dans sa campagne publicitaire, Glynis sait que sa carrière n'en a plus pour longtemps. Yasmin le sait-elle aussi ?

Sa belle-fille était au beau milieu de l'une de ses visites guidées quand Glynis est arrivée à la fête. Yasmin l'a embrassée sur les joues et l'a présentée comme la mamie des jumelles. Glynis a tressailli. Malgré la réticence de leur mère à leur naissance, les filles l'appellent *nain*.

« Personne ne saura ce que cela veut dire », s'était plainte Yasmin.

Glynis n'avait pas cédé. Si les petits camarades de Tabby et Felicia pouvaient appeler leurs grands-parents papito et manouche, papinou et mamina, Glynis pouvait bien s'appeler *nain*.

Le bruit de la fête lui donne mal à la tête. Autour d'elle, les gens crient et les décibels grimpent lentement tandis que tout le monde s'efforce de se faire entendre. Elle capte des bribes de conversation, presque toutes en anglais bien que la moitié des personnes présentes soient galloises. Le père de Rhys aurait été anéanti.

Jac Lloyd était un fervent nationaliste. Cheminot de profession, il aurait pu s'essayer à tous les métiers et avait aménagé la quincaillerie qui avait appartenu aux parents de Glynis. La cabane en bois située sur cette rive du lac était placée en retrait pour rester au sec lorsque l'eau montait et une haute rangée de pins la dérobait aux regards. Glynis et Jac se retrouvaient à Tŷ'r Lan quand ils se fréquentaient, loin des ragots du village. Jac pêchait pendant que Glynis lisait et puis... Le souvenir fait sourire Glynis.

Le terrain lui-même mesurait moins d'un demi-hectare et faisait partie de la forêt, autrefois galloise. En 1972, le Local Government Act avait délimité les comtés anglais et la bande de terrain à l'est de Llyn Drych était devenue anglaise.

Glynis n'avait jamais vu son mari aussi furieux. L'idée même d'être propriétaire d'un terrain sur le sol anglais était inconcevable et l'objet de si nombreuses plaisanteries au *Y Llew Coch* que Jac avait pris l'habitude d'aller consommer ailleurs, jusqu'à ce qu'un journaliste sème une graine qui avait changé son point de vue.

L'article était intitulé « Le dernier bastion gallois » et accompagné d'une photo de Tŷ'r Lan, pavoisé du drapeau au dragon rouge. L'article présentait Jac comme un guerrier, protecteur de sa langue et de sa culture, gardien d'une terre qui restait galloise d'un point de vue moral (à défaut de le rester d'un point de vue légal).

« *Cymru am byth*, avait lancé fièrement Jac en montrant l'article à Glynis. Vive le pays de Galles. »

Il serait désespéré de voir ce que son fils a fait. Une douleur vrille la poitrine de Glynis en imaginant l'émotion dans les yeux de son défunt mari. Ce n'est plus Tŷ'r Lan, mais La Rive. Ce n'est plus le bastion des Gallois, mais le terrain de jeu des Anglais, qui foulent les traditions aux pieds et dont on ne peut même pas tirer un *diolch*, sauf de cette Clemmie, qui essaie de s'intégrer, Glynis doit bien le reconnaître.

Au décès de Jac, Glynis avait parlé à leur avocat.

« J'ai son testament quelque part », lui avait-elle déclaré.

Jac avait tout organisé quelques années plus tôt en se servant d'un de ces modèles que l'on pouvait acheter chez le marchand de journaux. Dûment certifié, légal et exécuté dans le respect des règles. Jac était du genre à estimer que deux précautions valent mieux qu'une, avant que la démence sénile ne s'installe du moins. Il léguerait Tŷ'r Lan à Glynis, qui continuerait à faire flotter le drapeau gallois en l'honneur de son mari.

C'est alors que Glynis avait été contactée par une autre avocate. Elle exerçait dans la ville voisine, ne connaissait la famille Lloyd ni d'Ève ni d'Adam et sa brusquerie avait donné à Glynis envie de pleurer.

« Toutes mes condoléances, avait dit la femme en faisant claquer l'élastique d'un dossier. Votre mari est venu il y a six mois avec votre fils. J'ai une copie de son testament sous les yeux...

— Vous devez faire erreur. »

Mais il n'y avait pas d'erreur.

Jac Lloyd qui, l'année avant sa mort, arrosait trop souvent ses céréales de jus d'orange et rangeait ses chaussures au réfrigérateur avait écrit un testament de substitution qui léguait Tŷ'r Lan et le terrain environnant à Rhys.

« Ce n'est pas possible », avait répondu Glynis.

Cela faisait des années que Rhys essayait de persuader

son père de construire sur ce terrain et Jac avait toujours répondu la même chose : « Il faudra me passer sur le corps. » Tŷ'r Lan était la cabane d'un Gallois, elle faisait partie du paysage. Le terrain était peut-être anglais, mais ces arbres étaient aussi gallois que Jac.

« Le testament est en béton, je vous assure, avait renchéri l'avocate. Toutefois, si vous m'apportez celui que votre défunt mari a rédigé lui-même, je revérifierai les dates. »

Mais le testament d'origine restait introuvable.

Chez les Charlton, postée devant la fenêtre, Glynis contemple la vue qui n'a pas changé depuis plus de soixante-dix ans qu'elle la connaît.

« Le classeur de Jac n'est-il pas ravissant dans le bureau de Rhys ? » a demandé Yasmin en faisant visiter le chalet à sa belle-mère pour la énième fois. Glynis avait caressé le métal cabossé en se souvenant du meuble à Tŷ'r Lan et en pensant au tas de papiers qu'il renfermait.

« En sûreté », disait toujours Jac en verrouillant les tiroirs, qu'il cachait sous la nappe de sa mère.

Jac voulait léguer Tŷ'r Lan et le terrain environnant à Glynis. Il voulait qu'elle continue à le protéger. Et si le testament original qu'il avait rédigé était resté dans le classeur du bureau de Rhys ? Si elle le retrouvait, elle pourrait prouver ce que Jac comptait faire du terrain.

Glynis a passé des semaines à chercher la clé, elle a retourné sa chambre d'amis, fouillé dans des tas de vieilles photos et de vieux papiers. Elle l'a retrouvée dans une boîte en fer contenant du matériel de pêche, avec une poignée de flotteurs et quelques hameçons rouillés.

Elle pend désormais à son cou, au bout d'une longue chaîne.

Elle regarde autour d'elle. Dans la cuisine, les jumelles tendent un sandwich à Rhys, qui discute avec Jonty. Yasmin sert du champagne dans un coin. Il n'y aura personne chez les Lloyd.

Nul ne remarque que Glynis s'éclipse : c'est l'un des rares avantages de la vieillesse. Elle longe les chalets, parfaitement calme car, après tout, que fait-elle de mal ? Elle est la mère de Rhys, la *nain* des filles : pourquoi ne s'absenterait-elle pas de la fête pour aller se reposer un moment chez son fils ?

La porte d'entrée n'est pas verrouillée. À l'intérieur, les lumières sont tamisées et Glynis monte directement au bureau, à l'étage, pour ouvrir le classeur, et la clé tourne aussi aisément que si l'on s'en était servi hier. Les tiroirs sont pleins à craquer de chemises cartonnées qui dessinent un arc-en-ciel aux teintes pastel et dont les rabats portent l'écriture ronde de Jac. Elle les sort toutes une par une, feuilletant les papiers d'un œil expert car elle connaît le système de classement de Jac comme si c'était le sien. Ni alphabétique, ni rassemblé par sujet, ni par nom de correspondant. Les factures d'électricité étaient toujours classées sous *Gethin Jones*, parce que c'était le vieux Gethin qui avait réalisé l'installation électrique de la cabane. Les cartes des sentiers de la région n'étaient pas classées ensemble, mais chacune sous le nom des fermes qu'ils traversaient. Jac avait ses petites fantaisies, même avant de perdre la boule, songe affectueusement Glynis.

En sortant un dossier intitulé *Anti Nesta*, elle a un coup au cœur. Nesta n'était pas sa vraie tante, mais une amie très chère de la mère de Jac qui travaillait dans une entreprise de pompes funèbres. Glynis ouvre le dossier et sait immédiatement que si le testament de Jac est rangé quelque part, ce doit être là. Elle trouve des brochures décrivant des pierres tombales, des notes minutieuses comparant les mérites respectifs de différents cercueils.

Et le testament.

Glynis sent le chagrin la submerger de nouveau, deux ans après avoir perdu Jac. Elle déchiffre son écriture, les capitales bien dessinées détaillant ce qu'il faudrait faire du magasin, de l'appartement, du terrain au bord du lac. Rhys connaissait la volonté de son père et pourtant, il a abusé de sa maladie – et de son refus de consulter un médecin – et est allé délibérément à l'encontre de ses souhaits. Jac aurait été effondré.

Un bruit résonne au rez-de-chaussée.

Quelqu'un claque la porte et monte lourdement l'escalier. Cela paraît violent, incontrôlable. Glynis panique. Et si un cambrioleur profitait de l'absence des propriétaires ? Et s'il l'agressait ? Aux abois, elle cherche une arme alors que l'intrus approche. Elle pose le dossier, prend un des trophées posés sur l'étagère, au-dessus du bureau. Il est si lourd qu'elle manque de le laisser tomber, mais elle l'agrippe, tellement dépassée par les événements qu'elle a le souffle court.

La porte s'ouvre, Rhys entre dans la pièce, mais la colère l'emporte sur le soulagement, comme quand une mère secoue un enfant qu'elle avait cru perdu. Il titube contre le mur, trop ivre pour remarquer sa propre mère – mais qu'est-ce que cela changerait s'il la remarquait ? pense-t-elle. Rhys a toujours fait exactement ce qu'il voulait. *Pris* exactement ce qu'il voulait. Elle l'imagine ordonner à Jac quoi dire, où signer, le convaincre qu'il faisait le bon choix et, sans réfléchir, elle soulève le trophée et le jette de toutes ses forces sur son fils.

Ce n'est qu'en le voyant tomber à terre que Glynis reprend ses esprits.

Main sur la bouche, elle étouffe un cri, tremblant de tous ses membres.

Qu'a-t-elle fait ?

57

Veille du Nouvel An – Clemmie

Clemmie Northcote passe une excellente soirée. Elle a essayé de parler gallois avec tous les invités du village (et avec quelques Anglais), a bu bien plus que de raison et s'en fiche pas mal parce que c'est le réveillon du Nouvel An ! C'est la fête ! Vive le champagne gratuit et le cadre magnifique !

Clemmie a découvert qu'elle était incroyablement douée pour la danse irlandaise, pour quelqu'un qui n'en a jamais fait, et se lance dans une démonstration. Tout le monde l'acclame ou peut-être qu'ils se moquent, difficile à dire, mais peu importe : c'est tellement amusant !

Elle fait une pause, laisse la piste de danse à quelques jeunes qui ne dansent pas du tout, à vrai dire, mais se dandinent d'un pied sur l'autre et se parlent en criant par-dessus leur verre. À l'autre bout de la pièce, Bobby Stafford met la main aux fesses de la femme de ménage.

— Il donne de sa personne pour améliorer les relations transfrontalières, glousse Clemmie à part.

Ashleigh l'a vu aussi et Bobby doit sentir les regards

furieux qu'elle lui lance depuis le canapé, parce qu'il se retourne. Attention, il va y avoir du spectacle, pense Clemmie, mais Bobby hausse les épaules et ne fait même pas mine de lâcher Mia. Cela dit, Clemmie a vu Ashleigh sortir deux fois des toilettes avec Jonty, ce soir, alors peut-être qu'il n'y en a pas un pour rattraper l'autre. Les gens ont vraiment des relations bizarres : Yasmin et Rhys n'ont pas échangé trois mots de la soirée ; c'est vraiment dommage pour ces pauvres jumelles que leurs parents étalent leurs différends aussi publiquement.

Elle les cherche des yeux, mais les filles ont dû rentrer chez elles. Clemmie, qui n'a pas abandonné tout espoir que l'une d'elles tombe follement amoureuse de Caleb, passe une bonne partie de ses baignades dans le lac à imaginer un mariage Northcote-Lloyd. Malheureusement, Caleb semble plus intéressé par Seren, qui est très gentille, mais qui est venue à la soirée habillée comme une prostituée, impossible de le dire autrement. Si Clemmie en a l'occasion, elle lui en touchera deux mots. De femme à femme. L'examinera de près pour le compte de Caleb, au cas où l'option Tabby/Felicia tomberait à l'eau.

N'importe laquelle de ces filles aurait de la chance d'avoir son fils, pense Clemmie en s'éloignant pour aller chercher un verre qu'elle ne devrait vraiment pas boire, mais qui tient encore les comptes à ce stade ? Caleb redevient lentement le garçon gentil, attentif qu'il était autrefois et, tout cela, c'est grâce à La Rive. Clemmie est emballée par les changements qui se sont produits chez lui depuis qu'ils ont quitté Londres et elle est foudroyée par la peur au souvenir de Rhys insistant pour qu'elle lui rembourse la somme qu'il a empruntée pour elle. C'est tellement injuste : ils avaient conclu un accord. Peut-être pas légalement mais un… comment ça s'appelle ? se demande Clemmie avec un hoquet. Un accord tacite, c'est ça.

— Un accord implicite, énonce-t-elle tout fort.

Elle s'esclaffe, un peu plus fort qu'elle n'en avait eu l'intention. Rhys, qui a terminé sa conversation avec Jonty, se dirige vers la pièce principale. Seren tend la main pour lui parler, mais il se contente de la dévisager en se demandant sans doute à quoi pensaient ses parents quand ils l'ont laissée sortir habillée comme ça, et poursuit son chemin. Il a l'air d'avoir un coup dans le nez ; il a abusé du pinard, dirait Jonty, et rien que d'y penser, cela fait rire Clemmie et lui redonne le hoquet.

Le champagne lui procure du courage. Et si elle parlait à Rhys tout de suite, tant que l'alcool le ramollit ? Elle ne demande pas à s'en sortir sans rembourser le prêt, même si elle ne dirait pas non, bien sûr. On peut toujours rêver ! Elle voudrait juste qu'ils s'en tiennent à leur accord initial. Leur accord tacite.

— Accord implic…

Clemmie fronce les sourcils. Est-ce qu'elle l'a déjà dit ? D'un pas chancelant, elle se fraye un chemin entre les invités. Rhys est sorti. C'est bien : ils pourront parler en tête à tête. Personne d'autre n'est au courant pour le prêt et Clemmie tient à ce qu'il en soit ainsi.

En sortant de chez les Charlton, elle voit Rhys à l'autre bout de l'allée. Il se penche et vomit dans les plates-bandes, puis ouvre sa porte d'entrée. Manifestement, il a décidé d'en rester là pour ce soir. Clemmie se rue après lui. Il a laissé la porte ouverte et elle entre sans frapper.

— Ohé ? Rhys ? appelle-t-elle.

Il n'y a pas trace de lui en bas et elle monte donc à l'étage, trébuchant dans sa hâte d'y arriver avant que son voisin n'enfile son pyjama. Elle entend un petit bruit, comme si quelqu'un avait dégluti, appelle de nouveau en tournant le coin et débouche dans le bureau.

— Ce n'est que moi. Clemmie. J'espérais que nous pourrions…

L'espace d'un instant, elle se demande si elle hallucine. Elle a bu énormément. Mais Glynis refait ce bruit, une espèce de gargouillis étranglé, et le sang monte à la tête de Clemmie. Rhys est allongé à plat ventre, le parquet sous son visage éclaboussé de sang. Près de lui repose un trophée doré monté sur une base en marbre.

— Oh, mon Dieu ! s'écrie Clemmie.

Elle s'agenouille près de Rhys, le retourne et cherche frénétiquement son pouls. Il a une profonde entaille au milieu du visage et du sang plein la bouche. Il est inerte.

— Il a forcé mon mari à rédiger un testament.

Glynis parle d'une voix si basse que Clemmie a du mal à l'entendre. Elle sent un pouls fort qui bat à cent à l'heure, mais comprend que c'est le sien et change de position.

— S'il n'avait pas été malade, Jac n'aurait jamais légué le terrain à Rhys.

Clemmie ne sait pas de quoi parle Glynis, mais elle a l'horrible impression de savoir ce que cela implique. Elle s'assied un instant sur ses talons et observe la vieille dame.

— Vous l'avez frappé délibérément ?

— Non !

— Eh bien, Dieu merci pour..., dit Clemmie qui reprend le pouls de Rhys.

— Enfin, pas tout à fait.

Clemmie la regarde, atterrée par ce qu'elle entend.

— J'ai vu rouge, c'est tout. J'étais tellement furieuse et... Oh, mon Dieu ! Qu'est-ce que j'ai fait ? se lamente Glynis en se couvrant le visage.

Le cœur de Clemmie tambourine. Elle s'efforce de respirer normalement et de parler calmement.

— Nous devons nous débarrasser de lui.

— Nous débarrasser... Que voulez-vous dire ? Il faut appeler une ambulance. Vous avez un portable ? Je n'en ai pas et il n'y a pas de ligne fixe ici, je ne sais pas pourquoi ils ne...

— Glynis !

La vieille dame se tait, blême, les lèvres pincées de panique.

— Vous allez être arrêtée, Glynis, explique Clemmie lentement. Emprisonnée.

— Non, non, non. Il va s'en sortir, il faut juste l'emmener à l'hôpital.

— Je vais vous aider, assure Clemmie, moins convaincue que sa voix ne le laisse paraître. Je vais vous protéger.

— Je ne comprends pas, sanglote Glynis.

— C'est trop tard, Glynis.

Les doigts de Clemmie sont couverts de sang. Elle les presse de nouveau sur le cou de Rhys, bien qu'elle sache ce qu'elle va sentir.

— Un médecin ne pourra plus rien pour lui.

Clemmie a le tournis. Elle est venue chez Rhys pour discuter de leur accord financier. Un accord dont personne ne sait rien. Elle est consciente que c'est affreux, que Glynis est sous le choc, qu'elle risque de ne jamais s'en remettre, mais son cœur bondit de joie. Elle pense à l'argent qu'elle n'aura pas à rembourser et à l'avenir qu'elle peut promettre à son fils.

— Vous en êtes… (Glynis réprime un sanglot.) Vous en êtes sûre ?

Clemmie se penche sur Rhys, protégeant Glynis du spectacle terrible de son fils, étendu par terre, inanimé.

— Tout à fait.

Elle reprend le pouls du blessé, souhaitant que la situation soit différente, cependant rien n'a changé. Clemmie est prise de nausée, mais elle pense à la liberté dont elle va jouir maintenant qu'elle n'a plus à rembourser Rhys. Les choses n'arrivent pas par hasard, se dit-elle.

— Vous l'avez tué, malheureusement, annonce-t-elle à Glynis.

Alors que la vieille dame, secouée de sanglots, s'effondre dans un fauteuil, Clemmie reste immobile, les doigts sur le pouls de Rhys. Un pouls lent et faible, mais indéniablement présent.

Pour l'instant.

58

9 janvier – Fiona

Avant de décider s'ils peuvent relâcher Angharad, Fiona et Leo doivent vérifier son alibi et Elen est ravie de pouvoir enfin fourrer son nez dans l'enquête. Elle confirme qu'elle a effectivement passé le réveillon du Nouvel An avec Angharad.

— Vous passez prendre un *paned* ?

— Mam, on est en pleine enquête criminelle.

Leo attend dehors.

« Je te laisse tranquille », a-t-il annoncé en arrivant chez les Morgan, et Fiona lui a su gré de sa compréhension.

— Tu aurais pu me dire que tu étais avec Angharad, déclare-t-elle à Elen. On ne l'aurait peut-être pas arrêtée.

— Tu refusais de parler de l'enquête.

— Mam, c'est diff…

— « Surtout pas avec ma mère » : ce sont tes mots, si je me rappelle bien. Parce que je risque d'aller bavasser aux quatre coins du village, c'est ça ? Peu importe que j'en sache plus sur la moitié des habitants de Cwm Coed que tu n'en sauras jamais.

— Les cancans ne m'intéressent pas, mam.

— Dire que Jos Carter est parti avec son moniteur d'auto-école, ce n'est pas cancaner, si ?

— Franchement, mam, s'impatiente Fiona en levant les yeux au ciel, c'est littéralement…

— Ou que Glynis Lloyd va contester le testament de Jac.

— Quoi ?

— Elle a retrouvé le testament d'origine qui lui lègue Tŷ'r Lan. Elle va saisir la justice.

— Oh, mon Dieu, mam, je m'en fiche ! s'exclame Fiona qui sait qu'il vaut mieux ne pas se laisser entraîner dans les commérages de sa mère. Comment va Seren ? demande-t-elle avec un regard vers l'étage.

— Elle dort.

Seren a été autorisée à sortir de l'hôpital après la visite matinale du médecin et, quand elle est rentrée, mam l'a envoyée se coucher avec une bouillotte et un mug de soupe à la tomate. Le spécialiste a confirmé qu'elle ne garderait aucune séquelle de sa terrible épreuve, mais tout le monde sait qu'elle a eu beaucoup de chance.

— Elle n'a pas répondu à mes SMS.

Quand l'ambulance est arrivée au hangar à bateaux, Fiona a accompagné Seren à l'hôpital tandis que Leo les suivait en voiture. Fiona serrait la main glacée de sa fille en priant pour qu'elle s'en sorte. Seren était certes furieuse contre Fiona, mais celle-ci venait tout de même de lui sauver la vie : ce n'était pas rien, sûrement, n'est-ce pas ? Pourtant, dès que Seren a repris connaissance, elle l'a repoussée et a fait un tel boucan qu'elle a ameuté les infirmières.

« Laisse-moi tranquille ! »

Fiona lui a envoyé des SMS toute la matinée, entre les briefings et l'interrogatoire d'Angharad, et, bien que Seren les ait lus, elle n'y a pas répondu.

— Laisse-lui le temps, conseille Elen.

— Elle me déteste.

— Toutes les filles détestent leur mère à un moment donné. C'est un rite de passage.

Fiona est sur le point d'exprimer son désaccord quand elle croise le regard de sa mère et lui adresse un sourire ironique. Elles gardent le silence un moment, perdues dans leurs pensées respectives, jusqu'à ce qu'Elen, rembrunie, touche avec tact le bras de sa fille.

— C'était Rhys, alors.

Quoi que Seren ait raconté à mam, cela ne peut être qu'une part de la vérité et, maintenant, Elen attend que Fiona lui révèle le reste de l'histoire. Pendant seize ans, Elen a élevé la fille de Fiona comme son propre enfant. Elle a encouragé Fiona à quitter Cwm Coed, à trouver sa voie dans la vie, libérée du poids d'un bébé. Fiona sait que sa mère mérite de connaître la vérité.

— Je ne voulais pas que ça arrive, mam. Je ne voulais pas de lui, parvient-elle tout juste à articuler avant de fondre en larmes.

Bouleversée, Elen se décompose et serre Fiona si fort qu'elle a du mal à respirer.

— Je suis navrée, Fi, navrée pour tout ce que tu as traversé.

Dans la voiture, Fiona appelle le commissariat pour confirmer la libération d'Angharad. Si Leo remarque ses yeux rougis, il n'y fait pas allusion. C'est confortable d'être avec quelqu'un qui sait tout de vous, se dit la jeune femme.

Il y a eu plusieurs moments au cours de sa relation avec Huw où elle a eu envie de lui avouer la vérité. Pas à propos de Seren (elle avait juré sur sa propre tête de ne jamais en souffler mot), mais à propos du viol.

Le *viol.*

C'est la première fois qu'elle emploie ce mot, même dans son for intérieur, et c'est pourtant le seul qui convienne. Rhys l'a violée.

Un jour, au travail, Fiona a géré une affaire de ce genre : après avoir trop bu, une jeune femme d'une vingtaine d'années s'était réveillée sans le moindre souvenir de ce qui s'était manifestement produit. Fiona était rentrée chez elle comme une automate et s'était effondrée une fois le seuil franchi. Huw lui avait servi un verre de vin et avait dit tout ce qu'il fallait. Que Fiona était géniale de faire ce boulot ; que le stress devait forcément se manifester de temps en temps. Et Fiona avait rassemblé son courage en pensant : « C'est le moment. Je vais tout lui dire maintenant. »

« Quelle idiote de s'être soûlée comme ça, avait ajouté Huw. Ça arrive tout le temps, pas vrai ? Les filles picolent pour ressentir la magie de l'alcool et le lendemain, elles regrettent. »

« Ce n'est pas le moment, s'était dit Fiona. Je ne vais rien lui raconter. »

Il se trouve qu'elle ne l'a jamais fait. Et sans savoir que Fiona a été violée, sans connaître la vérité sur Seren, est-il étonnant que Huw ait eu du mal à comprendre que sa femme ne voulait pas d'enfant ? Elle ne méritait pas de bébé alors qu'elle avait abandonné son premier-né.

Leo sait tout ça maintenant. Et plus encore. Il connaît les peurs de Fiona, ses goûts. Ce qu'elle ressent pour le lac, les montagnes et le village qu'elle avait tant hâte de quitter autrefois.

— Je suppose…, commence-t-elle.

— Nous pourrions peut-être…, dit Leo en même temps. Toi d'abord.

— Non, vas-y.

Leo respire un bon coup.

— Je pensais à notre rencontre.

— Oui.

— Quand je t'ai vue à la morgue. C'était…

— Gênant ?

— Très. Mais ensuite… Eh bien, je voulais juste te dire que ça a été génial de travailler avec toi. Et pas gênant.

Il regarde par-dessus le volant, soudain silencieux, l'air épuisé.

C'est un au revoir, Fiona le sait. Son détachement auprès de la brigade criminelle du Cheshire prendra bientôt fin et elle retrouvera son district. Avec Leo, ils échangeront peut-être quelques e-mails, se verront peut-être au tribunal d'ici à quelques mois, mais ça s'arrêtera là.

— Pour moi aussi, affirme-t-elle en imitant le ton brusque de son collègue.

— Qu'est-ce que tu allais dire ?

Fiona allait proposer qu'ils tentent le coup. Elle avait envie qu'il sache qu'elle ne s'était jamais sentie aussi à l'aise avec quelqu'un et que, quand il l'avait enlacée et qu'ils avaient contemplé le lac, elle n'avait jamais éprouvé un tel sentiment de sécurité.

— La même chose.

Il est arrivé quelque chose à La Rive. Les guirlandes lumineuses sont éteintes, le champagne ne coule plus à flots, mais ce n'est pas tout. Le complexe a l'air souillé, d'une certaine manière ; ce n'est plus un objet de convoitise, mais de crainte. Un endroit que l'on évite. Même le ciel semble un peu plus sombre et les nuages un peu plus gris de ce côté du lac.

Alors qu'ils sortent de la voiture, la porte des Stafford s'ouvre et un homme et une femme apparaissent, bras dessus, bras dessous, ce qui les oblige à marcher en crabe.

— Ce n'est pas Ashleigh Stafford, remarque Leo.

— Quel don d'observation ! le taquine Fiona.

Le couple s'arrête pour s'embrasser et Bobby prend le visage de la femme entre ses mains, puis il la soulève pour la faire tournoyer.

— Y a des hôtels pour ça, marmonne Fiona.

— Ça va ? lance Bobby en s'apercevant qu'ils ne sont pas seuls.

Il leur adresse un sourire si radieux que Fiona en a mal aux joues pour lui.

— Je vous présente la future Mme Stafford, annonce-t-il alors que la femme rougit.

— *S'mae*, Mia, dit Fiona. Qu'est-ce que tu fais là ?

— Pas besoin de faire les présentations, alors, hein ? Elle est canon, pas vrai ? s'exclame Bobby en attirant Mia contre lui.

— Et je traîne mon boulet, répond Mia en lui donnant un petit coup de coude, puis ils s'embrassent de nouveau.

Leo et Fiona se regardent.

— Qu'est-il arrivé à Ashleigh ? demande Leo.

— Elle n'est pas sous la terrasse, si c'est ce que vous vous demandez, plaisante Bobby, avant de se reprendre. Désolé. La vanne est un peu limite vu le contexte, non ?

— Juste un peu.

Fiona est fascinée par Mia. Elle porte son jean habituel, une polaire et une paire de tennis pourries, mais sa peau est lumineuse et elle a l'air… *radieuse*. Il n'y a pas d'autre mot pour la décrire.

— Ashleigh m'a quitté.

— Je suis désolé, répond Leo.

— Pas moi, lâche Bobby avec un clin d'œil. Notre mariage était une imposture.

— On est tous passés par là, mon pote.

— Non, une imposture au sens littéral. Il se trouve qu'Ashleigh préférait faire la une des journaux qu'être avec moi. Dès que je l'ai compris, j'ai proposé de laisser tomber, mais elle a dit qu'elle obtiendrait une meilleure couverture médiatique si on continuait un peu. Elle avait prévu de laisser fuiter des histoires dans les tabloïds, des disputes sur des projets de bébé, ce genre de choses, explique-t-il en grimaçant. Je n'aurais jamais dû jouer le jeu. Je veux juste une vie calme, vous comprenez ?

À côté, au Quatre, la porte de Clemmie Northcote s'ouvre.

— Je ne suis pas tout à fait sûre que vous ayez choisi

le bon endroit pour ça, monsieur Stafford, répond Fiona avec un sourire pincé.

Ils attendent d'être entrés pour placer Clemmie en état d'arrestation. Sur la terrasse, une paire de bottes en caoutchouc est posée à côté d'une chaise sur laquelle s'égoutte une combinaison de plongée.

— Vous m'avez dit avoir participé au bain du Nouvel An organisé au village, déclare Leo plus tard, alors que l'enregistrement a commencé. Mais c'était un mensonge, n'est-ce pas ?

Clemmie hoche la tête sans mot dire et tire nerveusement sur sa robe.

— Répondez pour l'enregistrement, s'il vous plaît.

— Oui.

— Alors, pourquoi votre combinaison était-elle mouillée quand mon collègue vous a parlé le 1er janvier ? demande Fiona.

— Je suis allée me baigner avant le réveillon, explique Clemmie en clignant rapidement des paupières.

— Vraiment ? s'étonne Fiona en vérifiant ses notes. Parce que, si nous avons bien compris, vous n'avez pas pris de pause, pendant les préparatifs.

Clemmie mordille sa lèvre inférieure et Fiona la regarde calmement.

— Racontez-nous ce qui s'est passé.

— Je ne vois pas ce que vous voulez dire.

— Avez-vous suivi Rhys jusqu'à son bureau ? clarifie Leo.

— Non.

— D'après Jonty Charlton, les chalets doivent être payés comptant. Vous m'avez pourtant affirmé avoir acheté le vôtre à crédit. Alors, que faut-il croire ?

Clemmie déglutit mais ne répond pas.

— Sur les relevés de compte de Rhys Lloyd, on constate des dépôts réguliers d'argent liquide, explique Fiona. C'était vous qui le lui remettiez ? Aviez-vous un arrangement financier avec lui ?

Clemmie gigote sur sa chaise, l'air malheureuse. Elle pousse un soupir, comme un ballon qui se dégonfle, puis hoche la tête.

— Combien lui deviez-vous ?

— Quatre cent mille livres, avoue-t-elle après un long silence.

Leo siffle.

— C'est beaucoup d'argent. Qui était au courant de ce prêt ?

— Seulement lui et moi.

— C'est pratique, non, que la seule personne qui en avait connaissance meure, ironise Fiona.

— Je ne l'ai pas tué ! s'écrie Clemmie, qui fond en larmes.

Fiona pose plusieurs photos sur la table.

— Ces photos ont toutes été postées sur Instagram pendant ou peu après le réveillon, dit-elle en désignant Clemmie, que l'on voit rire, danser, boire sur chacune d'entre elles. Nous avons récupéré leurs métadonnées, et savez-vous ce qui est intéressant ? Sur celle-ci, prise à 22 heures, enchaîne Fiona en désignant un cliché de Clemmie en pleine gigue, vous avez les cheveux secs.

Alors que sur celle-là, prise à 1 heure du matin le 1er janvier, ils sont mouillés.

Clemmie scrute l'image. On la voit dans la cuisine des Charlton, les yeux perdus dans son verre tandis que la fête continue autour d'elle.

— Pourquoi vos cheveux sont-ils mouillés ? insiste Fiona.

— Je les ai lavés.

— Au beau milieu d'une fête ?

Leo pose ses coudes sur la table.

— Vous avez nagé jusqu'au bateau d'Angharad, n'est-ce pas ? Afin de l'utiliser pour vous débarrasser du corps de Rhys Lloyd. Ce qui me pousse à croire que vous l'avez tué.

Clemmie tremble, le visage blême.

— Je crois que j'aimerais solliciter un avocat, finit-elle par dire.

59

Veille du Nouvel An – Clemmie

Quand une personne décède parce qu'on ne l'a pas sauvée, est-on coupable de meurtre ? se demande Clemmie en traînant le corps inerte de Rhys à travers la chambre des Lloyd. Elle préfère ne pas écouter la réponse. Elle pense plutôt à Caleb, prisonnier d'une spirale infernale à Londres, et à sa transformation à La Rive. Le chalet sera à eux. Disparus, le fardeau du prêt, la paperasse, les menaces.

Clemmie grogne en tirant Rhys sur le balcon, une bourrasque d'air frais dissipant les dernières traces d'ivresse. Il est lourd, mais elle a ordonné à Glynis de ne pas sortir du bureau au cas où quelqu'un viendrait. Clemmie est quasiment sûre que Rhys est trop mal en point pour lui donner du fil à retordre, mais s'il venait soudain à gémir ou à bouger ?

À l'autre bout du complexe, la musique fait vibrer le barnum aux fenêtres embuées, quadrillées de guirlandes. Clemmie est oppressée. Elle attend si longtemps qu'elle risque de se dégonfler complètement, il faut qu'elle se ressaisisse. Il n'y a personne dehors, personne ne la voit.

Le garde-corps en verre entourant le balcon finit à trente centimètres de la dalle. Clemmie pousse Rhys dessous, écœurée par son geste, mais trop impliquée pour en rester là. Pendant un moment horrible, elle croit que le ventre de Rhys est coincé et il reste suspendu au-dessus du vide, mais elle le pousse du pied et…

Boum.

Elle hoquette, n'ose pas regarder en bas. Le bruit était si fort qu'elle imagine Rhys explosé sur la terrasse, des bouts de corps éparpillés comme après un accident ferroviaire. Mais quand elle jette un coup d'œil prudent par-dessus la balustrade, il est étendu, intact, l'air endormi.

Clemmie prend plusieurs inspirations profondes et regagne le bureau. Glynis n'a pas bougé de là où Clemmie l'a trouvée. Elle ne pleure plus, mais elle est livide et sa mâchoire tremble.

— Si nous le jetons dans l'eau trop près du rivage, on le retrouvera.

Clemmie ne se reconnaît pas. D'où sort-elle tout ça ?

— Nettoyez le bureau : il y a de l'eau de Javel dans la salle de bains, ne lésinez pas, et retrouvez-moi sur le ponton dans un quart d'heure. Et apportez ça, ordonne Clemmie en désignant le trophée resté par terre.

— Je ne peux pas…, sanglote Glynis.

— Vous n'avez pas le choix.

Clemmie s'exprime sèchement, mais c'est la seule solution. Elles doivent se débarrasser de Rhys, et vite. Qui sait si Yasmin ne va pas rentrer se refaire une beauté ou si les jumelles ne vont pas se lasser de traîner avec

Caleb. En pensant à son fils, elle sent son cœur se serrer. *Je fais ça pour toi*, lui dit-elle.

Elle ne s'arrête pas assez longtemps sur la terrasse des Lloyd pour laisser le doute s'insinuer. Elle tire le corps de Rhys sur les lames – heureusement qu'elle s'est musclée en nageant –, le pousse sur le ponton, en bas de l'échelle séparant le Quatre du Cinq. Quand le corps devient invisible depuis les chalets, elle respire enfin et se penche pour reprendre le pouls de Rhys. D'abord, elle le croit mort, mais elle sent une faible palpitation au bout de ses doigts, rappel presque imperceptible qu'elle n'est pas (encore) allée trop loin. Sous le faible clair de lune, il a le teint cireux et le pourtour des lèvres sombre. Même si elle appelait une ambulance tout de suite, pourrait-on le sauver? Et qu'arriverait-il à Clemmie? On alerterait sûrement la police: comment expliquerait-elle la présence de Rhys dehors et ce qu'elle faisait avec lui? Clemmie est mouillée. Pas jusqu'au cou, mais déjà bien assez.

Plusieurs invités ont traversé le lac pour venir à la fête. Clemmie avance jusqu'au ponton suivant, mais il faut des clés pour démarrer les trois bateaux qui y sont amarrés.

— Merde!

Elle est au bord des larmes. Au-dessus d'elle, une ombre passe devant la fenêtre de la chambre des Lloyd et Clemmie espère de tout cœur que c'est Glynis, que la vieille dame fait ce qu'elle lui a demandé. Elle regarde désespérément autour d'elle, comme si un bateau monté des profondeurs du lac risquait de se matérialiser. Le clair de lune luit à la surface et, alors que des nuages sombres courent sur la montagne, Clemmie a une idée. Elle frissonne.

Elle n'en est pas capable.

Ou peut-être que si.

Sa combinaison de plongée est étendue sur une chaise, sur sa terrasse. Elle rôde dans l'obscurité et sa gorge se serre quand elle aperçoit Caleb et les jumelles à l'intérieur. La table est jonchée de bouteilles de bière et de vin et, mue par un réflexe maternel, elle a envie de toquer à la vitre pour leur faire la leçon. Mais elle attrape ses affaires de natation et regagne le ponton.

Elle a déjà nagé de nuit avec une torche coincée dans sa bouée de sécurité, telle une luciole sur l'eau, mais jamais seule, jamais alors que son sang pétille sous l'effet de l'alcool et de la peur. Sa respiration est déjà trop rapide, trop superficielle, et, quand elle se glisse sans bruit dans l'eau, elle a le souffle coupé. Elle continue à bouger, fait confiance à son corps, lutte contre l'hémisphère de son cerveau qui veut lui faire croire qu'elle se noie. Elle remonte à la surface, ses poumons se dilatent lentement et elle respire de nouveau.

Bien qu'elle se sache cachée par l'obscurité, Clemmie nage la brasse pour mieux surveiller les alentours. L'eau est d'un noir d'encre, sa surface agitée habituée à dissimuler ce qui gît en dessous. Devant elle, le mât du sloop d'Angharad brille au clair de lune. L'eau fausse les distances. Le bateau semble rester hors de portée jusqu'à ce que, soudain, il ne soit plus qu'à trente mètres, puis vingt… puis dix.

Clemmie se hisse à bord, les membres en coton. Elle

prie pour qu'il y ait du carburant dans le moteur car, malgré les leçons qu'Angharad leur a données, à Caleb et elle, elle est incapable de naviguer à la voile, surtout dans le noir. Elle n'oublie pas de baisser la dérive par la fente, au fond du bateau, et de la verrouiller en place, ensuite elle abaisse le moteur. Elle l'allume, saisit le lanceur et tire fort.

Il crachote, tousse, puis c'est le silence.

— Oh, allez, allez…

Clemmie recommence une fois, puis deux. Des larmes de frustration lui montent aux yeux et elle claque des dents, transie de froid. Elle tire encore une fois et le crachotement se mue en vrombissement. Elle repousse le starter, prend la barre et dirige le bateau vers La Rive.

À l'approche des chalets, elle éteint le moteur, introduit les rames dans les dames de nage et se dirige sans bruit vers les pontons. Elle distingue la silhouette massive du corps de Rhys et, pendant un instant, elle le croit seul. Elle maudit Glynis avant de se rendre compte qu'il y a deux formes, l'une berçant l'autre. Clemmie est à la fois anéantie par le chagrin de Glynis et terrifiée que Rhys se soit remis et qu'il soit en train de raconter à sa mère ce que Clemmie a fait. Mais alors qu'elle approche maladroitement le bateau du ponton, elle voit qu'il n'a pas bougé, bouche ouverte, le visage couvert de sang. Il a l'écume aux lèvres. Elle lui prend le poignet, soi-disant pour l'approcher du voilier mais, en réalité, pour vérifier s'il…

Clemmie pousse un soupir. Il est mort. Inutile de se demander si c'est elle qui l'a tué ou si c'est Glynis parce que quelle importance, maintenant que c'est fait ? Rhys est mort.

— Aidez-moi, ordonne Clemmie. Je n'y arriverai pas seule.

Elle s'efforce de faire obéir ses membres ; elle est si complètement transie de froid qu'elle ne se rappelle pas ce que c'est que d'avoir chaud. Ensemble, les deux femmes hissent Rhys dans le bateau.

Alors qu'elles s'éloignent de La Rive, Clemmie fouille dans le casier près d'elle et lance un gilet de sauvetage à Glynis.

— Mettez ça.

Elle ignore si Mme Lloyd sait nager et elle ne peut pas risquer qu'elle tombe à l'eau. Elle lui jette aussi un morceau de corde trouvé dans le casier.

— Attachez le trophée à ses chevilles.

— C'est mal. Nous devons aller voir la police. J'expliquerai…

— On vous mettra en prison, Glynis ! crie Clemmie, le vent emportant ses paroles.

Elle soutient le regard de Mme Lloyd jusqu'à ce que la vieille dame détourne les yeux, vaincue, et commence à nouer la corde.

Sans corps, pas de preuve, pense Clemmie en essayant de calmer le bourdonnement de son esprit. Qui sait combien elles en ont déjà laissé – empreintes digitales, fibres, ADN –, combien seront éliminées par l'eau, et elle panique maintenant en pensant à toutes les traces qui restent chez les Lloyd. Glynis a-t-elle assez frotté ? Clemmie a-t-elle laissé un indice compromettant sur les lieux, une marque dont la présence ne se justifie pas facilement ?

— C'est fait, dit Glynis d'une voix brisée en berçant la tête de son fils contre sa poitrine.

Clemmie éteint le moteur. Elle hoche la tête. S'approche de Rhys et le saisit par les poignets.

— Prenez-le par les jambes.

Glynis lui adresse un regard implorant.

— La prison, insiste Clemmie. À perpétuité : vous mourrez derrière les barreaux. C'est ce que vous voulez ?

— Je pourrais expliquer, leur dire que c'était un accident.

— Et moi ? Je n'ai pas demandé à être entraînée dans cette histoire : je fais ça pour vous protéger.

— Je sais et je vous en suis reconnaissante, vraiment, mais…

— Qu'arrivera-t-il à Caleb quand on me mettra en prison ? Je l'ai remis dans le droit chemin, mais croyez-vous qu'il y restera avec une mère en détention ? Si vous ne faites pas ça pour moi, faites-le pour Caleb.

Les nuages passent et, l'espace d'un instant, le clair de lune illumine le bateau. Glynis regarde le cadavre de Rhys. Elle lui prend les jambes. C'est incongru, mais Clemmie se rappelle soudain avoir lancé Caleb en l'air lors d'une fête d'anniversaire, autant de fois que d'années de vie. *Trois, quatre, cinq.*

— À trois, dit Clemmie. Un, deux, trois…

Au-dessus du village, le ciel se teinte de rouge et de bleu, une pluie électrique tombant sur l'eau. Une fusée vise la lune et explose en une cascade argentée.

Et Rhys Lloyd plonge dans le lac.

60

9 janvier – Fiona

— Il faut que j'aille vérifier quelque chose, annonce Fiona après que Clemmie a réintégré sa cellule en attendant l'avocat commis d'office.

— Vérifier quoi ? demande Leo en ouvrant la porte pour quitter le dépôt du commissariat.

— Juste un truc.

— Je t'accompagne.

— L'un de nous devra être là quand Clemmie sera prête à reprendre l'interrogatoire, dit-elle avec un sourire. De toute façon, je suis le justicier solitaire, tu te souviens ?

Pour une fois, la Triumph avale trop vite les kilomètres entre Chester et Cwm Coed. Bientôt, Fiona descend vers le miroitement argenté qui serpente au fond de la vallée. Elle s'arrête à l'embranchement vers La Rive, les énormes lettres ressemblant désormais plus à une mise en garde qu'à une invitation. Que deviendront-ils tous ? Sur les cinq propriétaires, seule l'existence de

Dee Huxley n'a pas été affectée par les événements et Fiona se demande ce que la vieille dame pense de tout ça.

Mais ce n'est pas à La Rive que Fiona se rend aujourd'hui. Elle poursuit son chemin, entre dans le village et descend la grand-rue bordée de neige fondue, vestige du blizzard de la nuit dernière. Elle se gare et, tout en marchant vers la quincaillerie de Glynis Lloyd, elle éprouve l'appréhension familière.

Glynis met un moment à ouvrir et, quand elle finit par le faire, elle s'efface en silence pour inviter Fiona à entrer ; la policière n'en a pas envie, mais elles ne peuvent pas avoir cette conversation sur le pas de la porte.

— Monte, dit Glynis quand elles se retrouvent dans l'étroite entrée.

Elle désigne l'escalier menant à l'appartement, mais Fiona va tout droit, vers la porte de derrière. Le sang chante à ses oreilles et elle revoit tout : la promenade nocturne cet été-là, sa main dans celle de Rhys. Elle revit tout encore une fois.

Glynis la suit dans le jardin. Fiona regarde la cabane où s'entassent aujourd'hui du bazar et le stock de la quincaillerie. Elle se souvient du canapé-lit, du piano, du pupitre. De la couverture en laine qui grattait contre sa peau nue.

— Fiona.

Elle refuse de pleurer. Pas ici, pas devant Glynis.

— Vous étiez au courant, n'est-ce pas ? lance-t-elle en se tournant vers la vieille dame. Vous avez dit que c'est là que Rhys a harcelé Ceri, mais vous vous trompiez.

— Je savais qu'il s'était passé quelque chose de mal dans cet endroit. Quand Jac m'a raconté ce que Rhys avait fait à cette pauvre fille, parce qu'il s'en était vanté devant son père, comme si c'était drôle, j'ai pensé que c'est ce que j'avais dû voir, ce soir-là.

Fiona lève les yeux vers la fenêtre du premier étage. Sa respiration est trop rapide, elle a le vertige, elle a peur, même si Glynis est seule. Elle se recentre. Pas Rhys. Ce n'est pas Rhys.

— Vous saviez. Vous regardiez.

Pendant des années, Fiona avait supposé qu'il lui était impossible de haïr quelqu'un plus que Rhys Lloyd, mais en ce moment, elle pense haïr Glynis plus que lui. Rester là et le laisser… Elle ne permet pas à l'idée de prendre forme.

Glynis pleure.

— Jac a essayé de m'avertir, de me dire quel genre d'homme Rhys était devenu, quel genre de garçon il avait été, mais je refusais d'écouter. Je ne voulais pas l'entendre. Il était mon fils unique, mon précieux…

— Vous. M'avez. Vue, martèle Fiona, qui en a assez entendu.

— J'ai cru me tromper, se défend Glynis, d'un ton implorant. Je n'étais pas sûre. Je savais juste…

Elle prend une profonde inspiration, enfouit le visage entre ses mains.

— Je savais juste qu'elles étaient trop jeunes, sanglote-t-elle.

Fiona recule, trébuche contre une mangeoire à oiseaux qui vacille dangereusement sur son support. Elle a la nausée.

— Jac s'inquiétait pour Rhys depuis des années, il me disait qu'il avait un mauvais fond. Vers la fin, il était persuadé que Rhys essayait de s'emparer de Tŷ'r Lan, qu'il détruirait la seule chose qui comptait pour son père. Je le traitais de fou, mais il avait raison. J'ai été aveugle.

Elle a retrouvé le testament d'origine, a raconté Elen. *Elle va saisir la justice.*

— C'est pour ça que vous l'avez tué.

Glynis ne bouge pas.

— Nous avons arrêté Clemmie. Elle est en cellule à l'heure qu'il est.

— Elle ne doit pas aller en prison !

Les mots échappent à Glynis comme si elle n'avait pas prévu de les dire et elle plaque les mains sur sa bouche. Mais il est trop tard et elle les baisse lentement.

— Je... je l'ai forcée à m'aider.

— Vous l'avez forcée ? s'étonne Fiona, qui n'y croit pas une seconde.

— Son fils a besoin d'elle. Les garçons ont besoin de leur mère. Ils ont besoin de mères fortes pour les garder dans le droit chemin ou ils...

Elle s'interrompt, mais Fiona n'a pas besoin d'en entendre davantage. *Ou ils deviennent comme Rhys*. Glynis Lloyd se repent des crimes de son fils.

— Glynis Lloyd, déclare Fiona en s'approchant d'elle, je vous arrête pour suspicion de meurtre...

C'est fini.

61

10 janvier – Leo

Le numéro de l'accueil s'affiche en clignotant sur le téléphone fixe de Leo.

— Une femme demande à te voir. Elle prétend te connaître.

Comme il reste une demi-heure avant la réunion matinale, Leo descend.

À l'accueil, Nellie trempe un biscuit Hobnobs dans une tasse de thé.

— Je lui ai demandé de t'attendre dans la salle, à côté. J'ai pas pris son nom, désolée : c'est de la folie ce matin.

— Je vois, oui, dit Leo avec un coup d'œil au bureau désert.

Il toque deux fois à la porte de la petite salle d'interrogatoire avant d'entrer.

— À quoi tu joues, bordel, Leo ?

Leo regarde son ex-femme sans ressentir l'angoisse qu'elle instille d'ordinaire en lui. Elle brandit une lettre dont Leo connaît la teneur puisque son avocate lui en a soumis une copie pour approbation avant de l'envoyer à la partie adverse.

— Je te fais un procès, confirme calmement Leo.

— Tu n'obtiendras pas la garde alternée et tu ne nous empêcheras pas de déménager.

Allie n'est pas maquillée, ce qui est exceptionnel étant donné qu'elle sort rarement au naturel. Elle a de la couperose et l'intérieur des lèvres taché par le vin bu hier soir.

— Mais si.

Découvrir que plus il garde son calme, plus Allie devient furieuse est une révélation pour Leo.

— Ça va ressortir au tribunal, tu sais. Ce que tu as fait.

— Très bien, acquiesce Leo.

Il pourrait sans doute lui expliquer qu'il a enfin trouvé le courage de tout raconter à ses collègues du service de la protection de l'enfance qui, à leur tour, ont parlé aux services sociaux. Il pourrait lui dire que personne ne s'inquiète du bien-être de Harris étant donné qu'il s'agissait d'un incident tout à fait imprévu et isolé. L'avocate de Leo est du genre à voir le verre à moitié plein alors, quand elle lui a annoncé qu'elle était sûre de pouvoir obtenir la garde alternée, Leo a ressenti un regain d'optimisme.

— Harris ne veut pas te voir. Il ne veut pas rester dans ton appart merdique. L'autre jour, il m'a suppliée : « Ne me force pas à aller chez papa. »

À une certaine époque, Leo aurait peut-être cru Allie ; ses paroles auraient collé si parfaitement à ce qu'il pensait qu'il se serait éclipsé comme un animal blessé.

— Au revoir, Allie, dit-il en ouvrant la porte.

— Je n'ai pas fini !
— Moi, si.

La salle de réunion bourdonne d'impatience, comme c'est toujours le cas à la perspective de bonnes nouvelles. Crouch est posté près du tableau blanc interactif, poitrine gonflée de fierté par procuration.

— Vous avez sûrement dû voir les unes de la presse ce matin.

Les gros titres de la collection de journaux étalés sur les bureaux sont des variations du thème « Rhys Lloyd assassiné par sa propre mère ».

Mise en examen, Glynis Lloyd a fait des aveux francs et complets, reconnaissant le meurtre de son fils.

« Je m'en suis prise à lui, a-t-elle admis, en larmes. Je ne croyais pas l'avoir frappé si fort, mais il est tombé comme une masse. »

Leo et Fiona ont passé une heure au téléphone avec le service des poursuites judiciaires à exposer dans les grandes lignes les accusations retenues contre Glynis. Izzy Weaver demeurait catégorique : les blessures infligées à Lloyd avec le trophée n'auraient pas pu le tuer, mais, si l'on se fiait au comportement de Lloyd pendant le réveillon (et aux données enregistrées par sa montre connectée), sa santé était manifestement altérée au moment de l'agression.

« Ça a été le coup de trop pour votre bonhomme », a conclu la légiste.

C'était plus simple pour Clemmie. Puisqu'elle était absente au moment de l'agression, rien ne laissait supposer qu'elle ait comploté l'assassinat de Rhys avec

Glynis : avant ce soir-là, les deux femmes s'adressaient à peine la parole. Clemmie serait jugée pour complicité avec l'auteur d'un meurtre et dissimulation de crime, ainsi que pour avoir fait disparaître un cadavre de manière illicite.

« Vous soulignerez bien qu'elle n'avait pas d'autre choix que de m'aider ? » a demandé Glynis pendant son interrogatoire.

« J'avais peur, a confirmé Clemmie.

— De Glynis Lloyd ? s'est étonné Leo, sceptique.

— Elle a menacé de me dénoncer à la police. Je savais que vous découvririez que je devais de l'argent à Rhys et que cela m'accuserait. »

Quelque chose ne colle pas dans cette affaire, pense Leo.

« Tu réfléchis trop, lui a reproché Fiona dès que les deux femmes ont été inculpées. Elles ont craché le morceau.

— Et elles sont manifestement coupables, c'est juste… Je ne sais pas. Je ne suis pas persuadé que nous saurons un jour ce qui s'est vraiment passé ce soir-là. »

Ça n'a peut-être pas d'importance, se dit-il maintenant, alors que tout le monde est assis autour de la table de réunion et que Crouch est en mode autocongratulation.

— Notre brigade est au centre de l'actualité nationale, conclut-il au terme d'un laïus qui a paru interminable. Nous n'avons pas déçu nos concitoyens !

S'il s'attend à des applaudissements, il est frustré. À l'exception d'une poignée de bleus hyper motivés qui effectuent un remplacement, les policiers présents sont bien trop blasés et cyniques pour être enthousiasmés par un discours aux accents churchilliens. Néanmoins, la pièce bourdonne de satisfaction.

— C'est une belle journée pour la police du Cheshire, en effet, poursuit Crouch.

— Et pour la police du nord du pays de Galles, capitaine.

— Ah. Oui, bien sûr. N'oublions pas le pays de Galles. Vous voulez peut-être mettre tout le monde au courant des détails à régler ? demande-t-il en se tournant vers Leo et Fiona.

— Nous pensons que les deux femmes plaideront coupable, explique Fiona. Mais évidemment, nous nous assurerons que tout est en place au cas où cela changerait. En attendant, Yasmin Lloyd est inculpée par la police de Londres pour lui avoir fait perdre son temps et Jonty Charlton fait l'objet d'une enquête pour avoir drogué ses enfants avec des somnifères obtenus auprès de Rhys Lloyd.

Pas étonnant que Yasmin ait été stressée en lisant la liste de médicaments saisis dans la chambre des Lloyd : y figuraient les somnifères dont Rhys se servait depuis des années et avec lesquels il avait drogué leur fille en bas âge.

Crouch énumère le programme de la journée, le travail d'enquête aussi ennuyeux que nécessaire qui intervient après une inculpation, puis, levant la main, il sollicite une dernière fois l'attention de l'équipe.

— Certains d'entre vous ne savent peut-être pas qu'au cours de l'enquête criminelle, les agents Brady et

Morgan ont répondu à un appel d'urgence sur le Mirror Lake.

Leo sent Fiona se crisper. En briefant le capitaine, il ne s'est pas attardé sur leurs exploits, se contentant de lui dire qu'une jeune fille du village s'était retrouvée en difficulté. C'est à Fiona de raconter son histoire. À elle et à Seren.

— Malgré des conditions de navigation dangereuses, continue Crouch, ces policiers se sont engagés sur le lac au mépris de leur propre sécurité pour sauver une jeune fille.

Il sourit à Fiona, puis regarde Leo.

— Excellent travail, vous deux. Vraiment excellent.

Cette fois, le discours suscite une réaction même chez les membres de l'équipe les plus âgés et blasés. Leo essaie de rester désinvolte, mais il ne peut s'empêcher de ressentir de la fierté quand ses collègues les applaudissent, Fiona et lui. L'admiration dans leur regard, le bref, bien que sincère, hochement de tête respectueux de Crouch le font sourire.

Il ne va pas demander sa mutation à Liverpool. Il va rester à la brigade criminelle et voir s'il peut obtenir une promotion, cette fois. Et quand il aura une minute, dès que Fiona et lui ne travailleront plus ensemble, il rassemblera peut-être assez de courage pour l'inviter à boire un verre.

62

Juin – Fiona

Avec l'été vient le genre de chaleur qui donne à Fiona une furieuse envie de pluie. Elle a passé la journée dans un tribunal étouffant en compagnie d'un type du Sud venu faire un séjour d'escalade dans le nord du pays de Galles et reparti en liberté conditionnelle. Dès la fin de l'audience, Fiona traverse les montagnes en direction du petit village de Bethfelin, non loin de chez elle, pour annoncer à M. et Mme Roberts que l'individu qui a envoyé leur fils à l'hôpital a été déclaré coupable.

— Je sais que ça ne change rien, admet Fiona.

Âgé de vingt-six ans, Bryn Roberts était moniteur. Le groupe turbulent et arrogant dont il s'occupait rechignait à écouter les premiers de cordée. Ce qui n'était que de la déconnade au départ s'était terminé par une lésion cérébrale irréversible pour l'un et une inculpation pour coups et blessures pour l'autre.

— *Diolch* de nous avoir tenus au courant, Fiona… Merci pour tout, dit Mme Roberts.

— Je connaissais ton père, tu sais, ajoute M. Roberts d'un ton bourru, en la raccompagnant. Il serait fier de toi.

Au volant de sa Triumph, sur le chemin du retour vers Cwm Coed, Fiona a les yeux qui piquent. Elle se souvient de la déception de son père quand il a appris qu'elle était enceinte. « Bon sang, Fiona, mets de l'ordre dans ta vie. »

Fiona avait essayé. Des relations, des emplois, des amitiés… ça semblait toujours se terminer dans le chaos et elle avait commencé à se dire que c'était *elle*, le problème. Sa façon d'être.

Mais aujourd'hui, elle songe que peut-être, *en effet*, son père serait fier d'elle.

Et peut-être – c'est juste une hypothèse – qu'elle commence à mettre de l'ordre dans sa vie.

Le soleil tape encore quand Fiona arrive au niveau de Llyn Drych et que la Triumph tourne vers le lac presque de son propre chef. Fiona n'a pas ses affaires de natation, mais ses dessous feront l'affaire et elle se servira de son pull pour se sécher.

Deux minutes plus tard, elle s'avance sur les galets, le souffle coupé quand l'eau froide lui chatouille le ventre. Fiona inspire longuement et plonge, la crasse de la journée éliminée en un instant, puis se propulse en un crawl ample et régulier. Un poisson argenté file comme une flèche au-dessous d'elle avant de se perdre dans les algues glauques au fond du lac. Fiona respire tous les trois mouvements et le rivage lui apparaît en une série de clichés, folioscope où se succèdent arbres, oiseaux, bateaux. Loin au-dessus d'elle, le mont Pen y Ddraig monte la garde.

Alors que Fiona nage vers la jetée, elle aperçoit une silhouette près de la Triumph.

Seren.

Fiona s'oblige à conserver la même régularité. Chaque fois qu'elle redresse la tête, elle s'attend à ce que le rivage soit désert et, intérieurement, elle exhorte Seren à rester. « Laisse-lui du temps », répète Elen. Mais combien de temps ?

« Est-ce qu'elle t'a parlé, mam ? a demandé Fiona.

— Désolée, *cariad*, a soupiré Elen. Ça fait beaucoup à digérer. Elle a besoin de rendre quelqu'un responsable et… *Il* n'est plus là, alors j'ai bien peur que ce soit toi qui en fasses les frais. »

D'une voix mal assurée, Fiona a fini par dire ce qu'elle pensait mais sans pouvoir regarder Elen.

« Ce n'était pas mon idée de faire passer Seren pour ma sœur. »

Un silence pesant est tombé.

« Non, a reconnu Elen d'une petite voix hésitante en se détournant pour regarder par la fenêtre. Et il ne s'est pas passé un jour sans que je me demande si nous avons bien fait. »

Ont-ils bien fait ?

Cela leur a convenu pendant la majeure partie de ces seize dernières années, pense Fiona. Seren a pu échapper à la stigmatisation qui frappe les enfants de jeunes mères célibataires. Fiona a pu continuer le lycée, passer son bac, aller à l'université. Seren a été heureuse, équilibrée… jusqu'à ce qu'elle apprenne la vérité.

Fiona perçoit intuitivement plus que physiquement le moment où le lac rejoint la berge. Elle plonge une dernière fois, les yeux grands ouverts dans l'eau claire et froide, puis refait surface et regagne la terre ferme en pataugeant. Seren semble sur le point de fuir et le pouls de Fiona s'emballe. Elle ne doit pas tout gâcher.

— Coucou.

Fiona s'essuie avec son pull et enfile son pantalon. Elle passe sa chemise par-dessus sa tête, ôte son soutien-gorge, qu'elle laisse tomber par terre en un seul mouvement fluide.

— Salut.

L'air est devenu plus frais en ce début de soirée. Fiona s'assied sur le capot de la voiture en laissant délibérément de la place à côté d'elle. Sur le lac, le nouveau bateau d'Angharad vire de bord pour regagner le hangar de Steffan. Du coin de l'œil, Fiona voit Seren approcher d'un pas traînant pour s'installer près d'elle. Assises côte à côte, elles regardent une planche à voile traverser l'étendue d'eau. Fiona attend.

— Je ne sais pas comment me *comporter*, finit par dire Seren. Tu vois, tu étais ma sœur et je savais comment me comporter avec toi. Mais maintenant…

— Je suis toujours la même…

— Mais non ! Tu es ma… tu es ma… Bon sang, j'arrive même pas à le dire !

— Tu n'y es pas obligée. Tu n'es obligée de rien faire du tout, ni de te *comporter* d'une manière ou d'une autre. Je ne bouge pas d'ici, d'accord ? Quand tu seras prête, on pourra passer du temps ensemble. Peut-être.

Fiona serre les dents. Bon Dieu, que c'est dur !

— Je déteste cet endroit, avoue Seren en tapant un pied contre l'autre. C'est tellement *intrusif*, putain. Genre, on peut aller nulle part sans voir quelqu'un qu'on connaît. J'ai l'impression d'étouffer.

— Je sais.

— N'importe quoi, se moque Seren.

— J'étais exactement comme toi. Je mourais d'envie de m'échapper, de voir du pays, de trouver, oh, je ne sais pas, quelque chose de *vrai*.

— Exactement !

Seren se tourne vers elle, un éclair d'enthousiasme dans les yeux, avant de se rappeler qui est Fiona. Ce qu'elle a fait.

— Et puis tu es revenue ! Pourquoi, bordel ?

— Je suis revenue pour toi, avoue simplement Fiona.

— Oh, dit Seren, son air fanfaron disparu.

Un ange passe, puis la jeune fille fronce les sourcils.

— Ce n'est pas pour toi que je suis restée, en revanche, précise Fiona, amusée par l'indignation feinte de sa fille. Enfin, pas entièrement. C'est pour ça que je suis restée, ajoute-t-elle en désignant le paysage d'un geste.

— Pour Llyn Drych ?

— Pour tout ça. Le lac. Les montagnes. Les histoires idiotes qui racontent que l'on va réveiller le dragon en jetant des pierres sur sa queue. Je les ai dans le sang.

Hésitante, elle pose son bras sur les épaules de Seren.

— Toi aussi, ajoute-t-elle doucement.

Assises sur le capot de la Triumph, elles contemplent le lac en silence. Au bout d'une ou deux minutes, Seren pose lentement la tête sur l'épaule de Fiona, qui retient son souffle et enfonce les ongles dans ses paumes pour s'empêcher de pleurer. Pendant toutes ces années, elle s'est dit qu'elle n'était pas mère, qu'elle ne le serait jamais, qu'elle n'en avait pas envie. Elle a vidé son cœur sans même s'en apercevoir et, maintenant, son cœur est plein : il déborde.

— Je ne peux pas t'appeler mam, dit Seren, rompant le silence.

— Tu peux m'appeler comme tu veux.

— Pauvre cloche ?

— Tu n'es pas drôle, tu sais, réplique Fiona avec un sourire.

— Je tiens mon sens de l'humour de ma mère.

Seren bouge et, l'espace d'un instant, Fiona se sent seule, mais sa fille se retourne et lui jette les bras autour du cou en la serrant si fort que Fiona en a le souffle coupé. À peine est-elle dans ses bras qu'elle s'écarte.

— Je ferais mieux d'y aller. J'ai promis à Caleb d'aller le retrouver.

— Ça se passe toujours bien entre vous, alors ?

Seren hausse les épaules, mais son visage s'éclaire.

— Je suppose.

— C'est bien.

Fiona garde une voix neutre. Elle garde l'œil sur Caleb Northcote. Clemmie a échappé d'un cheveu à une peine de prison pour sa participation à un crime que le juge a qualifié d'« odieux ». C'est à son fils qu'elle le doit et à Dee Huxley, dont l'attestation de moralité faisait l'éloge de Clemmie en tant qu'amie, voisine et mère. Quelle ironie : ce n'est plus Caleb, mais Clemmie qui fait l'objet d'un contrôle judiciaire, qui doit pointer au commissariat et s'acquitter de travaux d'intérêt général.

Ce soir-là, Fiona retrouve Huw au pub. C'est la troisième fois qu'ils sortent ensemble ces derniers mois. En avril, Fiona a trouvé Huw devant sa porte avec un bouquet de fleurs.

« C'est pour quoi faire ? a-t-elle demandé en les considérant d'un œil méfiant.

— Eh bien, elles ne sont pas pour moi. »

C'était un vrai bouquet et pas un truc acheté au supermarché, emballé dans du papier kraft et noué avec du raphia.

« Tu veux entrer ? a proposé Fiona, se sachant désagréable.

— Non, ça va, a répondu Huw en frottant le bout de sa botte contre le seuil. Tu avais dit que tu viendrais peut-être boire un verre. Quand tu aurais fini l'enquête.

— C'est vrai. »

Fiona comptait les pétales d'une fleur qui ressemblait à une marguerite mais ne l'était sans doute pas. *Il m'aime un peu, beaucoup...*

« Et l'enquête est finie, non ?

— En effet. »

À la folie.

« Bon, allez ! Tu viens boire un coup avec moi ou pas ? »

Devant l'air préoccupé de Huw, Fiona a pensé à ce que cela devait lui coûter d'être aussi persévérant.

« Tu me manques. »

Tout était là, à sa disposition. Un mari. Une maison. Des enfants, même, si elle décidait que c'était possible ;

et pour la première fois en seize ans, elle n'écartait pas l'idée. Elle n'avait qu'à faire un pas.

« C'est juste un verre, Fi. Oui ou non ?

— Bon, si t'insistes. »

Elle craignait qu'il n'y ait une gêne – comment sortir avec quelqu'un avec qui on est déjà marié ? –, mais elle avait oublié à quel point la compagnie de Huw est agréable. Il a parlé des gars du boulot, ses plaisanteries à la fois familières et nouvelles, et, quant à elle, elle a évoqué ce type arrêté en train de s'envoyer en l'air sur une aire de repos entre Llanwys et Brynafon.

« Où exactement ? » a voulu savoir Huw en faisant semblant de noter l'adresse, et Fiona a souri en éprouvant un sentiment de familiarité et de sécurité qui lui a fait chaud au cœur.

— J'ai quelque chose pour toi, annonce-t-elle ce soir.

Elle pousse une enveloppe sur la table. L'air perplexe, Huw l'ouvre et, ébahi, en sort un chèque de trente mille livres.

— La prison a enfin donné à Glynis l'autorisation d'accéder à ses comptes en banque.

— Je vais commander des couennes de porc frites, on va fêter ça, annonce Huw en tapotant le chèque.

— Tu es vraiment classe, toi, sourit Fiona. Comment va ta mère ?

La belle-mère de Fiona, qui avait mal pris leur séparation, lui avait demandé ce qui ne tournait pas rond chez elle pour ne pas vouloir de bébé « comme toute femme normale ».

— La routine, dit Huw avec une grimace. Et la tienne ?

— Elle me rend dingue. Elle me traite comme si j'étais encore ado.

— Tu sais…, hésite Huw en regardant au fond de sa pinte. Tu pourrais toujours rentrer chez nous.

Chez nous. La maison de trois chambres que Huw a bâtie de ses propres mains, avec sa cuisine-salle à manger ouverte et son jardin propret. Le petit débarras peint en jaune pastel par Huw, un dimanche, comme si, en voyant le résultat, Fiona risquait de changer d'avis et de vouloir y loger un bébé.

— Ça m'est égal de vivre chez mam, affirme Fiona, qui ne veut pas s'attarder sur la proposition. Je passe pratiquement tout mon temps au boulot, alors…

— J'ai décoré les chambres, renchérit soudain Huw, et Fiona s'aperçoit qu'il a lu dans ses pensées. La nôtre est bleue maintenant et le…, hésite-t-il. Le débarras est gris. J'y ai mis l'ordinateur, c'est juste un bureau, pas… Rentre chez nous, Fi.

La gorge de Fiona se serre. *Chez nous*.

63

Juin – Leo

— C'est l'heure d'aller au lit, lance Leo.

— Viens voir !

Leo s'essuie les mains avec un torchon et se dirige vers la chambre de son fils. Un tapis circuit acheté sur Internet est posé près du lit qu'Elen Morgan leur a donné. Harris a fabriqué plusieurs constructions en Lego qu'il a soigneusement agencées autour du circuit.

— Hé, tu es un sacré maçon, mon pote !

— Celle-ci, c'est notre maison, déclare Harris en soulevant un bâtiment de briques jaunes au toit rouge.

— On croise les doigts, d'accord ?

L'offre de Leo a été acceptée il y a un mois et comme ils n'ont pas à attendre que les propriétaires déménagent, avec un peu de chance, ils y vivront d'ici la fin de l'été.

Leo s'assoit sur la moquette à côté de Harris, prend une voiture dans l'énorme collection de son fils et la pousse paresseusement le long du circuit. Cette maison neuve n'a rien de spécial avec ses deux pièces au rez-de-chaussée et ses deux chambres à l'étage, mais elle dispose d'un garage et d'un jardin, et les enfants des voisins jouent dehors tant qu'il fait jour. C'est le genre de maison où Leo aurait voulu grandir et où il veut que Harris grandisse.

« C'est à des kilomètres d'ici, s'est plainte Allie quand il lui a donné l'adresse.

— À une demi-heure. Avec une école exactement à mi-chemin. »

Ils observent une sorte de trêve. Il se trouve que l'idée de l'Australie n'avait jamais beaucoup emballé Dominic ; c'était Allie qui militait pour les eaux miroitantes de la Sunshine Coast. Face à un procès potentiellement coûteux, Leo a trouvé en Dominic un allié inattendu et Allie et lui ont décidé de ne pas bouger. Harris passe désormais tous les mercredis et un week-end sur deux chez Leo et sa chambre est pleine à craquer de vêtements et de jouets, à tel point que Leo se demande comment tout cela va bien pouvoir rentrer dans le camion de déménagement.

Cette pièce n'est pas la seule de l'appartement à avoir bénéficié d'un relooking. Leo n'est pas Yasmin Lloyd, mais c'est incroyable ce qu'une couche de peinture et quelques posters peuvent donner. Fiona aurait du mal à reconnaître l'appartement.

Leo s'appuie contre le lit de Harris et sort son téléphone de sa poche arrière pour lui écrire un SMS. Alors, où en sont les vols de moutons ?

Ta gueule, Brady, répond-elle presque aussitôt.

Leo sourit. LIEUTENANT Brady, s'il te plaît…

Tu as obtenu une promotion ? Tu n'y as JAMAIS

FAIT ALLUSION. Le message est suivi de trois émoticônes qui lèvent les yeux au ciel et d'une autre représentant un animal. D'abord perplexe, Leo éclate de rire en reconnaissant un blaireau.

— Fais voir ! ordonne Harris, qui saute sur son père, s'attendant à voir une des vidéos d'animaux amusantes que Leo trouve souvent pour lui sur Internet.

— Pas cette fois, mon pote. Allez, au lit.

Il borde Harris et prend le livre qu'ils sont en train de lire sans prêter attention au clignotement de l'écran de son téléphone indiquant que Fiona lui a envoyé un autre SMS.

Lors de leur première audience, Clemmie et Glynis ont plaidé coupables.

« Pas de procès, alors », a remarqué Leo pour avoir quelque chose à dire.

Ils étaient devant le tribunal et Fiona fumait une cigarette avant de rentrer chez elle. Elle lui a adressé un sourire en coin, cigarette toujours aux lèvres.

« J'aurai pas à voir ta sale tronche pendant des semaines.

— Et moi donc. »

Après ça, silence radio et Leo se languissait d'elle. Fiona n'a pas appelé et il était content de ne pas avoir perdu la face en lui proposant d'aller boire un verre. Il pensait lui envoyer un SMS pour lui dire qu'il assisterait au verdict, mais, quelle que soit la formulation choisie, il avait l'impression de chercher à savoir si elle serait là aussi. Ce qui était le cas, bien sûr.

« Tiens, tiens, toi ici. »

Fiona s'est approchée furtivement de lui alors qu'il attendait dans le hall que les huissiers ouvrent le tribunal et elle a remarqué le grand sourire de Leo avant qu'il puisse se donner une contenance et prendre un air plus décontracté.

« Tu as l'air en pleine forme.

— Merci. Toi aussi. »

Dès que Harris s'est endormi, la ville en Lego soigneusement écartée du passage pour éviter que l'un d'eux ne marche dessus pendant la nuit, Leo va se détendre devant la télé et fait défiler sans réfléchir son fil d'actualité. Il aperçoit un nom assez unique pour qu'il s'en souvienne. *Elijah Fox est le plus jeune lauréat d'une bourse de recherches post-doctorales à l'université de Liverpool. « Le Dr Fox est doté de connaissances et d'un talent tout à fait exceptionnels », a déclaré le professeur Benjamin Milne.*

— Tant mieux pour toi, mon gars, dit Leo, levant sa bière en son honneur.

Il se rappelle avoir été navré que le malheureux Elijah soit obligé de travailler avec quelqu'un qui rivalisait avec Crouch pour le titre de pire patron. Et maintenant, regardez-les tous les deux : Elijah avec sa… c'est quoi au juste, une *bourse de recherches post-doctorales* ?, et Leo avec ses galons de lieutenant. En fait, il ne reste qu'une seule chose qu'il doit trouver le courage de faire.

Le dernier SMS de Fiona est toujours affiché sur l'écran de son téléphone : Franchement, c'est plutôt ennuyeux ici sans toi, Brady.

Leo tape une réponse. Tu te rappelles la fois où tu as dit qu'on devrait oublier notre rencontre ?

La réponse de Fiona est immédiate : Euh… oui.

Il respire un bon coup et avale une gorgée de bière.

Je n'y arrive pas. Tu dînes avec moi ?

64

Juin – Fiona

Fiona sort un carton de livres du fourgon de Huw et remonte l'allée. Il y en a trois autres près de la porte d'entrée.

— Voilà, c'est tout.

Fiona a le vertige, elle se sent impétueuse. Elle n'a pas cessé de douter de sa décision et ne sait toujours pas si elle a pris la bonne. Les doigts entrelacés avec ceux de Huw, elle se penche contre lui et sent son bras musclé l'enlacer.

— Je suis navrée.

— Ouais, moi aussi, répond-il assez brusquement pour la faire tressaillir, mais il est plus gentil qu'elle ne le mérite. À un de ces quatre.

Fiona attend dans l'allée que Huw s'éloigne, puis pose le carton de livres avec les autres dans l'entrée, malgré les protestations de sa mère.

— Je rangerai plus tard, promet-elle, même si Dieu sait où elle va pouvoir mettre tout ça. (La maison de sa mère est pleine à craquer.)

— C'est ce que tu as dit en apportant tes premiers cartons, proteste Elen. Trois mois plus tard, on enjambait encore des sacs-poubelle pleins de vêtements pour aller aux toilettes, rappelle-t-elle en prenant une serviette-éponge sur l'étendoir de la cuisine. Je vais nager : je ne veux pas voir ce bazar à mon retour.

— À vos ordres, cheffe, marmonne Fiona, parce que même quand on a trente ans, les mères vous donnent toujours l'impression d'en avoir treize.

— J'espère que tu sais ce que tu fais, insiste Elen en scrutant le visage de sa fille.

— Ne commence pas, mam.

— C'est un type bien.

— Trop bien.

— Oh, Fi, soupire Elen, qui prend le visage de Fiona entre ses mains pour déposer un baiser sur son front. Maintenant, ajoute-t-elle en fourrant sa serviette dans un sac en tissu, bouge ces foutus cartons.

Dès que la porte d'entrée est refermée, Fiona prend son téléphone et lit le SMS de Leo.

Tu dînes avec moi ?

Elle regarde fixement l'écran pendant une éternité, puis range le téléphone dans sa poche. Plus tard. Quand elle aura trouvé quoi dire.

La maison est calme, sans sa mère et Seren, qui doit sûrement être à La Rive avec Caleb. Fiona erre à l'étage pour trouver un endroit où ranger ses livres, mais elle a déjà rempli tous les placards de la maison. Depuis la fenêtre de sa chambre, on aperçoit à peine le lac, miroitement argenté derrière la cime des arbres, et Fiona regarde le soleil plonger vers la chaîne montagneuse. Quelques guirlandes lumineuses, pareilles à des étoiles tombées du ciel, délimitent les terrasses de La Rive.

Dee Huxley reste, tout comme Bobby Stafford, encore assez épris de Mia, mais Yasmin Lloyd a accepté une offre pour ce que les journaux appellent le « chalet du meurtre ». Les Charlton se sont séparés et Blythe a gardé le chalet Un pour en faire une location de vacances et y organiser des retraites de yoga ; la deuxième phase du chantier a désormais commencé et les chalets poussent comme des champignons. Qui les achètera et comment les nouveaux propriétaires s'intégreront-ils à Cwm Coed ? se demande Fiona.

Redescendue au rez-de-chaussée, elle lorgne les cartons. Ils vont devoir aller dans la remise. Il faudra les bouger avant l'hiver ou ils prendront l'humidité, mais, au moins, ils ne seront plus dans les jambes de mam. Si Elen Morgan est une fée du logis, elle n'a pas la main verte, en revanche. Depuis le décès du père de Fiona, le jardin embroussaillé des Morgan est plus apprécié par la faune que par les voisins, fiers de leurs pelouses bordées de bégonias.

Fiona se fraye un chemin entre des touffes de marguerites, des tiges de gaillet collées à son short. La remise est attenante à la maison et la porte est si gauchie qu'on ne peut la fermer que d'un coup de pied. Fiona pose le carton et ouvre la dépendance d'un geste sec. À l'intérieur, elle trouve un fouillis d'outils et de sacs de terreau desséché, de pots en plastique empilés et d'engrais périmé depuis longtemps. Elle se met à transférer tout cela d'un côté pour faire de la place pour ses cartons.

Un instant plus tard, elle regrette d'avoir commencé. Elle songe que, si elle avait dit oui à Huw, elle n'aurait jamais eu à mettre les pieds dans cette remise. Que, franchement, si elle est là, au milieu des outils rouillés et des sacs de terreau, c'est seulement parce qu'elle n'arrête pas de penser à Leo. Elle tire sur un sac dont le contenu tombe par terre, devant elle.

— Tout ça, c'est ta faute, satané Leo Brady, maugrée-t-elle.

Mais en se baissant pour ramasser ce qui est tombé, elle comprend ce qu'elle a sous les yeux. Elle s'assoit parmi la terre et les araignées, soudain prise de vertige.

Cela change tout.

65

Juin – Fiona

Le mont Pen y Ddraig domine Llyn Drych, dont les eaux scintillent aux dernières lueurs du jour. Un minuscule bateau louvoie lentement d'un côté à l'autre du lac. Sur le rivage, quelques excursionnistes font un barbecue sur un tas de pierres, de la fumée et une odeur de saucisses grillées flottant vaguement dans l'air chaud.

En face, La Rive a doublé de superficie depuis l'été précédent. À cause de la pente décrite par la forêt, la deuxième rangée de chalets est située plus haut que la première, même si le point de vue panoramique depuis les cinq premières propriétés est incomparable. On aperçoit des gens sur la terrasse du milieu, trop loin pour être identifiables, et, sous les yeux de Fiona, une silhouette s'élance du ponton en un long plongeon rasant.

Elen Morgan nage toujours sans bouée et boude les bonnets de bain de couleurs vives préconisés par les maîtres nageurs. Comme Angharad, elle reste pieds nus, apparemment insensible aux pierres acérées qui jonchent la berge.

Fiona scrute le lac jusqu'à ce qu'elle perçoive un mouvement entre deux bouées. Elen nage la brasse; tranquillement, mais plus vite que la plupart des gens. Son style n'a rien de spectaculaire, ni de m'as-tu-vu: des mouvements des bras calmes et réguliers, loin sous la surface, c'est tout. Elle fait autant partie du lac que les roseaux qui bordent les criques, que les bouées ancrées à l'année, avec des algues accrochées à leurs chaînes.

Assise au bout de la jetée, Fiona laisse pendre ses pieds dans l'eau fraîche. Posé près d'elle, le sac-poubelle noir trouvé dans la remise et dont elle arrange soigneusement le contenu alors qu'Elen approche. Quelques photos prises au pot de fin de stage, un mot de Mia glissé dans l'enveloppe. *J'ai pensé que Fiona et vous aimeriez voir ces photos. Séquence nostalgie!* Elen ne les a pas montrées à Fiona, et pour cause: sur chaque cliché, Rhys regarde Fiona ou c'est elle qui le regarde.

Elen Morgan savait que le père de Seren avait participé à ce pot. Sur la foi de ces photos, elle s'est lancée en quête de preuves.

Elen a fait un test ADN par correspondance. Une brosse en acajou gravée des initiales RL et un bout de papier plié sont emballés dans un sac en plastique.

Il n'est pas exclu que Rhys Lloyd soit le père biologique de Seren Morgan. La probabilité de paternité dépasse les 99 %.

Même s'il ne peut en être autrement, Fiona refoule un sanglot. Le courrier est daté de novembre dernier. Elen savait que Rhys était le père de Seren plusieurs mois avant que Fiona ne le lui avoue. Avant que Seren ne découvre la vérité.

Le pouls de Fiona tambourine à ses oreilles en voyant Elen percer la surface transparente du lac. Elle le sent battre dans ses orteils quand l'eau vient lécher sa peau chauffée par le soleil. Elle revoit le cadavre de Rhys sur son lit d'acier inoxydable.

Le sac-poubelle trouvé dans la remise contient un flacon d'apothicaire ambré, identique à ceux qui s'alignent sur les étagères dans la cuisine d'Angharad. Et Fiona pense au pauvre Elijah, et avec quelle désinvolture ses théories ont été écartées.

À quelques mètres de la jetée, Elen se lève, secoue ses cheveux mouillés et incline la tête pour profiter des derniers rayons du soleil, souriante.

— Oh, mam, s'exclame doucement Fiona. Qu'est-ce que tu as fait ?

Elen remarque les objets alignés sur la jetée. De minuscules poissons se précipitent autour d'elle, scintillants à la lumière.

— Tu avais quatorze ans.

— Bon Dieu, mam, dit Fiona, complètement dépassée. Comment as-tu récupéré sa brosse ?

— Je me suis servie de ton double pour entrer chez Huw pendant qu'il travaillait. J'ai pris les clés de La Rive et je me suis introduite chez Rhys un jour où le complexe était fermé pour travaux.

— Est-ce qu'Angharad sait que tu lui as volé la ricine ?

Fiona se souvient de la description de *Ricinus communis* ; elle est allègrement passée à côté de la vérité.

— Non ! s'écrie Elen en sortant de l'eau. Elle n'y est pour rien, Fi. Elle s'en sert comme remède homéopathique, mais pas sous sa forme la plus pure, pas comme ça, précise-t-elle en désignant le flacon, et Fiona frissonne.

Une infime quantité suffit à tuer quelqu'un, avait expliqué Elijah. C'est un poison si mortel qu'il ne laisse presque aucune trace.

— C'est toi qui la lui as envoyée, n'est-ce pas ?

Fiona prend le paquet d'enveloppes qu'elle a trouvé dans le sac. La cellophane est déchirée, il en manque une. « Il s'est entaillé avec du papier », a constaté Leo à propos de la minuscule coupure sur la langue de Rhys. Fiona et Leo étaient si près – tellement près, merde. Ils n'ont pas trouvé le poison car il n'était pas sur la scène de crime.

— J'ai confectionné une pâte avec la ricine, explique Elen en s'enveloppant dans sa serviette pour s'approcher de Fiona, au bout de la jetée. Je l'ai appliquée sur la bande collante d'une enveloppe timbrée contenant une demande de photo dédicacée.

Fiona se lève précipitamment. Du poison appliqué sur une enveloppe timbrée, la preuve expédiée loin de la scène de crime par la victime elle-même. C'était le crime parfait. Autour d'elles, les grillons stridulent dans l'herbe haute. Fiona pense aux dépositions des témoins de la soirée du réveillon : Rhys avait l'air ivre mort. Elle pense à sa fréquence cardiaque irrégulière, au fait que l'agression de Glynis a pu le terrasser si aisément.

— Tu l'as tué.

Elen ne répond pas.

— Mam…

Fiona rassemble les preuves qu'elle fourre dans le sac-poubelle noir. Elle se rappelle avoir dit à Leo qu'elle était apparentée avec la moitié du village et qu'un criminel est un criminel, peu importe de quelle branche de votre arbre généalogique il est issu.

— C'est… je suis policière, mam. J'ai l'obligation de…

Elle s'interrompt, se frotte la tête, incapable d'intégrer ce qui est en train de se passer.

— Tu as laissé Glynis croire qu'elle avait tué son propre fils !

— Je sais, reconnaît Elen, très calme, alors que sa fille est en larmes. Ce n'est pas grave, Fi. J'ai fait ce que j'avais à faire, *cariad*. Maintenant, à toi d'en faire autant.

Personne à Cwm Coed ne se rappelle à quand remonte le premier bain du Nouvel An, mais personne ne fêterait l'occasion autrement. Personne ne se rappelle en quelle année Dafydd Lewis a couru à l'eau vêtu en tout et pour tout d'un bonnet de père Noël, ni quand les joueurs de rugby ont plongé de la jetée et trempé comme une soupe cette pauvre Mme Williams.

Mais tout le monde se rappelle le bain de l'an dernier.

— Pas de cadavre cette année, espérons-le ! s'écrie quelqu'un.

Tout le monde rit, mais d'un rire jaune, gêné. Il faudra plus de douze mois aux habitants de Cwm Coed pour oublier que l'un d'eux est un assassin.

— On se gèle, dit Ceri. J'espère que tu sais dans quelle galère tu te fourres.

Elle est accompagnée par une femme qui a des rides du sourire, une chaîne en argent autour du cou, qui touche le bras de Ceri en parlant et fait briller ses yeux.

— Je connais une bonne manière de se réchauffer,

lance Bobby à Mia avec un clin d'œil, et tous deux gloussent comme des gamins.

Le premier coup de klaxon retentit, suivi d'un cri d'enthousiasme collectif. Tout le monde se rue vers l'eau en poussant des cris perçants et en sautillant pour éviter les pierres acérées. Steffan, sobre depuis neuf mois (et ce n'est qu'un début), se lève dans le bateau de sauvetage, sirène prête.

— Cinq ! crie-t-il, et la foule se joint à lui pour le compte à rebours. Quatre ! Trois !

— Prête ? demande Fiona.

Elle regarde Seren et Caleb qui ont rejoint les autres adolescents, un peu plus loin.

Deux ! Un !

— Prête, répond Elen.

Elles courent, les yeux brillants de froid, d'adrénaline. Elles pataugent sur quelques mètres et, quand l'eau est assez profonde, elles se blindent et plongent à travers la brume qui flotte à la surface. Le froid leur enserre la poitrine comme un étau, elles ouvrent la bouche, saisies, le souffle coupé. Il ne faut pas s'arrêter, continuer à bouger ! Les rides superficielles deviennent des vagues, les gens s'agitent en tous sens alors que le vent se lève et fait frissonner les épaules.

Au centre du lac, au plus profond, loin des battements de jambes des nageurs du jour de l'An de Cwm Coed, gît le sloop aux voiles rouges d'Angharad. De temps en temps, au fil des mois, un morceau du bateau s'échouera dans l'une des nombreuses criques qui entourent Llyn Drych, mais, pour l'instant, la coque est coincée entre les rochers.

Près du bateau, un sac-poubelle est solidement lesté. À moitié enfoui dans la vase, il est attaché par un nœud si serré qu'il ne se défera jamais. Des algues ont poussé sur la corde et de minuscules poissons virevoltent autour en mordillant, en grignotant.

Un jour, elle s'effilochera et le sac se mettra à dériver.

Un jour.

Mais ce n'est pas pour tout de suite.

REMERCIEMENTS

Comme toujours, j'ai une immense dette envers de nombreuses personnes sans qui ce roman n'aurait pas vu le jour. Je remercie Anna Morgan d'avoir supporté des discussions sans fin autour de déjeuners et pendant que nous nagions dans le lac qui a inspiré cette histoire ; Emma Norrey, de m'avoir offert ses inestimables réflexions sur les personnages ; Simon Thirsk, de m'avoir parlé des palindromes en poésie et de la structure en miroir ; l'artiste Sarah Wimperis, dont les tableaux ont influencé la plupart des descriptions visuelles de ce roman ; Nia Roberts, d'avoir vérifié mes phrases en gallois, et Colin Scott, à qui je dois trop pour pouvoir tout mentionner ici.

La légiste Amanda Jeffery a eu la gentillesse de me parler de poisons, de blessures à la tête et de découvertes *post mortem*. Je suis responsable de toutes les libertés prises avec la réalité et, si je l'ai fait, c'est pour les besoins de l'intrigue et pour rendre l'histoire plus divertissante. À ce propos, je voudrais remercier Lisa Jewell dont les conseils sur la recherche ont transformé ma façon d'écrire.

Je ne suis plus policière depuis presque autant d'années que je l'ai été et je dois donc remercier ma « bande en bleu » pour sa patience quand je pose encore une question dont je devrais connaître la réponse. Immenses remerciements à Katy Barrow-Grint, Katie Clements, Jennifer Fox, Sarah Thirkell,

Claire Thorngate, Kelly Tuttle, Beth Walton et Fran Whyte pour la salle de réunion virtuelle. Oui, je sais que ça ne se passerait pas comme ça en vrai…

Cwm Coed et La Rive sont fictifs, mais les magnifiques lacs et montagnes du nord du pays de Galles sont bien réels, eux, et je me sens extrêmement chanceuse d'avoir élu domicile dans la région. Merci aux amis et voisins qui se sont montrés si accueillants. *Diolch chi i gyd.*

Chacun de mes romans est le fruit d'un travail acharné et de la passion des éditeurs qui me publient aux quatre coins du monde. Je remercie Cath Burke ; mes éditrices Lucy Malagoni, Tilda McDonald et Rosanna Forte ; les attachées de presse Kirsteen Astor, Millie Seaward et Emma Finnigan ; l'extraordinaire équipe marketing composée de Gemma Shelley et Brionee Fenlon. Merci à Hannah Methuen et à son équipe commerciale ; à Andy Hine, Kate Hibbert, Helena Dorée et Sarah Birdsey du département des droits ; à la graphiste Hannah Wood qui a réalisé la couverture du roman ; à la reine des correctrices Linda McQueen ; et à tous les héros de l'ombre dans les départements contrats, comptabilité, distribution, et j'en oublie. Je sais que vous travaillez dur pour placer mes livres entre les mains des lecteurs.

Je voudrais témoigner ma reconnaissance à Shana Drehs et Molly Waxman de Sourcebooks Landmark aux États-Unis et à tous mes éditeurs étrangers qui publient mes livres avec tant de soin et d'enthousiasme.

Mon club de lecture, le Clare Mackintosh Book Club, poursuit son essor et j'adore lire toutes vos publications et tous vos e-mails. Merci à Ella Chapman et Sam Suthhurst de faire scintiller mes newsletters ; à Lynda Tunnicliffe et Sarah Clayton de maîtriser mon groupe Facebook et aux membres du club de lecture pour toutes leurs recommandations, leur humour et leurs critiques de livres. Si vous n'êtes pas encore membre, vous trouverez tous les détails à l'adresse claremackintosh.com : j'adorerais vous voir là-bas.

Merci à Sheila Crowley, mon agent chez Curtis Brown, et à Emily Harris et Sabhbh Curran : vous êtes vraiment les meilleures. Merci à ma famille, qui m'a laissée m'échapper au lac Vyrnwy pendant une semaine entre deux confinements, quand j'ai momentanément perdu la capacité d'écrire ; et à Ann-Marie et Rob d'avoir partagé la tranquillité de Glan-y-Gro.

Et enfin, merci à vous d'avoir lu ce livre. S'il vous a plu, j'espère que vous rédigerez une critique, que vous le mettrez au programme de votre club de lecture ou que vous le recommanderez à un ami. Le bouche à oreille reste le meilleur moyen de partager des histoires et j'adorerais que vous partagiez celle-ci.

PAPIER CERTIFIÉ

Le Livre de Poche s'engage pour l'environnement en réduisant l'empreinte carbone de ses livres. Celle de cet exemplaire est de :
600 g éq. CO_2
Rendez-vous sur www.livredepoche-durable.fr

Composition réalisée par Soft Office

Achevé d'imprimer en mars 2024 en Espagne par Liberduplex
Dépôt légal 1re publication : avril 2024
LIBRAIRIE GÉNÉRALE FRANÇAISE
21, rue du Montparnasse – 75298 Paris Cedex 06

56/7907/3